# 傲慢《ごうまん》と善良《ぜんりよう》

辻村深月



朝日文庫

本書は二〇一九年三月、小社より刊行されたものです。

目次

# 傲慢と善良

夜の中を、彼女は走っている。

街灯に乏しい深夜の住宅街の闇の中を、せめて明るい場所に出るまでは、と休まずに全力で。

身体が震えていた。恐ろしくて。悲しくて。怖くて。苦しくて。

駅前の商店街の開けた道に出て、いくらか人通りが見られるようになったところで初めて足を止めた。そうすると、改めて自分の震えと息の荒さを実感する。空気が薄い。

周囲の人たちに助けを求めるかどうか一瞬迷った。すると、脇の道から眩《まばゆ》い車のヘッドライトが差しこんできた。その車が黄色い車体のタクシーであること、赤い表記で「空車」とあるのを見た途端、走り出していた。

「待って、止まって。お願いします」

周囲も顧みず手を挙げて、車の前に滑り込むように駆けると、幸い、車は彼女の姿に気づいてドアを開けてくれた。

「豊洲《とよす》方面まで。お願いします」

転がり込むように後部座席に座り、ドアが閉じると、脇の下から思い出したように汗が噴き出た。ポケットからスマホを取り出す。指先がかじかんで、画面のボタンがうまく反応しない。

早く早く早く。

早く出て。早く。

通話履歴から西澤架《にしざわかける》の名前を探す。あれだけ頻繁に会っているのに――つきあっているはずなのに、履歴を遡らないと名前を見つけられないのがもどかしかった。コール音が聞こえ始める。

『――もしもし』

電話の向こうから声が聞こえた瞬間、吸い込んだ息が風船から空気が抜ける時のように高く、悲鳴のように掠《かす》れた。架くん、架くん、架くん、助けて。

「あいつが」

彼女の声が泣いていた。電話の相手が「え?」と呟《つぶや》く。視界の端に涙がせりあがってくる。ハンドルを握る運転手がバックミラー越しにちらりと彼女を気にしたのがわかった。ああ、電話してもいいですか、と運転手さんに断るのを忘れた。彼女は思う。こんな時なのに、そんなことが気になる。タクシーではいつも、自分はそうしてきたのに。車内で急に電話をかけるなんて失礼だろうからと、他の人たちがもはや断らないようになっても、自分は――そうしてきたのに。

胸に手を当て、息を吸い込む。泣くつもりはなかったのに、涙が出てくる。頬を伝わる。

「あいつが家にいるみたい。どうしよう。帰れない」

『あいつって……』

架は今どこにいるのだろう。でもきっと家じゃない。周りに誰か人がいる気配がしている。仕事なのかプライベートなのかわからないけれど、きっと飲み会だ。ちょっとー、そういうこと言われるとさー、でもきっとアイツもさ——。彼の友人らしき数人の声がする。男の声も、女性らしき声も。

電話の向こうで空気が変わる。架の声が真剣になる。

『真実《まみ》ちゃん、今どこにいるの？』

「駅の近く。今、タクシーに乗った。ごめん、今から架くんの家に行っていい？」

『いいよ、もちろん、それはいいけど。だけどあいつが家にいるっていうのは……』

架が静かな場所に移動しているのか、電話の向こうの喧噪《けんそう》が薄れていく。

彼女の鼻の奥を冷たい空気が抜ける。

「仕事が終わって、家に帰ったら、窓に明かりがついてて、中にあいつが。私、入らないで、逃げてきた」

『オレも、今から帰るよ。ごめん、今ちょっと外で』

架が言う。

——ちょっとかけるー、電話ー？　彼女ー？

誰かの声が向こうでして、架がそれに「うっせーな！」と苛立《いらだ》った声で返すのが聞こえた。真実に言う。

『もし先に真実ちゃんが着いちゃったら、家の前でタクシー停めたままにして乗ってて。一人にならないほうが——』

「わかった。だけど、だけど、お願い。早く来て！」

彼女の口から、また悲鳴が迸《ほとばし》る。架に対して、こんなふうに強く自分の希望を口にするのは初めてかもしれない。言ってしまってからは、っとして、「ごめん——」と口を押さえる。手が強張っていた。

「ごめん、こんなこと言って。だけど、助けて。助けて、架くん——」

『ああ、もう！』

もどかしそうに架が言う。

『オレこそ飲んでて——、一人にしてごめん』

電話は通話状態のまま、架が店を出る気配が伝わる。彼女はまだ泣いていた。運転手はもうはっきり彼女の方を気にしている。通話が途切れてすぐ、彼から「大丈夫ですか？」と聞かれた。

「お客さん、大丈夫ですか」

「……大丈夫です」

答えながら、真実は思っていた。大丈夫じゃない。私はちっとも、大丈夫じゃない。

またこみ上げてきた涙を強引に拭う。


早く早く早く。

架は急いでくれている。ありがたいし、感謝するけど、それでも怖い。いつになったら「大丈夫」になれるのかわからなくて、怖くて、恐ろしくて、涙が出る。

祈る。

お願い。怖い。架くん、お願い。


助けて。

私を助けて。

# 第一部

# 第一章

『あ、ごめん。今ちょっと……。また後でこっちからかけていい？』
「いいよ。オレも今から一件、仕事で外回りがあるから、また夜にでも」

その会話が最後になるなんて、思わなかった。

会話の内容も、真実の声も、あまりに他愛なさすぎて、その時の自分の気楽さを架はその後、何度も後悔することになる。

あの時、真実は誰かと一緒だったのだろうか。

電話の用件は、急ぎではなかった。九月に控えた結婚披露宴の件でちょっとした確認事項があっただけだ。

また夜にでも、と言って気軽な気持ちで切った電話は、その夜、かかってこなかった。

この時も、架は深くは気に留めなかった。

その日は仕事先との会食が入っていた。真実とは、家に帰ればどうせ顔を合わせるのだし——と、顧客であるレストラン経営の社長の上機嫌にまかせて、彼の行きつけの飲み屋を二軒はしごして、そのまま何となく一人で飲みたい気分になって、家の近所のバーに顔を出した。

違和感を覚えたのは、家に戻ってからだ。

二月二日。深夜二時。自宅マンションのドアを開ける。

合鍵を渡してある真実は、そのくらいの時間にはいつも先に帰宅していた。「ただいま」と言えば「おかえり」という声が返ってくる。明かりがついた家に帰ってくる。これが結婚するということなのか、と実感し始めていたところだった。

しかし、この日は違った。家の中の電気が消えていて、部屋の中がしんと冷えている。たとえ相手が先に寝ていたとしても、誰かがいる部屋には人のいる気配があるものだ。けれど、それがない。

「真実ちゃん？」

名前を呼ぶけれど、返事がなかった。

このくらいの時間なら、普通、真実は起きて深夜のテレビ番組か、ＤＶＤでも観ている。「まだ起きてたの？」と尋ねる架に「うん、今寝るとこ」とかなんとか答えて、架の帰宅を確認してから寝るような——、ここ最近はそんな感じだったのに。

「あれ？」

酔いも手伝って、つい、演技じみたひとり言が口を衝《つ》く。

「あれ？　おーい、真実ちゃーん？　もう寝てる？」

ことさら大きな声で呼んでいたのは、後から考えたら、危機感の裏返しだった。平穏な声を出すことで何かをごまかしたかった。

寝室に、真実の姿はなかった。

風呂場にも、洗面所にも、キッチンにも。

ベランダまで見て、そこにも姿がないことを確認してから、スマホを手に取った。時刻は午前二時半。坂庭《さかにわ》真実の名前をタップして電話をかける。

電話はすぐにはつながらなかった。聞こえるはずの呼び出し音が聞こえず、アナウンスだけが返ってくる。

『電波の届かないところにあるか、電源が入っていないため、かかりません』

体に力が入らないほど酔っていたはずで、実際、すぐにもベッドに倒れ込みたいくらいだったのに、頭だけがだんだんクリアになっていく。

ヤバいんじゃない――?と、心の中で自分の声がうっすら囁《ささや》く。

真実が帰っていない。

互いに一人暮らしはしていたものの、二ヵ月前のあの日から、真実は架の家に泊まるようになっていた。自分の家はまだ怖い。あの部屋をそろそろ引き払う準備を一緒にしようと話していたところだった。他に行く場所など、彼女にあるだろうか。

三十五歳の、成人した女性だ。

一晩くらい帰らないこともあるかもしれない。

友達と飲んでいて、その相談に乗ったりしているうちに時間が過ぎ、うっかり終電を逃してしまったのかもしれない。電話は、充電をし忘れたか何かして――。

自分に言い聞かせるように、彼女が帰ってこない理由をありったけ考えるけれど、どれもしっくりこなかった。

真実は真面目な子だ。

真面目がすぎるほどに真面目で律儀。架に心配をかけるようなことは絶対にしない。充電し忘れたとしても、友達の電話を借りて連絡を入れるような、それくらいの子だった。

洗面台に残された彼女の化粧水や歯ブラシ、キッチンのマグカップ、部屋に残された彼女の生活感を見ていると、胸騒ぎがした。

とはいえ、すぐに警察に、とは思わなかった。

大事になる前に、おそらく真実は自分で帰ってくるのではないか。

ごめん、友達と会って盛り上がっちゃって――。そんなふうに。盛り上がるような友達がこっちにいたんだな、と意外に思いながら、自分が「無事でよかったよ」と彼女を迎えるところの方が、彼女が帰ってこないままになる可能性よりは遥かに現実的に想像できた。

真実には、そんなふうに夜遅くまで飲み明かすようなタイプの友達がいなそうだということくらい、心のどこかで、わかっていたはずだったのに。

大丈夫だと、思いたかった。

昼間の電話だって、取り立てて切迫したものは何も感じなかった。

もっと言うなら、この時まで、彼女と話した最後がいつかなんて考えなかった。そういえば、と考えて思い出しただけだ。『ごめん。今ちょっと……』と話した彼女の声は、今から電車に乗るところだから、とか、買い物の途中だから、とか、その程度にしか聞こえなかった。

朝になって、ようやく、もう一段階、焦った。

電話は相変わらずつながらず、彼女が帰ってくる気配もない。車を走らせ、まだ引き払っていなかった彼女の、阿佐谷《あさがや》にあるアパートの部屋に向かう。

どうかそこにいてくれますように、と祈る。耳の奥に蘇《よみがえ》るのは、二ヵ月前のあの夜のことだった。

助けて、という電話の声。

あいつが家にいるみたい。

彼女の303号室のインターフォンを押し、応答がないことを確認すると、今度は「真実ちゃん、真実ちゃん！」と名前を呼びながらドアを叩いた。

返事はない。アパートの前の道を歩く通勤途中のサラリーマン風の男がびっくりしたように架を見上げて通り過ぎる。

その時になって、架はようやく観念した。異常事態が起きている。もう、認めざるを得ない。スマホの電話帳から、坂庭陽子《ようこ》の番号を呼び出す。彼女の実家に挨拶に行った時に交わした、真実の母親の番号だ。

「もしもし、お義母《かあ》さんですか」

つながった電話に向けて、架は切り出した。

「真実さんが帰ってこないんです。僕たち、二ヵ月くらい前から僕の部屋で一緒に生活するようになっていたのですが」

真実の無断外泊など初めてであること。今も電話が通じず、心配していて、念のため、アパートの部屋を管理人に連絡して開けてもらおうと思っていることを手短に話す。いかに婚約者とはいえ、自分だけでは開けてもらえないかもしれないから、できれば、陽子からも不動産屋に電話をかけて頼んでほしい旨を伝える。

電話の向こうの陽子が驚いている。一晩帰ってこないだけで、ちょっと大袈裟《おおげさ》に思われたかもしれない――と、架は事情を説明する。

「真実さん、ストーカーに遭っていたんです」

架は続ける。

「相手は、まだ真実さんがそちらにいた時に知り合った人だそうです。東京の家にも何度か来たと、そんなふうに言っていました」

電話をしながら、ふと、アパートのドアの前を見る。他の部屋の前が殺風景な中、真実の部屋の前だけ小さな鉢植えの観葉植物が置かれている。「私、緑が好きだから」と彼女が言っていた。管理人さんに、廊下は共用スペースだけど置いてもいいですかって聞いたの。そう、笑っていた。

思い出すと、それまで切迫した気持ちしかなかった胸の奥が初めて引き攣《つ》れるように痛んだ。どこにいるんだ――。

「心配なんです」

架は言った。


やってきた陽子はパニック状態だった。

「架くん、どういうこと?」

駅前で会うなり、架に詰め寄る。

「真実にストーカーがいたなんて。それって前橋にいた頃、あの子におつきあいしてた人がいたってことなの?」

「おつきあいしていたわけではない、と聞いています。知り合って、向こうから告白されたのを断っただけだと」

電話でよい、と繰り返し伝えたはずだったが、陽子は頑として「私も行く」と言って聞かなかった。

どうしよう、長く行くことになるかもしれないわよね、一晩くらいは泊まれる支度をしていった方がいいかしら――。架の意見を聞きたいというよりは、自分で自分に確認するようにせっかちな口調で言い、「お昼すぎには着くから」と譲らなかった。

「昨日、あの子と電話で話したばかりなのよ。結婚式の招待客のことで、いとこまで呼ぶかどうかって話を前から真実としてて、私、いとこは呼ばないでいいって伝えていたんだけど、東京のミサキちゃんだけはそっちに住んでるわけだから呼んだらどう？ってやっぱり言っておこうと思って」

もともと口数の多い人だったが、動揺のせいか、今日はより早口になってまくし立てる。それを遮るようにして、架が尋ねた。

「それ、何時くらいのことですか？」

「お昼をちょっと過ぎたあたりだったかしら」

では、架が真実に電話をかけ、「今ちょっと」と言われたあの後だ。昨日のその頃までは真実と電話が通じたらしい。

母親からのその電話に、真実は「わかった」といつもの調子で答えたそうだ。陽子もまた、その時の娘の声に異変は感じなかったという。

「知らなかった」

不動産屋に向かって並んで歩く途中、陽子が俯《うつむ》き、ぽつりと言った。

「真実、ストーカーがいるなんてこと、私に何も言ってなかった」

親には心配をかけたくなかったのだろう。この後、真実がもしひょっこり戻ってきたら、彼女に無断で母親に話してしまったことを謝らなければならない。陽子の沈んだ横顔を見ながら架は思い、そうなってくれたらどれだけいいだろうと思う。

真実のアパートを管理しているタイセイホームズには、陽子を待つ間、すでに行って事情を説明してあった。

「彼女が部屋を借りる時の保証人がおそらく、彼女のご両親どちらかになっていると思うのですが、母親もくるので部屋を見せてくれませんか」

身分証を見せてそう頼んだ架に、親切な若手社員が書類を確認してくれた。しかし、真実が部屋を借りた際の契約書を出してきた彼が「ご両親ではないようですが」と首を傾《かし》げた。

「岩間《いわま》希実《のぞみ》さんというのは、お母さまではありませんよね？」

二人姉妹である真実の姉の名だ。今は結婚して、東京の小岩《こいわ》に住んでいる。

保証人が親でなかったというのは意外だった。だったら、陽子に電話して動揺させる前に、まずは姉の希実に連絡を取るべきだったと舌打ちが出そうになる。

何度か会ったことのある姉の希実はさっぱりした嫌味のない人で、希実であれば心配はしても、不動産屋に電話一本で事足りたのに。

部屋を開けるのに立ち会ったのは、最初に応対してくれたその親切な若手社員だった。短い距離を不動産屋の社用車で移動し、真実のアパートに到着する。

玄関を開ける前、架の心拍数は知らず知らずのうちに上がっていた。

――このドアの向こうで、真実が倒れていたら。

そんなことがあるはずない、自分の人生がそんな劇的な大事件に見舞われることなどあるものか。そう思う自分と、最悪なことを考える自分の両方がいる。

夜のうちに、車を飛ばしてこの家にくるべきだったのか――。陽子の到着を待つ間、何度も襲ってきた後悔が胸をまたぞろ圧迫する。

あっけなくドアの鍵が回り、「どうぞ」と促されて室内に入る。中を見るのが怖かった。しかし、そんな架の横を、陽子が遠慮なく「真実、いるの?」とすり抜けて先に入っていく。架もあわててその後を追った。

「真実ちゃん」

真実はいなかった。

部屋は荒らされた様子もなく、最後に架が来た時に見たのと同じように整然としている。真実はもともとキレイ好きだった。ワンルームの小さな部屋の台所にも風呂場にも、クローゼットの中まで覗《のぞ》いても、どこにも異変は感じられず、ただ彼女の姿がないだけだった。

「いないみたいですね」

不動産屋の社員が言う。事情を説明する際に「ストーカー」という言葉を出していたからだろう、心底ほっとしたような言い方だった。

物が少ない部屋だ——と、架は室内を眺めて思う。

架の家で暮らすようになっていたから、というのはもちろんあるだろうが、それでも、架がこれまでつきあってきた女性たちに比べると、まず、服が少ない。洗面台に置かれた化粧品や小物類も色合いに派手さがないものが多い。

その部屋の中で、一際、視線が吸い寄せられた場所があった。

ドレッサーの上に、見覚えのある小箱が置かれている。エメラルドブルーのこの色をティファニーブルーと呼ぶということを架に教えてくれたのは、真実ではなく、学生時代からの女友達の一人だ。架は反射的に箱を手に取った。

パチン、という音を立てて開いた箱の中に、架が先月、真実にプレゼントした一粒ダイヤの婚約指輪が、入ったままになっていた。

指輪のダイヤが、唖然《あぜん》とする架を見つめ返すように、静かに輝いていた。

不動産屋の次に向かったのは警察だった。

阿佐谷署の窓口で婚約者が行方不明であること、ストーカーに遭っていたことを伝えると、「こちらへ」とすぐに二階に通された。

パーテーションでいくつかの小部屋に仕切られた一角に案内される。応対してくれたのは屈強な刑事の二人組だった。眼鏡をかけた方が年下のようで、角刈りの眼鏡なしの方はそれよりも先輩といった様子だった。

ストーカー犯罪にまつわる報道がメディアでなされる時、警察の対応というのは、まずその拙《まず》さが伝えられることが圧倒的だ。対応の遅れや、彼らが事態を軽く見たために起こってしまったという悲劇。それらが問題視され、近頃では警察もストーカー犯罪に対する姿勢がだいぶ変わったと聞いたことがあったが、いざ自分が巻き込まれてみると、やはり不安は募った。

自分たちが真剣に取り合ってもらえるものなのかどうか——。陽子と二人で刑事の正面に座る。眼鏡をかけた背が低い方が、手元にメモを用意しながら「被害はいつ頃からだったんですか」と聞いてくる。思っていたよりも親身な態度に思え、ひとまずほっとする。

「最初に彼女から話を聞いたのは半年近く前です」

——架くん、ちょっと考えすぎかもしれないんだけど、私、誰かに見られている気がする。

真実らしく控えめな言い方で、そんなふうに切り出された。最初、その「見られている」という言葉がすぐにストーカーに結びつかず、架は「え?」と歯切れの悪い反応をした。

その当時は、事態は今ほどに深刻なものではなく、真実も怖がっているというよりは、どことなくただきまり悪そうな——照れたような感じさえあった。笑わないでね、と前置きして、そして続けた。

——自意識過剰だって言われたら、それまでなのかもしれないけど、ストーカーに遭ってるのかな……とか、感じることがあって。私みたいのに、そんなの、あるわけないんだけど。

それらはどれも、些細《ささい》な違和感の積み重ねのようだった。

仕事からの帰り道、誰かに後をつけられている気がする。背後でフラッシュのようなものが光ったり、スマホで撮影する時のような音が聞こえることがある。家の郵便物で届くはずだったものが届いていないような気がする。

架と真実がつきあい、すでに二年が経過しようとしていた。

ストーカーだとすれば、相手に心当たりがあるのかと尋ねると、真実は「ひょっとしたらって思う人はいるけど、だけど、考えすぎかもしれない」と曖昧な言い方をした。

それでも架が誰なのかもうひと押し尋ねると、真実が躊躇《ためら》いがちに答えたのだ。地元にいた時の人、と。

「東京に出てくる前、地元で働いていた時に知り合った人で、告白されたのを、私が断ったの。ただそれだけの関係で、つきあったり、何かがあったってわけじゃないんだけど」

ある日、つけられている気がして振り返った時、あわてて真実から視線を逸らし走り去る背中を見たことがある。その後ろ姿が、どう見てもその相手のように見えたのだという。

気をつけるように、と架は言った。

もし相手をまた見かけたりするようなことがあれば、連絡をくれればすぐに自分が行く。相手とも話をするから——、とそんなふうに言った。

とはいえ、実際にそうなることはないだろうとも思っていた。

真実の口ぶりからだけだが、相手の男に、架と面と向かって話すような度胸や勇気などないだろうと思った。

好きな女に話しかけることもせず、ふられた後もつきまとう、さえない男。どうせ普段はおとなしい草食系男子で、真実の周りをうろちょろすることはできても、直接危害を加えるようなタイプの男ではないのだろうと考えていた。人の彼女を諦めきれずにいるなんてあつかましい奴だ、と苛立ったし、そうやって監視しているなら、彼氏であるオレの存在に気後れしたり怯《ひる》んだりしないのかよ、と癇《かん》に障ったがその程度だった。実際、真実が危険な目に遭うことはなかったし、メディアでよく報道されるような攻撃的な手紙や電話、メールの類がきたり、といったこともなかった。

真実の地元の群馬から来ているというなら、こんな遠くまでご苦労なことだと呆れたが、相手にしていなかった。真実の勘違いということもあるかもしれないと思った。

それが豹変《ひょうへん》したのは——、二ヵ月前だ。

「そいつが真実の家に来たんです」

架の説明に、二人の刑事よりも、むしろ、自分の横に座る陽子の表情の方が強張った。緊張したように膝上のスカートをぎゅっと掴《つか》む。

「家に来た？」

角刈りの刑事の顔が、それまでの話より一段階、真剣味を増した気がした。「ええ」と架は頷《うなず》く。

「彼女から電話があったんです。いつも通り仕事から帰宅したら、部屋に明かりがついていて、誰かが中にいた。窓にシルエットが映りこんだと言っていました」

――助けて、架くん。

逃げる真実から電話をもらった日のことは、鮮明に覚えている。友人たちとの飲み会の席で何気なく取った電話の向こうで真実は泣き、盛大に取り乱していた。

――あいつが家にいる。

声が泣いていた。真実の恐怖が、電話から架に伝染していくようだった。自分はこのストーカーの問題を軽く捉えすぎていたのではないか、ということも、その時になって初めて自覚した。

真実の留守中にそいつが家に上がり込んでいたのだとしたら、相手は彼女の家の合鍵を予《あらかじ》め作って持っていたことになる。これまでも、真実や自分が気づかなかっただけで、ストーカーが上がり込んでいたことはあったのではないか。

見られている気がする――、と真実はこれまでも繰り返し架に訴えていた。図々しい勘違いかもしれない、気のせいかもしれない、と断りながら、けれど、内心は心配だったに違いない。自分の留守中、家にある物の配置が変わっている気がする、とも真実は言っていなかったか。全部、軽く聞き流してしまっていた。

飲み会を切り上げて家に戻ると、真実の乗ったタクシーの方が架よりも早く到着していた。架が車に駆け寄ると、よろけるようにして中から真実が転げ出てきた。生気のない青白い顔が幽霊のようで、走ったせいか、いつもきれいにおろしている長い黒髪が乱れて数本、涙で頰に張りついていた。

怖い。

私、怖い。

そう訴える真実の身体が、タクシーの中にいたというのに冷えて感じた。思わず抱きしめると、彼女の全身の震えがはっきり伝わってきた。人間は、ふざけているわけでなく、震える時はこんなふうにはっきり、まるで冗談のように大袈裟に震えるのだと初めて知った。

その時に――、決意した。

この子と結婚しよう、と。

このまま、あの環境にこの子を放っておくことなどできない。一緒に住んで、守らなければダメだ、と。

真実を家に迎え、その日から架のマンションで寝泊まりするように言った。真実も、もう自分の家には帰りたくないようだった。

翌朝になって、改めて、架一人で真実のアパートの部屋に行ってみた。

ストーカーの男は、昨夜真実に姿を見られたとは思っていないのかもしれない。部屋は平然と、何事もなかったと偽るかのように元通り施錠されていた。

真実に借りた鍵を差し込み彼女の部屋のドアノブを回す時、そのあっけない開き方に茫然とした。

豊洲に持っている架のオートロックつきのマンションの部屋と違い、女性一人が住むにはあまりにも頼りない環境だ。誰でもドアの前まで簡単に行くことができる。この部屋の合鍵を作ることくらい、ストーカーにしてみれば容易だったろう。

改めて、前夜の危うさが身に沁みた。相手が忍び込み、部屋の電気をつけていたからよかったようなものの、暗い部屋に隠れて待ち伏せでもされていたら何がどうなっていたかわからない。

真実の部屋はその時も整然としていた。ストーカーが荒らしたり、何かを残していった痕跡は、架が見る限り見当たらなかった。

しかし、数日後、真実と架が二人で家を確認しに行った際、真実が青ざめた顔をして言った。「アクセサリーがいくつか消えている」と。

「お母さんがイタリア旅行に行った時に買ってくれたブローチと、架くんに去年もらったネックレスがない」

「あれ、なくなっちゃったの⁉」

架の説明の途中で、陽子が思わずといった様子で大声を上げた。その場にいた皆がその声の大きさにそろって彼女を見ると、陽子がおろおろ「だってカメオよ！」と声を張り上げた。

「信じられない。私がお父さんと一緒に行った定年旅行で買ったのよ。ナポリの、本場のいいやつなのに。あの子もよくつけてて……」

「──それを知っていたストーカーの男が、だからこそ持って行ったんじゃないかと、真実さんとは話しました。真実さんも、大事なものだったからと、とてもショックを受けていました」

「ひとつ、質問なんですが」

刑事の声が割って入る。架はゆっくり彼らの方を見た。

「その時に警察に行こうとは思わなかったんですか」

刑事二人の視線が、射貫《いぬ》くように感じた。

「この件で、こちらに相談にいらしたのは今日が初めてですよね。しかし、そのお話でいくと、真実さんはストーカー被害はもちろんのこと、窃盗に遭った可能性が高い」

咎《とが》めるというほどではなかったが、はっきりと強い言い方だった。架は「はい」と頷く。言葉と一緒に、砂を噛《か》むような思いがした。

「警察に行こうと、もちろん思いました。これまでと違って、相手が家にまでくるとなったら、それはもうれっきとした犯罪だからと。けれど、それを彼女が止めたんです」

「どうして⁉」

刑事ではなく、今度も陽子が気色ばんだ声で叫ぶ。息苦しさを感じながら、架は続ける。

「――知らない相手ではないし、向こうには向こうで親がいる。息子がこんなことをしたと知れば、きっと悲しむ。彼らの生活がめちゃくちゃになってしまう、と。普段は真面目な人だし、少し冷静になれば、こんなことはやめるんじゃないかと言っていました。それと……」

「それと？」

刑事に促され、架は言葉を選びつつ、慎重に答える。

「交際を断ってしまったのは自分だけど、告白される前に、何か、無意識とはいえ気を持たせるようなことをしてしまったのだとしたら、それは自分にも責任があるかもしれない、と」

「そんなことないわよ！」

架の言葉が終わらないうちに、耐えられなくなったように陽子が立ち上がった。架に食ってかかるような勢いで、「そんなことない」と繰り返す。

「だって、そんなの真実の責任じゃないでしょう。あの子、人がいいから」

「僕もそう言いましたが、真実さんは、いたずらに相手を刺激したくない、とも言っていました。これから結婚して、この家も引っ越すのだから、もう諦めるのではないか、と」

娘を庇《かば》うような陽子の声に、それは真実本人に言ってほしい、と半ばうんざりする。架だって説得したのに、真実は頑として動かなかったのだ。

――私だけ幸せになるのに、相手のことを警察に突き出して、人生まで狂わせるのは嫌なの。

きっぱりとした口調で、真実がそう言った。

――庇っているとか、そういうことじゃなくて……。ただ、相手の気持ちも、なんとなく、わかるところもあるから。

ストーカーの気持ちなど、何がわかるというのか。顔を顰《しか》める架に、真実が困ったように笑った。

――三十過ぎてからの失恋が、つらい気持ちとか、なんていうのかな、不安な気持ち。結婚とか、そういう未来が、私に断られたことで、急に閉ざされたように思ったのかも。

今考えてみると、そんな言葉ひとつで彼女に説き伏せられるべきでは断じてなかった。相手は、人の留守に部屋に上がり込むような卑劣な人間だったのに。

その時に警察に行っていれば、今だってこんなことにならなかったのではないか。

あの時点で警察に前もって知らせることができていたら、状況はまったく違っただろう。昨夜から、何度もそればかりを考え続けている。

けれど、あの時は、真実がひとまず無事でいること――それを機に、結婚が決まったことですべてが解決するように思えた。

これからともに暮らし、真実は自分の部屋にはもう戻らない。これからは架がいるのだし、結婚すれば相手もさすがに諦めるだろうと、そんなふうに思ってしまった。

そして、事実、この二ヵ月は何もなかったのだ。真実からストーカーの話を聞くことは、ほとんどなかった。

「相手の名前は?」

刑事に聞かれ、架は居住まいを正す。陽子がはっとした表情を浮かべて、固唾《かたず》を呑んでこちらを見ている。

架は静かに息をこらす。一番の無念は、ここだった。

「――わからないんです」

陽子の目が見開かれた。刑事二人はさすがというべきか、顔色を変えない。ただじっと架の説明を待っている。

「真実はただ、〝あいつ〟〝あの人〟とだけ、呼んでいました。尋ねたら教えてくれたんでしょうけど、僕もちゃんと聞かなかった」

警察に行くべきだった、と一番後悔しているのはこの点だ。相手の素性をちゃんと聞いておかなかった。真実の身の安全ばかりを気にして、相手に制裁を加える視点で物事を考えなかったせいだ。

女とつきあった経験もろくにない、どうせ、自分からしてみれば、取るに足らない男なのだろうと、そう思って侮っていた。架のせいだった。

「聞かなかったんですか」

角刈りの刑事の声が、さすがに責めるようになる。架が「残念ですが」と答えると、眼鏡の方が「わかりました」と頷いた。

「では、他に何か、その相手のことで真実さんから聞いたことや、あなたが気づいたことは」

問いかけに、これまでの記憶を総動員して考える。思い出す。真実が言っていたこと。恐怖の感覚。けれど、男に関する情報で真実が口にしたことはそう多くなかった。――群馬にいた頃に知り合った、真実に一方的な思いを寄せる男。それだけだ。

「連絡が取れなくなる前の真実さんの様子はどうでしたか？　昼間、電話をしたことについては先ほどお伺いしましたが、最後に直接顔を合わせたのはいつですか」

「昨日の朝、だと思います」

記憶を手繰り寄せる。

「おととい の晩、僕は仕事の関係で会食が入っていて――。その日は、真実も夜が遅かったんです。彼女の職場で、送別会をしてもらって」

話しながら、ああ、と思い出す。

「彼女、働いていた会社を、結婚を機に一月末で辞めることになっていて。おとといは、最後の出勤日で、そのまま送別会だったんです。だから、珍しく、僕よりも彼女の方が遅かった」

先にベッドに入って寝ていた架の耳に、真実が帰ってきた気配が感じられた。寝室を覗き込む真実の気配。「架くん？」という小さな呼び声に「おー、おかえりー」とまどろみの中で答え、そのまま眠った。

朝起きると、自分の横で、真実が寝ていた。

あの姿が、自分が見た彼女の最後なのか。

仕事を辞めたばかりの真実と違って、架の出勤の時間が近づいていた。疲れているのだろうと、架は真実を起こさずに、そのまま家を出たのだ。

日中になって、仕事のメールに交じって、式場からの確認事項のメールが来ていたことに気づき――、彼女に電話した。

真実はすぐに出た。

『あ、ごめん。今ちょっと……。また後でこっちからかけていい？』

「いいよ。オレも今から一件、仕事で外回りがあるから、また夜にでも」

それが、彼女と話した最後になった。

「あなたのお仕事というのは？」

「小さな、輸入業の代理店をやってます」

刑事に尋ねられ、架が答える。

「じゃあ、社長さん？」

「そんなたいそうなものじゃないですが……」

苦笑するしかなかった。実際、親が始めた小さな会社を急な事情で引き継いだだけのことだ。しかし、継いだばかりの右も左もわからなかった頃と比べて、今なら少しくらいは時間の自由が利く。前のような会社員だったら、平日のこの時間に警察に相談にくるのは、いかに婚約者のこととはいえ、まず無理だったろう。

「真実さんは、じゃあ、今は働いていなかったということですね。出勤している、ということでもない」

「ええ」

架は苛立ちながら頷いた。消息が知れない、とこちらがこれだけ焦《じ》れているのに、本人が職場に呑気に出勤しているだなんてありえない。刑事の口調がやけに間延びして聞こえた。

「念のため、心当たりがないか、彼女の元職場にも尋ねましたが、退職した後ですし、誰も心当たりはないそうです。彼女の派遣元の会社にも聞きましたが同じです」

「派遣元？」

「そこの紹介で、英会話教室の事務の仕事をしてたんです」

「ああ」

「架さんの会社の事務とか経理とか、そういうことをもうすぐ手伝うはずだったんですよ」

陽子が口を挟む。「夫婦になるから」と彼女が言い添えた。

「だから仕事だって辞めたんです」

「わかりました」

刑事が頷いた。二人が顔を見合わせ、そして立ち上がる。

「真実さんの部屋を、見せていただいても構いませんか」

「はい」

架も頷き、彼らとともに立ち上がった。

何から教えたらよいのだろう——ということを、刑事二人が部屋を見ている間、考えた。

警察に彼女を捜してもらうのに必要なこと。

真実がいそうな場所。

真実をストーカーしていた男のヒント。

ストーカーが群馬の人間なのだとすれば、真実が前橋で働いていた頃の職場について調べてもらう必要がありそうだ。そうなれば、管轄は群馬県警に移るのだろうか。東京と群馬、管轄をまたいでの捜査になるのか――、自分も群馬まで行くことになるのか――。

何かを考えていなければ、落ち着かなかった。

邪魔にならないよう、陽子とともに部屋のソファに腰掛けていると、時折、刑事から質問された。

「真実さんは携帯を持っていましたか？」

「スマホを」

答えながら、警察はスマホのGPSを辿《たど》れるはずだ――と思う。だったら、一刻も早く居場所を特定してほしい。はやる気持ちを抑える。刑事が質問を重ねる。

「普段、彼女が使っているバッグはこの部屋に残っていますか？　お財布とか」

「こちらの家には、最近はほぼ帰っていなかったので……。僕の部屋に身の回りのものは一通り持ってきていたので、ここにはないですね」

「あなたの家には？」

「なかった、と思います。彼女が持って出たんでしょう」

「コートは？」

「彼女が着ていったと思います」

季節は、二月になったばかりだ。上着がなければ到底過ごせない。真実が一番よく着ていたベージュのコートは架の家にもなかった。

「彼女は手帳などをつけたりは？」

「持っていて、よく予定を書き込んでいました。ここにはないようですが」

「こちらは？　――失礼ですが、高価そうなものなので」

刑事がドレッサーの上を見ているのに気づき、架は「ああ」と顔を上げる。エメラルドブルーの小箱だ。「開けても？」と尋ねられ、「どうぞ」と答える。

「僕が彼女にプレゼントした婚約指輪です。――つけるのがもったいない、と彼女は普段はあまりつけていませんでした」

――日常的に使うのは、石のない、もっとシンプルな結婚指輪の方にしたい。

無邪気な希望を口にしていた。箱の中に残されたダイヤの輝きを見て、架の横に座っていた陽子が、すん、と洟《はな》をすする音がした。架が目をやると、陽子はいつの間にかハンカチを握りしめ、目を赤くしていた。誰にともなく「真実ちゃん、本当に……」と呟く。架は彼女から静かに目を逸らした。

顔立ちはあまり似ていない母娘《おやこ》だ。真実がうりざね顔で、一重瞼《ひとえまぶた》の和風な顔立ちなのに比べて、陽子は二重の丸顔だ。パーマをかけた髪も明るい茶系の色に染めていて、真実の長い黒髪とはだいぶ印象が違う。真実はどちらかといえば父親似なのだ、と彼女の両親に会った時に思った。母親に似ているのは、姉の希実の方なのに、「お姉ちゃんとお母さんは仲が悪いの。いつもケンカばっかり」と真実が言っていたことを、こんな時なのに、なぜかふいに思い出した。

事件性が極めて低い――、という結論を聞いた時には、言葉が出なかった。

警察に相談に行った、その翌日のことだ。刑事たちに番号を伝えておいた架のスマホに、眼鏡の刑事の方から電話がかかってきた。

真実さんの件は、事件性が極めて低いものと我々は判断しました、と、あろうことか、彼は言った。

「事件性が低いってどういうことですか?」

声が微かにぶれた。

信じられなかった。二日前に姿を消してから、真実はまだ帰ってきていない。電話も通じないままだ。

今も彼女がストーカーといるとしたら、こうしている一分一秒の間に、取り返しがつかないことが起きているんじゃないかと、そう考えるとたまらなくなり、闇雲にでもいいから捜しに出ていきたいという衝動をこらえ、それでも警察が捜してくれると信じて待っていたのだ。明日にでもまたご連絡します、と言われて。

それなのに。

『真実さんの失踪は、事件ではなく、本人の意思によるものである可能性が高いと判断しました』

「自分で出ていったっていうんですか？　僕たちに何の連絡もせずに？　心配をかけることがわかっているのに？」

ありえない、と思う。

真実はそんな子ではない。思うけれど、その違和感が、彼女の人柄を知らない警察相手にうまく伝わらないことがもどかしかった。

「本人の意思って、だって、失踪する理由はそもそもなんですか。最後に会った時も本当に普段通りだったんですよ」

『落ち着いてください。根拠をご説明します』

声が荒々しく感情的になる架と違って、刑事の声が淡々と告げる。

まず、真実が財布と携帯、コートやバッグなどを持って出ていること。

通帳や印鑑などの貴重品は残されているが、だからこそストーカーや物取りの犯行とも考えにくい。部屋は誰かに荒らされた様子もなく整然としていた。

『あの部屋には、婚約指輪も残されていましたよね』

刑事が付け加えた言葉に、ざわっと鳥肌が立った。それ以上余計なことは言わないが、その事実がどういう解釈をされたのか、架にだって想像がついた。

物が少なく整然とした真実の部屋で、唯一と言っていいほどの華やかさを放っていたティファニーの箱は確かに目立った。――これまで真実のアクセサリーを盗むほど彼女に執着していたはずのストーカーが指輪を持って行かなかったはずがない、と彼らは考えたのだろう。

歯噛みしたくなってくる。このことまで見越して、相手が今回は指輪を盗まなかったのだとしたらたいしたものだ。反吐《へど》が出そうになる。

「真実が誘拐されたのだとしたら、現場は彼女のあの部屋ではなかったと思いますよ。荒らされた形跡がなくても、それで当たり前です」

自分の声が大人げなく、むきになっていく。誘拐、というこれまであえて避けていた言葉を口にすると、自分自身の声に胸がざらりと削られるような感覚があった。

「もともと、真実は最近、あの部屋にはほとんど帰っていませんでした。彼女がストーカーに襲われたのだとすれば、外出した際の、どこかでのことなのだと思います」

だから、部屋に財布も携帯もないのは当たり前のことなのだ。そんなものを根拠に、失踪は真実の意思だったなどと決めつけられたらたまらない。

『それはそうかもしれませんが、真実さんは、お仕事も失踪の前日に自分の意思で辞めていらっしゃいますよね』

「仕事もって……」

耳の後ろで、ちりっと火花が散るような音が聞こえた。

それが何の関係があるというのだろう。仕事は確かに辞めたが、それは自分と結婚して、架の会社を手伝うためであって、今回の件とは関係がない。あれだけ丁寧に説明したのに、なぜ、そんなふうな大雑把な解釈をされてしまうのか。

「彼女が家出をするために、仕事を自分で辞めていたとでも言いたいんですか？　まさか。仕事は関係ないですよ。彼女が仕事を続けていたなら、今頃、職場でも大騒ぎになっていたはずです」

仕事を辞めたタイミングはたまたまなのに、警察にそんな解釈をされたとするなら不運としか言いようがなかった。これが退職する前だったら、彼女の会社まで巻き込んで、一緒に行方不明者届を出したり、捜索することだってできたのに。

あるいは、ストーカーは、真実が退職するタイミングを狙って動いたのだろうか。

真実が登録していた人材派遣会社は、連絡すると、『うちとの契約は先月末までなので……』と歯切れの悪い口調だったが、実際に働いていた英会話教室の方に連絡すると、元同僚たちは皆、心配していた。職場でも、送別会でも、変わった様子は特になかったように思う。ストーカーの話も聞いたことがない、とても心配ですね、という言葉をかけてもらい、『心当たりを私たちも聞いてみます』と話してくれた。言葉は形式的なものではなく、実際に今日になってから、『真実さんは見つかりましたか』と連絡がきた。日本語を母国語としない、外国人らしい、独特のイントネーションで話す女性だった。彼女が『できることがあったら教えてください』と言ってくれる、その誠実な口調から、真実が退職直前まで真面目に働き、彼らに信頼されていたことが伝わってきた。

「彼女はただいなくなったんじゃない。それだったら、僕だってここまで問題にしていませんよ。だけど、彼女にはつきまとっているストーカーがいたんです！」

『そのストーカーなんですが、誰だったのか、何か、他にヒントになるようなことは思い出せましたか?』

尋ねられ、反論する言葉を挫《くじ》かれる。相手がどこの誰だったのかは、依然として何のヒントも増えないままだ。架が沈黙したのを察して、刑事が続けた。

『大変申し上げにくいのですが、我々としては、真実さんがその相手とご自分の意思で姿を消された可能性もあるのではないか、と思っています。あくまで可能性の話ですが』

「そんな馬鹿な!」

これまでで一番大声が出た。はっきり侮辱だと感じるが、憤りと同時に、胸に一抹、苦いものがよぎる。

架が警察に行こうと言った時の、真実の態度だ。ストーカーの男をまるで庇うような。

——相手の気持ちも、なんとなく、わかるところもあるから。

——三十過ぎてからの失恋が、つらい気持ちとか、なんていうのかな、不安な気持ち。

あの態度に、架自身、釈然としないものを感じたことがあったのだ。刑事の言葉に、いまさらながら自分が覚えていた違和感を浮き彫りにされた気持ちになる。

告白されたのを断っただけ。何があったという相手ではない。

しかし、相手がたったそれだけのことで、群馬から追いかけてくるものなのか。真実の言葉を鵜《う》呑《の》みにしたのは間違っていたのか。

一方的なストーカーではなく、真実と男の間には、架の知らない何かがあるのか。

電話口で架が一瞬、言葉に詰まった、その隙を突くようにして刑事が『ともかく』と続けた。

『これだけの事実では、我々としてもできることはないんです。行方不明者届を出していただくことはできますから、ひとまずもう一度署の担当課に――』

行方不明者届という言葉が空虚に響く。警察が、事件性のない多くの家出人や行方不明者の捜索に本腰を入れることはまずない。それくらい、架だって知っている。

そして真実の件は、今、事件性が低いと判断されてしまった。あとは紙切れ一枚を形式的に提出して、それで終わりにしてください、と言われているのと同義だ。

目を閉じる。長く細く、息を吐きだしながら、やがて尋ねた。

「どこの誰かわかれば、もう少し、調べていただくことはできるんでしょうか」

『どこの誰、とは?』

「相手の男です。真実につきまとっていた。ストーカーの素性がわかれば、もう一段階、その相手を捜査してもらえますか? そいつは真実の家に不法侵入しているし、アクセサリーだって盗んだ疑いが強い。真実の誘拐はさておいても、窃盗ですよね」

『ええ』

刑事が答えた。

『それがわかれば、こちらも検討します』

「わかりました」

唇を噛みしめるようにして、架は言った。電話を切る前に、刑事が『何かあればいつでも連絡をください』と声をかけてきた。

『ご心配は、よくわかります』

刑事の声は、冷静で淡々としていたが、悪意のあるものでも、突き放したものでもなかった。少なくとも、メディアでよく言われるような紋切り型の拙い応対とは違う。力になれないと言いつつも、こちらの言い分を真剣に聞く姿勢が感じられる。その彼らが、できることがもうない、と言っている。

けれど、架はもどかしかった。

刑事の声が積み重ねた、事件性が低いとされる「根拠」と「事実」だけで事態は語れないのだと、ただただそれが悔しく、行き場のない焦りと憤りが募る。

怯《おび》えていた真実の震えも恐怖も、刑事たちは知らないのだ。

プロポーズの日に、指輪をあれだけ喜び、結婚を心待ちにしていた真実の笑顔も。その彼女が自分で姿を消すなんて考えられない。第一、理由がない。

警察にとっては、真実の失踪は多くの行方不明者のそれと同じなのかもしれないが、架には、家族にとっては違う。それをわかってほしかった。

「架くん、どうしたの。誰から電話？　ひょっとして警察？」

隣の部屋から、陽子が声をかけてくる。昨夜、架のマンションに泊まってもらった陽子は、一晩で一気にやつれてしまったように顔色が悪かった。

聞こえていた架の声で、状況がよくないことが伝わっていたのだろう、目が泣きそうに潤んでいた。

GPSを辿る方法を教えてほしい、とLINEを送った大原《おおはら》は、その日の夜には都合をつけて、架のマンションまで来てくれた。

大学時代からの親友で、今は、電子機器の卸の会社を経営している。架と同じ自営業だが、父親の急死でやむを得ず、巻き込まれるようにして家業を継いだ自分と違って、大原の場合は、勤めていた同業の会社で十分に経験と実績を積んだうえでの独立だ。三十九歳で未だ独身の自分と違い、二十代半ばで結婚した妻との間に二人の子どもがいる。

急な呼び出しを詫びる架に「いいって」と、大原が首を振った。

「それより驚いたよ。一体どういうことなんだ？　真実ちゃんがいなくなるなんて。それにストーカーって」

「もうすぐ結婚するつもりだったし、それで解決すると思ってたんだ。だから、周りには話してなかった」

だいたいの事情は、昼間、すでにLINEのやり取りで伝えてあった。

無精ひげに適度な長さに流した髪、シャレたカフスが嵌《は》まった袖口から覗くIWCの時計。彫りの深い顔立ちのせいもあって、学生時代の悪友の女性たちが、大原のことを「いかにも遊んでる社長って感じ」と仲間うちでことさら揶揄《やゆ》してみせていたのは、おそらく本当はこいつのことが異性として気になってたまらなかったからだろう。「本当にいかにも社長然としてるよな」と架が茶々を入れると、「勘違いしないでね」と彼女たちからにらまれた。「架も、一緒にいると、〝社長ズ〟なんだからね」。――そういう失礼なことを言うのは、いつも一番つきあいの長い美奈子《みなこ》だった。

仕事先からそのまま来てくれたのだろう。ネクタイを緩めながらソファに腰かけた大原が、架を見上げて切り出す。

「うちと取引のある会社で、GPSの関係機器をレンタルしてる業者がいるんだ。素人がGPSを辿るにはどうしたらいいかって、今日、雑談レベルでそれとなく聞いてみたけど」

大原の目が翳《かげ》る。

「通信会社に連絡して調べてもらうことは、たぶんできる。だけど、お前もわかってると思うけど、電源が入っていなければそれまでだ。どうしようもない」

「……ああ」

真実の携帯は、昨日から同じアナウンスを繰り返すだけだ。電源は入れられていない。こちらに連絡もない。

「真実ちゃんのお母さんは？」

架一人が立つカウンターキッチンの方に顔を向けながら、大原が尋ねる。架は冷蔵庫からペリエの瓶を二本取り出しながら、「帰ってもらった」と答える。

「これ以上こっちにいたところで状況が変わるわけでもないし、とりあえず帰ってもらった」

何かあれば連絡する、と伝えたが、陽子は何度も、本当に大丈夫なのか、自分も残った方がいいんじゃないのか、としつこいくらいに確認していた。心配と動揺で、また喋《しゃべ》り方が気忙しいものに変わっていた。このまま群馬に帰るのが落ち着かないのだろう。最後には、義父に『ひとまず戻ってこい』と電話口で説得された形で、家に帰っていった。

ペリエの瓶を受け取った大原が、「大丈夫か？」と架を見た。

「仕事は？」

「――昨日はほとんど何も。今日は昼過ぎから出た」

従業員五名ほどの小さな会社だ。社長が一日休んだだけで、業務が滞ることもそれなりにある。

目の奥が、もう何日も寝ていないように痛んだ。実際、この二日、ほとんど眠れていない。明日はまだ金曜で、さすがに仕事に戻らないわけにはいかない。婚約者が行方不明になっている、というこの精神状態のまま、自分が取引先を回ることや書類の確認をすることを考えると、悪い冗談のようにしか思えなかった。こんな時でも、生活しなければならないし、時間は流れるのだ。

架の会社――、父から継いだ「ブリューイング・カンパニー」は、イギリスの地ビールを専門に取り扱う代理店だ。もともとは会社員で商社の貿易部勤めだった架の父が、定年後に半ば道楽のような気持ちで一人で始めたものが、だんだんと大きくなった。扱うビールがたまたま広尾の人気レストランのオーナーの目に留まり、テレビで紹介されたりするようになって、それまで専業主婦だった母のことまで経理に駆り出し、それでも追いつかなくなって、社員として人を雇うまでになった。

父が会社を起こしたのは、架がまだ学生だった頃だ。架にとって、父親の会社はセカンドライフの楽しみ程度のものなのだろうと思っていた。業務の内容はなんとなく理解していたものの、それは自分には関係のない話で、自分自身の就職はそれとはまた別なのだと考えていた。出張と称してしょっちゅうイギリスやその周辺国に出かける両親は楽しそうで、シニアの海外旅行のように見えていた。そこに自分が加わることなど想像がつかなかったし、実際、架の大学卒業後の進路希望はマスコミ関係だった。第一志望ではなかったが、銀座にある中堅の広告代理店に就職が決まり、そこでそれなりにキャリアを積んでいた。

そんな折、父親が倒れた。

それまで病気らしい病気をしたことがなかった父だった。驚きつつ病院に駆けつけると、医師からいきなり危篤状態だと告げられ、たとえ助かったとしても後遺症が残ることは免れない、とはっきり言われた。

今から六年前のことだ。架は三十三歳だった。

あの元気だった父親がまさか――と信じられない思いでいると、その日のうちに父が亡くなった。くも膜下出血という診断を前に、母も架もただ茫然とし、哀しみや寂しささえ感情が追いつかないほどだった。それくらい何の準備も覚悟もない、突然の別れだった。

現実感がないまま通夜と葬儀を終え、あわただしい相続の手続きが始まると、ようやく父の不在が実感された。父の遺した会社をどうするか――という話になって、気づくと架は「継ぐ」と母に告げていた。誰かに強要されたわけではなかったし、実際、母は、会社をなくす方向でも構わないと思っていたようだった。架本人も、なぜ継ごうという気になったのか、一言では説明できない。ただ、その時はもうそうすることが一番自然に思えた。

突然すぎる父の死を、父が遺したものを継ぐことで少しでも自分の中で整理したかったのかもしれないと、今になれば思う。

せっかく就いた仕事をわざわざ辞めてまで――と、母は当初かなり心配していたようだったが、架が本格的に父の会社の事業について勉強を始め、社員たちに仕事を教わるようになってしばらくすると、「内心、ほっとしたの」と言っていた。

「会社が残せて、社員の人たちもクビにしなくて済んで。私一人じゃ続けたくてもきっと無理だったろうし、架がいてくれてよかった」

とはいえ、それまでとは畑違いの仕事だ。最初の一、二年は、取引先回りで出張が多く、かつ専門知識の勉強に追われ、ほとんど記憶がないくらいに忙しかった。代替わりしてようやく仕事が落ち着いてきたのは、まだここ数年のことだ。

「お前のお母さんには真実ちゃんのこと伝えたのか？」

大原に聞かれ、「ああ」と頷く。

「心配してる」

「だろうな」

母は、真実が今の仕事を辞めてうちの会社を手伝うと決めてくれたことに感謝していた。「これからよろしくね、真実ちゃん」と笑いかけ――、それに「はいっ」と答える真実の目が、少し潤んでいた。「泣いてるの？」と尋ねる架に照れくさそうに目頭を押さえ、「架くんのお母さんにそんなふうに言ってもらえるなんて嬉しくて」と、彼女も言っていた。

そんな会話を、うちでしていたばかりだったのに。

「これからどうするんだ」

大原が尋ねる。

「GPSが辿れなかったら」

「――一度、群馬に行ってみようと思ってるんだ。警察が動いてくれないなら自分で行くしかない」

架が答えると、大原が少しばかり意外そうに目を瞬《しばたた》いた。「自分で？」という声に「ああ」と答える。

「興信所を使うとか、そういうことは」

「それが、彼女のお母さんがそこにはかなり抵抗があるみたいで」

架もすぐに提案したことだった。しかし、真実の母親は「興信所」という言葉が出た途端、知らない外国語を聞いたように、理解できない、という反応を示した。

――興信所って、そんな……。他人に、自分たちのことを話すつもりなの？　その人たちが、群馬まで来て、あの子が勤めていたところの周りをいろいろ調べたり、聞き込みしたりするってことなの？　あの子は県庁の臨時職員だったけど、うちのお父さんの知り合いの議員の先生の紹介で入ったところだし、しっかりしたところよ。そこにも行ったりするってことなの？　興信所が？

真実の母親は、考えるよりまず言葉が先に出る人なのだと、この二日一緒にいてわかるようになった。声に出してしまってから自分の言いたいことを考える。彼女が伝えたいのは、どうやら「世間体が気になる」ということらしかった。

そんなことを言っている場合ではないだろう――とさすがに架が食ってかかろうとすると、陽子が重ねてこう言った。

――それに、ああいうところって、何十万もかかるんでしょう？

その言葉に、怒りを通り越して唖然とした。振り上げた拳の行き先を失った思いで陽子を見つめ――けれどその時、ふと、思ったのだ。

何かあるのか?と。

本当に娘が心配なら、手段や世間体になど構っていられないはずだ。昨日は生きた心地がしない様子だった陽子が少し冷静にすぎないか——と。

警察が真実の失踪を事件性が低いと判断したことを、架は彼らからの電話の後で陽子に伝えた。真実が自分の意思で、ストーカーの相手の男と一緒にいる可能性さえ示唆されたことを伝えると、陽子は「そんな馬鹿な」と絶句し、それから黙り込んでしまった。

娘を侮辱された思いでそうなったのだとばかり思っていたけれど、あれは、——怖くなった部分もあるのではないか。

娘が、ひょっとして警察の言う通り、自分の意思で相手の男と消えたのだとしたら——と、陽子がそう思うような何かが、真実の群馬時代にあるのだとしたら。彼女の気にする世間体とは、そうした、娘への別の意味での〝心配〟も含まれているのだとしたら。

真実が群馬にいた頃に何があったのか。ストーカーについて、陽子は何も聞かされていなかったと言ったけれど、ひょっとすると心当たりがあるのではないか。

——ともかく、私だけじゃ決められない。お父さんに聞いてみないと。

その言葉を聞いて、これ以上は無理だ、と判断する。仕事でもよくあることだった。夫婦だけで経営している小さな店に営業に行くと、経理や交渉事はすべて妻が任されているという話だったのに、突然、決められない、とこの言葉が出る。「お父さんに聞いてみないと」「あの人がなんて言うか」。自分の気持ちは決まっているのに、責任を夫に委ねないと決断できない彼女たちの常套句《じょうとうく》。父が存命だった頃の自分の母も含め、この年代の既婚女性たちのこういう物言いが架にはじれったい。

陽子は何かを知っているのかもしれない。だからこそ、群馬に一度行ってみようと思っていた。それに、興信所を頼むにしても、都内の会社に依頼するより、地元の業者の方が土地勘がある分、期待できる気もしていた。――地元で頼むなどと言ったら、また陽子には渋い顔をされるのかもしれないが。

「彼女のお母さんの気持ちもわからないじゃないけど、じゃあ、彼女の母親は娘がすぐに帰ってくると思ってるってことか？」

架から事情を聞いた大原が眉を顰《ひそ》めて言う。

「何回か会っただけだけど、オレは真実ちゃんは真面目な子だと思うよ。自分から男についていくような、そんなふうには見えなかった」

「オレだってそう思ってるよ」

大原が言ってくれるのが、たとえ架の気持ちを慮《おもんぱか》ってあえて言っているのだとしても救われる思いがした。けれど、と架は首を振る。

「だけど、お母さんの口ぶりから、何か事情があった可能性もあるような気がしたんだ。週末までに真実が帰ってこなかったら、ひとまず群馬に行ってみる」

「単純なマリッジブルーとか、そういう話ならいいんだけどな」

大原が言って、架が見つめ返す。

マリッジブルー。

自分との結婚が嫌になって逃げだしたということか――。架の視線に気づいた大原が肩を竦《すく》める。

「別にお前のことが特別嫌だとか、そういうことじゃなくて一般論だ。どんなに好きな相手とだっていざ結婚ってことになれば少なからず迷ったり、これでよかったのかって思うこともあるだろ。オレだってそうだった。たぶん、うちのヨメさんも」

「だけど、お前らが二十代で結婚したのと違って、オレたちは年も年だし、つきあってもう二年だぞ？ いまさらマリッジブルーとかそんな」

「そうか？ お前だって迷ってただろ、決断するまで。それこそ、二年も彼女のこと引っ張るくらいに」

そう言われると、言葉に詰まった。

真実と結婚するかどうか――。決意するまで、会うたびごとに大原に相談してきたのは事実だった。相談というほど重たくはなかったかもしれないが、少なくとも、架は迷いを口にしてきた。

「式は、予定だと九月だっけ」

「……ああ」

「ようやく決断したのにな」

改めて言われると、息苦しくなる。

そんなつもりはなかったと言い訳したくても、大原が無意識に使ったのであろう〝彼女のことを引っ張った〟という言葉が小さな棘《とげ》のようになって胸に刺さる。

「式場、確かもう押さえてあるんだよな」

「麻布《あざぶ》のミランジェハウスだよ」

いくつかの式場を見学して先週決めてきたばかりだった。繁華街から離れた閑静な裏通りにあるゲストハウスは一日一組限定で、晴れれば緑のきれいな庭園でガーデンウエディングやデザートビュッフェができる。真実と選んで二人で決めた。

九月の真実の誕生日に入籍し、その週末の土曜日にそこで挙式予定だった。

キャンセル料が必要になるのがいつからなのかということを、架は今日の昼間、式場からもらった文書ですでに確認してあった。三ヵ月前から二十パーセントのキャンセル料が発生し始めることを書類で確かめてしまってから、縁起でもないことを調べた自分自身に軽く失望を覚えた。

式場名を口にした架に、大原がなぜか戸惑うように目を瞬いた。「どうかしたか？」と尋ねると、すぐにその表情を打ち消す。「いや」と軽く首を振った。

「手伝えることがあれば何でも言ってくれ。──心配するのはわかるけど、お前もあまり思いつめるなよ。真実ちゃん、本当にあっさり帰ってくることだってあるかもしれないんだから」

「ああ」

優しい大原が言ってくれるのが、気休めなのかどうかわからなかった。

「来てくれてありがとう」

玄関先で礼を言って、送り出そうとすると、靴ベラをつかって革靴を履き終えた大原が振り向いた。逡巡するような沈黙がわずかにあってから、おもむろに彼が言った。

「架。後から誰かに聞いて嫌な思いをするといけないから、一応、言っておく」

「なんだよ」

「麻布のミランジェハウス、たぶん、アユちゃんが挙式した場所だよ」

言われた瞬間、耳から音が消えた。ショックを受けたことを悟られたくないのに、顔から表情が瞬時にして消えたのが自分でわかる。どうにかして取り繕おうと――苦笑を浮かべようとするまでにかかった間が、どの程度だったのかわからない。長い時間が経ったような気がした。

「――それが? いつの話してんだよ。どうでもいいわ、マジで」

架が言うが、大原が気遣わしげにまだ架を見ている。

心拍数が上がっていた。大原が静かに「そうか」と言う。

「お前がそう言うなら、いい。気にするかと思って」

――真実ちゃんのこと、何かできることがあれば言ってくれ。

もう一度言って、大原が帰っていく。それ以上何も言わないでいてくれたことがありがたかった。

親友が帰った後の玄関で、架はうなだれる。壁に頭をつけて右手で額を押さえると、言いようのない感情が込み上げてくる。それがどうした、と頭では思っているのに、この息苦しさが自分がまだ「どうでもいい」段階にないことの何よりの証明だった。動揺している。今はそんな場合か——と我ながら思うが、自分でもどうにもならなかった。

三井亜優子《みついあゆこ》——アユは、架が真実の前につきあっていた女性の名前だ。

架がまだ前職の広告代理店に勤めていた頃、毎夜のように開いていた飲み会のひとつで知り合った。

中学時代、一緒に登下校をするくらいの関係を「彼女」と呼んだ最初から、架には恋人がいなかった期間というのがほとんどない。昔から女友達も多かったし、自分から動かずとも女性の方からやってくる。片想いの経験も、失恋の経験も人並み程度にはあると思うが、それでも女性に不自由したという記憶はない。

アユは、同僚の女性が自分の大学の後輩としてつれてきていた。年は、架の六歳下。その頃、前の彼女と別れたばかりだった架の方から、珍しく「かわいい子だな」と思って声をかけた。

少し茶色みがかったボブの髪が健康的で明るい印象で、大きな瞳にとても力があった。その目に見つめられると、まるですべてを見透かされているような——そんな気持ちになった。真っ当な正しさで照らし出されてしまうような、健全な明るさが彼女にはあり、実際、物言いもはっきりしていた。けれど、それらの口調に嫌味がなく、話していて不快な感じがまったくなかった。

「架さんって、かっこいいけど、誰のことでも口説いてそうだからなぁ。軽そう」

最初そう言って警戒されたが、好きな映画や酒の話、あとは、当時、架が趣味でやっていたランニングの話をするうち、「私も走ってみたい」と彼女が乗り気になった。

走ることに関して、アユは初心者だったが、架のアドバイスのもと二人でシューズを選んだり、架のランニング仲間に加わって、一緒に都内のランニングのスポットを回るうちにだんだんと打ち解け、自然と二人だけで会うようになった。

休みを合わせて各地のマラソン大会にも申し込むようになり、大会に合わせてホノルルやフィレンツェや——海外にもだいぶ一緒に行った。活発な子で、たとえ架が申し込みの抽選に落ちてしまっても、「じゃあ、私だけで行ってくるね」とフットワーク軽く出かけていく。女一人の海外が心配で、架もついていったこともあったし、「頼むから友達か誰かと一緒に行ってくれ」と頼んだこともある。

昔から旅行や映画が好きだったようで、いろんな方面に友達が多く、話がめちゃくちゃにおもしろかった。架もアユの影響でこれまで興味がなかった音楽の野外フェスにつれていかれたり、興味の幅を一気に広げてもらったように思う。

学生時代からの架のクセの強い女友達とも、引き合わせた飲み会であっという間に意気投合し、「この間、美奈子さんの家に泊めてもらった時にね」とアユからいきなり聞かされた時には驚いた。いつの間に――と思ったが、当の女友達がアユのことをまるで妹のように抱き寄せ、「仲良しだもんね、私たち。架の悪口でいくらでも飲めるんだもんねー」と、二人で楽しそうに笑う姿を見ていると、悪い気はしなかった。昔からの自分の交友関係の中に彼女が身内のように溶け込んでいくのが、架も嬉しかった。

外資系のファッションブランドのショップに勤務していて、架とつきあい始めた頃に肩書きが主任になった。青山店の店長候補として期待されているのだという話を、彼女の同僚だという子から聞かされたことがあった。きっと仕事もできたのだろう。一緒にいて、年上の架の方が「ちゃんとしてよね!」と叱られることも多かった。

特別な恋人ではない――、とつきあっている間は思っていた。

アユと一緒にいるのはもちろん楽しかったが、それは、これまでつきあってきた恋人と変わらないと思っていた。

だから――結婚、という話をいきなり切り出された時、架は咄嗟《とっさ》に反応ができなかった。

架が三十二歳。アユが二十六歳。

つきあって一年ほど経っていたが、まだそんな段階ではないと思っていた。架の周りでは、女友達はだんだん結婚し始めていたが、男性は独身の方がまだまだ多かった。

「架くんは私と結婚するつもりがある?」

アユらしくずばりとした言い方で、そう聞かれた。「結婚って……」と答える自分の声が無意識に笑っていた。アユが真剣に聞いているとは思わなかった。

「私、結婚がしたいんだよね。昔から、二十五歳くらいには結婚したいって、そう思ってた」

「だって仕事は？」

「続けるよ。続けるけど、将来子どもが生まれるにしても、若いうちの方がきっと体力もあるし、産休や育休を取るにしても早いうちから長期的に考えて、一番周りにも負担が少ない時を選びたいし」

「そんな先のことまで考えてるの？」

驚き、戸惑いつつ尋ねる。この時、架は気持ちの上で微かに引いていた。

アユはまだ二十六じゃないか。

率直な気持ちとしてそう思った。周囲で恋人が結婚を焦り始めていて――というような話を聞く時、相手の女性はだいたい三十前後だ。それならば焦る気持ちも理解ができるが、だからこそ、自分はそういうプレッシャーとは無縁なつきあいが彼女とできていると思っていた。

この時のアユの言葉を、〝プレッシャー〟だと思った自分が、架は今ならば、傲慢だったと認められる。

「私、両親が遅くに作った子どもだから」

　アユがぽつぽつと話し始めた。

「今だとそんなに遅くないんだろうけど、母が三十九歳の時の子なの。だから、小さい頃から親にふざけ調子に『アユが結婚する時には、お父さんたちはもうきっと生きてないな』って言われて育ってきて。それが寂しすぎて、泣いちゃったことがある。花嫁姿をできるだけ早く見せてあげたいなって思ってきたの。できたら孫も」

「……そうなんだ」

　答えながら、気持ちがますます引いていく。そんな話を聞かされても受け止めきれない、という思いだった。

　母親が三十九歳の時の子だというなら、彼女の両親はまだ六十代だろう。特に病気をしているという話も聞かないし、何を勝手に焦っているんだろう――と呆れた思いがした。

　三十二歳の架は傲慢だった。

　結婚は、いつか落ち着きたいと思った時にすればいいことで、それは今じゃない。結婚相手としてのアユがどうということではなく、ただただ「せかされる」こと自体がごめんだという気持ちがあった。勘弁してくれ、と思った。

「――いずれは、とは思ってるよ。だけど、今すぐどうっていうのはちょっと考えられない」

　アユのことは好きだが、結婚――そして、子どもを、というのはまだまったく想像ができなかった。今のように海外にマラソンに行ったり、自由に恋人同士の時間を謳歌しながら、アユが自分の仕事と絡めて内心で結婚や出産といったことまで考えていたことに、その時はうっすら「女って怖い」と思ってしまった。

まだこちらにそんな気がないのに「結婚」を迫る女子は、問答無用で「怖い」と思って許されるような、そんな気がしていた。

今考えると、アユは、現実をちゃんと見ていただけなのだ。これから先の自分の人生設計を、自分の手でちゃんと摑もうとしていた。それを「怖い」としか捉えなかったのは架の未熟さと身勝手さだ。

架の答えを受けたアユは、表向き、取り乱さなかった。「そう」と静かに答えて、「わかった」と呟いた。

そこからまさか数年で、こんなに自分の考えや、結婚に対する意識が変わるだなんて、その時は、想像もしなかった。

アユとそんな話をして半年経たないうちに、架の父が亡くなった。

青天の霹靂《へきれき》のような父の死。そして、会社を継ぐという決意。

アユは優しく、しっかりした子で、父の死に衝撃を受ける架に寄り添い、仕事を変わると言った時も反対するでもなく、むしろ応援してくれた。「私もできることがあれば手伝うから」と。葬儀の席に来てくれた彼女を自分の母親にも紹介し、架の母も「しっかりしたお嬢さん」とアユを気に入っていた。

結婚したい――、というアユの思いは、それからも、うっすらとしたプレッシャーとして、常に感じていた。けれど、それは今じゃない。父の会社を引き継ぎ、とにかく忙しかった。取引先回りの出張が続き、死にもの狂いで専門知識と経営の勉強をして、社員たちとも新しく関係を築く中で、当然のごとく、アユとの時間は減っていった。マラソン大会にも海外旅行にも行くことはなくなり、日々のやり取りさえ電話もメールも前のようにはいかなくなった。

会社を軌道に乗せるため――落ち着いたら、次はアユとの結婚について真剣に考えよう。前は、身を入れて聞くことができなかったアユの「両親に花嫁姿と孫を見せたい」という話が、自分が父を失い実現できなくなってみて、初めて身に沁みるようになっていた。

仕事が落ち着くまで。

あと数年の間は。

その期間を彼女が待っていてくれるものと思っていたこともまた、架の傲慢だった。アユから別れを切り出されるまで、架は一度たりともアユが自分のもとから去る可能性を考えなかった。それぐらい長く深いつきあいになったように思っていたし、家族のように思って――甘えていた。

まだ家族ではなかったのに。

家族のように思いたいなら、家族になるべきだったのに。

「別れたい」というアユの意思は固かった。

いまさらのように「ならば結婚したい」と言いだした架に、アユは笑って、「遅いって」と言った。

とても寂しそうに。

「もう遅いよ。私はもう待てない」

それでもアユはまだ二十代だ。しかし、まだ二十八歳じゃないか、とは、この時もう架は言えなかった。自分の認識だけが甘く、間違っていたのかもしれないと初めて思った。

架の仕事が落ち着くビジョンは、恋人のアユに見えなかったように、架自身にもまだ見えなかった。しかし、それでも皮肉なことに、ある日急に「もう大丈夫だ」と思える瞬間がやってきた。自分と会社以外のことを考えられる余裕が芽生えたその時に、未練がましく、架はアユに連絡を取った。

やり直したい。今度こそ大丈夫だから、と。

架の申し出に、アユの答えは明瞭だった。

今度結婚します、と彼女は答えた。

新しい相手とは、知り合って数ヵ月のうちに結婚を決めたらしいと人づてに聞き、嫉妬と悔しさとふがいなさで、一時期は相当落ち込んだ。こうなってみて、自分が失ったものの大きさが改めて胸に迫った。

時間ができて、昔の友人たちとの集まりに顔を出せるようになっても、そこにはもうアユがいない。口の悪い女友達から「あんないい子をどうして大事にしなかったの」と言われるたびに、その言葉が彼女らが思っているより何倍もの威力で架を傷つけた。みっともないとわかっていても、アユのことをずっと引きずっていた。

特別でない、と思っていた恋人だった。けれど、そもそもそんなふうに思うこと自体が傲慢であり、間違いだった。

結婚したい、と強く思うようになったのは、アユが去って、しばらくしてからだ。アユへのあてつけ、という思いもあるにはあったかもしれない。けれど、それよりもずっと強い思いで、結婚している友人たちのことが単純に羨ましく思えるようになっていった。

自由気ままな恋人同士ではなく、ともに家族まで巻き込んだ社会的な関係になり、親を安心させる。あれだけ抵抗があった結婚に伴う「責任」こそが、むしろ欲しくてたまらないものに感じられるようになってくる。

かつての恋人が、これから誰かと生涯をともに過ごすというのに、自分は一生一人で過ごすのか。ひとたびそう考えると、自分の四十代、五十代、この先のことが恐ろしくてたまらなくなった。

誰かと一緒に生きたい。

自分と生きてくれる誰かと、家庭を持ちたい。

あれだけ趣味や仕事に費やす時間を尊く思えていたはずだったのに、この先いつまでこの調子で生きていくのかと思うと、一人きりで過ごす残りの人生がひどく長いものに思えた。その年月を、このまま耐えられると思えなかった。無理矢理にでもいいから、誰かに束縛や制約をされたい。そういう煩わしかったはずのものが、無性に懐かしく、欲しくなっていた。

考え方がひとつ変わると、見える景色は百八十度変わる。これまでは子どもがいる友人たちを単に「大変そう」「自分の時間がなくなる」くらいにしか思っていなかったのが、見方が変わっただけで、その「大変だ」という話が必ずしも言葉通りなだけではなく、楽しさの代償としての惚気《のろけ》話のように聞こえた。

アユと別れた後、周りからは「架なら、すぐに次の彼女が見つかるよ」と言われた。架もまた、アユのことを引きずりながらも、心のどこかではそうなるように思っていた。けれど、たった数年の間に、架の周りの世界は様変わりしていた。社会人になった当初、あれだけあった飲み会が今はない。職を変わったから、という点も関係しているかもしれないが、何より、架は年を取っていた。三十代後半になると単純に、周りが結婚して落ち着き、出会いを求めるような飲みの場がなくなるのだ。

親切でお節介な友人たちが、「いい子がいる」と紹介してくれるようなことも、あるにはあった。けれど、それもまた三十代前半までの気楽な紹介よりハードルが高く、気に入ったから何回か遊ぶ——という単純さが許されない雰囲気があった。来ている相手も真剣なのだから、結婚を前提に真剣につきあえるかどうかを常に試され、そうでなければデートもできないような、そんな雰囲気だ。ある時それを「疲れる」と、その時の紹介者だった美奈子に洩らしたところ、「婚活なんだから当たり前じゃん」と怒られた。

その言葉を聞いて、ああ、オレがやっているこれって世の中で言うところの「婚活」なのか、と初めて気づいた。

美奈子は、学生時代からの架の女友達の中でも、最も辛辣な本音を聞かせるタイプの女子だった。架がいたのよりも大手の広告代理店に勤め、長らく独身でいたものが、「くされ縁だった同僚」と結婚したばかりで、架の世話もよく焼いてくれた。——学生時代、関係を持つところまではいかなかったものの、架とも何度かつきあいかけたことがあって、そうした意味では自分ともまたくされ縁のような仲だった。

彼女から「婚活」という言葉を出されたことで、ならば——と、自分からも動いた。

自然な出会いや勢いに頼れるような若さがもう自分にも周りにもない以上、「ちゃんとした相手」と出会いたければ、あとは婚活という話になるのだ。調べてみると、婚活にも様々な方法があり、それを特集しているメディアの記事も、仲介する業者もたくさんあった。

学生時代からの男友達の一人が、婚活アプリで出会った相手と結婚したと聞き、その式に呼ばれて、架は驚いた。花嫁は、国家公務員でこれまで仕事に忙しく出会いがなかった、という利発そうな女性で、その横で微笑《ほほえ》む友人はとても幸せそうだった。条件や容姿だけで相手を判断するわけではない。けれど、披露宴で並ぶ二人は仲睦まじく、その様子が架にはただただ羨ましかった。

友人に教えてもらったそのアプリに、架も登録した。

とはいえ、婚活は、思ったようには進まなかった。最初の一人で結婚が決まるような相手とすぐに巡り合えるはずもないかもしれない――、けれど、それが三人、五人、と続くと、さすがに心が折れそうになる。

相手に気に入ってもらえることは、ここでも多かった。

けれど、アプリでちょっといいかもと思った相手と会うところまでの交渉を毎回テンプレのように同じやり取りで重ねるのはやはり疲れたし、いざ二人で直接会ってみても、何かが合わないと感じる。

婚活は、その繰り返しだった。

このまま誰とも出会えないのではないかと、孤独を感じたことは一度や二度ではなかったし、心の中は、やはり自分のこれまでの恋愛と、今している婚活とを比べてしまう。気軽な気持ちで手に入れ、つきあってきた、アユを始めとする歴代の彼女たちと、婚活で「結婚」を背景に、試し、試されるような気持ちで会う女性たちは、やはり、何かが決定的に違った。一言で言えば――楽しくなかった。

恋愛の先にあるべきものが結婚だと思ってきたはずなのに、出会う女性出会う女性に、これまでの恋愛のような楽しさが感じられない。軽やかな遊びの部分が排除され、社会的な存在としての価値のみが試されるこれは、むしろ、恋の楽しさの対極に感じられた。何かに似ている――と考えて、ああ、これって就活と似ているんだ、と気づいた。あの時の、試され、選ばれるように努力しながら、選ばれ、落とされ――というしんどさと、どこか似ている。

あれだけ気楽に恋愛してきた過去が、むしろ、自分のことではないように思えてくる。――なぜそんな気持ちになったのかわからないが、そんなある日、架は、アユのフェイスブックを開いてしまった。SNSを魔の場所だと思い知ったのはその時だ。トップページで純白のウエディングドレス姿のかつての恋人の姿をそこに見て、頭が――真っ白になった。

未練がましい、と思っても動揺した。

何人か、いいと思って会うのを重ねている婚活の相手はいたが、その存在が頭からすべて吹き飛ぶ。目頭を押さえて深呼吸し、大原にメールを打った。

「すごくどうでもいいんだけど、今、昔の恋人のフェイスブックを見たら、おととい挙式だったっぽい。ショックを受けてる自分がいて笑えた」

大原からの返信は早かった。

『なんだ。何かと思えばそんなどうでもいい話か。そんなことより、今度お前の好きなあのバンドが来日するから、チケット取るよ。行って飲もう』

男友達の存在を心底ありがたい、と思った。そして、自分自身に呆れる。四捨五入して四十になろうという大の大人が、まだ失恋くらいのことでこんなに胸が抉《えぐ》られたような気持ちになるのか。

大原からの返信は、もう一行、後から送られてきた。

『真実ちゃん、元気か。またうちにもつれてこいよ』

気乗りがしない、気持ちが疲れる婚活の中で、それでも、何人か、デートが一度限りで終わらず、関係を続けたいと思える相手が出てきていた。そのうちの一人を、大原夫婦との食事につれていった。

それが、真実だった。

# 第二章

前橋の、真実の実家に行くのは三回目だった。

一度目は、彼女と婚約することを決め、両親に挨拶に行った時。二度目はそれからしばらくして、同じ群馬県内に住む彼女の母方の祖父母の家にも挨拶に行くように言われ、その時に立ち寄った。

三回目の訪問が、まさかこんな形になるとは思わなかった。

やってきた架を、陽子が迎える。玄関先で挨拶をして靴を脱いでいると、「架くん」と真実の父の正治《しょうじ》に、背後から声をかけられた。

その声に背筋が伸びる。座ったままゆっくりと、振り返る。

市役所勤務だった正治は、定年退職し、今は公務員時代に縁があったという地元の私立大学で嘱託扱いの事務の仕事をしている。完全に現役を退いたわけではないせいか、同年代の中では顔つきに精悍《せいかん》さが失われていない。背も高く、真実のすらりとした長身はこの人譲りだったのか、と初めて会った時に思った。

「お義父《とう》さん」

真実と連絡が取れなくなってから、陽子の方とはやり取りを頻繁に重ねてきたが、正治と面と向かって話すのは初めてだった。咄嗟に思ったのは、謝らなければならないか、ということだった。

ストーカーの件については、陽子からすでに正治の耳にも入っているはずだった。婚約者として、つきあっていた恋人として、架が彼女を守るべきだったのに、守れなかった。

過去に二度、挨拶に来た時に会った正治は穏やかな人で、娘とこれから結婚するという架に対しても優しかった。その父親が今どんな気持ちでいるだろうかと思うと、息が詰まり、立ち上がってすぐ、「すみませんでした」と頭を下げた。

「僕がついていながら、こんなことになってしまって本当に申し訳ありませんでした」

正治が戸惑うように息を吸い込んだのが、顔を上げなくてもわかった。困ったような声が「まあ、いいから」と言う。架のために言っているというよりは、単純にこういう話題を面と向かって話すことに慣れていない、どうしていいのかわからない気まずさをごまかすように聞こえた。

「とりあえず奥に。なあ、母さん」

「そうよ、架くん。ひとまず、中に入って」

母さん、と妻を呼ぶ声が助けを求めるようだった。架はうなだれたまま、彼らに案内され、リビングに通される。

よく片付いた家庭的な家だという印象は、三度目の訪問でも変わらなかった。陽子がこだわって選んだことが伝わる曲線の美しいテーブルや椅子、あちこちに置かれた写真立てに真実と姉の小さい頃からの写真や、家族の集合写真が飾られている。隅にあるアップライトピアノに、陽子の手作りと思われるレースのついた布のカバーがかけられ、床には埃《ほこり》や染みひとつない。

専業主婦の陽子が気を配った、丁寧な暮らしが見て取れる。

「真実から、まだ連絡はないの?」

陽子が尋ねる。今まさに同じことを自分も彼らに尋ねようとしていた架は、ため息を吐《つ》きたい思いで、「はい」と頷いた。

陽子がやるせない表情を浮かべながら、お茶のしたくをしに台所の方へ下がってしまう。通されたリビングで、向かいの席に正治が座る。真実のストーカーの件についていろいろ聞かれるものと覚悟していたが、予想に反して、正治は娘の婚約者と向かい合って座ることがただただ気詰まりな様子で、架と目を合わそうとしなかった。

架の方まで気まずくなって、何をどう言ったものかわからなくなる。すると、ようやく正治が口を開いた。

「大変だったね。架くんも仕事があるし」

「いえ」

もう一度謝ろうと思っていた架は、その言葉に安堵しつつも、はっきり首を振る。自分の仕事なんてどうでもよかった。彼らに申し訳ないのは事実だし、そのことで責められても文句は言えない。

どうしてもっと早くストーカーの話を真剣に聞いて、対応しようとしなかったのか。真実との結婚だって、もっと早くに決めていたら、ストーカーだって彼女の家にくることもなく諦めたかもしれないのに。

正治の、架を決して責めない常識的な物言いに、逆に胸が痛んだ。

真面目で優しい——善良な人なのだ。

市職員という堅い仕事をしていたことも関係しているのかもしれないが、きっと正治は怒って当然な場面であっても、声を荒らげて人を責めるようなことをこれまでもしてこなかった人なのだろう。そんな彼が、今回の非常事態に困惑しているのが伝わる。感情をぶつけあって深刻な話をすることへの抵抗と戸惑いが、ただただ、この家の中で持て余されていた。

架の両親はどちらかと言うと、身内にも他人にも率直で砕けた物言いをする人たちだった。同年代であっても、その家がどんな雰囲気なのかは人によるのだ。

陽子が紅茶を運んできた。架の前にカップを出しながら言う。

「架くん、お父さんとも話して考えたんだけど、真実の件、もう一度、警察に調べてもらうことはできないのかしら。なんなら、今度は私とお父さんでお願いしに行ってもいいから」

「それは、難しいんじゃないでしょうか」

出された紅茶に「ありがとうございます」と小声で言ってから、架は先日話した、阿佐谷署の刑事たちのことを思い出す。

「一度事件性が低いと見なしたものを、彼らが真剣に扱うためには、何か新しい事実が出てくるとか、それ相応の理由がいると思います。お父さんたちに行っていただいても、状況は変わらないと思います」

架は静かに深呼吸する。陽子に向き直った。

「興信所に頼むのは、やはり、気が進まないですか」

「それは……」

陽子が正治と顔を見合わせる。すでに二人でこのことについても話した後なのだろう。意味ありげな目配せの後で、陽子が目を伏せる。紅茶を全員の前に置く。トレイを胸元に一度引き寄せ、それから、床に置いた。架の顔を見る。

「ねえ、架くん。――真実にストーカーしていた人、あの子がこっちにいる時に知り合った人だって、あの子、そう言っていたのよね？」

「はい」

架は頷いた。

「名前までは聞きませんでしたが、こちらにいた頃に交際を申し込まれて、それで断った人だと」

「架くんが気を悪くするといけないと思って、この間は言わずにいたことがあるんだけど」


陽子が言って、架の背筋が伸びる。

きた、という予感があった。

陽子を見ると、彼女が正治の方を気にするようにしながら——そして言った。

「真実、こっちにいた頃に婚活していたの」

「婚活？」

コンカツ、という言葉の響きが場違いに軽く感じられた。しかし、架の反応に、陽子の思いつめたような表情が、さらに焦ったようになる。早口に続ける。

「うん。婚活っていうか、真剣に結婚したいって考えて、それでちゃんとしたところにお願いしてっていう、浮わついたところのない話よ？ 合コンとかそういうものじゃなくて、ちゃんとした結婚に向けての活動」

カツドウ、という言葉がまた物馴れない硬い響きで、微かに違和感がある。

「お見合いのようなことを、彼女がしていたということですか？」

「そう。だけど、架くんだって、婚活、していたのよね？ お互いに婚活して、そこで真実に会ったって、そう言ってたものね？」

陽子の目がなぜか縋《すが》るようになる。架はもどかしくなって言った。

「彼女が婚活で知り合った男性が群馬にいるということですか？」

真実が群馬にいた頃に婚活していたことくらい、架は気にしない。

陽子の言う通り、真実と架だって婚活のアプリで知り合ったのだし、今時、婚活くらいしていて当たり前だろう。しかし、どうやら陽子世代にとっては、「婚活」は架たちが思うより何かずっと仰々しい捉えられ方をしているようだった。

「ちゃんとした話だったと思うの、どれも」

陽子が架の質問に直接答えず、首を振る。「ねえ、お父さん」と正治を見た。

「ちゃんとした結婚相談所に頼んで何人か紹介してもらって。だけど、その前には、あの子、一人で相手を探したりもしていたみたい。お友達とかに頼んで」

「ストーカーになった相手が、その中にいるかもしれないということですか？」

「違うのよ。そんな人はいないと思うの。真実に話を聞いていた限り、みんなちゃんとした人だったみたいだし、その結婚相談所だって、私が探してきて、真実と一緒に行ったのよ。ただ、やっぱり、昔のお見合いと違って、当人同士だけで会うことが今は多いみたいで、私も相手のことは写真だけで直接会っていないの。真実とその人が二人でどう過ごしていたか、正確なところまではわからなくて」

陽子の物言いがまだるっこしかった。ちゃんとしたところ、ちゃんとした人、ちゃんとした結婚相談所――、ちゃんと、ちゃんと、と繰り返すことで精一杯、そこにストーカーがいた可能性を打ち消そうとしているように思えるが、ならばなぜ架に今、婚活のことを打ち明けたのか。陽子自身、その疑惑を払拭しきれないからではないのか。

「陽子」

架が声を荒らげそうになったその時、別の低い声が割って入った。

それまで静かだった正治の声だった。夫の呼びかけに、陽子が雷に打たれたように口を噤《つぐ》む。正治が続けた。

「架くんにちゃんと話そう。――すまないね、架くん。こんなことになってしまって、私たちもまだ混乱してるんだ」

「いえ……」

架もまた、虚を衝かれたようになって小さく首を振る。正治が言った。

「その結婚相談所は、私もお世話になっていた県会議員さんの奥さんがやっているところでね。そこに登録してから、真実は何人か、相手を紹介してもらって会っていた。今回のストーカーの話を聞いて、その中の一人がひょっとしたら、と思ったんだ。だったら、興信所なんていう大袈裟なものに頼む前に、自分たちでそこに相談に行ってみようかと、そんなふうに話していた」

陽子の興信所に対するあの歯切れの悪い反応は、やはり心当たりがあったからなのだ。夫に叱られた恰好《かっこう》になった陽子が、拗《す》ねたような顔つきで目を逸らしている。正治が架に聞いた。

「こっちにいた頃のそういう話は、真実から聞いたことはなかったかな？」

「ほとんど何も。東京に来てからのことしか」

知り合った頃、真実は上京してきたばかりだった。それ以前の暮らしについてはそういえばあまり聞いたことがない。陽子がようやく顔を上げた。

「あの子、群馬から東京に行った理由については何て話してた？」

「これまでずっと群馬で実家暮らしだったから、一度くらい、遠くで一人暮らしがしてみたかった、と」

そのこともまた、深く気に留めたことがなかった。ただ、そんなものだろうくらいに聞いていたが、真実が実際に暮らしていた前橋の実家にくると、微かな違和感があったのも事実だ。この家で安定して暮らし、正社員ではなかったとはいえ堅い仕事についていた。

それらを全部手放して、単身東京に出る決意をした時、真実は三十歳を過ぎていたはずだ。架も一度仕事を変わっているからわかるが、二十代の頃ならいざ知らず、三十を過ぎてからの変化は怖さも強い。まして、真実は東京の仕事も派遣会社に登録して探すところからで、何かあてがあったわけではなさそうだった。

「かわいそうだったのよ」

陽子が言った。

「つらかったと思う。婚活していた最後の方、あの子、本当に追い詰められていたから。たぶん、自分の友達からの紹介なんかも含めて、こっちにいた頃、もう、十人くらいと会っていたと思うもの」

十人――、という数を聞いて、架の頭の中で、小さく何かのスイッチの入るような音が鳴った。

瞬間、頭の中に記憶が蘇る。

アユが去り、婚活を始めてから、真実と真剣につきあい始めるまでの架自身のことだ。テンプレのように、アプリを通じて相手と会うまでのやり取りを重ねる、まるでルーティンワークのような日々。実際に会ってから、今回も違った、と徒労感に襲われる日々。二度目のデートで、前の時はピンとこなかったけれど、今回は会えば何か違うんじゃないか――と期待して、けれど、思った通り、特別なときめきは欠片《かけら》もないままになった後の帰り道――。

真実も、そうだったのか。

彼女もまた、架と同じだったのか。真実がこの土地を離れたのは、その疲れのせいもあるということなのか。

架の一瞬の沈黙をどう解釈したものか、陽子がまたあわてて言う。

「その人たちに断られたってわけじゃないの。むしろ、相手は気に入ってくれているのに真実の方が断るようなことが続いて。それだって、相当気持ちが疲れるでしょう？そんなにたくさんの人と何かがあったってことでも当然なくて――」

「お義母《かあ》さん」

陽子に向き直る。彼女にそれ以上続けさせないように、意を決して静かに問いかける。

「その結婚相談所がどこなのか、教えていただけないでしょうか」

陽子も正治も、黙ったまま架を見た。「僕に行かせてください」と架が言った。

「抵抗がおありなら、興信所には依頼しません。僕が直接行って、聞いてみます」

陽子の話の、十人、という数を聞きながら、架は内心、その認識は生ぬるいのではないかと思っていた。

親の認識でそれくらい、ということは、彼女はおそらく、現実には「婚活」として、その倍か、それ以上の人数の相手と会ったはずだ。陽子は合コンを「浮わついている」という印象で話したけれど、婚活をしていれば、世話を焼いてくれる友達だって当然いて、合コンにだって二十代と比べてより切実な気持ちで参加するようになったろうし、あらゆる方法で相手を探しただろう。そんなことは普通だし、浮わついているなんて、架は思わない。切実さがわかる。合コン、紹介、結婚相談所。そのすべてで出会った相手を、自分の結婚相手として——恋愛相手として、アリかナシか考える。考え続ける。

ちなみに、架は五十人近く、会った。

大勢の飲み会で会った相手も含めると、百人を超える人数を「候補」として見たかもしれない。今度の相手こそはと思いながら毎度出かけ、それでも、ただの一度も——相手にピンとなんてこなかった。

——真実ちゃんと結婚しないの？

真実とつきあうようになって一年半が経過した頃、集まりに顔を出すと友人たちから聞かれるようになった。

美奈子のような、世話焼きの女友達からだけではなく、大原のような男友達まで、世間話がてら架にそう声をかけてくる。架はそれに、「いやぁ……」とその時期、はぐらかすような答え方をしていた。

婚活で知り合った相手で、「先のこと」まで考えられそうな相手は、婚活を始めて半年くらいは真実以外にも何人かいた。並行して何人もの相手と会うのは二股のように思えなくもないが、婚活ではよくあることで、相手の女性たちにもまた、架以外の「候補」が複数いる状態だったと思う。

婚活で知り合う相手、というのは不思議なものだ。相手を結婚の候補として見ていることを互いに意識しながら、まだ恋人ではないのに表向きは交際しているのと変わらないデートを繰り返す。「つきあう」未満の関係性だとわかっても、中には、「親に会ってほしい」と言われて、自分の決心もあやふやなまま、とりあえず相手の親と食事をしたようなこともあった。

その中でなぜ真実だったのか、と問われると、成り行きによる要素も多かったように思う。

親友である大原夫婦との食事に彼女をつれていった、というのも大きなきっかけのひとつだ。

しかし、それだって、架は当初、実は別の女性と一緒に行くつもりだった。

なかなかピンとくる相手と巡り合えない婚活だが、それでも「この人なら」と思う人と会える場合がある。そして、架の場合、その相手がバツイチであることが多かった。大原夫婦との食事に同席させたいと思った女性もまたそうで、彼女は、架よりも年下だったが、前の夫との間にできた二歳の息子を育てるシングルマザーだった。

相手の過去は極力気にしないようにしたい、と思っていたし、婚活で出会うバツイチの女性たちは人生経験も豊富な分、話していて楽しいことも多かった。

しかし、やはり、相手から離婚歴があることを告げられると心のどこかで落胆する感覚があり、そこはごまかせなかった。自分にとっての初めての結婚が、相手にとってはそうでない。気持ちを共有できない寂しさのようなものもあったし、惹かれる相手に子どもの存在を打ち明けられたりすると、この人がバツイチでなければここに決めたのにな、とまるで不動産の物件選びをするような気持ちで身勝手なことを思ってしまう。

婚活で多くの相手を見続けた結果、心が麻痺していた。相手を「人」として見られなくなっていく。条件のラベルをつけたリストの中から、設定や背景だけを抽出して、無遠慮に品定めするような目で相手を見ていることに自分で気づくと、息苦しくなった。

それでも、その時に会っていたシングルマザーの女性は、話が合ったし、顔立ちも美人で、一緒にいて楽しいと感じられた。子どもが生まれてからはなかなか趣味に時間を割けなくなったが以前はランニングもしていたと聞き、より惹かれた。子どもには会ったことがなかったが、この人の子どもならいいかもしれない、と思い始めていた。——今思えば、思い込もうとしていたのかもしれない。

「婚活で、今、いいなって思ってる子、うちにつれてこいよ。誰かいるんだろ?」

大原が、なかなか具体的に進展しない架の婚活を後押しするつもりでそんなふうに言ったのであろうことは、想像に難くなかった。親友と家族ぐるみで食事をするというイベントは、関係を公的なものにするという意味でも、結婚に向けて互いの距離をぐっと縮めそうに思えた。

シングルマザーのその女性を、架は誘った。彼女がその時の、自分の一番の「候補」だったから。まだつきあっているかどうかは曖昧な時期だったが、彼女も「行きたい」と答えてくれた。

しかし、前日になって、彼女の方から「子どもが熱を出して」という断りの電話がかかってきた。仕方がないこととはいえ、架はうなだれた。そして思い知った。この人とつきあうということはこういうことなのだ。相手の生活を受け止める覚悟は、架にはまだなかった。

今考えると、その女性は、架の中にあったその迷いを見抜いていたのかもしれない。子どもの熱は口実で、もともと架のことは断るつもりでいたとしてもおかしくなかった。その後、架からは彼女に連絡を取らなくなったが、同じように、彼女の方から架に連絡がくることもなかった。

真実は、架にとって、その時点で二番目の候補だったのだ。

せっかく機会を設けてくれた大原夫婦に申し訳なく、ダメでもともと、という思いで「明日の夜、会いませんか?」と連絡をした。「学生時代からの親友の家で、食事に誘われているのですが」と。

軽い気持ちで打った誘いのメールに、真実は「喜んで」と返してきた。

「架さんのお友達に紹介してもらえるなんて光栄です」と。

大原に、その辺りの事情は説明してあった。本命だと思っていた子に断られた、と告げると、気を利かせた大原が、より軽い集まりに見えるようにと、学生時代の他の友人にも何人か声をかけ、その日の食事が畏《かしこ》まったものにならないように配慮してくれた。

とはいえ、大原の家には、やんちゃな小学一年生と、まだよちよち歩きの二歳児がいた。親友の妻が手料理をふるまう家庭的な集まり。軽い気持ちで誘ってしまったけれど、そこに真実をつれていくというのがどういうことなのか、行ってから考えた。この場所で、これから先、彼らと家族ぐるみでつきあうような相手として、真実を初めて意識した。

架の女友達の夫婦が大原の上の子と遊ぶ横で、真実も泣き出した二歳児を「大丈夫?」と覗き込む。大原の妻が料理の準備をしていると落ち着きなく腰を浮かし、「私、何かお手伝いした方がいいかな?」と架に尋ねる。他の女性たちが皆、座ったままなのと違って、真実はすまなそうに、台所の方をずっと気にしていた。

帰り道、「大事な集まりに参加させてもらえて、嬉しかった」と真実が言っていた。「大原さんのお子さんたちもすごくかわいい」と。

「いい子じゃないか」と、後日、大原に言われた。

婚活で出会った他の女性たちと同様、真実にもまたピンとくるような明確な瞬間はなかった。その時まで本命だと思っていたあのシングルマザーの女性にさえ、そんな感覚はなかったような気がする。

しかし、こんな始まりでもいいのかもしれない。

その頃にはもう、そう思うようになっていた。他の相手と比べて、真実に惹かれるものがあるのは事実だ。これまでの恋愛のような激しさや楽しさと多少違っても、これが年相応の恋愛というものなのかもしれない。

出会うために、出会う——という婚活のやり取りにも心底疲れていたし、それに、本音を言えば、こうも思った。

これ以上続けていても、真実以上には会えないのではないか。

だとしたら、真実を繋ぎ止めて、大事にするべきなのではないか。

つきあってほしい、とはっきり告白した瞬間があったわけではない。ただ、他の婚活の相手と連絡を取るのをやめ、会うのは真実とだけになった。真実もまたそうであることが、一緒にいて伝わってきて、劇的なロマンスがあったわけではないけれど、架と真実はいつの間にか恋人同士と呼ぶ関係になっていった。

激しさやときめきとは違う――けれど、穏やかで安定したつきあい方をするうちに時間が流れ、気がつくと一年半以上が経過していた。

その頃、仲間内の飲み会などでたびたび聞かれるようになったのだ。「真実ちゃんと結婚しないの？」と。

実を言えば、架は迷っていた。真実とは確かに婚活で知り合ったけれど、いざ結婚、ということになるとなかなか踏み出せない。決心がつかない。この子がいい、と思ったはずなのに、本当にこの子なのか、という思いがまだ胸に燻《くすぶ》りつづけていた。

大原や気心の知れた既婚の男友達と会うたび、彼らに「どうして結婚しようと思った？」と参考までに尋ねた。誰かに背中を押してもらえるなら押してほしい。尋ねるたび、彼らから「そんなの勢いだよ」とか、「お前も早くしろよ」とか、励ましの言葉をもらっていたのだが、こういう時に、やはり一番手厳しいのは女友達だった。

真実とも何回か会ったことのある美奈子が、ある時、「呆れちゃう」と言ってきた。

「だって、普通に会ったわけじゃなくて婚活で知り合ってるんでしょ？」と。

「だったら、つきあって一年以内に結婚してあげるのが礼儀ってものじゃない？　なんでそんなずっと引っ張ってるの？　ちゃんとつきあってるんだよね？」

「そうだけど、決め手がないっていうか……。結婚して、何が変わるんだろうとも思うし」

だから、と架が続ける。

「まずは一緒に住んでみようかなって思って」

　架が言うと、女友達連中が一斉に顔を顰めた。「それ、オレは反対だけどな」と、大原までもが言った。

「その同棲期間に何の意味があるんだよ？　一緒に住むくらいならもうプロポーズして結婚したらどうだ？　一緒に住んで、それで満足して結婚に踏み切れなくなったっていうケースもよく聞くだろ」

「そうは言っても、いざ結婚ってことになると、本当にこの人とうまくやっていけるのかって心配にもなるだろ？　これまでずっと別々の環境で暮らしてきたわけだし。あとはほら、一緒に住んだら、絶対にこの人だって思える決め手も見つかるかもしれないし、その逆にどうしても合わないところも見えてくるかもしれないし」

「えー、それで、決め手が見つかるならいいけどさ。やっぱり合わないってなったらどうするの？　その段階になってから別れる方がつらくない？　進展する関係ならいいけどさ、同棲解消の撤退作業はきっとむなしいよー」

　美奈子の親友の梓《あずさ》が言う。咎められたような恰好になって、架はわずかにたじろいだ。

　畳みかけるようにして、美奈子が言う。

「じゃあさ、今、何パーセントくらい結婚したいの？　架」

「え？」

「あの子と結婚したい気持ち、今、何パーセント？」

「——七十パーセントくらいかな」

架がそう答えた瞬間だった。美奈子の顔に意地の悪い笑みが浮かぶ。「ひどいなぁ」と彼女が言った。

「ひどい？」

「今私、パーセントで聞いたけど、それはそのまま、架が真実ちゃんにつけた点数そのものだよ。架にとって、あの子は七十点の彼女だって、そう言ったのと同じだよ」

「はあ？　そんなわけないだろ。今オレは結婚願望について聞かれたから答えただけで、それと真実ちゃんは」

「だって、架、たとえばアユちゃんだったら百点か、百二十点をつけたでしょ」

名前が出て、心臓が止まるかと思った。

真実とつきあい始めてすぐの頃に見た、アユのフェイスブックのトップページを思い出す。もしアユが帰ってくるなら、架は今の問いかけに何パーセントをつけただろう。そう、一瞬——ほんの一瞬だが、考えてしまった。考えてしまったことがうしろめたく、架から言葉を奪う。

その隙を突くように、美奈子がさらに言った。

「真実ちゃん、って呼ぶよね。架、自分の彼女のこと。ちゃんづけなんて、架らしくないなぁってずっと思ってた。一緒にいても、なんか、相手に気を遣ってる感じがして。

アユちゃんに限らずだけど、あの子、架のこれまでの彼女とは全然、距離感とか喋り方が違うよね。なんかぎこちないっていうか」

「あー、私も思ってた」

美奈子でも梓でもない、他の女友達までもが無責任に言う。

「架くんさ、これまでつきあってきて、あの子とケンカとかしたことある？　ひょっとして言いたいこと言えてないんじゃない？　アユちゃんとはしょっちゅう軽口叩いてケンカみたいなことしてたよね。今、無理してるんじゃない？」

「うん、なんかしっくりいってないよね。もともと住んでた世界が違うっていうか」

「ねえ」

美奈子が、架の顔を覗き込む。

「自分でもなんとなくわかってるんじゃない？　七十パーセントしか自分たちがしっくりきてないこと。なのに、なんでつきあってるの？」

「え……」

「架はあの子に七十点をつけるけど、別の相手がつきあったら真実ちゃんは相手から百点がもらえる彼女かもしれないわけじゃない。それなのに、七十点くらいの気持ちであの子のこと引き止めるのは残酷だと思わない？　もし結婚する気がないなら自由にしてあげなよ」

「――婚活でたくさんの相手と会ってると、真実ちゃんくらいちゃんとした相手で、オレのことをいいって言ってくれるだけでありがたく思えるもんなんだよ」

架の口から観念したような声が出た。

七十点、七十パーセント。真実の名前と、アユの名前。かつて確かに感じた、百点をつけたいほどの楽しさの記憶――。

ある面では、美奈子たちの言う通りなのかもしれない――と思ってしまった。

真実はちゃんとした子で、「ちゃんとしたい」と思いながら架もつきあってきた。真実もそうだろう。そこにアユとケンカをしていた時ほどの打ち解けた雰囲気はなかったし、互いに気を遣っているという自覚もある。アユとのような、遠慮のない関係をしっくりくるというのなら、確かに真実と自分の間はしっくりいっていないのかもしれない。

けれど、違う。

婚活を繰り返した架は、真実よりもしっ、く、り、こ、な、かった相手を何人も知っている。数値化するようで相手には申し訳ないけれど、それこそ、五十パーセントの相手とも、四十パーセントの相手とも、それ以下の合わない相手とだって何人も会ったのだ。

女友達の辛辣さと、夢見がちな理想論に、この時は心底うんざりした。

百点の相手となんて、婚活で巡り合えるわけがない。真実の七十パーセントは、架の中でとんでもなく高い、滅多に巡り合えない数字なのだ。

「でもきっと、あの子は結婚したいよね。架と」

梓が言い、架はもう言い返す気力もなくして黙って彼女を見た。梓と美奈子が目を合わせ、肩を竦める仕草をする。

「前に大原くんの家でごはん食べた時も、結構必死っていうか、アピールしようとしてたじゃない？　ゆうみちゃんが泣いたら立ち上がってあやそうとしたり、奥さんの料理手伝おうとしたり」

「アピールって」

酒が入っているとはいえ、あまりに意地が悪い言い方ではないのか。眉を顰める架に、別の女友達までもが「あー、私も思ってた」と声を上げる。

「ミキちゃんは料理上手だから、私たちもついついおまかせしちゃうし、ゆうみちゃんが泣いても、私たちじゃかえって人見知りさせちゃうかもって迂闊《うかつ》に手が出せないとこあるけど、あの子はさ、そわそわ落ち着かない感じだったよね。立とうかどうしようかってずっと迷ってた」

「君たちと違って、善良なんです。彼女は」

火に油を注ぐような真似はしたくなくて、かろうじてそう言うだけに留めたが、架の声に彼女たちが「えー！」とか「違うよー！」とたちまち声を上げる。

「だって、あんなのポーズでしょ？　そうやって行こうかどうしようか迷ってる素振りは見せても結局立ち上がらないし、子どもにだってどう接していいかわかんない感じだったじゃない。きっと、料理にも子どもにも慣れてないんだろうなぁって思ったけど」

「あー、わかる！　手伝った方がいいかなって、架にだけ耳打ちするみたいに聞いてたけど、実際に申し出たりはしないんだよね」

「いい加減にしろよ」

彼女たちを止めたのは、架ではなく大原だった。苦笑しながら、「お前ら、真実ちゃんに妬いてるんじゃない？」と言う。

「長年独身だった架が結婚するのが、弟が婿に行くみたいで寂しいんじゃないのか？」

大原の声に、「げー」とか「それはない！」というふざけ調子の声が上がる。美奈子だけが半笑いで「まあ、それはちょっとあるかもしれないけど」と言って、架の頭にかっと血がのぼる。

ふざけるな、と思った。

大原が言う。

「アピールだったとしても、オレはそれが悪いことだとは思わないけどな。実際、ミキやゆうみのことが気になったんだろうし、彼氏の仲間内の飲み会で一人お客さんみたいな立場でいたら、そりゃ落ち着かないよ」

「あ、私だって、アピールが悪いことだなんて思ってないよ」

窘《たしな》めるように言った大原に対し、美奈子が唇を尖らせる。架を見た。

「むしろがんばってて好感もてる。架のためにしてるんだと思えば健気《けなげ》だし。――ただちょっと、やり方が下手《へた》だなぁって、残念に思うだけで」

美奈子が架を見たまま、意味ありげな笑みを浮かべる。そして、「いい子なんだよね」

と言った。

「だって、あんなの、私たちに見透かされちゃうに決まってるのに。駆け引きとか計算とか、そういうのに全然慣れてない。これまでよっぽどいい子で生きてきたんだろうなぁ。申し訳ないけど、私それちょっと、イライラするかも」

架の友人たちが、真実のいないところで彼女を名前で滅多に呼ばないことに、その時に気づいた。

アユのことは、「アユちゃん」といまだに呼んでも、真実のことは「あの子」だ。大原夫婦が「真実ちゃん」と呼ぶのとは違う。

「架、あの子のこと」「あの子はさ」

そうされると、いずれ退場すると決めつけられているような気持ちになった。名前を覚えるまでもなく、いつか、架の隣から彼女がいなくなることを期待されているような――そんな空気があった。引き止める、という言い方ひとつとってもそうだ。

無責任な彼女たちのそうした物言いを真剣に捉えたことなどない。

架と真実の関係は、二人だけで進めることで、自分たちが決めればいいことだ。とりあえず一緒に住む、という考えを、周りには否定されたけれど、架は真実に提案しようと思っていた。先のこと――結婚についても考えている。だから、ひとまず、と。

真実から、あの深夜の電話がかかってきたのは、そんな矢先のことだったのだ。

『あいつが』

電話の向こうで、真実が声を詰まらせていた。泣いていた。

『あいつが家にいるみたい。どうしよう。帰れない』

「あいつって……」

真実からストーカーの件を相談されていたのは、その電話よりだいぶ前だった。

──ちょっとかけるー、電話ー？　彼女ー？

茶々を入れる友人たちの声に、「うっせーな！」と苛立った声で返し、立ち上がる。

『お願い。早く来て！』

普段控えめな彼女から、そんなふうに強く希望を口に出されるのは初めてだった。言ってしまった後ではっとしたように、真実の声が電話の向こうから『ごめん──』と言う。

『ごめん、こんなこと言って。だけど、助けて。助けて、架くん──』

「ああ、もう！　オレこそ飲んでて──、一人にしてごめん」

そう言って、深夜の街に駆けだした。

もっと早く結婚を決めていれば、とあの時も思った。

自分が決断できるかどうかはともかく、真実の気持ちは自分との結婚の方だけを向いているものと信じ込み、その自信の上に胡座《あぐら》をかいていた。

真実と出会う前の架に自分の物語や過去があったように、架と出会う前の真実にも、同じく彼女の物語と過去があったはずだった。その過去を、甘く見ていた。

だから純粋に知りたかった。

群馬にいた頃、彼女に何があったのかを。


「ようこそいらっしゃいました」

真実が婚活で訪れたという結婚相談所は、住宅街の中にあった。

チェーンのレストランなどがある国道から外れ、コンビニがまばらにあるだけの住宅街は、家々の合間に畑やビニールハウスも点々と見られた。

入り組んだ細い道の角をいくつか曲がった先に、ひときわ大きな日本家屋があり、その横に比較的新しい小さな建物があった。前に、控えめに看板が出ている。

『縁結び　小野里《おのざと》』

飛び込みの相手を狙ったものではなく、あくまでも紹介された人が訪れてくる目印としてあるだけのような目立たない表示で、そうと知らなければどこかの神社の縁結びのお守りがかかっているくらいに思ってしまったかもしれない。

架は、自分を迎えてくれた老婦人を見つめる。淡い緑色の着物を着ていた。優しそうな眼差しをした女性で、架に向けてスリッパを出してきてくれる。仕草のひとつひとつがきびきびとしていて、日常的に和装に慣れているのだと思った。

「すみません、奥様。こんなことで突然お邪魔して」

架についてきた陽子が、恐縮しきった様子で小野里という老婦人に頭を下げた。架もそれに倣って「ありがとうございます」と横で頭を下げた。

真実の通っていた結婚相談所を訪ねたい、と言った架に、陽子と正治はしばらく顔を見合わせて考えていた。やがて、「じゃあ、ひとまず連絡だけ入れてみては」という話になり、陽子がその場で電話をかけた。

――もしもし、奥様ですか。実は、ちょっとご相談がありまして……。

電話の途中で話が込み入ってくると、陽子が廊下に出た。ぼそぼそと聞こえる会話の声が、ストーカーの話題に差しかかったところで、「お恥ずかしい話なのですが、実は」と前置きするのを、架は複雑な気持ちで聞いていた。恥ずかしいことなどないし、真実は被害者だ。それなのに、誰に何の気を遣っているのだろう。

電話を終え、戻ってきた陽子が「奥様、会ってくださるって」と言った。

「架くんが来ていることを話したら、今日の夕方なら空いているからって」

「行ってきます」

東京から、架は車で来ていた。場所さえ教えてもらえれば自分で行ける。そう思ったが、陽子が「じゃあ、私もすぐにしたくするから」と言う。架が何か言う暇もなく「ちょっと待ってて」とかけていたエプロンを外して、奥に行ってしまう。自分が同行して当然と思っているようで、架一人で行くことなど思ってもみないようだった。

それに――、ひょっとすると、不安なのかもしれない。

自分の知らないところで、架が「奥様」に何を言うのか。それが心配なのかもしれない。相手は正治も世話になった県会議員の奥さんだという。小さな町の中で、そうした事情が気になる気持ちは、架にもわからないでもない。

それならそれで仕方ない、と、正治と陽子を伴って現れた架に対し、小野里夫人が静かに微笑んだ。

「あなたが真実さんの――。お会いできて嬉しいです。ここではご縁が見つからなかったようですが、あの後で真実さんが婚約されたと聞いて、お相手の方に、一度お会いしてみたかったんです。遠いところをようこそいらっしゃいました」

「いえ……」

「それから、真実さんのお父さまとお母さま」

架の後ろに立つ陽子と正治に向け、小野里が微かに会釈をする。そして言った。

「お疲れさまでした。しばらくお話しさせていただきますから、終わりました頃にまたご連絡いたしますね」

「え?」

陽子の喉から、掠れた声が洩れる。架も短く息を吸いこんだ。今の言い方では、まるで二人に帰れと言ったように聞こえる。「あの」と陽子が何かを言いかける間に、小野里が優美な微笑みを浮かべた。

「ちょっと、こちらの――西澤さんですか、西澤さんとだけお話しさせていただいてもよろしいですか? 真実さんのお話を少し伺ってみたいんです。西澤さんが、こちらでご紹介しました男性について何かご心配されているようなら、そのことについても私からお話しいたします」

有無を言わさぬ強い口調だった。気圧《けお》されたようになった陽子が、それでもまだ不満げな様子で「そう……ですか?」と上目遣いに小野里を見る。小野里が堂々とした様子で「ええ」と頷くと、それ以上は食い下がらず「わかりました」と陽子も引いた。まさか自分が蔑《ないがし》ろにされると思っていなかったのだろう。架の方を気にするように何度も視線を向けながら、正治に促されるようにして一緒に出ていった。

残された架は呆気に取られたような思いで、目の前の和装の老婦人を見た。彼女は変わらぬ調子で、「では、こちらに。狭いところでごめんなさいね」と架を奥の応接テーブルと椅子のある一角まで案内する。

土地の名士の妻がやっている結婚相談所――という言葉から、架は相手に会うのを身構えていた。「見合いばばあ」とか「お見合いおばさん」という言葉があるが、その言葉から連想されるような田舎のいかにもお節介そうな――いい意味でも悪い意味でも、がさつな雰囲気のおばさんがやっているものだとばかり考えていた。古い考えに凝り固まった厄介なご婦人の相手は仕事でも時々あることなので、ある程度の覚悟をしてきたのだが、肩透かしを食らった思いだった。

目の前の老婦人の楚々《そそ》としているけれど威厳のあるふるまいは、架の思い込みを根底から覆していた。事情はすでに電話である程度聞いているのだろうが、陽子に肩入れするでもなく、架とだけ話したい、と言ってくれるとは思わなかった。この年代の女性たちは、自分と、より立場や年が近い同性と結びついてそちらの味方をするものだと思っていた。

「ここは――、お一人でされているんですか」

小野里が自分でお茶をいれ、架の前に置く。スタッフがいる気配がないので尋ねると、小野里が架にお茶を勧めながら答えた。

「たまに書類の片付けなどを手伝ってもらう子はおりますけれど。基本的には、ここはどなたかが相談にいらっしゃる時にしか開けませんし、私一人です。もともとは、夫が選挙の時に事務所にしていたような場所を、お借りしているだけなんですよ」

「ああ……」

「お会いできるのが遅い時間になってしまってごめんなさいね。今日は高崎のホテルで一件、私立ち会いのお見合いがありまして。どうしても行かなければなりませんでしたので」

「お見合いですか」

陽子の話では、真実はこちらで知り合った相手とは、親の同席はなく、二人だけで会っていたと聞いていた。架が思わず聞き返すと、小野里が楽しそうに、ふふっと笑った。

「西澤さんは東京の方よね。ご出身も？」

「はい。もともと東京です」

「そこまで畏まったお見合いは周りではあまり聞かないですか？　人によってご希望の形はいろいろなんです。当事者同士だけで気楽に会いたいという方もいらっしゃれば、最初からご両親や私が同席した状態を希望される方ももちろんいらっしゃいます」

その立ち会いのために、今日は着物を着ているのかもしれない。架は納得しながら「いただきます」と彼女がいれてくれたお茶に手を伸ばした。

建物自体は小さいが、大理石のテーブルと革張りの椅子の応接セットは高級感があって、その脇に飾られた花も、センスよく生けられた生花だった。今日は来客予定がない日のはずだったろうに、部屋の中にうっすらお香のような匂いが漂っていた。

「嫌よね」

いきなり、小野里が言った。その言葉に、架は虚を衝かれた思いで彼女を見る。小野里が悪戯《いたずら》をする子どものような目でこちらを見ていた。

「自分の彼女のことでいろいろ聞きたいことや話したいことがあるのに、そこに相手のご両親がいたら、気詰まりだし、言いにくいことだってあるわよね」

「いや……、そんな」

あわててお茶を置きながら、架は首を振る。内心では、小野里の年代の人が、真実のことを「恋人」でも「婚約者」でもなく、軽やかに「彼女」と呼んだことの方にも驚いていた。

「私もね、ひょっとしたら、お父さまお母さまの前だと、言いにくいことがあるかもしれないな――、あと、余計なこと言っちゃうかもしれないな、と思って。ですからお引き取り願いました。それでよかったですか？」

「……はい」

架は居住まいを正す。それから礼を言った。

「お気遣いいただいてありがとうございます」

「真実さんのこと、心配ですね」

小野里が言った。それまで明るかった表情が微かに曇っている。

「最初からお話を聞かせていただいてもよろしいですか。まず、真実さん、東京に行かれたと聞いてましたけれど、あなたと出会ったのは、どちらで？　お仕事先か何か？」

「婚活をしていて、それで知り合いました」

この人に取り繕っても仕方ない、という思いで、言葉を選ばずに率直に答える。

「真実さんは前橋にいた頃、こちらに相談に来ていたと聞きましたが、僕も東京で婚活していて、同じく婚活していた真実さんと知り合いました」

「そう。真実さん、東京でもお相手を探すのは続けていらしたのね。それも、こちらみたいな結婚相談所？　それともパソコンのサイトのようなもの？」

「いえ、――携帯電話の、その、婚活のためのアプリがあって」

スアプリってわかるだろうか、と思いながら架が口にすると、小野里が目を丸くした。「スマホでやるってこと？」と彼女が聞いたので、その「スマホ」の響きに今度はこちらが仰天《ぎょうてん》する。

「そうです。スマートフォンのアプリに、登録している者同士で知り合えるシステムのものがあって、気軽な気持ちで始められるんです。登録している相手の写真やプロフィールが見られるようになっていて」

「それはお金がかかるの？　登録料みたいなものは」

「登録料は、取られるアプリもあれば必要ないところもあります。ただ、やはりお金を払うものの方が登録している人たちの本気の度合いが高いので、真剣に婚活を考える場合はそちらの方がいい気がします」

「見たいわ」

少女のような軽やかさで小野里が言った。架は、「ああ、じゃあ……」と自分のスマホを取りだす。真実と知り合った有料のアプリはもう解約してしまったが、無料のものの方はまだ放置したまま、画面にアイコンが残っていた。

タッチすると、すぐに画面が現れる。

「今、自分のいる場所の近くで登録している人たちの写真やプロフィールが出てくるんです。群馬県内なら群馬県内、前橋市なら前橋市と、絞って検索していくことも可能です」

久しぶりに立ち上げたが、まだこのアプリを利用している人は多そうだった。しかし、東京で表示する時と比べて、こちらで登録している人の数はやはり少ない。

「この辺りでもやってる人がいらっしゃる？」

「そう多くないですが、いますね。ご覧になりますか」

画面をタップすると、相手の写真が現れる。皆、写真うつりがいいものを選んで載せるから、中には実際に会った時に詐欺に思えるものもあったことを思い出す。光を飛ばして肌の質感を調整したり、角度でフェイスラインを引き締めて見せた器用な写真を、あの時期は本当にたくさん見た。

「あらー。こんな若くて素敵な女性がお相手を探してらっしゃるの？　こちらにいらしてくだされぱいいのに」

表示された二十代と思《おぼ》しき女性の写真を小野里が自然な仕草で指で操作して次々送っていくのを見て、架は感心する。古い考えに凝り固まったお見合いおばさんなんてとんでもない。スマホの操作にも慣れているし、この人の感性はおそらくとんでもなく柔らかだ。

「それで、これを使えば気に入った相手の方にメッセージを送れたりするの？」

「そうする場合もありますが、僕と真実さんが出会ったアプリの場合は、相手にハートをつけるんです。フェイスブックの『いいね』のような。あ、『いいね』って——」

「もちろんわかりますよ」

小野里がにっこり笑う。

「その、『いいね』のようなものをつけると、相手に自分がつけたことがわかるようになっているんです。で、相手が自分のデータを見て、気に入ったら、ハートを返してくれる」

「つまり、自分で『気に入りました』とか『好きです』とか、わざわざ書かないでいいってことね。ワンタッチで、チェックを入れるだけですむ」

「そうです。お互いに、『いいね』のハートマークがつけば会いましょうということになって、会うところにまで今度は話が進みます」

「いいわね。本当に便利。それなら、もうメール交換みたいなことはしなくてもいいんですか？」

「直接やり取りしたければ、もちろんそれもできます。その方が会う前にお互いのことがよりわかっていい、という人も多いです。ただ、僕が知っている人の中には、その文面のやり取りで個性的なことを書きすぎてしまって、なかなか会うところまで辿り着けなかった、という人もいたので、良し悪しですが」

架と婚活で知り合った女性の一人が、ぼやいていたことを思い出す。

相手が自分の好きな映画や漫画に理解がありそうだったので、最初のやり取りでその辺りの話を押し出しすぎてしまった。受け答えに無難なものを書かなかったので、相手からもう連絡がこなくなった――。

実際に会うところまでいった架相手にも、そんなふうに世の男性がいかに主張のない女性を本当は求めているか、という持論を語ってしまうくらいだから、この子はなかなか婚活は厳しそうだな、と思ったことを覚えている。面白い子だったが、架とも一度会ってそれきりになった。

彼女の気持ちもわからないではないが、婚活を繰り返してきた架には、彼女もまた理想に囚われているような気がした。婚活の最初では、肝心なのは会うことの方で、その時点から相手に自分を理解してもらうことの方ではない。最初の段階から相手に自分の個性や魅力を受け入れてもらいたい、理解してもらえると信じている時点で理想に縛られている。

会うまでのやり取りは、毎回テンプレのような無個性なものになって当然だし、そこに過剰なアピールは必要ない。それはもう、学校のテストなどと同じく単なるコツの問題で、そのコツに流されるのを嫌がって個性を捨てられないなら、そもそも婚活に向いていないのだ。

自分の価値を見せるための婚活であるはずなのに、没個性の方が話が進むのは皮肉なことだが、ともかくそういうものなのだから仕方ない。

「その、自分が個性的すぎてうまくいかないっておっしゃってた方は女性？　男性？」

「え？」

「今のお話の」

話していたのはメッセージのやり取りについてであって、「自分が個性的すぎて」とは言わなかったはずだが、と思いつつ、「女性です」と架は答える。

「服装や髪型なんかにもこだわりが強い子で、趣味も多そうな人だったので、なかなか無難な文章が書けなかったんでしょうね。相手を適度に褒めたりするより、何か面白い返しをしようって気負ってしまったんだと思います。――それがどうかしましたか？」

「いえ、たいしたことじゃないんです。けれど、うちにお見えになる方でもよくそういう方がいらっしゃるものですから」

結婚相談所は、人を介して直接相手を紹介してもらうのだから、メッセージをやり取りするわずらわしさはないはずだ。意味がわからず架が小首を傾げると、小野里が続けた。

「婚活でうまくいかない時、自分を傷つけない理由を用意しておくのは大事なことなんですよ。自分が個性的で、中味がありすぎるから引かれてしまったとか、資産家であるがゆえに、家の苦労が多そうだと敬遠されたとか、あるいは自分が女性なのに高学歴だから男性の側が気後れしてしまった、とか」

小野里がまた子どものような目になって説明する。

「あとは、本当は容姿に自信があるのに、顔が整っているからこそ、男性の側が自分に他の男性がいたかもしれないと気にしているのではないか、とかね。資産家であることも、個性的であることも、美人であることも、本当は悪いことではないはずなのに、婚活がうまくいかない理由を、そういう、本来は自分の長所であるはずの部分を相手が理解しないせいだと考えると、自分が傷つかなくてすみますよね」

さらりとすごいことを告げられた気がして、架は口が利けなくなる。近いことをかつて思わなかっただろうか。自分のことを省みてしまいそうになって、苦し紛れに「多いんですか」と尋ねた。

「そういう方、多いんですか」

「ええ。特に最近はとても増えているように思います」

小野里が架のスマホを「ありがとうございました」と言って返してくる。架は苦笑しながら「怒られるんじゃないかと思いました」とそれを受け取った。

「小野里さんのような、きちんとした結婚相談所をされている方だと、アプリみたいな気軽な婚活の仕方は邪道に思えるんじゃないかと」

「そんなことないですよ。新しい方法ができているのは面白いです」

「もともとは婚活や恋愛のための方法としてではなく、外国で友達探しのシステムとして開発されたものが基《もと》になったらしいんです。転勤が多かった技術者が、その土地で友達になれそうな人を探すためのシステムとして開発したのがきっかけだと聞いたことがあります」

「あら、でもそれはたぶん嘘ではないかしら」

小野里がまたもさらりと言った。

架はもう何度目になるかわからない驚きを味わう。黙って彼女を見ると、小野里は相変わらず微笑んだままだ。

「やましい目的のために開発されたわけではないんですよって、言いたいがために用意された作り話じゃないかしら。結婚や、恋人を作りたいという気持ちが『やましい』と理解されてしまう背景にはちょっと言いたいこともありますけれど」

「……そうですね。言われてみれば、僕もそんな気がしてきます」

この人と話していると、身も心も丸裸にされているような気がしてくる。頭の中に、百戦錬磨という熟語が浮かぶ。

「田舎のお見合いおばさん」――と最初に思ったことを恥じ入る。それとも架が世間知らずだっただけで、世の「お見合いおばさん」の大半がこの人のような威厳めいた雰囲気を備えているものなのだろうか。まるで、歴戦の占い師に運命を言い当てられるような迫力と、それがゆえにどこまでも自分のことを打ち明けて委ねてしまいそうな怖さを感じる。

真実もこの人の前に座って、自分の運命を委ねたのだろうか。架が今かけているのと同じ椅子に座り、腕利きのカウンセラーか、教会の神父に告解室で心の内を明かすように。そんな貫禄が、目の前のこの人にはあった。

「何が知りたいのですか?」

架の目をじっと見つめ、小野里夫人が尋ねた。

「真実さんにこちらから紹介した男性はお二人です」

単刀直入に小野里がそう切り出した。その声に、架は小野里夫人を見つめ返す。すぐに声が出なかった架に、小野里が「何か？」と尋ねた。

「いえ……。彼女のお母さんのお話だと、真実さん、こちらでかなり多くの男性とお見合いをしていたような印象だったので」

「お母さまはどんなふうに仰《おつしや》っていました？」

「真実さんが前橋にいた頃、婚活でかなり疲れていて――、全部で十人くらいと会っていたんじゃないかと」

もっとも、それは小野里の結婚相談所を訪ねる前に、真実が自分で探し、友達に紹介してもらったりした人数も含めてというニュアンスだったから、こちらで紹介された人数が二人でも、おかしくないのかもしれない。しかし、拍子抜けした感があるのは否めなかった。

架の言葉に、小野里が口元に手を当てた。上品に笑う。

「あら、そうですか。坂庭さんらしい。やっぱりお母さまは、頑張ってる娘さんのことは心配ですし、うまくいっていないなら、そんなふうに心配もなさいますよね」

「つらかったと思う、と言っていました」

「でもね、西澤さん。私、真実さんはそんなにたくさんの人とはお会いしていなかったと思いますよ。こちらも含めて、うまくいかなかったのはせいぜい四、五人じゃないかしら」

「え？」

「真実さんに限らずね、十人くらい会ったけどうまくいかない、疲れた――と仰ってる方の中には、実際には五、六人と会ってみてもう嫌になってしまった、という方も結構いらっしゃいます。皆さん大袈裟なの。四捨五入してだいたい十人、という数字を出せば、自分がかなり頑張ったようにも思えるし、その数に満足してしまえる」

「でも、実際に僕は会いましたよ。それなりに婚活して、それこそ十人を超える人数と」

「そう。では、あなたは実際にご苦労なさったのね」

辛辣な言葉を口にしたすぐ後で、小野里の架を見る目が即座に優しげに澄む。素知らぬ顔をして彼女が続けた。

「真実さんに紹介した方たちは、それぞれ前橋と高崎市内にお住まいの方で、お二人とも身元は確かです。私が保証します。真実さんにご紹介しましたのは六年ほど前ですが、お一人は、今はもう別の女性と結婚して家庭を持たれています」

「もう一人の男性は」

「結婚はまだですが、その方も、おそらく真実さんのストーカーではないでしょう。先ほどお電話してそれとなく様子を確認しましたが、これといっておかしなところはありませんでした」

架は無言で小野里夫人を見た。口調も表情も柔和なのに、今度もまた有無を言わさぬ雰囲気がある。

ストーカー、という言葉が出て、本題に入ったことを悟る。架が尋ねた。

「こちらで紹介した男性は、どちらも今はもう真実さんと無関係だ、ということですか」

「はい。私を信じていただくほかありませんが、どちらの男性にもご自分の生活がおありです。真実さんにご紹介したのは六年も前ですし、今回のことには無関係だと思います」

これを伝えたくてこの人は今日、架と会ってくれたのだろう。狭い、のどかな田舎のことだ。自分の結婚相談所におかしな噂が立つのは是が非でも避けたいところだろう。小野里夫人がすでに電話までかけて相手の様子を確認している、その迅速さにも驚く。

ただ、架としても、それだけで引くわけにはいかなかった。

「そのお二人を紹介してもらうことはできませんか？　相手に迷惑がかからないようにしますから」

今の架には、真実に繋がる糸はここにしかない。しかし、小野里がにべもなく首を振る。

「それは難しいです。もしお二人のことで何か確認したいことがおありなら、私にお話しいただければ、私の方で対応します」

小野里がじっと架の目を見る。その両目を細めて、重ねて言った。

「真実さんは、こちらにいらっしゃる前にもどなたかとお会いになっていらした様子ですし、まずは、別の心当たりを探された方がお互いに時間の無駄にならない気がします。ここ以外には、まだ何もお調べになっていらっしゃらないのよね？」

「……ええ」

頷くしかない。まだ食い下がりたい気持ちもあったが、その一方で、小野里が告げた「二人」という数字が彼女の言葉に説得力を与えてもいた。紹介したのが二人だけなら、真実のストーカーは、他の友達に紹介されたり、職場で知り合ったりした相手である可能性も高い。

「真実さんはこちらにきた時、これまでの婚活のことなど、小野里さんに何か話していませんでしたか？」

小野里が無言で架を見る。架は「何もわからないんです」と、観念した思いで口にする。

「群馬で彼女が婚活していたことも、僕は今日初めて知ったくらいで、こちらにいた頃の彼女のことを何も知りません。本当に心当たりがないんです。もし、彼女が小野里さんにお話ししていたことがあれば、どんなことでもいいので教えていただけないでしょうか」

小野里夫人は不思議な魅力のある人だ。この人に話を聞いてほしい、相談したいと思う人は多いだろう。結婚相談所なのだから、これまでの恋愛についてだって、話しやすかったはずだ。

とはいえ、真実がこちらを訪ねたのはもう六年前だ。紹介した相手とはうまくいかなかったようだし、真実はそう目立つタイプではない。たくさんの縁談を取り持つ小野里がどこまで当時のことを覚えているかわからない。

そう思っていたが、小野里がゆっくりと目線を上げた。架を見る。

「真実さんの場合は、こちらに最初にいらしたのはご本人ではなく、お母さまです。ご相談にいらしたその日に登録をなさって、最初にご紹介しました男性は、その時にお母さまが選ばれました」

「親が登録して、相手まで選ぶんですか？」

思わず架の口から声が出た。その反応を予期していたように、小野里が頷く。

「珍しいことではないのですよ。特にここ数年は、そういう親御さんが増えています。お子さんのことを心配されて、代理で親御さん同士が本人より先にお見合いのように席を設けて会われることもあります」

「えっ」

架が声を上げると、小野里が優美な微笑みで続ける。

「違和感がありますか？」

「いえ……。すみません、ちょっとだけ」

自分の身に置き換え、真実の両親と自分の母親が会うところを想像してみると、実際には違和感はちょっとどころではなかった。当人のことに親がそこまで介入するものなのか。それも、恋愛絡みのことにというのは、違和感を通り越して、いっそグロテスクにさえ思えた。

架だったら絶対に嫌だ。自分の結婚相手のことで、親に口出しなどされたくない。

架の反応に慣れているように、小野里が薄く微笑んで続ける。

「いろいろなお考えの方がいらっしゃると思いますが、結婚はもともと家と家のことですからね。親が動いて当然だと考えていらっしゃる方も多いです」

「登録するのは子どもの了解を取って、ということなんでしょうか。あ、真実さんのことではなくて、一般的なお話として」

子どもに結婚する気がないのに勇み足で見合いの話を探す親の姿が思い浮かぶ。小野里が今度も「いろいろです」と答えた。

「親御さんがまずは登録されて、それからお子さんにお話をなさる、という場合も当然あります。ただ、最終的にはお相手と会う会わないは本人の意思がないとどうしようもないことですから、紹介を無理強いすることはできません」

「紹介にあたっては、身上書のようなものを交わすんですか？」

「ええ」

だとすれば、真実に紹介したというその相手の身上書を少なくとも陽子は一度見ていたということになる。今も手元にあるかどうかはわからないが、相手が誰かということくらいはわかるかもしれない。

架が思い当たったことに気づいたろうが、小野里は何も言わない。架が尋ねた。

「その身上書はさすがに本人が書くんですよね？　親に言われて」

架自身はサイトやアプリでの婚活だけで、仲人がいるようなお見合いはしたことがないから書いた経験がない。就職の際の履歴書のようなものを想像しながら尋ねると、小野里が首を振った。

「身上書は登録の際にいただくので、親御さんが書かれる場合が多いですね。真実さんもそうでした」

小野里が淡々と口にする。涼しげなその声の前で、架は軽く面食らう。かろうじて声には出さずに済んだが、内心では「親が書く?」と仰天していた。

婚活のための書類の——本人の学歴や家族構成くらいならともかく、長所や短所といった欄まで親が記入するというのか。考えるとたまらない違和感があった。もし架だったら、自分の母親が書いた自分の長所と短所は、きっと的外れだろうという確信がある。自分が親に見せている部分は一面に過ぎないし、これまで散々遊んできた異性関係ひとつ取ってみても、架の母は何も知らないはずだ。平然と息子の長所の欄に「誠実」とか「真面目」と書いてしまいかねない。それは架自身が思う自分自身の人物評とはかなりの隔たりがある。

真実はどうだったろう。真実と陽子はそれなりに仲のよい母子だとは思うが、それでも陽子が自分の娘について客観的に身上書を書けるとは思えなかった。

「彼女は、親が書いたその身上書のまま婚活を? 書き直したい、と申し出たりはしなかったんですか」

「取り立てて、そうしたお申し出はありませんでした。真実さんは二十代後半のお若くてきれいなお嬢さんでしたから、会いたいと希望されるお相手もたくさんいらっしゃいました。お母さまが選んだお相手とまずは会っていただいて、その方は乗り気だったのですが、真実さんがやはり別の方と、ということでしたので、今度は真実さんにこちらに来ていただいて、候補の男性の中から二人目にお会いする方を、本人に直接選んでいただきました」

「――自分で選んだその相手のことも、そして、断ったんですね」

「ええ。悪い方ではないと思うし、条件も自分にはもったいないほどだけど、結婚相手としてはピンとこない、と仰って」

ピンとこない。

その言葉を聞くと、胸の一部が懐かしい痛みを感じる。架自身、婚活では散々、その「ピンとこない」という一点に苦しめられた。そんな架の心中を知ってか知らずか、小野里が笑う。

「その真実さんがピンときたのが西澤さんだったんでしょうね。ですから、私もお会いしてみたかった」

「……そうであってくれたら、いいんですけど」

しかし、その真実が今、どこにいるのかわからないのだ。

「ここにくる以前のことについては、彼女、何か言ってませんでしたか？　相談所を頼らずに相手を探していた時のこととか」

「これまでなかなかいいご縁がなかった、とは仰っていました。ただ、ここにいらっしゃる時はいつもお母さまが一緒でしたから、これまでおつきあいされた方がいらしたとしても、なかなか正直にはお話しできなかったかもしれませんね」

「ああ……」

架も納得する。小野里の表情が微かに曇った。

「あまりお役に立てなくてごめんなさいね」

「あの、そもそも、真実さんはどうして婚活をしようと思ったんでしょうか」

「どうして、というのは？」

「いえその、小野里さんのお話だと、婚活に乗り気だったのが、どちらかというと、彼女本人よりお義母さんだったように思えて」

それもまた珍しい話ではないのかもしれない。三十歳近い娘に結婚する気配がないことを心配して、陽子が先にここを訪れた。

架が気になるのは、その話に自分の知っている真実が不在な気がすることだ。陽子は結婚相談所に登録することを、予め娘に伝えていたのだろうか。真実がもし了承していたとするなら、架の知る真実なら、自分一人でここにくるか、少なくとも最初の段階から母親に同行したはずだ。他ならぬ自分の結婚のことなのだから。

「子どもに黙って勝手に登録したりする親の皆さんは、子どもに恋人がいたりしたらどうするつもりなんでしょうね」

その勇み足を想像すると少し滑稽に思えたのだが、小野里の表情は真面目なままだ。

「そういう場合もあるかもしれませんが、うちにいらっしゃる親御さんはその辺りには確信がおありな様子ですよ。うちの子には間違っても恋人がいたりする様子はない。いてくれたらどんなにいいかと思うけど、と」

「でも、その息子や娘の人たちは二十代後半か三十代くらいですよね。親が知らないことだってあると思いますけど」

気を揉《も》みすぎて先走ってしまう親もどうかと思うが、仮に親がその年頃の子どもたちのことを本当にすべてまだ把握できているとしたら、そちらの方がある意味、よりホラーだ。中学生ならまだしも、相手はもういい年の大人なのだ。

「人によって、親子関係もいろいろということでしょうね」

小野里の表情は今度も変わらなかった。自分自身の感想ではなく、一般論を口にするようにそう言って、余計なことを言わない。架と議論をするつもりなど、この人には毛頭ないようだった。

それに――。

架は思い出す。

真実の恋愛――過去について、おそらくは、架だけが知っていることがある。そのことについては、真実はおそらく誰にも話していなかっただろう。

「ここにくる前、自分でも婚活していたんでしょうか、彼女は」

聞き方を変えて尋ねると、小野里が今度も静かに目線だけ上げてこちらを見た。

「小野里さんの目から見ると、真実さんはここにくる前も、婚活でそう多くの相手に会っていたようには見えなかったそうですけど、それでも、自分で動いたけどどうにもならなくて、最後の手段でこちらに来たわけですよね。思いついたのはお母さんかもしれないですけど」

「そうですね。おそらく、最後の手段、と思ってこちらを頼ってくださったんでしょうね」

そう言って、小野里がなぜかその時、ふふっと声を立てて笑った。反応の大きさに架が彼女を見つめると、小野里が口元を押さえながら「ごめんなさい」とこちらを見た。

「やはり、皆さん、結婚相談所は『最後の手段』だと思われるんだなぁと思って」

「あ」

気に障ったのだろうか。無意識に使ってしまった言葉だった。

しかし、架に限らず、そう思っている人は多いのではないだろうか。結婚を考えて動く時、まずは自分でできる範囲から手を出す。友達からの紹介、合コン、街コン、アプリやサイトへの登録。

安くない登録料が必要になる結婚相談所に登録するのは、婚活がかなり進んでからの〝最後の手段〟だという気がしていた。小野里のような他人を巻き込んでの本格的なお見合いをするのは責任が伴うし、心理面でのハードルも圧倒的に高い。

長い婚活の最中、架も結婚相談所に行くことをまるきり考えなかったわけではない。

「すみません。僕自身も、婚活していて、自分の力でどうにかできなかったら、最後は結婚相談所に駆け込めばなんとかしてもらえるんじゃないかと、そんなふうに助けてもらえる場所があるって考えることで楽になれた部分があって……」

「『結婚相談所は最後の手段ではない、ということを覚えておいて』」

「え？」

「――私、若い人が読むような雑誌をよく手に取るんですけれどね、特に結婚や婚活の特集などをしているものは」

「はい」

この人ならばそうだろうな、と思う。自分の知識の上だけに胡座をかかず、今の若者の考え方の情報収集も怠らないのだろう。だからこそ、この感性の若さと鋭さがあるのだろう。

「今の言葉は、その中のひとつに書かれていたものです。だから、私の言葉ではないのですけれど、うまい一文だなぁと思って覚えていました」

「結婚相談所でうまくいかなかったとしても、希望を捨てるな、ということですか？」

最後の手段ではないのだから、まだ望みはある。

そういう、婚活する者を励ます趣旨の優しい言葉なのだろうと思った。しかし、小野里がはっきり首を振る。

「いいえ。その雑誌は非常に実用的で、客観的に婚活というものについて向き合った特集記事を載せていました。結婚相談所についても、非常に現実的。——結婚相談所は、婚活を思いついたその日に登録すること、行ってみることを推奨していました。特に、女性の場合は出産の事情もあって、男性側が二十代の相手を希望することが多く、二十代で紹介してもらえる数と、三十代になってから紹介してもらえる数には違いも出るから、本気で結婚したいと思っているなら、すぐに動くことを記事の中で勧めていたんです。私もその記事とまったく同感です」

小野里が架を見た。

「結婚相談所は、最後の手段ではありません。最初の手段なんです」

その顔に浮かぶ穏やかな微笑みとは対照的に、こちらを突き放すようなきっぱりとした物言いだった。

「そこを勘違いされては困ります。自分でいろいろ手を尽くしたけれどうまくいかなかった、と泣きつかれても、では、その年月を浪費する前になぜ私のところへもっと早くいらしてくださらなかったのか、もう少しお若かったら、こちらでも手立てがあったのに、と悔しい思いをすることも多いのですよ」

辛辣にそう言った後で、小野里が柔和な表情のまま、おどけるように首を傾げる。

「言い過ぎましたね。冗談だと思ってください」

冗談などではないだろう、と架は思う。

この人は——、ビジネスをしているのだ。

縁結びや結婚の相談は情緒が重要視されがちだが、この人は何もそれを善意だけでやっているわけではない。プロとしてのプライドがそこから感じられた。

身が竦む。彼女はたぶん、こう言いたいのだ。婚活を舐《な》めるな、と。

「真実さんの場合はどうでしたか」

気を取り直す思いで、架が尋ねた。

「小野里さんのお考えはわかりました。ただ、真実さんは、こちらを自分にとっての最後の手段、と思っていた様子でしたか」

「おそらくそれに近いものはあったでしょうね。特に、お母さまには」

「けれど、うまくいかなかった」

「お力になれなくて申し訳なかったです。——最初はね、私もすぐにまとまると思ったんですよ。婚活では、二十代の女性が最も人気がある、とされますし、こちらの相談所では四十代の登録者も多いので、真実さんが三十代に入ったとしても、ご紹介できる男性はたくさんいましたから」

「二人紹介したその後に、さらに誰かの紹介を、ということにはならなかったんですか」

「ご本人がお疲れになって、しばらくお休みしたい、ということでした。そして、結局それきり、こちらにはいらっしゃいませんでした」

小野里の使った「お休み」の言葉が胸に突き刺さる。

架自身も、疲れた時に何度も思った。しばらく休みたい、結婚について考えるのをやめたい。そして、実際、婚活は仕事ではないし、休むことができる。

しかし、この「休むことができる」、というのが婚活を緩やかに苦しくしていたと、今になれば思う。「やめる」ではなくて、「休む」。休めるからこそ、やめられない。そして、休んでいても状況が変わらない以上、その苦しさはずっと続くのだ。

小野里のところではどうかわからないが、月会費いくらと決まった結婚相談所では、「休む場合にはその月の会費は半額以下」と案内されるようなところも多いそうだ。その額ならばと「休む」から、退会しない。だからずっと終わらない。

「小野里さんの目から見て、婚活がうまくいく人とうまくいかない人の差って、何ですか」

ストーカーの一件とは離れた質問だが、聞きたかった。真実と出会い、婚約して、婚活していた頃のあの出口のない苦しさがだいぶ遠ざかったように感じていた。しかし、小野里を前にして、思い出す。

婚活して結婚が決まった、という他人の成功譚《たん》を聞いて、何度も思った。彼らと自分の何が違うのか。然るべき相談所やアプリを利用して、すぐに相手と出会える人たちもこんなにたくさんいるのに、と。

ここに来ていた頃の真実もそうだったのではないだろうか。

「うまくいくのは、自分が欲しいものがちゃんとわかっている人です。自分の生活を今後どうしていきたいかが見えている人。ビジョンのある人」

小野里の声に、ふいに、別れたアユの顔が浮かんだ。

結婚したい、と架に明確に訴えた彼女の声が蘇る。フェイスブックで見た彼女のウエディングドレス姿がそこに重なる。小野里が「ビジョン」と表現したのが、しっくりくる。以前は架にも見えなかった将来の像。自分が夫になることも、父親になることも、遠い先のことのように思えて、実感が持てなかったあの頃。

小野里が若者が使うような的確さで「ビジョン」という言葉を使ったことに、架はもう驚かなかった。

「女性は特に、結婚の先に出産がありますから。ビジョンは明確であればあるほどいいでしょうね」

「真実さんには、そのビジョンがなかったように思えましたか？」

「少なくとも、こちらにいらした時はそのようにお見受けしました。今はもう、違うのでしょうけど」

小野里が目を細める。

「自分自身が何かを欲しくて結婚を考えたというよりは、結婚する年回りだし、周りに言われてそういうものだからやってきた、という雰囲気がありました。ですから、西澤さんがさっき仰った、乗り気だったのはお母さまの方ではないか、というのもあながち間違いではないかもしれません。——出産のこと、老後のこと、このまま一人になってしまうのは怖くないのかと、本人よりも、親御さんが怖くて怖くて仕方がないから、まず動く。焚きつける」

小野里が口端を引いて微笑み、首を振る。

「親御さんに言われれば、本人もおそらくはそういうものかとやる気になるのでしょうけれど、それは、恐怖や不安に突き動かされた社会的な要請によってであって、そこに本人の意思はありません。そして、そんな理由でもうまくいって結婚できるなら、私はそれでいいと思います。そうしなければ、その人たちは結婚しないでしょうから」

「そうでしょうか?」

小野里の言い方が意地悪く感じて、顔を顰める。

「みんながみんな、どうしても結婚しなければならないってものでもないでしょう? 結婚したくないならそうする自由だってある。僕はたまたま結婚を考えましたけど、そうしない生き方だってあっていいわけだし」

言いながら、しかし、気づいてしまう。口調を少し弱めて、続ける。

「東京と違って、こちらだと、そんな考え方は通用しないのかもしれませんけど」

ライフスタイルの多様性は都会だからこそ許されることで、真実がかつて暮らしていたこの土地では簡単には認められないのかもしれない。結婚しないことで感じる肩身の狭さは都会と田舎では違うのだということは婚活を論じる時、盛んに言われることだ。

しかし小野里が首を振った。

「東京だからとか群馬だからとかは関係ありません。さきほどからお話ししてますように、独身を選択するも何も、最初から、そこに本人の意思がないんです」

「え？」

「真実さんを含め、親御さんに言われて婚活される方の大半は、結婚などせずに、このままずっと変わりたくない、というのが本音でしょう。三十にもなれば仕事も安定し、趣味や交友関係もそこそこ固まって、女性も男性も生活がそれなりに自分にとって居心地がいいものになりますから。けれど、そのまま、変わらないことを選択する勇気もない。婚活をしない、独身でいる、ということを選ぶ意思さえないんです」

架が絶句する。小野里が続けた。

「ですから、親に言われてでもなんでも強引に、選択しないまま、新しいステージに飛び込む方がいいんです。何も考えないまま結婚して、出産して、それでいいのではないか、と私は思います。もちろん、結婚しない生き方を自分で選択された方たちを否定するつもりもありません。それとこれとはまったく別の話なんです」

「……真実さんにも、自分の意思がなかった、ということですか。親に言われて、ただ来ただけだと」

ふと、気づいた。それは違うのではないか。

「でも、それなら、最初に紹介された相手で結婚を決めてしまいそうなものですけど。

だってその人はお義母さんが身上書を見て、そして選んだ人なんですよね。だけど、彼女の意思で断った」

真実は、本音の部分では陽子のそうしたふるまいを嫌がっていたのではないだろうか。――むしろ、そうであってほしい、という気持ちになぜかなっている。どうしてそんなふうに思うのかが自分でもわからない。

ただ、架の知っている真実は、そんな何もかも親の言いなりになるような、自分の意思がないような女性では間違ってもなかった。

「私もここを始めて長いのですけど、ひと昔前はね、仰るように、紹介した最初のお相手で決まることの方がずっと多かったんですよ。皆さん、それまでおつきあいした人がいらっしゃらない場合も多く、ああ、自分にはこの人なんだ、とすんなり納得されて縁談がまとまった。恋愛期間を重視されるよりは、結婚してから夫婦になっていく、というような感じですね」

小野里の目が、また少し意地悪くなったように感じる。ふふ、と彼女が笑った。

「けれど、今は情報が溢《あふ》れているせいか、どんな方でもまずは結婚の前提として恋愛を求める傾向が強いです。自分にはこの人じゃない、ピンとこない。――ドラマで見たり、話で聞く恋愛ができそうもないと、ご自分にたとえ恋愛経験が乏しくても、『この人ではない』と思ってしまう。そのうえ、皆さん、他人から理想が高いのではないかと指摘されるとたちまち否定されます。理想が高いなんてとんでもない。ただ、今回のお相手が合わなかっただけで、自分は決して高望みをしているわけではない。自分が高望みできるような人間でないことはわかっているし、と。とても謙虚な様子で、むきになられて」

でもね、と小野里が上目遣いで、試すように架を見た。

「皆さん、謙虚だし、自己評価が低い一方で、自己愛の方はとても強いんです。傷つきたくない、変わりたくない。——高望みするわけじゃなくて、ただ、ささやかな幸せが摑みたいだけなのに、なぜ、と。親に言われるがまま婚活したのであっても、恋愛の好みだけは従順になれない。真実さんもそうだったのではないかしら」

架は黙ったまま、小野里を見つめていた。

理想が高いんじゃないか、というのは、婚活をしている間、架もまた周りに言われ続けてきた言葉だった。そのたびに、確かに思った。高望みをしているわけじゃない。ただ、合う人と巡り合えていないのだ、と。

「……違うんですね」

架の喉から、思わず、絞り出すような声が洩れた。小野里が無言で目線を上げる。架が首を振った。

「恋愛相手を探すのと、婚活は」

小野里が静かに笑った。これまでで一番、優しげにさえ思える微笑みを浮かべて、「何をいまさら」と心底おかしそうに言う。

「『高慢と偏見』という小説を知っていますか」

「名前だけは。ただすみません、読んだことはないです」

確か、映画にもなった小説だ。名前を聞いたのは映画公開の時かもしれない。小野里が続ける。

「イギリスの、ジェーン・オースティンという作家の小説なんですが、あれを読むと、十八世紀末から十九世紀初頭のイギリスの田舎での結婚事情というのがよくわかるんです。恋愛小説の名作と言われていますが、恋愛の先に結婚が必ず結びついて考えられているので、私は、〝究極の結婚小説〟と言ってもいいのではないかと思っています」

「はあ」

なぜ今そんなことを聞かされるのかわからず、首を傾げる架を翻弄するように、小野里が微笑む。

「当時は恋愛するのにも身分が大きく関係していました。身分の高い男性がプライドを捨てられなかったり、けれど、女性の側にも相手への偏見があったり。それぞれの中にある高慢と偏見のせいで、恋愛や結婚がなかなかうまくいかない。英語だと、高慢は、つまりプライドということになりますね」

「はい」

「対して、現代の結婚がうまくいかない理由は、『傲慢さと善良さ』にあるような気がするんです」

小野里が言った。さらりとした口調だったが、架の耳に、妙に残るフレーズだった。

「現代の日本は、目に見える身分差別はもうないですけれど、一人一人が自分の価値観に重きを置きすぎていて、皆さん傲慢です。その一方で、善良に生きている人ほど、親の言いつけを守り、誰かに決めてもらうことが多すぎて、〝自分がない〟ということになってしまう。傲慢さと善良さが、矛盾なく同じ人の中に存在してしまう、不思議な時代なのだと思います」

小野里がゆっくりと架を見た。そして、ひとり言のように、どうだっていいように、付け加えた。

「その善良さは、過ぎれば、世間知らずとか、無知ということになるのかもしれないですね」

小野里の目が、目の前の架を通じ、誰か別の相手を見ているように思える。それは、架と、架の後ろにいる多くの人たちに向けられた言葉であるかのように聞こえた。

「お役に立てなくてごめんなさいね」

自分のところで紹介した見合い相手の素性は明かせない――。そう言われた以上、小野里からはもう聞けることはなさそうだった。

ここまで来たのに、という悔しさも掠めはするが、架は、「いえ」と自然と首を振っていた。自分から礼を言う。

「ありがとうございました。お話しできて、よかったです」
成果が何もなかった、とは思わなかった。真実のストーカーの正体はわからないままだが、それでも、群馬にいた頃の真実が、

おぼろげながら架の中でも像を結ぶ。架の知る自分の婚約者と、その真実は少し違って思えるのだ。

「——婚活につきまとう、『ピンとこない』って、あれ、何なんでしょうね」

架がそう聞いたのは、『縁結び　小野里』を後にしようと靴を履き、最後に小野里夫人と向き合った、その時だった。何気なく心に浮かんだ思いが、つい、彼女を前に口を衝いた。

小野里が架を見る。架は苦笑した。

「今日、小野里さんとお話ししていて何度も出た言葉ですけど、僕も実際、婚活していて、その感覚に苦しめられた気がするんです。相手と会って、条件は申し分ないはずなのに、ピンとこないから決断できない。——結婚した友人たちからは、ピンとなんてくるはずない、と言われたりもしましたけど」

ピンとこない、は魔の言葉だ。それさえあれば決断できるのに、その感覚がないから、どれだけ人に説得されようと、自分で自分に言い聞かそうと、その相手に決められない。

真実もここで、その感覚に苦しめられたのではないか。架のように。

「——ピンとこない、の正体について、私なりのお答えはありますよ」

ふいに小野里が言って、架は目を見開いた。

「何ですか」

あの感覚に正体などあるのか。架の視線を、小野里が正面から受け止める。着物の帯の下辺りに上品に手を添えた老婦人がまた笑う。

「ピンとこない、の正体は、その人が、自分につけている値段です」

吸いこんだ息を、そのまま止めた。小野里を見る。彼女が続けた。

「値段、という言い方が悪ければ、点数と言い換えてもいいかもしれません。その人が無意識に自分はいくら、何点とつけた点数に見合う相手が来なければ、人は、〝ピンとこない〟と言います。──私の価値はこんなに低くない。もっと高い相手でなければ、私の値段とは釣り合わない」

架は言葉もなく小野里を見ていた。

「ささやかな幸せを望むだけ、と言いながら、皆さん、ご自分につけていらっしゃる値段は相当お高いですよ。ピンとくる、こないの感覚は、相手を鏡のようにして見る、皆さんご自身の自己評価額なんです」

身体のどこかで、戦慄を感じた。思い出したのは、悪友の女友達との会話だった。

──あの子と結婚したい気持ち、今、何パーセント？

──ひどいなぁ。今私、パーセントで聞いたけど、それはそのまま、架が真実ちゃんにつけた点数そのものだよ。架にとって、あの子は七十点の彼女だって、そう言ったのと同じだよ。

――だって、架、たとえばアユちゃんだったら百点か、百二十点をつけたでしょ。

小野里が値段、という言い方をしたせいで、それらの数字の意味が一度に重たくのしかかる。あれは、架が自分につけている値段とやらと、そのまま共鳴するのか。

さっき聞いた、「傲慢さ」の言葉が、改めて自分に突き刺さるようだった。

「だからね、お会いしてみたかったんです」

小野里夫人が言った。玄関に下りて靴を履いた架を、頭の先から足元まで、高い場所から見下ろす。その顔に、優美としか言いようのない笑みが浮かぶ。架の腕と背に、ぞわっと鳥肌が立つ。

「こちらでご紹介したお相手のどちらともうまくいかなかった真実さんが、ご自分に見合うと判断したお相手がどのような方なのか。――真実さんが、ご自分につけていらした値段がいかほどのものだったのか。西澤さんには、ぜひ、お会いしてみたかったの」

『縁結び　小野里』を出て、真実の両親に連絡を取る。

二人は自宅に戻ることなく、近場で時間を潰していたようだった。

『もう一度、小野里さんのところに私たちも戻った方がいいかしら?』

電話越しに陽子が尋ねる声に、架が「いえ……」と答える。家に戻ってもらい、架はそこで落ち合うことにした。

戻ってきた架に二人が——特に陽子の方が、気遣わしげな視線を送る。

「どうだった？」

真実のことだけを心配して、というよりは、架が小野里夫人に無礼を働かなかったかどうか、という意味も含まれての問いかけのようだった。架は首を振る。

「小野里さんのところで紹介した男性は、二人とも今は真実さんとは無関係だろう、ということでした。連絡先も教えることはできないと」

二人、という人数をあえて口にしたけれど、陽子も正治も反応しなかった。十人くらいと会っていた、という人数が娘かわいさからの水増しの数字であったかもしれないこと、小野里のところが空振りに終わりそうだということへの苛立ちが、微かに胸に燻る。陽子を見た。

「真実さん、あそこではお二人、紹介されただけなんですね」

「ええ」

「お義母さんが十人と言われたので、もう少し多く会っていたような気がしていました。僕の友人の中には、何十人と紹介してもらって会った、という人も珍しくなかったので」

つい自分の婚活と重ねて言ってしまうと、陽子が「ええーっ」と顔を顰めた。

「そんな。男性だったら、何十人でもいいかもしれないけど、女の子なんだから、そんな何十人もってわけにはいかないでしょう？」

困惑したように言う陽子を見て、口を噤む。本心から、彼女はそういうものだと信じているのだとわかったからだ。

男性だったらいいけど、女の子なんだから。――こういう考え方もまた、小野里だったら当然見透かして、その上でこの人と接しただろう。

小野里夫人に会ったことで、心が揺らぎ、彼女の考え方にだいぶ引きずられている。スパルタと言っていいほどの、結婚に対する本気の動き方、考え方。婚活に舐めた態度で臨む者を、受け入れる素振りで内心は軽蔑さえしているような、あの表面的には優美としか言いようのない微笑み。

「ひとつ、お伺いしたいんですが」

「何？」

「小野里さんの結婚相談所にお願いすると、料金はどれくらいかかるんですか」

陽子が一瞬、黙り込んだ。困ったように夫を見つめ、夫婦で顔を見合わせる。

前に聞いたことがある。今はきちんとしたお見合いの話が昔に比べると減り、ちゃんとしたところにお願いすると何十万もかかる、と。ちゃんとしたところ、というのはつまり小野里のようなところということだろう。

陽子がどこか気まずそうに、歯切れ悪く答える。

「小野里さんのところは、だいぶ、良心的だと思うのよ。登録料だって二万円くらいだし、成功報酬っていうか。紹介料は割安で、縁談がまとまった時に、ある程度の額を支払えばいいことになっていて」

「いくらいなんですか」

「――三十万円。だけど、実際に娘さんがそれで結婚したっていう人に聞いたら、それ以外にもお礼の気持ちとしてさらに十万円くらい上乗せしてお渡しするのが礼儀だろうって」

では、四十万円だ。金額を聞いて、架は一人、感嘆のため息を吐く。小野里のあの涼しい顔を思い出し、改めて食えない人だ――と思う。

陽子に向き直る。

「小野里さんには、何かもし気づいたことや思い出したことがあれば連絡してほしい、とお願いしてきましたが、あまり期待はできなそうでした。――だから、お義母さんにお願いがあります」

「何？」

「あの結婚相談所から紹介された相手の身上書を、お義母さんとお義父さんは実際に見られていますよね。写しのようなものを、今もお持ちではないですか」

架が言うと、陽子と正治が再び顔を見合わせた。

「お持ちであれば、見せていただきたいんです」

小野里が教えられない、というならば仕方ない。こちらで勝手に動くだけだ。

真実の行方も、相手がストーカーかどうかももちろん気になる。しかし、それだけではない、言いようのない気持ちに自分が囚われ始めていることを自覚する。

――こちらでご紹介したお相手のどちらともうまくいかなかった真実さんが、ご自分に見合うと判断したお相手がどのような方なのか。――真実さんが、ご自分につけていらした値段がいかほどのものだったのか。

小野里に言われて、思った。

真実はここで、どんなことを考え、そして、どうして架を選んだのか。

二年間、つきあってきたはずだったのに、それがまったくわからない。彼女が架につけた値段が――点数が、いくらくらいのどういうものだったのか。自分から彼女に対してのものは考えたことがあっても、その逆は、これまで考えたこともなかった。

# 第三章

真実のことを思い出す時、最初に出てくるのは「いい子だ」ということだ。

前にこんなことがあった。架がビールを卸しているバーに真実を誘い、席を外している間に、真実が他の客と話をしていた。九時を回ったバーは出来上がり始めた客も多く、五十代かそこらのサラリーマン風の一団が真実と何か話していた。

同年代の架の友達などとはあまり打ち解けた雰囲気がなかったけれど、思えば、真実はそんなふうに年上の男性や女性から話しかけられることが多かった。染めた様子のない髪や、おとなしそうな外見が彼らに安心感を与えていたのかもしれない。実際、真実は聞き上手だった。

そうなんですか、わあ、すごいですね。

相槌を打つ真実に、相手も上機嫌に「うん。そうなの。じゃあね」と手を振りながら席を立つ。ちょうど彼らは会計を済ませて帰るところだったようだ。

席に戻ってから「何、話してたの?」と尋ねると、真実が「ビールのこと」と答えて、はにかむように微笑んだ。

「このバーは、ここだけで飲めるイギリスの地ビールがあってね。すごくおいしいんだけど知ってる?って聞かれた。絶対飲んだ方がいいって」

「ああ」

自分のところで卸している銘柄がいくつか思い浮かぶ。真実も以前に飲んだことがあるものだ。

「オレのこと言った?」

「え?」

「そのビール卸しているの、自分の彼氏だって」

尋ねると、真実が、今度は少し困ったような表情になる。「言わなかった」と答えた。

「架くんのことを、自分の手柄みたいには言えないよー。もちろん嬉しかったし、話したくなったけど――」

「けど?」

「……我慢した」

照れたように笑う顔がかわいかった。そのまま抱き寄せ、店の喧噪にまぎれてキスをした。

「オレはたぶん、我慢できないけどな。真実ちゃんのこと自慢できる機会があったら彼女なんですって言っちゃうな」

「え! 私のことで自慢できることなんて何もないでしょう?」

軽いキスでも、二年近くつきあっても、こういう時にまだ恥ずかしそうにするところも好きだった。

その日は、真実の誕生日だった。バーに来る前、架は真実のために高級店と呼ばれるフレンチの店を気張って予約した。何度か来たことのある架が「おいしいだろ?」と尋ねると真実が「うん。すごくおいしい」と言った後で、「でも——」と顔を伏せた。そして言ったのだ。「なんだか両親に申し訳なくて」と。

「親もこんないいお店で食べたことないだろうに、私だけ、なんか申し訳ない」

その言葉を思い出し、架は真実をそっと抱き寄せた。

「真実ちゃんはいい子だよ」

自慢できることなんかない、と話す彼女にそう言うと、真実が「そんなそんな」と困ったように謙遜する。

その照れくさそうな笑い方も、架は、ずっと、いいな、と思っていた。


架が群馬から戻った翌週、電話があった。

知らない番号からの着信に、真実からかもしれないと思いながら出ると、礼儀正しい声が『いきなり電話してごめんなさい。架くん?』と尋ねた。

『私、希実です。真実の姉の』

「ああ……」

一瞬、息が詰まった。それくらい、真実と声が似ている。微かな失望を覚えつつ、「ご無沙汰しています」と気の抜けた挨拶を返す。電話の向こうの声が言う。

『うちの両親から、真実のこと、聞きました。何か私にもできることがないかと思って、架くんの番号を聞いたの。勝手にかけてごめんなさい。今、お仕事中?』

「いや、大丈夫です。ありがとうございます」

『驚いた。ストーカーだなんて。真実が……』

消えてしまったなんて。攫《さら》われてしまったなんて。

希実が続けたかった言葉は、それ以上、どう続けたらいいのか迷うように途中で止まった。ショックを受けていることも伝わるが、母親の陽子と違い、口調からある程度の冷静さが感じられた。

希実は都内の証券会社で働いている。デザイナーの夫との間に三歳の娘がいるが、出産後、復職しているはずだ。仕事の合間にかけられる時間を探して連絡してきてくれたのかもしれない。電話の向こうは屋外からかけている時のような微かなざわめきが感じられた。

真実とつきあってすぐに、小岩に住んでいるという姉夫婦と姪に紹介された。前橋の両親に会ったのは婚約を決めてからだが、真実の姉夫婦は都内在住で、架もこれまで何度か彼らの家に招かれていた。

希実は、顔立ちこそ母親の陽子に似ているが、陽子とも真実とも違った雰囲気のある人だった。はきはきとした物言いをする明るい性格で、架は一目会って好感を持ったし、てきぱきと家事をし、娘に接する様子を見ながら、仕事もできるのだろうな、と思った。陽子のように感情的でも、真実のように控えめでもない。

　真実が消えて、もう二週間以上が経過している。

「すみません。お義姉《ねえ》さんには、僕からもっと早く連絡するべきでした」

『ううん。そんなことはいいの。それより、真実からまだ連絡はないのね？』

「はい。スマホは相変わらず電源が入っていないようなんです」

『警察は事件性が低いって判断したのよね？　動いてくれていない』

「はい」

　答えながら、本当に、もっと早くこの義姉には連絡するべきだった、と思う。

「ストーカーは真実さんが前橋にいた時、向こうで振った相手らしいんです。お義姉さん、何か心当たりありませんか」

　その当時、希実はすでに前橋を離れていたはずだ。しかし、真実がもし自分の恋愛について話していたというなら、それは母の陽子ではなく、姉の希実の方なのではないか。

『母たちからも聞かれたよ。何か聞いてないのかって』

　陽子たちも架と同じことを考えたのだろう。真実たちの姉妹仲は、架の目から見ても確かにいいように思える。

『だから逆に聞いたの。お見合いを進めていたのは母だったし、その中の誰かの可能性はないのかって。母たちは違うって否定していたけど』

「ちゃんとした仲介者を立てた話だからそんなわけがない、というお返事でした。そのうえ、相手の連絡先もわからない」

陽子たちは、真実の見合い相手の身上書を一度見ている。

手元にまだそれがあるのではないか。

あの日、尋ねた架に、陽子と正治は顔を見合わせていた。やがて、ひとつの名前を、陽子がぽつりと告げた。

カナイさん、と。

前橋市内に住み、市内の電子機器メーカーに勤めているエンジニア。前は東京の大手電子機器メーカーに勤めていたのだけど、地元に戻ってきて再就職したようだ、と企業名を挙げて陽子が教えてくれた。地元の方ではなく、前職の大手メーカーの名前の方だ。

「小野里さんのところで身上書をいくつか見せてもらって、私がその人に決めたの。本当は五人分もらってきて、お父さんと相談してから決めて。名前は確か、カナイ・トモユキさん。身上書はごめんなさい、もう手元にないわ」

真実が持って行ったから。

陽子が絞り出すような声で答えた。

「——最初は私が保管していたんだけど、あの頃、私がお友達になにげない気持ちで今度、真実がこの人とお見合いするのって見せてしまったことがあって、その時に真実がなんで勝手に見せるのってものすごく怒ってね。そのまま、持って行っちゃったの。繊細なところがあるじゃない？　あの子」

「そもそも身上書には、顔写真や名前は書いてあっても連絡先や細かい住所までは載っていないんだよ。身上書が残っていたとしても、連絡を取ることはできなかったと思う」

妻をフォローするように、それまで口数が少なかった正治が言う。陽子が続けた。

「相手は、真実のことを会って気に入ってくれて、続けたいって言ってくれたのよ。だけど、三回目くらいで、真実が『ごめんなさい、お母さん。私、断ってもいいかな？』って」

泣いてたの。

陽子が言う。

「泣いて、私に向かって、ごめんね、お母さんって何度も言って」

陽子がやりきれないような口調になる。「あの子、真面目で繊細だから」と、二度目の言葉を繰り返す。

「私が気に入っていた相手だから、親の期待を裏切るようでつらかったんでしょうね。私も悪いの。追い詰めちゃったのかもしれない。だから、次の相手は自分で選んでみたらって言って、自分で選ばせたの」

「それで、その次の相手のことを、お前が身上書見て文句つけたんだよな。真実にあれこれ言って」

たわいない口調で、正治が告げる。正治はごく軽い気持ちで口にしたようだったが、その瞬間、陽子の顔つきが変わった。「文句なんて、そんな！」と大声を上げる。

「ただ、真実が本当に何も考えずに選んだのがすぐわかったから。写真は確かにあの子が好きそうな感じの男の子だったけど、おうちの歯医者さんを手伝ってる歯科助手って書いてあって、お父さんの医院だったら自営と一緒で苦労が多そうだし、第一、優秀だったら跡を継ぐつもりで歯科医になってるはずじゃない。それがそうじゃなかったってことだから。身上書見るなら、そういうところまでちゃんと見ないと」

むきになって言う陽子を見ながら、実際にこの人は夫の言う通り、ケチをつけたのだろうな、と思う。自分で選ばせる、と言いながら、いざそうなると言いたいことが出てくる。そしてそれを言わずにはおれない。

架もまた、自営業だ。

自営業の家はやはり苦労が多そうだと思われますか、と嫌味が喉元までこみ上げたのを呑み込むと、陽子の方でも同じことに気づいたのか、気まずそうに首を振る。

「真実が選んだその人については、私もあまり乗り気じゃなかったから、カナイさんの時よりさらにわからない。真実もいつの間にか断ってしまったみたいだし。――真実は高校から香和《こうわ》女子だし、相手の親も真実の身上書を見てただろうから、きっとそういうところも家族で気に入ったんでしょうね。小野里さんに聞いたら、お断りしてからも相手の親から、続けたいんだけど、どうしても無理でしょうかって、連絡があったたって」

真実のことを話す陽子がどこか自慢げだった。聞きなれないコウワジョシ、という響きが、頭の中に漢字で香和女子、と変換されるまでに時間がかかった。真実が出た、地元の女子大の名前だ。

なぜそんな話になるのかがわからなくて一瞬反応が遅れた架に、陽子が「ごめんね、架くん」と謝る。

「あの子のこんな昔の話、聞きたくないわよね。あの子の結婚はそんなふうに苦労が多かったから、私たち、架くんが来てくれた時には本当に嬉しかったのよ。――なのに、こんなことになって」

陽子が声を詰まらせる。正治が静かにため息を吐いた。

「……あの子が東京に行くって言いだしたのは、小野里さんのところでうまくいかなかったからじゃないかと思うんだ」

声に疲れが滲んでいた。正治が自嘲気味に言う。

「私たちは反対だったけどね。家から通える仕事があって、特に理由もないのになぜ、とね。うちにいれば家賃だって光熱費だってかからない分、貯金だってできるし、そんなの無駄じゃないか」

「仕事を辞めるって言いだした時に、血の気がすーっと引いてくのが自分でもわかったわ」

陽子が言う。その時のことを思い出したように、表情が曇る。

「せっかく紹介してもらった県のお仕事なのに、わざわざそれを辞めてまでなんでって、お父さんと同じで意味がわからなかった。結婚するまでは、真実のことは私が責任もってこの家で見るって決めていたのに」

陽子の目線が遠ざかる。

「こっちにいれば私だってこんなに心配することもなかったのに、お姉ちゃんに相談して勝手に……。私が何も知らないうちに全部、あの子が勝手に決めて準備しちゃって。お姉ちゃんも真実も、私に何も言わなかった」

陽子がそう言ってから、今度は正治の方があわてて言い添える。

「でもまあ、──結果的には東京に出たおかげで架くんと会えたんだから、それでよかったわけだけど」

真実が消えてしまったのは、親元から離してしまったからなのではないか──。はっきり言葉にされたわけではないけれど、二人がそう思っていそうな気配を感じた。ストーカーはもともと前橋にいた頃に出会っているわけだから、親元にいたところで同じことになっていた可能性はある。

しかし、理屈でなく、この二人がそう思ってしまっているのがわかる。架と出会ってそれでよかった、と自分たちに言い聞かせながら、それでもどことなく後悔が感じられるのだ。やはり近くの、こっちの男と結婚させるべきだったのではないか、と。

憔悴《しょうすい》しきった彼らの様子を見ながらも、架の胸に、その時湧き起こったのは同情でも申し訳なさでもなかった。それは、猛烈な苛立ちだった。

この人たちは――、傲慢なのではないか。

真実は、もう三十過ぎの立派な大人だ。その彼女の歩む道や選択にすべて口出しし、自分たちの手元から出すべきでなかったと思うのは、親だとしてもあまりにも傲慢なのではないか。

――結婚するまでは、真実のことは私が責任もってこの家で見るって決めていたのに。

その一言を口にする陽子に躊躇いが欠片もなさそうなことが、架の背筋を凍らせる。決めていた、というその決意は、あくまで陽子一人の決意だ。家を出るかどうかは真実の選択であって、それは陽子が決めることではない。

〝結婚するまでは〟という言葉にも、無意識のうちの傲慢さが表れている。では、真実が結婚しなかったら、あなたたちはその時、どうするつもりだったのか。結婚することを前提にして娘を自立させないことに、何の意味があるのか。

意味がわからないのはこちらの方だった。

婚約者の両親と、こんな時に言い合いをするつもりはない。険悪になりたくもない。けれど、本音を言えば、こう尋ねたかった。

あなたたちは、娘に自立してほしくないのか。

「お義母さん」

尋ねるかわりに架の口から、静かな声が出た。陽子が顔を上げる。

「真実さんの県のお仕事、というのは、小野里さんのご主人に紹介していただいたものなんでしょうか」

真実からは昔、県の臨時職員をしていたと聞いていた。お父さんの知り合いの議員の先生から紹介してもらった、と。

「そうよ」

陽子が頷き、怪訝《けげん》そうに架を見た。

「それがどうしたの？」

「いえ。ただ、どうなのかなと思って」

真実の口から聞くまで、架は臨時職員という言葉を聞いたことがなかった。響きから正規の職員ではないことは察しがつき、何か一定の期間だけ特別な仕事のために雇われる立場だったのかと思ったが、彼女の話しぶりから、どうやら、一年や二年と期間が決まった契約社員か派遣社員に近い扱いなのだということがわかった。

ならば、陽子がその仕事に固執し、辞めることはない、と反対していた理由はどこにあるのだろう。架はやはり、そう思ってしまう。

結婚するまで、という言葉がここでも響き合って重なる。結婚するまでの間、陽子は娘になんとしてでも、親元から通える、「ちゃんとした職場」である県庁で働いていてほしかったのだ。

「――架くんの大学の持ってるグラウンドがあるじゃない」

前橋の坂庭家を出る直前、陽子がふいに架に話しかけてきた。

グラウンド、と言われても、すぐにはわからなかった。架の母校の大学は、確かにスポーツが盛んなことでも有名だ。架自身は遊びの延長のような軽いサークル活動しかしたことはなかったし、全力でスポーツをしている他の学生のことも、母校の名声も自分には縁遠いことだと思って、特に意識することはなかった。

架の反応が薄いことを少し歯がゆそうにしながら、陽子が続ける。

「ほら、前橋の。保養所が横にあって、大学の子たちがよく合宿なんかに来てる。あこの横が真実の通ってた香和女子の高校だったから」

話がどこに向かうのかわからなくて、架は「はあ」と気のない返事をした。陽子が架を見上げ、「だから、真実に最初、好意を持ってくれたの？」と尋ねる。

「架くんも、あそこに来てたことがあって、だから、それもあってあの子に親近感を持ってくれたんじゃないかって、お父さんと話してたことがあったの」

そうじゃないの？

陽子が架を見つめる。

架は本格的に返す言葉を失う。ただ曖昧に「そう……ですね」と答えるに留めておいた。

この人たちは——世界が完結しているのだ。

自分の目に見える範囲にある情報がすべてで、その情報同士をつなぎあわせることには一生懸命だけど、そこの外に別の価値観や世界があることには気づかないし、興味もない。

――井の中の蛙《かわず》、という言葉を思い出した。とても狭い範囲の常識と知識で生きている。

前橋から東京に戻る車中で、疲れ果てた思いでため息を吐いた。そして真実のことを考えた。苦しくはなかったのだろうか、と。

陽子や正治が狭い範囲の常識で生きてきて、これからも生きていくのはそれでもいい。けれど、〝親だから〟という理由だけで、それを自分にまで押しつけられるのはつらくはなかっただろうか。

カナイさん、という名前が、陽子からすぐに出てきたことを思い出す。知りたいと言ったのは自分だったけれど、陽子は身上書を見ただけだった娘の見合い相手の名前を今でも正確に覚えているのだ。内心、架は驚いていた。なぜまだ覚えているのだ、と。自分が選んだ相手と娘のお見合いは、陽子にとってそれだけ重要な関心事だったということなのか。

陽子は、自分の友達にも娘が見合いをする相手の身上書を見せていた。――ひょっとすると、架が知らないだけで、架のことも同じように娘の婚約者だと、いろんな相手にもう写真を見せたりしているのかもしれない。

だからなのか――と思った。真実に聞いてみたかった。

渋滞し始めた前橋から東京に続く高速道路で、止まった車窓からフェンスの向こうに広がる田園風景を眺める。

だから、真実は前橋を出たのか。この両親から、自由になりたくて。


「お義姉さん。お願いがあるんですが」

『何?』

電話の向こうの真実によく似た声に向け、言う。

「近いうちにお時間をいただけないですか。真実さんが群馬にいた頃のこと、お話を聞かせてほしいんです」


土曜日の午後、三鷹にある架の実家に、希実は娘と一緒にやってきた。

明るい空色のニットと白のデニム。子連れでも低いヒールのパンプスを履いていて、それがよく似合う希実は、雑誌に登場してもおかしくないようなおしゃれなママ然とした雰囲気だった。その母親の横を三歳になる娘の桐歌《きりか》が、母親のニットと同じ色のワンピースにポシェットをさげてちょこちょこ歩いてくる。

その様子を見て、架の母親がいそいそと奥から二人に駆け寄る。目が桐歌を見ていた。

「まあ、かわいい。お名前は?」

子ども相手の高くした声でそう言うと、人見知りしているのか、桐歌はもじもじしたまま答えない。それに希実が「桐歌です」と代わりに答えると、少し遅れて「きりかです」と舌足らずな声が母親を真似した。

妹のことだし、なるべく早いうちの方がいいから、と、希実は娘を夫に預けられる一番近い休みに架と会う約束をしてくれた。しかし、夫に急な仕事が入り、娘を見ていてもらえなくなった。娘同伴か、日程を変えるか、という相談の電話を架が職場で受けているると、やりとりを察した架の母が申し出たのだ。じゃあ、うちにきてもらったら。お嬢さんは私が見るから――と。

「プリンを作っておいたの。あげても大丈夫かしら？」

桐歌の顔を覗き込み、希実に尋ねる母の顔つきが嬉しそうだった。プリン、の言葉が出て、桐歌の表情も少し変わる。もの言いたげに希実を見るその顔に、希実が頷いた。

「いいよ。もらっておいで。――どうもありがとうございます」

架の母に向き直り、「それから」と付け加える。

「このたびは妹がご心配をおかけして、本当に申し訳ありません」

「いいえ。うちもですけど、ご両親も、お姉さんもご心配よね」

母が首を振り、桐歌とともに台所の方へ消えていく。まかせて大丈夫かと心配だったが、子どもへの接し方が案外うまそうで安堵する。

架は母が、特に子ども好きな人だとは思っていなかったし、取り立てて孫を望んでいるようにも感じたことがなかったが、実は、そうではなかったのかもしれない。この年になって、そう思うことが増えた。

「助かるよ。架くんのお母さん、いい人だね。普段は夫が見てくれるんだけど、急な仕事でごめんなさい」

「いえ、こちらこそすみません」

架もあわてて言う。しばらく会っていない希実の夫の顔を思い出し、尋ねた。

「剛志《つよし》さん、お元気ですか」

「うん。架くんに会いたがってたよ。真実のことも心配してる」

共働きとはいえ、休日に妻に代わって小さい子どもの面倒を男親が見られるというのはすごいことだと思うし、いい父親で夫なのだろう。同じ立場になった時に自分にできるかどうかわからない。――以前は、こういう話を聞いても自分のことを重ね合わせることはなかったのだが。

婚約者のことだし、自分の母に聞かれたい話ではないと思っていたが、架の母もそこは心得ているのか、架と希実にお茶を運んできた後は、子どもと一緒に縁側のある小さな和室の方に行ってしまう。母が言葉巧みに「桐歌ちゃんにね、見せたいものがあるのよ。絵本は好き?」と誘う声が聞こえた。

それを見て安心した様子の希実が、改めて部屋を見回した。

「いい家だね」

「古い家ですけどね。広いことは広いんで」

建てたのは、架がまだ小学校に上がる前だ。父と母が知り合いの建築士に相談しながらこだわって建てた家だが、架は大学を卒業すると同時に出ている。父が亡くなり、今は母だけが住んでいるが、今のところ、同居も考えていなかった。母の方から一緒に住んでほしいと思っているような気配を感じたことも特にないし、何より仕事の傍ら女友達との旅行や習い事を楽しむ母は趣味人で、息子夫婦との同居は向こうが面倒だと思っていそうな雰囲気すらある。

「真実のこと、架くんにも心配かけてごめんね」

「電話でもお話ししましたけど、真実さんをストーカーしていた男について、わかることがほとんどないんです。彼女が行ったという結婚相談所でも話を聞いたのですが、そこで紹介した相手ではないだろうと言われてしまって」

希実には、電話ですでにある程度のことをかいつまんで話してあった。架は尋ねる。

「お義姉さんはそもそも、知っていましたか。真実さんが婚活していたこと」

「……知っていた、というか」

希実がなぜか少し気まずそうな顔になる。

「婚活って、どこからを指す？」

「え？」

「彼氏が欲しいって思って合コンしてた程度のことも含まれる？」

「――どうでしょう。でも、ええ、多分」

答えつつも、改めて聞かれるとよくわからない。強いて言うなら、それが婚活かどうかは本人の覚悟や心持ちの問題だという気がした。本気の度合いとでもいうべきか。

希実が苦笑する。

「真実は真面目だったから。合コンとかにも、友達や同僚に誘われたら行くようなことはあったと思うけど、基本的には婚活は母たちが動いたお見合いが最初だったんじゃないかな。そんなにたくさんの人とは会ってなかったと思う。もちろんつきあったりも」

「結婚相談所の人にも同じことを言われました」

「その人って小野里さん？」

「知ってるんですか」

「真実の就職の時にお世話になった県会議員の奥さんでしょう？　母と真実から聞いた」

希実が小さくため息を吐いた。「ごめんね」と呟くように言う。

「架くんも気づいたと思うけど、うちの母、なかなか子離れができていないところがあって。特に真実には、社会人になってからも一緒にいた分、思い入れが強いんだろうな。架くんにも何か失礼があったら申し訳ない」

「失礼、ということもないですけど」

架自身が何かをされた、ということではないが、陽子と話していて拭えない違和感のようなものがあるのは確かだ。その辺りを実の娘である希実にどう伝えたらよいのか迷ううちに、彼女の方で言った。

「ずっと地元にいたせいか、真実のことが見えすぎちゃうんだよね。だから、母も世話を焼きすぎちゃう」

「昔からあんなふうなんですか。でも、お義姉さんに関してはあまりそんなふうに感じませんけど」

「私は母のそういうところに早いうちから嫌気が差して、高校生くらいからは、あまり口出しさせなかったからね。だけど、その分、真実への干渉がさらに激しくなったところはあったかも。──本人たちは干渉だとかって思ってなかったかもしれないけど」

「本人たち、というのは」

「母と真実」

あっさりと希実が言った。

「真実は私と違って優しいし、本当にいい子だったから」

「真実さんがお母さんに干渉されるままになってたということですか？　僕には、真実さんがそんな子だとは思えなかったんですが」

小野里に言われたことを思い出す。自分の意思がない。婚活するのも、結婚しない道を選ぶことも自分ではできない──。陽子も言っていた。結婚するまでは責任もってこの家で見る──。

「だってそれじゃ、真実さんが一人じゃ何もできないみたいじゃないですか。そんなことないのに」

架が言うと、希実の顔に薄い笑みが浮かんだ。なぜか、「ありがとう」と彼女が言う。

「真実は、架くんと会えて本当によかったと思う。――だけどね、親の心配っていうのは理屈じゃないらしいよ。できることは何でもやってあげて当然だって思うらしい」

「らしい、というのは」

架の問いかけに希実が肩を竦める。「私が昔言われたの」と首を振った。

「真実のことで母に意見するたびに、そう言われたの。親なんだから心配して当然だし、それが愛情であり、親の使命だって本気で信じてる。あんたも親になればわかるって言われた。真実も、その時々で細かい口答えや抵抗なんかはしてたと思うけど」

希実がやるせなさそうな表情になる。

「基本的には親を悲しませたくないっていう気持ちが強くて、結局は母の言う通りにしちゃう。私とも、母の悪口を言い合ったりするけど、結局は『お母さんの気持ちもわかる』って、いろんなことを譲っちゃうんだよね。高校や大学も、すんなり母の言う通りのところに進んだし」

「ああ――」

真実の母校の名前を陽子が誇らしげに口にしていたことを思い出す。

「真実さんの卒業した香和女子大、というのは地元だとかなり有名な大学なんですか」

架が尋ねると、希実が顔をしかめた。ああ――と長く息を吐き出し、また「ごめんね」と呟いた。

「母が何か言った？　地元のお嬢様大学みたいに言われてるところだけど、架くんは正直、学校名も知らなかったでしょ？」

「ええ」

「真実、昔から学校の成績があんまりよくなくて。私が受けた高校も希望したけど、先生から無理だって言われて。で、母が受けるように言ったのが香和だったの。そんなに難しい学校じゃないんだけど、地元ではそれなりに知名度があるから」

「清楚系の子たちが通う、とか、そういうことですか？」

架が言うと、希実が気まずそうにため息を吐いた。「バカみたいなんだけどね」と続ける。

「昔は香和女子を出た子は、お嫁さん候補ナンバーワンだなんて言われてたんだよ。中学からそこに通ってる子は〝純金〟。高校からの子は〝18金〟。大学からの子は〝メッキ〟って呼ばれて」

「ええーっ！」

聞いたこともない話だった。希実の顔がなぜかすまなそうになる。

「架くんからしてみたら笑っちゃうような話だと思うんだけど、ともかく、母は真実をそこに入れたことがなんとなくステータスになったんだよね。うちの子は純金とは言わないけど、18金。メッキの人たちとは違うって」

希実が苦笑する。「自分の物語が強いの」と。

「人からしてみたら、そんなことどうだっていいのに、自分の物語をよく見せるためにどんどん話に尾ひれがついていくの。公立の志望校に入れなかったから選んだ学校だったはずなのに、最初から香和に行かせるつもりだった、本当は中学から通うつもりだったけど、小学校からのお友達と離すのがかわいそうだったから高校からになったんだってなっていく」

「自分の物語って……。だいたいそれ、自分の話じゃなくて、娘の話じゃないですか」

「本当だよね」

諦めているように、希実がさっぱりとした言い方で頷く。架が尋ねた。

「その、お嫁さん候補ナンバーワンは、今でも地元では通用する考え方なんですか」

「まあ、それなりに。地元の企業も、未だに香和に推薦就職の枠があるくらいだし」

「推薦就職？」

またもや耳慣れない言葉だった。希実が架を見た。

「普通に就活して大変だった人たちからしてみると、何それって思うかもしれないけど、地方だと結構あることなんだよ。進学の推薦枠と同じように、地元の古くからの企業が近隣の私大や短大に就職の枠を設けて、何人か採用する。――男性の社員が多い専門職や研究職の現場では、香和卒の女子社員はそのまま職場のお嫁さん候補になるわけだし」

「へえ」

前時代的な話だと思ったが、同時によくできた仕組みだとも思う。希実の顔が曇った。

「だから、香和女子の子は就活っていう就活をしないままになる子も多いんだ。もっとも真実はその枠じゃなくて、就職先も親が探してきたわけだけど。臨時職員とはいえ、県は堅い職場だし、うちの両親にとっては願ってもない話だったんだろうなぁ」

「就職の時にも、真実さんには自分の希望はなかったんですか？」

「特になかったと思う。卒業後のことが決まらないと困るっていう不安は当然あったろうけど、親が見つけてきてくれてラッキーくらいの軽い気持ちだったんじゃないかな。――実は、私は反対だったんだけど」

希実と架の目が合う。希実が肩を竦めた。

「どんな職場でもいいから、真実に自分でちゃんと就職活動させて、臨時じゃなくて長く続けられる正社員になれるところを探させたらどうかって。だけど、その時も母に言われたの。――せっかくいいお話があるのに何言ってるの。苦労して自分で職を探しても見つかるとは限らないし、しなくていい苦労ならしない方がいいに決まってる。あんたも親になればわかるって、ここでも」

当時のことを思い出しているのだろう。希実が「私は」と続ける。

「苦労くらいしてもいいと思ったんだけどね。高校からエスカレーターで大学に行って、これまでだって、真実は苦労って苦労をしてきてないわけだし」

架からしてみると、妹の進路を、本人不在なところで姉と母が話し合う様子にも十分違和感があったが、そのことも、真実があの家の中でどんな存在だったのかを表しているように思えた。

「ストーカーのことだけど」

希実がいきなり話題を戻した。架を見る。

「真実は女子校だったし、大学ではなかなかそういうことになりそうな相手と会うこともなかったと思うんだよね。だから、知り合ったとすれば、学生時代のバイト先とか、就職してから仕事で知り合った人とかじゃないかな。真実の当時の友達や同僚で仲がよかった子の連絡先、私も心当たりを聞いてみる。連絡が取れそうな子がいたら、架くんにも伝えるから」

「ありがとうございます」

「あとは、小野里さんや母は否定してるみたいだけど、やっぱり婚活で会った人なんじゃないかな」

そう言ってから、希実が小さく息を吸い込んだ。「実を言うとね」と続ける。

「ひょっとすると、真実が婚活を考えたのは私のせいかもしれないんだ」

「え？」

「真実と話してた時に、あの子が言ってたの。私が結婚してから、母が、真実も誰かいい人いないのって聞いてくることが増えたって。うちは、これまでずっと男の子の話がタブーみたいな雰囲気だったのに、急にそんなこと言われてもって呆れてて」

「異性の話は実際タブーだったんですか？」

「うーん。どうかな。微妙。母は、娘と好きな男の子とか恋愛の話をして盛り上がったりする友達みたいな親子に憧れてるふうだったけど、父はけっこうそういうところは昔から堅かったし。ただ、単なる恋人と違って『結婚』って急に社会的な感じになるでしょ？　私が結婚したことで、我が家では恋愛の話が急に解禁になったって感じだったんだよね」

「そういうものですか」

「うん。ただ、問題が結婚になると途端に親も照れや気まずさみたいなものが薄れて、遠慮がなくなるけど。私たちにしてみても、こそこそ男の子とやりとりしてた時と比べて話題に色気も後ろめたさもなくなるから、ちょっとつまんない感じがあるよね」

希実が笑う。真顔に戻って言った。

「真実は、母にそんなことを急に言われても出会いがないって嘆いてた。職場の人間関係も固まってきて、いまさら恋愛対象として見れそうな人はいないし、だけど、母から『この先どうするの』って言われるたびにすごく傷つくって。結婚したいと思ってもいい人がいない。好きで彼氏がいないわけじゃないのに、『このままずっと一人で生きていくつもりなの』って責められるみたいに言われると、自分だってまだそんなことわからないのにって、イライラするって」

「その時の真実さんは二十代後半くらいですか」

「二十八か九、だったかな？　三十を前にして急に焦ったのかもしれないけど、母も随分あけすけな言い方をするもんだなって呆れた。だけど、今考えると何より母が焦ってたんだと思う。あとは退屈」

「退屈?」

「真実を無事に就職させて、父が仕事をリタイアするのも見えてきて、することがなくなっちゃって暇だったんだと思う。周りの友達が孫自慢なんかしてくるの見ると余計そうだったんじゃないかな。真実のお見合い相手を探すってことになった時は、母、急にものすごく生き生きしてたから」

就職して落ち着いた娘の世話をまたできることが楽しかったということか。

聞いているとなんだかげんなりしてくる話だが、架がそう思ったことを見透かしたように希実が首を振った。

「だけどこれ、うちの母に限った話じゃないと思う。私の職場でも、親が、自分が定年になった途端、娘にお見合い写真を送りつけてくるような話よく聞くしね。みんな、暇になると子どもの心配さえ道楽になるんだよ。――道楽なんて言い方すると、本人たちには怒られるんだろうけど。無自覚だから厄介なんだよね」

「実際にお母さんにそう言って怒られたことはあるんですか?」

架が尋ねると、饒舌《じょうぜつ》だった希実が言葉を止めた。架を見る。

さっきから聞いていると、希実はどうやら陽子の、妹への干渉を諫《いさ》める立場にいたようだった。そのことでたびたび母親に意見してきたのであろうことが伝わる。

「うん」と希実が頷いた。

「心配だから、心配だから。だけど、心配だからって理由なら何をしても許されるわけじゃないと思う。真実が不満を口にしながらも結局は母にまともに言い返さないのもイライラして、だからその頃に、真実に言っちゃったんだよね」

「何をですか」

「じゃあお母さんに責任取ってもらったらって」

希実の目の色が少し翳った。「責任?」と尋ねる架に彼女が頷く。

「学校や就職先みたいに、結婚相手もお母さんに責任もって探してきてもらったらって言ったの。──私からしてみると、真実が今、自分で何も決められなくなってるのは、親がいちいち進路を先回りして真実に選択させなかった結果のように見えたし、実際、昔はそのためにお見合いが当たり前にあったんだよね。だけど、今はお見合いシステムが崩壊しちゃってるから、親も子どももそこで初めて自分の思い通りにいかないことにぶつかって悩む。だから真実に言ったの」

希実が言う。

「そんなに言うなら、お母さんに責任取ってもらえって」

「真実さん、怒ったでしょう?」

架はいたたまれない思いでその話を聞いていた。希実のその発言は、遠回しな嫌味だ。しかし──その時、希実の表情が明確に曇った。「それが」と彼女が続ける。

「私がそう言ってしばらくしてから、真実から連絡があったの。『お姉ちゃんの言う通り、お母さんに相談してみた。お母さん、ちょっと驚いてたけど、わかった探してみるねって、普通に聞いてくれたよ』って」

架が絶句する。

希実の目が遠くを見つめる。

「私、びっくりしちゃって。真実がまさか本当に母に頼むとは思わなくて、思わず言っちゃったの。あなたはそれでいいのって」

架も同意見だった。

真実は、姉の嫌味を嫌味と思わなかったのだ。自分で決めることに慣れていない人生は、ここでも「姉が決めてくれた」ことに従い、親を頼った。

「真実からしてみたら、私が言ったことに従っただけなのに、なぜそんなふうに言われるのかわからなかったと思う。お姉ちゃん、どうしていきなりそんなふうに言うの？って戸惑ってた」

「本当にそれでいいと思ってたんですか、真実さんは」

「たぶん。——だけど、私、その時ちょっと引いちゃって」

引いちゃって、という正直な言葉に再びいたたまれない思いになる。しかし、仕方ない。架にもその時の真実の気持ちは理解ができない。

「——恋愛とか結婚なんていう一番プライベートな問題を親に決めてもらうなんて、そんなふうにだけはなりたくないから、私は自分でいろいろ選んで、親にも反抗して生きてきたつもりだったのに、真実はそこに抵抗がない子なんだって、自分の妹のことだけど、ちょっと、怖くなった」

「真実さんは、それでお見合いを」

小野里の言葉を思い出した。自分の意思がない。欲しいものがわからない。

お見合いに乗り気だったのは陽子の方ではないか、という架の直感は確かに正しかった。しかし、真実がそれを嫌がっていたというわけでもないのだ。真実はこの時、ただただ周りの意見に染まっただけだった。

渦中の苦しみは同じだったかもしれないけれど、架の婚活と、真実のしていた婚活は違う。

——そんな理由でもうまくいって結婚できるなら、私はそれでいいと思います。

小野里の声が耳に蘇る。まるで、このことを見透かしていたかのようで、改めてぞっとした。

希実が大きなため息を吐いた。

「真実に婚活の相談を受けた母は、すごく嬉しそうだったよ。真実はいい子だし、小野里さんからも、こんなにきれいでお若いお嬢さんならすぐにお相手が見つかりますよって言われたって、私にまで連絡してきた。それを見てたら、ちょっと、なんていうか、母のことも痛々しくて」

希実が小さく息を吸い込む。

「年頃になった娘が自分で相手を選んできて紹介する。自分の娘の彼氏の自慢話なんかを周りにしたくてうずうずしてるような母だったのに、価値観がまた曲がって、どんどん都合のいいことを言うようになっていくの。真実は、女子大の中でも、寄ると触ると男の子の話ばかりしてるようなグループと違って、本当に香和にふさわしい子だったのに、今はそういう子の方が逆に損しちゃうんだわって。しっかりと自分を持って、周りに流されるような子じゃなかったからって」

「そこでも、『自分の物語』が強くなっていくわけですか」

陽子への皮肉を含めた思いで架が言うと、希実が寂しげに微笑んだ。

「その通り。私、母に、真実に彼氏がいないのは女子校だったせいもあるんじゃないかって言ったことがあるんだけど、その時に、母から、でも女子校でも彼氏がいる子はたくさんいるし、まして、一人暮らしをしてるしてないにかかわらずお嫁にいく子はたくさんいるって烈火のごとく怒られた。自分が選んだ娘の進路のせいだなんて、死んでも思いたくないんだろうなぁ。でも、そうなると、行きつく先がどんどん救いのないものになるのに、それも気づかない」

「救いがない？」

「うん。それでいくと結婚できない原因は、じゃあ、真実が単にモテなかったせいだってことになるじゃない。同じ境遇の他の子がみんな結婚してるなら、真実自身に魅力がないせいだってことになる」

モテない——、という単純な響きは、単純であるがゆえに残酷だ。

咄嗟に言葉が出ない架に、希実がやんわりと首を振る。

「でも母は、そこを一番認めたくないんだよね。真実はただ運が悪かっただけ。——娘が悪かったことには絶対にしたくない。まして、自分の娘が異性からモテないなんて死んでも思いたくない」

陽子は娘がかわいくて仕方ないのだ。

自分の娘なのだから、当然かもしれない。しかし、架の中で、前橋で感じたのと同じ違和感がまた強く膨れ上がる。

真実もそれで——よかったのかもしれない。親が結婚相手まで決める人生に抵抗はなかったのかもしれない。しかし、この違和感は、もっと言うなら不快感だった。真実の人生が狭い価値観の中で蹂躙《じゅうりん》されている。

苦労がないよう、よりよい道を。陽子がそう本心から信じていることはわかる。それでも思ってしまう。よかれと思っていたとしても——それは、支配ではないか。

お見合い、という古い方法に頼りながらも、モテるかモテないかという現代的な価値観も捨てられない。そんな母親に背中を押される——というより手を引かれるようにして、真実は婚活を始めたのだ。

「真実が、私が言った通りに母に相談してお見合いをし始めた時にね、だから、諦めたの」

希実が言った。

「母にっていうより、その頃は真実にイラついてた。——親に子離れさせないのは、真実が望んでるせいもあるんだなって。母は真実を思い通りにしたいけど、真実だって母の言う通りにしていたい。共依存《きょういぞん》っていうと大袈裟だけど、それに近いものを感じて、もう私が何をしても無駄なんだろうなって、その時に思い知っちゃった」

「じゃあ、お見合いをして婚活が始まってからは、お義姉さんは真実さんの相談に乗ったりはもうしていなかったんですか？　相手のことを聞いたりは」

「残念ながら。——真実がそれで結婚するならするでおめでたいことだけど、正直、もう関わりたくなかったっていうのが本音かな。好きにすればって思ってた。真実にもそれが伝わったのか、あの子からも何も言ってこなくなったし」

希実が再び重たいため息を吐く。

「そのお見合いも、結局うまくいかなかったみたいだけど」

「そうみたいですね」

「お見合いするところまでは親の言う通りにできても、恋愛の好みだけは譲れなかったってことなんだろうなぁ。自分で決められないけど、趣味だけは贅沢って、世の婚活がうまくいかない根本的な原因なのかもね。結局、架くんみたいなイケメンじゃないとピンとこないってことだったのかも」

「よしてください」

冗談ではなく、本気で言う。

ピンとくる、という感覚が真実が架に投影した自己評価額だった、という小野里の言葉を思い出すと、いまだに肌が粟立つような感覚に陥る。

希実が「ごめんごめん」と軽い調子で架に謝る。真顔に戻った。

「母に限らず、真実もきっと自分の物語が強かったんだよ。こんな過去や好みを持った自分を理解してくれる相手、みたいなものを求めすぎて、逆に相手もそういう物語を持ってるかもしれないってことの方は疎《おろそ》かになる」

「小野里さんに言われました。――みんな、自分につけてる自己評価額が高いって」

言うと、希実が興味深そうに架を見た。架は続ける。

「小野里さんに言わせると、お見合いがうまくいかない人はみんな、自分に釣り合う相手じゃなければ納得しないし、その基準が控えめだと言いつつ、実は相当高いそうなんです。実際には相手の方が収入があったりして、ステータスが高い場合でもそう思うって、不思議なものですけど」

「じゃあ、そういう場合は相手の方が外見が悪いとか、社交下手だとか、そういうことなんじゃない？　みんな、自分のパラメーターの中のいい部分でしか勝負しないんだよ。自分の方が収入が低くても、外見が悪くても、相手より勝ってる部分にしか目が向かない。傲慢だけど、人ってそういうものじゃない？」

希実がさらりと口にした言葉に、黙りこくる。ある面では、それも真理をついている気がした。何より、架自身が婚活の最中、相手の女性をそう見ていたかもしれない。

「真実がお見合いするようになってから、連絡するようになってきたのは母の方。いい相手だと思うんだけど、真実が断ろうとしてる、一体何がダメなのか聞いてよ、説得してよ、みたいな電話が何度もきたよ」

「お義姉さんは実際そうされたんですか」

「しなかった。さっき言ったみたいに本当にもう関わりたくなかったから」

希実がきっぱりと言った。

「母の話を聞いててもいい加減うんざりだったんだよね。二人くらいお見合いしたんだっけ？　母がお見合いの相手のことを、そういい大学を出てるわけじゃないとか、社交性に問題がありそう、とか言ってるのを聞いて、自分の娘を一体どれだけのものだと思ってるんだろうって腹立った」

「それは、真実さんが選んだっていう二人目のお相手のことですか？　歯科助手をされてる、という」

歯科医の息子なのに歯科医ではなく助手だったたと、陽子が不満そうに洩らしていた。あれを聞いて、架も確かに思った。なんてことを平然と口にするのか、と呆れていた。

希実が頷いた。

「たぶん。自分が選んだんじゃないっていうのも、おもしろくなかったのかもしれないけど、とにかく気に入らなかったみたい。真実の大学とか職歴だってそんなたいそうなものじゃないのに、うちはちゃんとしてる家なんだからって、なぜか自信満々なの。私が結婚する時もそうだったし」

「そうなんですか？」

希実の夫の剛志は、架の目から見てもいい夫であり、父親に見える。仕事だって順調そうだし、夫婦仲もいい。希実がふーっと吐息を洩らす。

「まずフリーのデザイナーっていう時点でアウェイだったよ。大丈夫なのか、大丈夫なのかって何度も聞かれて本当にうんざり。親たちも、何を心配してるのかはっきりわかってなかったと思う。ただもう、自分の決めたことじゃないからっていう一点だけで闇雲に心配なんだよね。娘のことを信じてないの」

「どうして信じられないんでしょうか。僕なんかが言うのもあれですけど、お義姉さんはお仕事もしっかりされてるように見えるし、心配することなんか何もないと思うんですけど」

希実は自立した大人だ。むしろ、田舎の狭い価値観の中で過ごす彼女の親たちの方が、架からしてみるとよほど頼りない。納得できずに尋ねると、希実が微笑み、そして答えた。

「信じたことがないから」と。

「自分の目に見える範囲で、娘のことは全部自分たちで決めてきたから、本人にまかせたことがないの。自分たちの常識にないことをされると不安になるんでしょう。私は真実と違って高校も大学も親の言う通りにしなかったから、全部、反対されてきた。大学も、県外にやるなんて心配だって最初は許してもらえなかったのを説得したの」

勘違いしないでね、と希実が言った。静かな、優しい声音だった。

「うちの母たちも、何も極端な学歴差別主義とかそんなわけじゃないんだよ。普段は、そんなことで人を判断しちゃいけないって私たちにも諭してきたような人だけど、それがいざ自分の娘の結婚相手となると別の話になるっていうか」

「それはなんとなくわかります」

「お見合いがうまくいってないって聞いて、思ったよ。真実も母もどうしてそんなに傲慢なんだろうって」

傲慢。

その言葉は、小野里夫人から聞いた言葉であると同時に、架もつい最近思ったことだった。過去の自分に対して、それから、真実の将来に介在する陽子たち両親に対して。

しかし、希実の目から見ると、妹もまたそう映るのか。

「自分たちにそんなに価値があると思っているのかなって。何を根拠にそんなに自信があるのかって謎だった。あなたたちがそうなんだったら、他の家だってみんなそうだよ。あなたたちから見てたいしたことがないように見える息子でも、相手も自分の家に自信があるし、息子がかわいいんだよって思っちゃった」

家族の殻が厚いのだ、と思う。

希実の言わんとすることが、架にも伝わる。それぞれの家の物語が強すぎて、自分の家の勝手がわかりすぎているから、わからない相手の家を受け入れられない。

「その頃になって、母から、『真実にも剛志さんみたいな人が見つかるといいんだけど』って言われて、どの口がそれを言うんだってムカつきもしたよ。お姉ちゃんは剛志さん、友達だったのよね、学生時代に出会えてよかったねって。——大学も、剛志のことも、自分が最初は反対したり心配してたことなんか忘れて急に上から目線で物を言う。自分が悪かったってことは絶対に認めない。親って勝手だから」

「お義姉さんの場合でもそんな感じだったんですね」

今度は架がため息を吐いた。希実の言う通り、陽子の言い方は確かに自分たちに都合がよすぎる。しかし、そう指摘されたところで陽子は無自覚なのだろう。彼女に悪意はない。ただ無神経なのだ。

「真実が親の言う通りにお見合いした時に、思い出したの」

架が黙って次の言葉を待つと、彼女が続けた。

「大学生の頃、真実の友達が他の大学の男の子とつきあってて。グループデートみたいな感じで互いの友達もつれて泊まりがけでスキーに行くことになったの。格安のペンションみたいなとこに」

「はい」

「紹介された彼の友達がかっこいい人で、ちょっといい雰囲気だから行きたいんだけど、どうしようって真実から相談されて。男子もいる外泊なんて、うちは許してもらえないよねって」

「ありそうですよね、そういうこと」

親に対して後ろめたい外泊の経験のひとつやふたつ、どこにでもある話だ。女子大だったといっても、真実にも異性とのそういう出会いがあったのではないか。いまさら嫉妬するということもないほどの過去の話を微笑ましく思って架が言うと、希実が「うん」と頷いた。

「私も似たようなことがあったし、だから言ったの。そんなの、男子がいるって言わなければいいだけじゃないかって。女の子だけのスキー旅行だって言って、あとは写真とか見せなければいいよ、私も何かあったら口裏合わせて協力してあげるって。真実もそれを聞いて、ありがとう助かるって、旅行に行くことになったんだけど」

「ええ」

「だけどね、真実が旅行に行く気配が一向にないの。そのまま春になって、そういえばあの旅行の話ってどうなったんだろうって後から真実に聞いたら、行けなくなったって」

「え?」

顔を覗き込むと、希実が困ったような顔をして薄く微笑んだ。

「——親に嘘をつくのがしのびなくて、旅行の直前に、やっぱり男子もいるって、父と母に正直に言っちゃったんだって。罪悪感に耐えられなくなったらしいの」

真実の顔を思い出した。

架が知る三十代の真実は、もちろんその時とは少し違うだろう。しかし、架が繰り返し思ってきた「いい子」の言葉が重なる。間違いなく、これは真実の話だ。

「バカじゃないのって、正直、呆れた。そんなの、自分から言わなきゃ絶対バレないのに、生きてく力がなさすぎない？って思った。要領が悪すぎる」

「真実さん、昔から真面目だったんですね」

「うん。でも真面目ないい子が得をするとは限らないでしょ？　そんなことの繰り返しだった娘がなんの恋愛経験もないのにいきなり自分で結婚相手を見つけるとか、そりゃ無理だよ」

小野里から聞いた、〝傲慢〟と対になるもうひとつの言葉が頭の中で弾けた。〝善良〟の方だ。

架の中でひとつの記憶が共鳴する。

――二人で行ったレストランの記憶だ。高級店と呼ばれるフレンチの店の料理を食べて、彼女が言った。「なんだか両親に申し訳なくて」と。そう聞いて、いい子だ、と架は思った。

けれどもし、その話を希実にしたらどう言われるだろう。大学時代、外泊の嘘を正直に話した時と同じ感想を、この姉なら持つかもしれない。

真実は、とても善良な女性だった。

「箱入り娘って言葉があるけど、真実の場合もそうだったのかもね。うちは、そんなたいそうな家じゃないけど。だけど、真面目でいい子の価値観は家で教えられても、生きてくために必要な悪意や打算の方は誰も教えてくれない」

希実の目線がまた遠ざかる。架が聞いた。真実を庇いたい気持ちになった。

「お義姉さんからは真実さんにそれらを教えようとは思わなかったんですか?」

「私?」

希実がきょとんとした顔をして――そして首を振った。

「思うわけないよ」

「だったら」

だったら、真実を〝箱入り娘〟にした責任は親だけにあるのではないように思う。続けようとした架に希実がぴしゃりと言う。

「だって、悪意とかそういうのは、人に教えられるものじゃない。巻き込まれて、どうしようもなく悟るものじゃない。教えてもらえなかったって思うこと自体がナンセンスだよ」

架が黙る。希実がやるせなさそうに息を吐いた。「でも、そうだね」と続ける。

「――結婚相手を探したり、恋愛するのにもそれまでの恋愛の経験や蓄積がないと動けない。そんなことも誰も教えてくれなかったたって、真実はそう思ってたかもしれない」

誰も教えてくれなかった、という言葉が重たく、架の胸に沈む。

悪意を知り、打算を学ぶ――そうした負の感情を取り除かれ、苦労がないようにと親に御膳立てされた道を、真実は確かに歩いてきたのだ。

真実だけではないのかもしれない。

婚活で知り合った何人かの顔が思い浮かぶ。あの人たちはどうだったろうか。

架は絶対に自分のことは自分で決めたいし、自由でいたい。しかし、世の中には、人の言うことに従い、誰かの基準に沿って生きることの方が合っている――そういう生き方しか知らず、その方が得意な人たちも確かにいるのだ。特に、真面目で優しい子がそうなるのはよくわかる。

――現代の結婚がうまくいかない理由は、『傲慢さと善良さ』にある――。

ここでも小野里夫人の言葉が思い出された。善良に生きている人ほど、親の言いつけを守り、誰かに決めてもらうことが多すぎて、〝自分がない〟ということになってしまう。

傲慢さと善良さが、矛盾なく同じ人の中に存在してしまう――。

そしてその善良さは、過ぎれば世間知らずとか、無知ということになる。

「親になればわかるって、私はいろんな場面で母に言われ続けてきたけど、実際に親になって確かにわかったよ」

希実の声がまるで独白のように響く。

「ただ、母の心配が理解できて許せるようになったっていうわけじゃなくて、むしろ逆。

心配がわかる分、自分の不安を優先して子どものことを信じなかった、子どもが自分で決めるまで待てなかったうちの親のことはますます許せないし、自分の子には同じことは絶対にしたくないなって思う」

奥の部屋から、桐歌と架の母が話す声が聞こえてくる。どうやら打ち解けたようで、楽しそうに笑い合っている。

「婚活の最後、真実に何があったのか、その頃にはもうあんまり相談に乗ってなかったから、残念ながらよくわからないの。だけど、ある日突然、真実から電話があったのね。前橋の実家を出て、できたら東京で一人暮らしをしてみたいんだけど、相談に乗ってくれる？って」

「僕も気になっていたんです」

架が希実に向けて身を乗り出す。

「なぜ、真実さんが急に仕事を辞めて東京で一人暮らしを始めたのか」

「私も驚いて聞いた。そしたら、もともと一人暮らしをしてみたかったんだって」

「でも、それだけで仕事を辞めて、東京まで来ますか？　何かきっかけがあったんじゃないんですか」

「わからない。だから、ひょっとしたら、何かがあったのは職場の方なのかもしれないね。仕事で何かがあって、同じところで働くのが嫌になったのかも。家を出たいっていうよりは、仕事を辞めるタイミングで、一から新しくやり直したくなったっていうことだったのかな」

希実が眉間に皺《しわ》を寄せる。

「そう考えると真実のストーカーは職場関係の人の可能性もあるかもね。その人と何かがあったから群馬を離れようと思ったのかもしれない」

「あの、真実さんが群馬にいた頃の職場関係の人の連絡先を聞いてもらえるとのことでしたが、それ、本格的にお願いしてもいいでしょうか」

架がテーブルに手をつく。「お願いします」と正面から希実を見た。

「今の話を聞くと、真実さんがまるで群馬から東京に逃げてきたようにも思えるんです。元同僚とか、誰か、その頃を知っている人に話を聞けないでしょうか」

「わかった。何かわかるといいけど」

希実が深く息を吸いこんだ。

「真実、その辺りのことを私には本当に何も話さなかったんだよね。私も、妹の口から生まれて初めて『家を出たい』って言葉が出て、そのこと自体はすごくいいことだと思ったから、問答無用に応援したいって気持ちになっちゃったの。きっかけはきっと何かあったんだろうけど、その時はもう、真実に協力したいっていう一心で、深く聞かなかった。相談に乗ったし、家探しや引っ越しも手伝ったよ。母とは大喧嘩したみたいだけど」

真実のアパートの部屋を開ける時、不動産屋で保証人が親ではなく希実だったことを思い出す。架が尋ねた。

「東京に出てきてからは、お母さんから真実さんへの干渉はどうだったんですか？　なんだか今までの話を聞いていると、実家を出てからも東京まで来たりしそうですけど」

「私もそれが最初心配だったんだけど、そうでもなかったみたい。前橋の、自分の目につく範囲にいると気になるけど、物理的に離れてしまえば、母の関心も他にいくしね。だから、強引にでも家を出ることって大事なんだけど。——ただ」

「ただ？」

「引っ越しからしばらくして、私のところに電話が来て。『引っ越しもお姉ちゃんに手伝ってもらわないとできなかったみたいだし、これで真実も一人じゃいろいろできないんだってわかったでしょうね』って言ってきて、呆れた。母はやっぱり、真実に何もできない子どものままでいてほしいんだなって。もう三十を過ぎていたのにね」

「何もできないって……。それ、真実さんがそう思い込まされてるだけじゃないですか。ご両親に」

前橋でも散々感じたことだった。子どもに自立してほしくない。親元にいてほしい。面倒を見続けたい、という彼らの気持ちが架にはどうしてもわからない。そんなふうに言っていても、親だってリタイアすれば収入が途絶えるし、子どもより先に死ぬのだ。希実の言うような「生きる力」と「要領」を育てなかった子どもを残して。

その時にどうするつもりなのだ——と思って、だからか、と先に納得する。だからそこで結婚が出てくるのだ。自分の次の庇護者を探させるために。

「実際、東京に出てきてからの真実はすごくいい顔になったよ。実家暮らしと違って家賃も光熱費もかかる分、生活が大変なところもあったかもしれないけど、いろいろ自信もついたと思う。婚活だって、母に言われたからじゃなく、自分の力でやって、それで実際に架くんに出会ったわけだし」

「確かに、真実さんはすごくいい子だから、これまで結婚に向けてうまくいっていなかったのが不思議なくらいだと思いました」

そう言うと、希実が微かに首を傾げた。複雑そうな、曖昧な笑みを浮かべ「そう？」と尋ねる。

「そう言ってくれるのは嬉しいけど、それって、逆じゃない？」

「逆？」

「そう。いい子なのに結婚できないんじゃない。真実の場合は、いい子だから結婚できなかったんだよ」

胸の真ん中に、まるで鋭い矢に射貫かれたような衝撃があった。

架の話ではなく、真実の話だ。だけど、強いショックがあった。なぜかはわからない。けれど、猛烈なやるせなさと——同時に心のどこかで腑に落ちるような感覚があった。

「いい子だから、学生時代も真面目に過ごしてきて、親を心配させたくないって彼氏もできない。恋愛経験の蓄積がないから、いざ大人になっても動けないし、家族に守られた環境の中でしか過ごしたことがないから他人が怖い。傷つきたくない。——恋愛するようになっても、いい子だから打算的になれない。要領が悪いから人にも出し抜かれる」

耳の奥で唐突に蘇る声があった。

──むしろがんばってて好感もてる。架のためにしてるんだと思えば健気だし。ただちょっと、やり方が下手だなぁって、残念に思うだけで。だって、あんなの、私たちに見透かされちゃうに決まってるのに。

美奈子が言ったのだ。大原の家で、奥さんを手伝おうとしたり、子どもをあやそうかと立ち上がりかけた真実を見て。

「親の望んできた『いい子』が、必ずしも人生を生きていく上で役に立つわけじゃないんだよ」

希実が言う。架もぎこちなく頷いた。

「確かに……。実際は真面目で誠実な人より、軽薄で浮気性な人の方がモテたり、結婚と離婚を繰り返したりもしていますもんね」

婚活の現場でも何度も見てきたことだ。

女性に限った話ではない。婚活で会った相手から、架はよく「社交的」なことを評価された。彼女たちから「今までの人はおとなしくて話が弾まなかった」という声を聞くたび、真面目で社交下手な男性が多いのだな、と思っていた。真面目で誠実、は結婚相手への褒め言葉だが、現実の婚活ではそこが最初のネックになってしまうことも多そうだった。

軽薄さ、とは、言い換えれば、それだけ人生経験があるということの裏返しでもあるのかもしれない。逆におとなしい社交下手な男性たちにはそれがない。何より真面目な人間がなかなか打算的になれないのは、男性の側でも同じだろう。

傲慢さと、善良さ。

婚活に、傲慢さが障害になることの方は身をもってよくわかっていた。けれど、美徳であるはずの善良さがそうなるのは、あまりにもいたたまれない。

やりきれない話だ、と架は思う。

「真実が戻ってきても怒らないでやってね」

架との話が終わり、希実が桐歌をつれて家を出た直後、囁くようにそう言った。架は一瞬、言葉を失い、希実を見た。架の母は玄関先で別れて、もう近くにはいなかった。

希実の顔に困ったような薄い笑みが浮かんでいた。

「もし真実がそのストーカーと、何か事情があって今一緒にいるんだとしても」

希実の言いたいことがわかった。架は、だからか、と思う。

真実の姉は、自分の妹が、相手の男と一緒に自分の意思で姿を消したのではないかと疑っているのだ。実際、架も警察にその可能性を示唆された。

今日、希実と話していて、その冷静さに救われる反面、違和感も抱いていた。真実の行方に対してもう少し切羽詰まった焦り方をしていてもおかしくないのに、と。けれど、希実はおそらく、その可能性を考えているからこそ、心配の度合いがそこまで高いものではなくなっているのだ。

「自信ない、です」

もしそうだったとするなら、架の心中は複雑だった。相手の男と真実が今この時も一緒にいる。そう考えただけで、心配だし、頭がおかしくなりそうだ。まして、それが真実の意思によるものだとは、死んでも思いたくない。

希実が寂しそうに微笑んだ。

「架くんの気持ちはすごくよくわかるし、私も真実のことは心配。だけど、もし、あの真実が自分で決められたことなんだったら、あの子の意思を尊重したい気持ちも少しはあるんだ」

親バカならぬ、姉バカかもしれないけど。

希実が言うのを、桐歌が大きな目を眠そうにまばたかせながら横で見上げている。「ごめんね」と希実が言った。

「おかしなこと言って、ごめんね」

希実たち親子を見送った後、家に戻ると、母が彼女たちの飲んだお茶やジュースを片付けていた。空になった手作りプリンの容器は、架がまだ子どもだった頃に母が使っていたのと同じもので、まだ家にあったのか、と物持ちの良さに圧倒される。

「桐歌ちゃんたち、帰った？」と尋ねる母に「ああ、ありがとう」と返す。

その時ふいに尋ねてみたくなった。

「母さん」

「うん？」

「母さんは、俺たちが結婚したら、この家で同居したいと思う？」

趣味人の母は、孫の世話に追われたり、息子夫婦に気を遣う生活は自分の方から願い下げだろう。これまでそう思ってきた。しかし、母は片付けする手を止めずに、架の方も見ずに答えた。

「そりゃ、いずれはそうしてもらえたらって思ってるけど。真実ちゃんにも、もうそう話していたし」

「真実に？」

初耳だった。けれど、母があっさりした口調で答える。

「別に深刻に話したわけじゃないわよ。だけど、子どもの世話は私が一緒にいた方が絶対に楽だろうから、いつでもうちに来てくれていいからねって」

息を吸い込み、そのまま止める。信じられなかった。

真実に、そんなことを言ったのか。深刻に話したわけじゃない、と言っても、それでは孫や同居を急かしたようなものだ。

子どもをどうするかは、作るかどうかも含めて、真実と架の間でさえ、まだちゃんと話したことすらなかったのに。

それがどうかした?とばかりに、母が悪気のなさそうな目で架を見つめている。口の中が干上がるように乾燥したのを自覚しながら、架は尋ねる。

「真実ちゃん、なんて言ってた?」

「わかりました、お義母さんがいてくれて心強いですって」

「母さん、オレには同居のことも孫のことも、何も話したことなかったじゃないか」

ついそう口を衝いて出てしまうと、母がまたもたいしたことなどなさそうに、「そうだっけ?」と呟く。

架は無言で、母のいるリビングを離れた。

母と桐歌が遊んでいた和室で、一人になる。普段はあまり使われていない部屋に、今日は子どもがいた喧噪と明るさがまだ残っているような気がした。縁側のガラス戸から、まだ薄陽が射しこんでいた。

よくわかっていると思っていた実の母親のことでさえ、架には見えていないことがこんなにある。まして、真実のことを本当に知っていたと言えるのだろうか。

真実が群馬を離れると言いだしたのは、小野里のところで二度目の見合いをし、それを断った後だった。相手は、真実が自分で選び、彼女の好みに合った外見の歯科助手。

彼なのだろうか、と思う。

思うと、胸がかきむしられるような、もどかしい痛みを覚える。

真実が今も、その彼と一緒にいる。つきあってはいない、何もなかった、と言ったその相手と、真実は自分の意思で姿を消したのだろうか。

真実の過去について、架だけが知っている事実がある。

おそらくは、家族とさえ、実の母とも、姉とも、話したことがなかったであろうことが。

——はじめてなの。

真実とつきあってしばらくして。

初めて彼女の家に泊まった夜に、真実がそう言った。

つきあって、もう彼女以外の特定の誰かと会うようなことはなくなっていたし、お互いいい大人なのだから、そういう流れになるのは当然だった。

シャワーを浴び、お互い裸になったベッドの中で、抱き寄せた真実の体が石のように硬かった。柔らかい肌と温かな体温とは裏腹に、腕の、背の、足の内部が、緊張で一本の棒になってしまったように感じられた。

真実は震えていた。

それまでずっと黙って、架のキスを受け、架の腕にされるがままになっていた真実が、こらえきれなくなったように突然発した声だった。

泣きそうな弱々しい呟きに、架が、え、と短く声を上げると、真実が自分の顔を覆った。オレンジがかった豆電球ひとつの明かりが照らすだけの薄暗い部屋の中でも、彼女の顔が真っ赤になったのがわかった。

目を隠した真実の腕の下で、彼女が唇を嚙みしめている。

男を喜ばせるために、わざと伝えた睦言の類ではないのだとそれでわかった。言ってしまった真実は、泣きそうなほどに緊張し、羞恥心と――屈辱とすら言っていいようないたたまれなさで、今にもこの場から逃げてしまいそうだった。言ってしまったことを、彼女が言った先から後悔していそうなことが、嚙みしめた唇から伝わる。真実は顔を見せようとしない。

恥ずかしいのだ。

恥ずかしくて、本当に、今すぐに消え入りたいというような、強い意思を感じた。

三十三歳、という彼女の年齢を思った。咄嗟に嘘だろ、と思ってしまってから、次の瞬間、そう思ったことを後悔した。

架は理解した。

真実だって、おそらく、言うつもりはなかったのだろう。何事もなかったようにしていたかったろうに、それでも、口から出てしまった。

嘘や演技ではない。真実は今――とても怖いのだ。

「真実ちゃん」

名前を呼ぶ。

真実はまだ顔を覆ったままだ。

「真実ちゃん、こっち向いて」

辛抱強く、呼びかける。キスは、これまでもしてきた。彼女の体を解きほぐすように、顔を覆う腕に、そこから覗いた頰に、キスをして、髪を撫でた。

何度目かの呼びかけで、真実がようやく顔から腕を外した。目が潤み、呼吸が浅く、乱れていた。無言で泣いた真実が、か細い声で「ごめんなさい」と言った。過呼吸のようになった、息も絶え絶えの声だった。

「何が」

「重いこと言って、ごめんなさい。私――」

「いいよ」

それ以上、彼女に口を開かせたくなかった。

言葉の先を奪うように口づけして、問答無用にこれまでで一番荒々しく舌を入れた。あ、という真実の呟きが吐息に掠れて消えて、声が声でなくなる。後は夢中で、真実がもうそこから何も言わなくていいよう、彼女を求めた。

真実の腕に、足に、腹に、背に――、力が入る。最後の抵抗を試みるような固い力が架の腕を一瞬だけ拒んだが、舌を溶かすように執拗なキスと愛撫を繰り返すうち、彼女の体が緊張を解いていくのが感じられた。

こんなに必死に誰かを抱くのは、久しぶりだという気がした。

処女であることに興奮した、わけではない。ただ、彼女にあんな痛々しい思いをもう抱えていてほしくなかった。

真実の息遣いが、だんだんと、ぎこちない喘《あえ》ぎ声に変わる。

架くん、私――。

何か言いかける真実の耳に顔を埋め、固く閉じた体の中に入るまでの間、架は彼女の耳元で、好きだよ、と繰り返した。好きだよ。だからもう、泣かないで。

架の言葉に、真実が、泣きだした。それまでも涙を流していたけれど、まるで、自分が泣いていることにそれまでは気づいていなかったように、突然、声を上げて。真実の感情がその時、破裂した。

緊張と恐怖で硬くなった体は、一度開かれると柔らかく、すんなりと架を受け入れた。微かに顔を引きつらせる真実を、痛いのかと覗き込むと、真実がその顔を隠すように架の腕に縋りついた。

そして痛いほど架の手を取り、泣き声と喘ぎの混ざり合った息遣いの下でようやく言う。

架くん、好き、やめないで、と。

親元にいた頃の真実を、思う。

ストーカーとはつきあっていたわけではない。何かがあった人というわけではなく、ただ、告白してきたのを断った相手。それは本当だったのだろう。

真実の最初の恋人が自分だったことに、架は疑いを持ってはいない。しかし、もし自分がそのことの上に無意識に胡座をかいていたのだとしたら。

だから真実に、他の男の影がない――彼女に別の物語がないとは、限らないのに。


思いもよらない相手から電話があったのはその翌週のことだった。

仕事中に私用の方のスマホが震える。知らない番号からの着信は、見慣れない市外局番から始まっていた。予感があって、架はあわてて電話に出た。

『こちらは、西澤さんのお電話番号でよろしいでしょうか』

品のいい声を聞いて、背筋が伸びる。緊張する。

前橋で会った際には、この人の前で話している間中、ずっと裁判官に意見を聞かれて裁きを待つような緊張感があったことを思い出す。

『ご無沙汰しております。突然ご連絡してすみません。今、お話ししても大丈夫ですか』

小野里夫人だった。

柔らかな声は、しかし、うわべの穏やかさだということを、架はもう知っている。「はい」と答え、挨拶をする自分の声が微かに喉に絡む。

『お会いになるそうですよ』

小野里がいきなり言った。架が「え」という短い声を返したかどうかという間合いで、彼女が続ける。

『真実さんのお見合いのお相手。私が最初にこちらでご紹介した男性が、事情を聞いて、西澤さんに会ってもいい、と仰っています。お名前は金居《かない》智之《ともゆき》さん』

カナイさん、という陽子が告げた名前が小野里の声と重なる。陽子が決めてきて、気に入っていた、電子機器メーカーのエンジニア。

畳みかけるように、小野里が言う。

『前橋在住で、今はご結婚されていますが、こちらまで来ていただけるなら、会ってもいいそうです。どうなさいますか、前橋までいらっしゃいますか』

小野里がなぜ、彼と架を繋ごうという気になってくれたのか、わからない。おもしろそうだ、と思われたのかもしれない。小野里の底の知れない優美な微笑を思い出すと、それもありそうな話に思えた。

けれど、たとえそうだとしても構わない。

「お会いしたいです」と架は答えた。

# 第四章

　どの人がそうなのか――見つけるまでに時間がかかった。

　日曜日のランチタイムに、指定されたイタリアンレストランは盛況だった。この辺りでは人気の店なのかもしれない。若い女性グループやカップル、赤ん坊をガード付の椅子に座らせた夫婦や、祖父母までいれた三世代で食事をする家族まで、店内はあらゆる層の客で満席だった。ドアを開けると、順番待ちの名前を記入する表がまず目に入り、そのすぐ横で席を待つ人がごった返している。

　店内にオリーブオイルとにんにくの香りが漂っていた。

　待ち合わせに指定されたのは、本当にこの店だったろうか――と、店内を見回すと、一人の男性が腰を浮かし、席から振り向いて入り口の架に軽く会釈した。それを見て、おそらく彼だと直感する。

「金居さんですか」

　窓際の席に近づいて尋ねると、その男性が「あ、はい。そうです」と頷いた。

「西澤さんですよね」

　ですよね、は、「で」が微かに小さくなり、「西澤さんスよね」と聞こえた。ただし、若者が礼儀をわきまえずにそう言う時とは響きが少し違って、もっと素朴でのんびりした聞こえ方だ。

「ごめんなさい。場所、この辺りで一番うまい店にしようと思って嫁に相談したんですけど、そしたらここがいいだろうって言われて。深く考えずに選んだんですけど、ここじゃ、話をするのには少しうるさいかもしれないですよね」

「いえ、大丈夫です。それよりお待たせしてしまったようで、申し訳ありませんでした」

到着は待ち合わせの時間ちょうどだったはずだが、それでも架がそう謝ると、金居が「別にいっすよ」と首を振る。

「ここ、日曜は予約ができないんですよ。だから先に来てました」

「そうだったんですね。すみません。三月の、年度末のお忙しい時期に」

架が気にして言うと、金居が気さくな雰囲気で首を振る。

「いえいえ。今日はオレも、休みだけど用事が特になかったんで」

店内の混みようを考えるに、金居は相当早く来ていたはずだ。架は浅く頭を下げてから彼の向かいに座った。そうしながら、金居の顔を改めて盗み見た。

意外だ——というのが相手を一目見ての、率直な感想だった。

東京で大手メーカーに勤めていた経験もある電子機器メーカーのエンジニア。そう聞いて、架は無意識に眼鏡をかけた背広姿の、どちらかといえば線の細い外見の男性をイメージしていた。しかし、目の前の金居智之は体格がよく、理系というより体育会系といった方がしっくりくる。

よく日に焼け、子どもがかぶるようなキャップをかぶっていた。身に着けているTシャツも、その上に羽織ったチェックのシャツもだいぶ使用感が出ているもので、立ち上がった時に見えたジーンズの後ろポケットは布がほつれて穴が開き、そこに入った財布の角がはみ出ていた。日曜なのだから背広姿でないのは考えてみれば当たり前だが、それでも意外な印象だ。

自分の身なりやファッションにこだわりがないタイプの男性なのだ、と思った。今朝、自宅を出てくる時に一番使用感のない襟つきのジャケットをわざわざ選んだ自分のことが、なぜか、逆に恥ずかしくなった。

自分の恋人が過去にフッた相手に会う――それも面と向かって話をする、というのはこれまで経験のない、不思議な心持ちだった。相手は彼女に選ばれなかった人間で、自分は選ばれた人間。そこに優越感がないと言ったら嘘になる。張り合うというほど明確な意識ではないけれど、負けたくない、と構える気持ちはやはりあり、それが架に今日、クローゼットの中の一番いいジャケットを手に取らせた。

「せっかくのお休みに申し訳ありません」

「いやあ。そっちこそ大変でしょう？　東京からは今日？」

「はい。今朝」

「車ですか？」

「ええ」

「そっか。電車だと、ちょっと遠回りで乗り継ぎも面倒だから、車で来ちゃった方が前橋は便利ですよね」

屈託のない金居の口調に、架の肩から本格的に力が抜ける。そうすると、自分がかなり緊張していたのだということを自覚する。

「何にします?」

金居が言って、手慣れた様子でメニューを差し出す。架は恐縮しながら受け取る。こういう時でも、料理のメニューより先に、まずはワインやビールなど飲み物のリストを確認してしまうのはもう職業病のようなものだ。すると、それに気づいたのか、金居が「昼だけど、飲みますか?」と尋ねてきた。

顔を上げると、気のいい笑顔でジョッキをあおる真似をする。嫌味のない、風通しの良い物言いだった。

「もしこの後が大丈夫ならですけど」

「いえ、残念ながら車なので」

「あ、そっか。ですよね。今聞いたばっかりなのにすいません。オレと違って代行で帰れる距離じゃないですもんね」

言ってから、「もっともオレだって、昼から代行ってどんだけって話ですけど」とひとり言のように言う。そうされると、架もつられて笑顔になった。

「おいしそうなお店なので、本当に残念ですけどね。車でこなきゃよかったな」

「ここ、ピザでもパスタでも、なんでもうまいんスよ。あと、夜くると生ハムとかつまみも」

「普段はご家族といらっしゃるんですか？」

「ですね。普段は、子どもや嫁と一緒に。子ども用の椅子とか食器なんかも用意してくれて、子連れにも優しい店なんスよ」

初対面の——しかも、一度は自分が微かにとはいえ交際を考えたことがある相手の現婚約者に会う、というのは、金居にしてみてもまずないことだろうし、複雑な思いがして当然だ。しかし、さっきから金居の架に対する言動には無理がまるで感じられない。きっと彼は本当に大らかで気がよく——そして、少し鈍感なのだ。けれど、その鈍感さが、架には心地よかった。むしろ、真実に選ばれた優越感だの、張り合うだのなんだのと服装を気にしてきた自分の方が彼に比べればよほど矮小《わいしょう》な存在に思える。金居の方では架に張り合うも何もない。初めから敵だと思っていないし、自分が架にそう思われることさえ想像だにしていないのだろう。

「今日のことは奥様もご存じなんですね」

料理の注文を終え、架が言うと、金居が今度もあっさりと頷いた。

「知ってます。もともと小野里さんから連絡があった時に、西澤さんに会ってみたらどうかって最初に言ったのも嫁なんです」

「奥様が？」

「ええ。なんか、ストーカーとか物騒な話だし、少しでも疑われてるようなら、もう会っちゃったらって。うちは全然関係ないんだから、一日会ったらそれで済むって。うちは誰か他人を家に隠しておけるような場所なんかないし、なんなら家を見てもらえばはっきりするわって」

妻の口調を真似するように言ってから、金居が苦笑する。

「いや、うち、ほんと狭いんスよ。子ども生まれてからさらに手狭になって、今、引っ越すかどうか、マイホーム建てるかどうかって話になってるんですけど、オレがその辺を嫁に任せっきりなのを、最近なじられてて」

弱りきった表情を作りつつ、そうされるのが満更でもなさそうな様子だ。架は「すみません」と謝った。

金居の妻に言われるまでもなかった。

彼は違う——真実のストーカーでないだろうというのは、ここに来て顔を見た、その瞬間から感じ始めていたことだった。

おそらく、彼ではない。

真実に繋がるものがなくなって振り出しに戻ったような——落胆する思いが一瞬だけ胸を掠めたが、それ以上にほっとする気持ちの方が強かった。手がかりが欲しくてたまらない一方で、真実に関する深刻な事態と直面するのを怖がる気持ちが拭えない。情けない話だが、金居に会って、その朗らかな雰囲気にほっとしていた。

架の周りには、あまりいないタイプの男性だった。そして、こういう男性の方が真実が生まれ育ったようなこの地方では周囲から愛され、生きていけるのだろうということが、理屈抜きにわかる気がした。

――あるいは、それは、地方、ということとは関係ないのかもしれない。大らかな鈍感さを持って、深い考えなしに人と接することができるのはある種の才能のようなものだ。その才能のある金居のような人は、きっと「家族」に向いている。この人に幸せそうな家庭があることが、架にはよくわかる。それが自分にないものだからこそ、羨ましく、納得もできる。

「奥様にもご心配をかけてしまって申し訳ありません。金居さんのことを疑っていた、というわけではないんです。そういうわけですらなくて、ただ、本当に何の手がかりもないので、少しでもお話が聞けたら、という、助けていただきたい気持ちで、お会いしたいと小野里さんにお願いしました」

改めて、金居の顔を正面から見つめる。

「こちらの事情はある程度、小野里さんから?」

「聞きました」

金居が深呼吸をして、それから一気に深刻な顔つきになる。

「――驚きました。真実ちゃんとは、もうずっと前に会ってそれっきりでしたけど、てっきりまだ前橋にいるんだと思ってたし、それどころかストーカーに遭ってたとか、今、どこにいるかわかんないとか、まさかそんなって」

彼らしく、あけすけな言い方だった。真実の失踪に関してみんなが言葉を選ぶのとは対照的だ。ただ、嫌な感じはまるで受けない。腫れ物に触るような遠慮がないのは、いっそ気持ちがよかった。

「警察には行ったんです。ただ、ストーカーが誰かもわからない以上、動けないと言われてしまって。僕は、真実さんと知り合ったのは彼女が東京に来てからですし、それ以前の彼女のことをほとんど何も知りません。もし、金居さんが彼女と会っていた頃のことで何か思い当たることがあれば、どんな小さなことでもいいから伺いたいんです」

「そう言われても、真実ちゃんと会ったのってもうだいぶ昔だし、全部でたぶん、三回くらいなんですよね」

架を面倒に思っての言い方ではなく、その口調はすまなそうですらあった。

「それでなくても、一応、これからつきあうかどうかみたいな雰囲気で会ってたから、お互いあまり過去の恋愛みたいな話は出なかった気がするなぁ。真実ちゃんからもだし、オレからも当然」

そこまで言って、金居がふと気づいたように、「あ」と声を上げる。

「さっきから、真実ちゃんとかって馴れ馴れしく呼んでてごめんなさい。会ってる時はそう呼んでたから、むしろ、苗字の方をちょっと忘れちゃってて。小野里さんから電話あった時に聞いて久しぶりに思い出したんですけど、真実ちゃんは、苗字、なんでしたっけ？」

「坂庭です。坂庭真実。――でも、結構ですよ。当時呼んでいた通りの呼び方で」

架が言うと、金居が「すいません」とまた言って微かに肩を竦める。

「真実ちゃんと会ってた頃の自分って、まだ本当に前橋に戻ってきたばっかりの頃で、正直、いろんなことがいっぺんにあって、かなりバタバタしてたんですよね」

「それまでは東京の会社にお勤めだったそうですね」

「ええ。地元はこっちだったんですけど、大学で東京に出て」

「東京の会社には何年くらいお勤めだったんですか。あ、いや、僕も一度仕事を変わってるので」

相手に話をしやすくしてもらおうと、架もまた自分のことに触れる。

「僕の場合は三十を過ぎての転職だったので、ちょっと不安もありました」

「あー……。オレ、実は前の会社はそう長くいたわけじゃないんです。就職したのも遅かったし。理系だったんで、院まで行く奴らが多かったからオレも自然と院まで行って。それから就職を」

なら最終学歴としては大学院卒、ということになる。それらを早口で伝える口調から、おそらく金居が出たのは名のある大学なのだろうという直感があった。婚活でも今の仕事でも、たまにあることだった。学歴を誇るのではなく、学歴が高いからこそ、むしろ気まずそうに隠す。――婚活している女性の場合は、それで相手の男性が引いてしまうことを心配して、ということだろうが、金居の場合は純粋に人としての品のよさからそうなっている気がした。

金居のそんな物言いを好ましく思う反面で、しかし、あることに思い当たる。胸の底がざわっとなる。

おそらく、その学歴まで込みで彼を見合い相手に選んだのだ。真実の母親は。

金居が、かぶっているキャップのつばを手持ち無沙汰に少しずらして笑う。

「短い間働いただけなんですけど、東京で勤めてたその会社がなんか合わないなーって思ってて。今考えると、学生から急に社会人になったせいで、モラトリアムっていうか、本当にここでよかったのかってただ悩んでただけだったんだと思うんですけど。仕事なんて、どこでも大変で当たり前だし」

でもね、と金居の顔つきが真面目なものになる。

「その年に、震災があったんです」

「震災?」

「ええ。東日本大震災。――東京で仕事しながら、これは大変なことが起きた、こんなところにいる場合じゃないって、そんなふうに思って」

「その感覚は――僕にも、わかる気がします」

未曽有《みぞう》の大災害と言われた東北の津波の映像。日々入ってくる新たな被害の状況を聞きながら、交通機関が麻痺しても翌日には復旧した東京にいて、あの年、誰もが感じたことではないだろうか。変わらぬ日常を、ただ変わらぬものとして過ごすことさえ躊躇われたあの感覚は、架も鮮明に覚えている。

「じゃあ、金居さんは震災をきっかけに前橋に戻られたんですか？　仕事を辞めて」

実家が心配になって故郷に戻る、というのもまた、あの頃聞かない話ではなかった。東京生まれの架であっても、気持ちはわかる。しかし、金居が首を振る。その顔に、学歴を語った時と同じような、照れ隠しに似た気まずそうな表情が浮かぶ。

「いや、すぐには地元にも帰らなかったんです。その時はもうなんか、勢いで。オレ、東北に行っちゃったんですよ。南相馬市で、一年くらい、地元の人たちと一緒に瓦礫《がれき》の片付けとか泥の撤去とかしてました」

架は目を見開いた。

「ボランティアに行っていた、ということですか？」

「まあ、はい」

「仕事を辞めてまで？」

「まあ、それは結果そうなったっていうか。なんていうのかな、ボランティアするために辞めたとかそんなことじゃなくて、さっきも言ったみたいに、合わないなって思ってたところに震災がきっかけになっただけなんです。ボランティアするためだけだったら、逆に仕事辞めるまではしなかったと思います」

サラダがついたパスタのプレートが運ばれてくる。「食べましょうか」と金居が言った。

「ボランティアって、いろんな人たちがいると思うんですけど、嵌まる人も結構いるんです。『嵌まる』なんて、不謹慎な言い方に思われるかもしれないですけど、それでも、スコップ使って泥を運んで、軍手もゴム長も使い物にならなくなるくらいまで作業してると、無心になるし、いつまででもそれができる気持ちになる。ボランティアっていうと、よく人に感謝されたいからやるのかとか、そんなふうに思われるみたいですけど、感謝とか、そういうことでもないんです。そりゃ、感謝されると嬉しいことはもちろん嬉しいですけど」

実際に誰かにそんなふうに言われたり、聞かれたりしたことがあったのかもしれない。金居の口調がまたせっかちなものになる。困ったように微笑んだ。

「そんな、大義とか、正義感とかで行ったわけじゃないんですけど、幸い、それまで働いてた分の貯金も多少はあったし、ボランティアをその期間住まわせてくれる場所も向こうにはあって、なんていうか、オレ、その時期、今考えるとちょっと中毒に近い状態で作業してたと思います」

「中毒、ですか?」

「こう言ったらあれだけど、充実感もかなりあったんです。あっちでボランティア同士で共同生活するのは不便は不便だけど、まるで合宿みたいな雰囲気もあって。そうやって仲間ができたり、地元の人ともどんどん仲良くなると、オレは、自分の仕事でそうじゃなかった分、ああ、ここに自分の居場所があるって思えたとこがあったんですよね。そこでできた仲間や地元の人たちとは今でも連絡取り合ってて、そういう繋がりって自分には今後ずっと財産になるな、とも思えるんですけど、今考えると、やっぱり大きな震災の後で、あれはあれで普通じゃない状態だったんだなって」

金居がまた、どこか気まずそうに微笑んだ。

「オレがそんな動機で動くのでも、実際に泥は片付くから、役には立てたし、喜んでくれた人もいて、それはそれできっとよかったんだろうと思うんですけど」

「――すごいことだと思います」

慎重にかける言葉を探そうとしたら、そんな一言しか出てこなかった。

あの震災の後、多くの人が、自分にも何かできることはないかと考えたはずだ。架もその一人だったが、実際に自分が何をしたろうかと思うと、具体的に動いた記憶がほとんどない。東京にいながらにしてできる僅かばかりの寄付や声かけ。実際の被災地にもあれから数年経った今になっても一度も足を運んでいない。多くの人がそうだろうと思う中、金居は実際に動いたのだ。彼ならそうしただろう、というのが、話していてわかる。その行動力を持った相手の前で、架の言葉など、何を言っても所詮は軽くなってしまう気がした。

「そうですか?」と、苦笑するように金居が言った。

彼の中には、ひょっとすると、自分でも、その頃の気持ちがまだ未整理のまま残っている部分もあるのかもしれない。やってきたばかりの湯気が上がるパスタをフォークに巻きつけながら、金居が小声で「いただきます」と言い食べ始める。架もそれに倣って彼の前でパスタに視線を落とす。

金居が、食べながら、ふと顔を上げる。話を続けた。

「でもまあ、そんなこんなで一年くらいした頃、実家の親に怒られたんです。せっかく就職した会社も辞めて、一体いつまでそこにいるつもりなんだって。親父には怒鳴られるし、お袋には泣かれるし。その頃になると、もうオレも東京はなんだかなぁって感じだったから、地元に戻るのもいいかなって思い始めてたんですよ。そう思ってひとまず戻ったら、もう、帰った翌週に今の会社の面接が用意されてたんです。親父の知り合いが役員をしてて、だから、無理矢理、オレをねじ込んで」

だからまあ、縁故採用みたいなもんです――。自嘲気味に言う金居の話に、架はこの間、真実の姉から聞いた推薦就職の話を思い出していた。自分で望んで選ぶのではなく、用意されたものを分け合うようにして職を選ぶことが、ここでは当たり前に存在する考え方なのだ。

真実の卒業した女子大では、地元の企業に推薦就職枠が用意され、そのまま職場のお嫁さん候補にもなると聞いた。もし、何かの巡り合わせがほんの少しずつずれていたら、真実と金居は、金居の勤める今の会社で、お見合いではなく自然な形で出会った可能性もあるのだろうか。ここでも、地方の生活の近さと狭さを実感する。

「小野里さんのとこのお見合いも、まあ、そんな感じです」

金居が言った。

「地元に戻って働き始めて少しして、親からいきなり見合いしろって言われたんです。それまで結婚なんて考えたこともなかったから、ええーって感じでしたけど。相手はもうオレの写真とか経歴も見てて、気に入ってくれてるみたいだから、とにかく会ってみろって」

「結婚相談所に登録する前に、ご両親から金居さんへの相談みたいなものはなかったんですか？　まったく？」

「結婚相談所……。あ、そっか、小野里さんのとこって結婚相談所の一種になるんですか？」

そんな畏まったものだと思わなかったから——と苦笑する金居に、彼なら確かにそうなのだろうなとまた思う。

「いい人ですよね、小野里さん」

金居が続ける無邪気な声を聞きながら、架は曖昧に微笑み、ごまかすように水を飲んだ。

田舎で縁談の世話を焼くような、人の無条件な善意を信じられるのも、この土地で生まれ育った延長にある感覚なのだろうか。登録料が必要であることも、その先の成功報酬も、ひょっとすると金居は両親から知らされてさえいないのかもしれない。そして、真実も。

「親からは、戻ってすぐに彼女がいるのかどうかくらいは聞かれましたけどね。いないって答えたら、いつの間にか話が進んでて。就職の履歴書用にって言われて渡した証明写真が、勝手に見合い用に使いまわされてるのを知った時は仰天しましたよ」

「すごいですね」

「すごいでしょう？　勘弁してほしいです」

金居が苦笑するが、口ぶりはあくまで明るい。

「お前は、こっちが相手を探してやらないとダメなんだからとか偉そうに言われたりもして。だけど、オレだってそれまでは彼女がいたこともあったし、何にも知らないくせにって、なんか腹が立ちました」

「それで当然だと思います」

深刻に聞こえないよう、軽い声で架が相槌を打つと、金居が茶目っ気のある口調で「ねえ？」と架の目を覗き込んだ。

その仕草を見ながら、架は、彼はそうだったのだな、と思う。親の知らないところで様々な経験をしてきた。恋人だっていた。けれど、親元に戻ってきた子どものことを、親は自分が知っていた頃のままだと思ってしまうのだ。だから、見合いだって自分たちで用意する。自分の子どもが一人で恋愛などできるはずがないから。

――信じたことがないから。

ふいに、真実の姉の言葉を思い出した。

自分の子どものことを決めてやらなければ、動いてやらなければ、と思う親たちの思い込みもまた、彼らが真面目で善良だからこそ起こるのかもしれない。子どもがいっぱしの社交性や社会性を獲得することをイメージできないのだ。

「でもまぁ、お見合いの話がもう進んで、しかも相手がオレを気に入ってくれてるならって、会うことにしました。それが真実ちゃんだったんです」

西澤さん——呼びかける金居の声が微かに改まったものになる。架の目を見て、彼が続けた。

「真実ちゃん、オレのことはあまり気に入ってなかったと思うんです」

「いや、そんな」

反射的に口にするが、金居が架の前で軽く手を振る仕草をする。

「いいですいいです。相手が気に入ってくれてるって話だったけど、会った最初の方から、あまり乗り気じゃなさそうで、あれ、おかしいなって感じだったんですよね。何回か会ったけど、結局、断られたし。実際に会ってみて、オレの何かが想像してたのと違ったんでしょうね」

金居を気に入って選んだのは、真実ではなく、真実の母親だ。金居がそこに思い至っているかどうかはわからないが、彼にしてみたら肩透かしを食らったような思いがしたかもしれない。自分だって親に言われ、相手が気に入っているという話だったからこそ真実に会ったのに、その真実がつれない態度だったというなら、面白くない思いもしただろう。

「彼女、どんな感じだったんですか」

躊躇いながら、架が聞いた。金居が答える。

「おとなしかったです。緊張してそうなってるのか、もともとそういう子なのかとも思ったけど、今考えるとつまらなかったのかもしれないですね。オレのことが嫌だったのかも」

いい思い出ではないだろうに、金居の口調は淡々として落ち着いていた。努めてそうしているというよりは、真実のことはすれ違った程度の間柄で、本当に気にしていないようにも聞こえた。

「だから、基本はオレが喋ってることの方が多かったです。こすぎモールに映画観に行ったり、あとはドライブとかもしたかな？　ただ、真実ちゃんはいい子だったし、オレの方はこのまま話を進めてもらってもいいかなって思ってたんですけど」

金居の顔に苦笑が浮かぶ。

「三回目くらいで、『やっぱりごめんなさい』って向こうから言われて、あ、なんだ、気に入られてなかったんだって、初めてわかりました。だったら最初から言ってくれればよかったのにって、ちょっと思いましたけど。男ってそういうの鈍いとこあるじゃないですか」

「そうでしたか」

咄嗟に謝る言葉が口を衝いて出そうになって、架は息の塊を吞み込む。

陽子の口ぶりだと、金居の方はもっと熱心に続けたがっていたような印象を受けたが、彼の方ではごく軽い気持ちでそう思っていたようだ。――ここでも、陽子の過度な思い込みと、そうであってほしいという願望のようなものを感じてしまう。

架が尋ねた。

「真実さんとは最初から二人だけで会っていたんですよね。親の同席はない状態で」

「ですね。お見合いっていうくらいだから、どこかの料亭とかホテルとかで親や仲人がいて、『あとは若い二人だけで』とかやられるのかなって思ってたんですけど、今はそうじゃないんだなってちょっと驚きました」

「彼女と会っていた時のことで、何か覚えていることはないですか。どんな小さなことでもいいんです」

「う一ん。それは、真実ちゃんのストーカーと関係ありそうなことでっていう意味ですよね？」

口調自体はのんびりしていても、金居は察しがいい。「何かあったかなぁ」と呟きながら、パスタをフォークに巻きつけて食事を続ける。

向かいに座って、架もパスタに手を伸ばす。黙り込んで思案する金居を見ながら、尋ねつつも、望みは薄そうだと思っていた。

真実がストーカーと会ったのは、金居と見合いをした後である可能性も高いし、第一、だいぶ前の話だ。覚えていなくて当然かもしれない。――しかし、金居がふいに「あ、そうだ」と顔を上げた。微かに首を傾げるような仕草で、彼が言った。

「全然関係なさそうな話でもいいですか？　すごくちょっとしたことなんですけど」

「もちろんいいです。なんですか？」

「真実ちゃんと二人でこすぎモールに映画を観に行って、その後でお茶してたら、偶然、真実ちゃんの友達に会ったことがありました。男性じゃなくて、女の子だったんですけど。向こうは旦那さんらしい人と二人でいて、その時多分、妊娠してたんじゃないかな。おなかが大きかったです」

「はい」

「真実ちゃんのことを呼び止めて、『ひさしぶり』とか『何してるの』とか話しかけてて、オレのこともちらっと見て。『彼氏？』って聞かれたのを真実ちゃんが『ううん、ちょっと』って答えてたの、覚えてます」

でね、と金居が続ける。

「その後に、その子たち夫婦が行っちゃってから、オレ、『友達？』って聞いたんですよ。そしたら、真実ちゃんが言ったんです。友達だけど、あんまり好きな友達じゃないんだって。意外に思ったんで覚えてるんです」

金居の目が微かな困惑を浮かべたようになる。

「それまで真実ちゃんといて、ずっといい子そうだなって思ってたのに、友達のこと、そんなふうに言うこともあるんだなって。オレと真実ちゃんもその時はまだ初対面みたいなもんだったから、そのオレにそんなふうに言ったのもちょっとびっくりしたんですよね」

金居はそのやり取りに引いたのだ、ということが伝わってくる。

その程度の物言いで引いてしまう、この人の善良さを架は好ましく思った。口さがない自分の女友達がもっと辛辣なことを言う姿に学生時代から慣れている架には、彼のその感覚が、微笑ましくさえ思える。

しかし、架もまた真実のその言い方には微かな違和感を覚える。嫌いな友達くらいいて当然だが、それをデートの相手にあけすけに打ち明けてしまうのは真実らしくない。

「覚えてることって言ったら、それくらいですけど」と申し訳なさそうな口調で言う。

「あんまり役に立てなくてすいません」

「こすぎモールというのは、この辺りのショッピングモールですか?」

「ええ。映画館も入っててすごく大きいし、うちも買い物するっていう時はたいていそこです」

金居の表情がやっと和らいだ。

「今日も、実は嫁と子どもが買い物に行ってます。子どものものなんかも全部そろうから」

「奥様とは、やはり小野里さんのところで知り合われたんですか？」

真実との見合いが失敗に終わった後で、別の相手を紹介されたのだろうかと思って架が尋ねると、金居が首を振った。

「違います。小野里さんのところでは、結局、それきり、誰とも会ってません。でもまぁ、真実ちゃんのことがなんかきっかけになったっていうか」

「きっかけ？」

「ええ。それまでオレ、結婚なんて考えたこともなかったし、まぁ、いつかはするんだろうなぁって漠然と思ってただけだったんですよ。でも、真実ちゃんに断られたことで、初めて自分でなんとかしなきゃなって思ったんです。それまで興味なかった街コンとか、市のやってる婚活パーティーみたいなのに行くようになって、そこで今の嫁に会いました」

自治体が、今、どこも婚活に熱心だという話は架も知っていた。

街コンには、架も婚活の最初の方で何度か参加したことがある。参加人数は多いけれど、その分、軽い会話に終始してしまうことも多く、架自身はそこで出会った相手とは次に繋がらなかった。金居がそこで妻になる女性と出会えたというのは、奇跡的なことのようにすら感じられる。

「けっこう参加しましたか？」

「え？」

「婚活パーティーとか、街コン」

架がつい聞いてしまうと、予想に反して金居が答えた数字は少なかった。

「街コンも婚活パーティーも一回ずつです。嫁とは婚活パーティーで知り合いましたけど、実は、イベント当日には会えてないんですよ」

「会えてない？」

「オレが参加したそのパーティー、主催者が名簿を作ってたんです。当日はすごい人数で、話せないままになる相手も出るだろうからって、『こんな人たちが参加してました』っていうリストを作ってくれて、それが配られたんです。写真とか、略歴とか載ったやつ」

「へえ！」

思わず声が出た。何かにつけて個人情報に敏感なこのご時世には珍しい。しかし、当然、参加者には許可を取っているのだろう。逆に言えば、今は、そういう時代錯誤な鈍感さがなくなったからこそ、婚活が窮屈になった面もあるのかもしれない。

金居が微笑む。

「オレ自身はそんな名簿もそういえばあったなー、くらいにしか思ってなかったんですけど、嫁が、イベントの後、家に帰ってからそのリストを見返してて、オレに気づいて。こんな人も参加してたのかって、なんか、気になったそうなんですよ。で、主催者側に連絡して、オレと連絡が取れないか、問い合わせてくれた」

「すごい」

架の口からまた声が出た。自分自身が婚活したからこそ、その行動力のすごさと得難さが身に沁みてわかる。それこそ、称賛したいほどだ。

金居が照れくさそうに——でも嬉しそうに続ける。

「で、連絡があって、二人で会うことになったんですけど、最初から割と話が弾んで。ああ、この子いいなって思って、オレの方から結婚を前提につきあってくれって申し込んだんですけど」

金居の顔がなぜか、ますます照れくさそうな、ちょっと気詰まりするような例の表情を浮かべる。のろけるような響きが声に滲む。

「オレ、その頃に、仕事で部署が異動になる話が出てたんですよ。で、異動になったら、県外に行く可能性があったんです。新潟とか、長野にも工場があるんで。だから、その前にまずはこの子とちゃんとつきあっておきたいって、交際を申し込んだんですけど、そしたら」

「はい」

「彼女の方から、言われたんです。結婚を前提にってつきあって、もしそれがダメになった場合、お互いもういい年だから、つらくないですかって。私は金居さんが好きですし、金居さんと結婚がしたいです。つきあうくらいならもう結婚しましょうって、明るく」

息を吞んだ。

今度は「すごい」という言葉すらすぐに出てこなかった。言葉にできないくらいの

——それぐらいの衝撃があった。思い出したのは、今度もまた小野里夫人の言葉だった。婚活がうまくいく人とうまくいかない人の差は何か。尋ねた架に彼女が答えたのだ。

——うまくいくのは、自分が欲しいものがちゃんとわかっている人です。自分の生活を今後どうしていきたいかが見えている人。ビジョンのある人。

それは、彼女のような人なのだ。

金居の妻になった女性には、そのビジョンがある。見えている。

と同時に、こうも思った。今、三十九歳で婚活がどういうものか知った架は、彼女に尊敬の念すら覚えるが、それ以前——たとえば、アユとつきあっていた三十二歳の架は、金居の妻のその言葉をどう思っただろうか。その積極性を「怖い」という言葉で表現していたのではないか。結婚を迫る女性に対して、そう言っても許されるような、そんな傲慢さは、身に覚えがある。

「そう言われて、オレ、単純かもしれないけど、感激しちゃって。オレみたいな奴と結婚したいって、本気で言ってくれる子がいるなんてって」

当時の金居はいくつだったろうか。年齢に関係なく、彼ならば、おそらく彼女の言葉を曇りない気持ちでそう受け止めたのだろう。

学歴も職歴も、結婚相手としての金居の条件は決して悪くない。むしろいい。けれど「オレみたいな奴」と金居が言うのは、何も謙遜ではなさそうだった。自分の価値を低く見積もり、相手の気持ちをありがたく受け取ることができる——そういう人間もいるのだ。架がアユを唯一無二の相手と当時思えなかったのと違って、この人しかいない、と感謝しながら受け止める。自分の一番高いパラメーターの数値ではなく、むしろ、一番低い数値から、相手を見る。――婚活で、そういう人たちが結婚を決めていくのが、架にはよくわかる。

これがおそらく、ピンとくる、ということなのだろう。

相手の価値の方が、自分より高いと思えばこそ、そこには言葉と気持ちに対する感謝が生まれる。その感謝を持てなかった、かつての自分の幻影をどうしてもそこに重ねて見てしまう。

「感激して、だから、そのまま、オレの方から正式にプロポーズしました。そういうことならオレも結婚してほしいと思ってるって。ただ、仕事で異動の話が出てるから、群馬を離れなきゃいけない可能性もあるけど、それでもいいかって言ったんです。彼女の仕事の都合もあるだろうから、それもあって遠慮してたんですけど、聞いたら、『喜んで』って」

「奥様はその時、おいくつだったんですか」

やっとのことで聞いた。金居が架を見た。

「お若かったろうと思うのに、随分しっかりした考え方をされていたんですね」

「確か、二十六だったかな？　オレより六歳下なんですよ」

ならば、当時の金居は三十二歳だ。――六歳下、という金居の妻の年齢の方にも打ちのめされる。それはアユが架に結婚の話を最初にしてきた時の自分たちと、まったく同じ年齢だった。

どうしてだろう、と不思議に思う。

どうして、ビジョンのある彼らは、そんな若いうちから結婚を意識したり、自分から婚活を始められたりするのだろう。親に急かされることも、三十を過ぎて周りが結婚しだしたからということでもなく、なぜ、そんな若いうちからちゃんと焦ることができるのだろう。彼らと自分は――自分や真実とは何が違うのか。

誰に、そうした方がいいと教えてもらったのか。

――教えられるものじゃない、と、最近、誰かに言われたことを思い出す。悪意や打算についての話をしていて、真実の姉に言われたのだ。それは、巻き込まれ、自分で悟るものだと。

ある意味では、そうなのかもしれない。人生のビジョンは、自分で考えなければ、決して見えない。見えないままでも、親にお膳立てされたり、それがなくともただ流されるように日々を生きてしまうことはできるのだ。

「式は結構あわてて挙げたんですよ」

金居が続けた。話しながら器用に食べていた彼の分のパスタの皿は、きれいにもう空になっていた。聞き役に徹しているのに半分以上が残っている架の皿とは対照的だ。

「翌年にオレが本当に長野の工場に行くことになって、だから、その前に地元でちゃんとしてから行こうって」

「奥様はお仕事を辞められたんですか？」

「信金で働いてたんですけどね。ようやく仕事を覚えてこれから出世コースに乗せようと思ってたところなのに持ってかれるのはイタイって、披露宴で挨拶を頼んだ嫁の上司にちくちく言われちゃいました」

　ならば、彼女は臨時などではない正職員だったのだろう。地元の信金が就職先としていかに手堅い場所なのかというのは架にも想像がつく。披露宴の挨拶なのだから、多少の誇張はあるかもしれないし、彼女が出世コースの候補だったというのも、本当かどうかはわからない。けれど、公の場所でそう発言してもらえるほどに上司や周囲から信頼された存在だったのは間違いない。

　真実の周囲からは、聞かない話だった。

　推薦就職の枠や、誰かの紹介。流されるように親に就職先や結婚相手まで探してもらうのとは違って、金居の妻の話は、架の知っている、架の周りにもある話だ。婚活も、自分で考え、自分の意思で動いて金居と出会ったのだということがはっきり感じられる。

　真実が群馬でしていた婚活と、架が東京でしていた婚活は何かが違うとずっと思っていたが、それは群馬と東京だからではないのだ。金居の妻の婚活も、就職も、都会にいた架が経験してきたこととよく似ている。

「実は、そんな感じで、オレたち、結婚してしばらく長野だったから、前橋に戻ってきてまだ二年も経ってないんですよ。だから、その間のこっちのことは本当にまったくわかりません。真実ちゃんのことにも、心当たりはないんです」

「わかりました」

架は頷いた。話しながら、見当違いな申し出をして、彼を今日つきあわせてしまったことに居心地の悪さを感じ始めていた。小野里の言った通り、金居は本当に無関係だ。真実や架とは違う世界にいて、自分の生活を営んでいる。

「今日は、お時間をいただいてしまってすみませんでした」

架が謝ると、金居があわてたように「いえいえ」と目の前で手を振る。それからちらりと、架の顔を覗き込んだ。

「じゃ、疑いって、これで晴れましたか？ 真実ちゃんのストーカーじゃないっていう……」

「もちろんです。さっきもお話ししたように、最初から、疑うなんていう強い気持ちじゃなかったんです。申し訳ないです」

「いや、わかってもらえたならそれで……。ああ、本当によかった」

心底安堵したように言う金居の人の良さが、彼が何か一言告げるごとに声に上乗せされていくようだった。その正しさ、好ましさに、けれど、なぜか同時にいたたまれない気持ちを刺激される。金居のせいではなく、架のせいだ。彼のようなまっすぐさを自分が持たないからこそ、疎ましい気持ちになる。

架のパスタの皿の隅で、チーズが固まり始めている。冷めてしまったパスタからは、ほとんど味が感じられなかった。

恐縮する金居を説き伏せるようにして、二人分の会計を済ますために、架が伝票を手に取る。レジのところで会計の順番を待っていると、ガラス張りのドアの方を見た金居が、「あ」と短い声を上げた。

ランチタイムを過ぎた店内は、今は落ち着いていた。金居が目線を向けたガラスドアの向こうに広がる駐車場も、来たばかりの時に比べ車の数がずっと少なくなっている。そこに、二人の子どもを連れた女性が立っていた。上の子が四、五歳。下の子は二歳くらいだろうか。

ほっそりとした、小柄な美人だ。だるっとしたシルエットのカットソーとロングスカートがやや垢ぬけない印象だが、子どもを連れたお母さんなのだと思えばそれも気にならない。彼女の足元の子どもたちが二人して、こっちに向けて大きく手を振った。

金居が窓の方に手を振り返す。

「嫁と子どもです。ったく、こっちからモールに迎えに行くって言ったのに、しょうがねえなぁ」

「二人とも男の子ですか？　元気がいいですね」

「夏には三人目で女の子が生まれます。いやー、大変ですよ」

そう言われてよく見れば、細い手足に対して、金居の妻のおなかが大きな気がした。服のシルエットは、妊娠のせいもあるのかもしれない。架の視線に気づいたのか、金居の妻がこちらに向けて微かに頭を下げた。架もまた会釈を返す。金居に言った。

「あの、もう行っていただいて大丈夫ですよ」

「え？」

「会計は僕が済ませていくので、お先にどうぞ。今日は本当にありがとうございました」

「そうですか？　――すいません、じゃあ、お言葉に甘えて」

金居が申し訳なさそうに「ご馳走様でした」と言い、架を見る。

「真実ちゃん、早く見つかるといいですね」

「ありがとうございます」

金居が外に出ていく。ドアについた真鍮《しんちゆう》のベルが、カランカラン、と明るい音を立てて鳴った。その音に重なるようにして、「パパー」という子どもたちの声が聞こえた。顔を向けると、彼らのすぐ前に、金居の妻が乗ってきたらしい軽自動車が停まっている。ナンバープレートのところに、子どもが好きそうなディズニーキャラクターのフレームがつけられていた。

ふいに視線を感じ、目線を移すと、金居の妻がこちらを見ていた。

抱き合う夫と子どもたちの横で、じっと架の顔を、まるで何かを確認するように見ていた。それはおそらく、五秒もなかった。けれど、見られたことが架にはわかった。

さっきと違って、会釈をすることもなく、かといって不自然にもならないタイミングで彼女がふいっと視線を背ける。一瞬。ほんの一瞬だけ、彼女の目に嘲るような表情が浮かんだように見えた。——おそらく、架の気のせいではない。

伝票を持った右手の指を、ゆっくりと折り曲げる。視線がまだ金居たち親子を追いかけそうになる衝動をこらえて、目の前のレジに向き直る。

順番が来て、会計に意識を集中させながら、今の視線の意味が、じわじわと胸にこみ上げてくる。

金居の妻は——架を見たくて、おそらく夫をわざわざ迎えに来たのだ。それは、架が今朝、金居に会うのに襟つきのジャケットを選び、張り合うような思いでいたのと同じような気持ちで。そして、彼女が張り合う相手は架ではない。架の後ろにいる、かつて、自分の夫をフッた女——真実だ。

架を通じて、自分の存在と幸せと、顔を見せずにおれなかったのだとしたら。複雑な思いがするけれど、しかし、その気持ちが架にはわかる。わかってしまう。

彼女の気のいい夫は、今の視線の意味にずっと気づかないままかもしれない。そしておそらく、それでいい。ただ、架の徒労感が増すだけだった。

疲れていた。金居の妻の嘲るような視線にも、不快感より、むしろ申し訳なさのような感情の方が先に立つ。張り合わなくても、気にしなくても大丈夫ですよ——。そう言葉にして伝えてしまいたくなるような、彼女に敗北を認めるような自虐的な気分に陥る。

会計を済ませ、駐車場に出ると、金居たち家族の姿はもうなかった。

車に戻ると、すぐに東京に帰るつもりだったのに、カーナビで検索をしていた。「こすぎモール」と打ち込むと、前橋の住所のものがすぐに表示され、選んでタッチすると、現在地から十分、という時間が表示される。

なぜそんな気になったのかわからない。気づくと、こすぎモールを目指していた。

金居が言ったように、大きなモールだった。「KOSUGI」と大きく表示されたモールの名前の下に、ユニクロやスタバ、映画館名の看板がモールの名前と同じくらい大きく出ている。敷地の近くに着いてから、来たことを微かに後悔した。建物の周辺に、駐車場に入りきらない車が道路の車線をひとつ潰すようにして列をなしている。入るかどうか、少しだけ迷って、他にすることもないのだし、と列の後ろに車をつける。

モールの広い駐車場を目指して、ゆるやかに進む車の窓から、駐車場と、モールの入り口周辺の様子がよく見えた。軽自動車か、大人数が乗れるファミリータイプのワゴン車が多い。金居の妻の車と同じ、キャラクターもののナンバープレートフレームが目に入り、一瞬、彼らがまたいるのかと思う。けれど、違う。駐車場の中には、金居の妻のものとよく似た軽自動車が他にもまだまだたくさんあって、その車が何も珍しいものではないのだとわかった。

何がしたい、という目的があったわけではない。十分ほど待って、建物からだいぶ離れた場所に車を停めて店内に入る。日曜の昼下がりは、そういえばこういう時間だったのだ、と入ってすぐに思い出す。実感する。

多くの家族連れで、店内がにぎわっていた。

買い物をするのも、映画を観るのも、この辺りではここ。

それはつまりデートをするのも、ということだろう。しかし、見回した店内に、若いカップルの姿は少なかった。夫婦もいるし、高校生か大学生くらいの本当に初々しく若いカップルの姿ならばあるけれど、当時ここに来ていた頃の金居と真実や、婚活をしていた頃の架と誰かのような年齢のカップルはほとんどいない。書店でも、フードコートでも、スタバでも。男女二人だけの組み合わせを見つけても、視線を向けた先の角から小さな子どもが転げ出てきたり、あるいは、女性のバッグにマタニティマークが下がっていたりする。そういう目で見るせいか、おなかの大きな女性と、その横を気遣わしげに歩く男性の組み合わせも、今日は特に多く目についた。

みんな、どこにいるのだろうか。

子どもや学生時代を経た後は、問答無用にここでは皆、家族になるのだろうと、モール全体から決めつけられているような気がした。まるで無言の圧力のようだった。この土地で、真実は三十代の初めまでを過ごしたのだ。

買いたいものも、したいこともないまま歩くモールの売り場に並ぶ女性服は、真実が着ていたものとよく似ていた。金居の妻がさっきはいていたスカートとよく似たスカートも、二店舗にひとつくらいの割合で置いてありそうだった。つまり、傾向がなんとなくぼんやりしている。取り立てて特徴的でない洋服の売り場。センスがないわけではないけれど、ただぼんやりしている。

使用感のある、ポケットの破れたジーンズをはいた金居は、ファッションセンスがいいとは言えない――むしろ、女性からはダサいと敬遠されてしまいそうなタイプだった。けれど、そんな彼が自分の妻と子どものもとに戻っていく時、彼らはとても調和が取れた家族だった。

金居たちのような、たくさんの家族連れが行きかうモールの真ん中で、ベンチを見つけて、架は腰を下ろした。

そばにエスカレーターが見えた。そこには、真実のストーカーも、真実も、彼女がかつて金居とここにやってきた時に会ったという「あまり好きではない友達」の姿もおそらくない。わかっていても、架は、レーンの流れを見つめた。

地方の巨大なショッピングモールも、そこで売られる服も、それを身に着けたぼんやりとした印象の家族連れも、うるさい子どもたちも、かつての架ならば、むしろ、勘弁してほしい、と思っていたかもしれない。あるいは、自分には無縁のものだと気にもしなかったか。

けれど、今、架は思っていた。

真実と、ここに来たかった、と。

このぼんやりとした親子連れの群れの中に、オレは、君と一緒に溶け込みたかったんだ、と。

どれくらい、そこに座り込んでいただろう。

スマホを確認すると、大原からＬＩＮＥが来ていた。架を心配する内容だった。真実の件について進展があったのかどうかをやんわりと尋ねている。優しいメッセージだった。

それとは別に、留守電が一件、入っていた。メールでもＬＩＮＥでもなく、留守番電話だというのが珍しく、つい、真実からではないかと期待する。しかし、再生を聞くと、麻布のミランジェハウスからだった。

結婚式と披露宴の予約の件で確認の連絡がほしい、とのことだった。深くため息を吐いて、架は無言でスマホを耳から遠ざけた。

真実が失踪して、もう二ヵ月、経とうとしている。

披露宴の九月まで、あと半年。式場に入れた予約をどうするか、誰にもまだ相談できていなかった。三ヵ月前から、式場には二十パーセントのキャンセル料がかかり始める。その期間が迫っている。

この日にこの会場で、という式の予定を、架と真実は両家の親にすでに伝えてしまっていた。真実が見つからなければ、式などもちろん挙げられない。しかし、式場をキャンセルすれば、真実がそれまでに戻ってこないと認めるようで、それだけはどうしても嫌だった。

真実の姉が言う通り、真実が万一、自分の意思でストーカーと消えたのだとすれば、彼女が戻ってきたところで、どのみちもう式など挙げられないかもしれない。自分は淡い期待に縋っているだけなのかもしれない。

式場に折り返し電話をかける気力が湧いてこない。そのまま、初めて、認められる。認められる感情が、こみ上げてくる。

真実が失踪したその日、架が思ったこと。

これもまた、今日まで誰にも打ち明けられなかったことだ。

また一からか――と、あの日、架は思った。思ってしまった。

真実が消えて、警察に行って、彼女の行方が本格的にわからないことを認めた瞬間、湧き起こった、正直な感想だった。

大原からも言われたことだった。

「ようやく決断したのにな」

あの言葉は、悲しいほどに――身を引き裂かれるほどに、その通りなのだ。アユと別れ、前の彼女のことを引きずり、長くてつらい婚活を経て、真実でいいと決めたはずなのに、彼女とつきあって二年が経っても、架は結婚が決意できなかった。金居の妻のように、交際期間を飛ばしてまで結婚しよう、家族になろうと思えなかった。結婚する前に、まずは試しに一緒に住んでみたらどうだろうと、そんな宙ぶらりんな期間をさらに設けることさえ考えていた。決断できなかった。

けれど、ストーカーの一件があり、彼女を守りたいと初めて思った。一人にしておけない。ようやく真実と結婚しようと思った。やっとのことでそう思えた。

それは、こんなふうな、モールの中を行きかうその他大勢の家族のような幸せがほしかったからだ。真実と、そんなふうになりたかったのだと今となれば認められる。

考えると、猛烈な心の震えがやってきた。何に由来する震えかわからなかった。四十近くなった男が情けない――と思うのに、喉から熱い息の塊が出る。声が出そうになる。涙が出るより先に声が出るような、こんな泣き方をするのは初めてだった。誰にも見られたくなくて、目頭を覆う。

真実の消えた日、架はまず思った。真実の身を心配するよりも、ストーカーを許せないと思うよりも、まず先に自分のことを咄嗟に考えた。

また一からなのか、と。

ようやく真実を見つけたのに、この子となら家族になれると思ったのに、また失うのか。

誰かをまた、出口の見えない婚活で一から探し、あのやり取りを繰り返すのか。考えるだけで怖かった。真実のことが心配な一方で、自分の孤独と不安を直視できない。

自分はどうして真実を捜しているのだろう。それは真実のためではなく、自分のためではないのか。

人を好きになるというのは、単純なことだったはずなのに、なぜ、それがこんなに難しいのだろう。ようやく好きになれた、という感情に固執しなければ、次の相手が見つかるなんて到底思えない。だから真実を捜している。喜びや楽しさや、そういうものが恋の本質だと人は言うのに、どうしてそれがこんなにも苦しいのだろう。心が摩耗して感じられるのだろう。

エスカレーターが、目の前でぐるぐると動いている。たくさんの人が乗っているのに、そこに捜しているたった一人の姿がない。こんなところにいるはずもないのに、架はまだベンチを動けず、レーンを眺め続けた。いるはずもない真実の姿が現れるのを、奇跡のように待ち続けた。

# 第五章



真実が勤めていた群馬県庁は、立派な建物だった。

大きく聳《そび》え立つ本庁のビルの横に、近代的な建築の県議会議事堂を構え、敷地内の駐車場を車が慌ただしく出入りしている。本庁ビルの隣、見通しのいい幅の広い道を挟んだ向かいの敷地には、まるで映画のセットのようなレトロな建物が何棟か見え、それらにも官公庁関係の趣があった。県の行政機関がこの辺りに集められているのだろう。

三十三階建ての本庁ビルは、上が展望ホールになっているらしく、行政の堅い雰囲気には不釣り合いな旗を掲げたバスガイドが、エレベーターの方へ観光客を先導している。客たちの間から、中国語が混ざって聞こえ、こんなところにまで外国人観光客が来ているのか、と微かに驚いた。

ちょうど昼休みの時間帯に差しかかった庁内は、昼食に出るらしい職員の姿も多く、慌ただしかった。

何組かに分かれてエレベーターを待つ団体観光客の間に挟まれるようにして、架はエレベーターに乗り込む。どうやら展望ホールのひとつ下の階にレストランが入っているようで、そこを目指す人も多いようだった。

展望ホールは広かった。

何気なく歩き出し、近くの窓に目を向けると、建物のすぐ下を川が流れていた。広大な敷地の公園らしき場所もよく見える。

公園には、桜が咲いていた。

普段意識することは少ないけれど、花が咲いている時期になると急に存在を感じる満開の桜。花を見ても、架の気持ちは弾まなかった。真実が消えた冬から、確実に季節が変わったのだということを思い知らされる。東京より、こっちの方が桜は遅いのだな、とぼんやりと考える。花見時の公園は、やはりかなり混雑しているようだった。ここから見ても、活気が伝わってくる。

ぼんやりと下界を見下ろしていると、背後から声をかけられた。

「西澤さん……？」

自信がなさそうなか細い声に呼ばれて振り向くと、一人の女性が立っていた。

「そうです」

女性を見つめ、架は小さく息を吸い込む。

「有阪《ありさか》さんですか？」

「はい」

彼女がほっとしたように頷いた。

「こんなところまでいらしていただいてしまってすみません。時間もこちらに合わせていただいてしまって」

「いえ。こちらからのお願いですし、僕の仕事は比較的時間の自由が利くのでお気になさらないでください」

「本当は、仕事が終わった後に時間を作れたらよかったんですけど、まだ子どもが小さくて。仕事が終わったら、すぐに保育園にお迎えに行かなきゃならないんです」

有阪恵《めぐみ》は、真実と同じ年だと聞いていたが、だいぶ年上に見えた。ごく薄い化粧に、色味のない服。光沢のある白いシャツに、紺色のカーディガンを肩にかけ、薄いストライプが入ったフォーマルな紺のパンツを穿いている。一瞬、ここの制服かと思ったが、制服に見えるような服装をあえて心掛けているのだろう。髪も、飾り気のないバレッタでひとまとめにしてあるだけだ。

真実と同じ県庁で、ともに働いていたという女性。希実が調べて、連絡を取り、架に繋げてくれた。――しかも彼女は、真実の中学時代の同級生でもあるという。

架は深々と頭を下げる。

「こちらこそ、お子さんもいてお忙しいのに、お時間を作っていただいて申し訳ないです」

「今は昼休みだし、大丈夫です。職場には、戻るのはちょっと遅くなるかもしれないと言ってきました」

真実も落ち着いた印象の女性だと思っていたが、彼女はそれに輪をかけて落ち着いていた。家庭があるからかもしれない。「座りましょうか」と彼女に促され、展望ホールの中央にある長椅子に座る。

観光客の多くは、窓のそばに立って景色を見ていて、椅子には誰も座っていなかった。

「あの川は利根川《とねがわ》ですか」と尋ねる架に、恵が頷いた。

「はい。雨の後なんかは結構水位が増して、ここから見ると怖いくらいの時もありますよ。あと、あそこが赤城山《あかぎやま》。こちら側からは川がよく見えますけど、山を見たいなら反対側からの方がよく見えます」

利根川は耳に覚えがあるが、赤城山の方は架にはあまり馴染みがない名前だ。よく知らないなりに「山もきれいなんですね」と声をかけると、恵がまた頷いた。

「赤城山と、榛名山《はるなさん》、妙義山《みょうぎさん》。この三つの山は、この辺りだと小学校の運動会のチーム分けに使われるんですよ。東京とかだと、赤組白組なんでしょうけど、こっちだと、赤城団、妙義団になります」

やや早口に説明してくれながら、恵の目が山の方向を見る。それから言った。

「本当は、昭和庁舎の方だったら下にカフェがあってお茶ができたんですけど、あそこだと今の時間は他の職員の人たちが多いかもしれないから。こんなところで、お茶も出せなくてすみません。何か買ってくればよかった」

「いえ。お気になさらないでください」

「展望ホールは、観光客は多いですけど、職員はあんまり来ませんから。私も、普段はほとんど来ません。景色がきれいだから、来ないと本当はもったいないんですけど」

昭和庁舎、というのが、おそらくこのビルの隣にある、架が雰囲気がいいと思った建物の方なのだろう。本題に近づいたように思って架が居住まいを正すと、案の定、彼女が聞いた。

「真実ちゃんの行方がわからないって、本当なんですか」

恵が小声になる。架は「はい」と頷いた。恵には、希実から一通りの説明がすでにされているはずだった。

恵が、信じられない、というように息を呑み、それが唸りのような低い声になった。架が尋ねる。

「最近、真実さんと連絡は取っていらっしゃいましたか？」

「そんなに頻繁ではなかったですけど……。でも、西澤さんと結婚するってことは聞きました。式は確か、九月でしたっけ。東京でやるから来てほしいって、私も言ってもらいましたけど」

恵が気遣うように架を見る視線が、いたたまれない。平静を装って、架がさらに聞く。

「その連絡があったのが、何月くらいですか」

「一月中旬くらい、だと思います。今の職場も辞めて、結婚するまで少し時間が自由になるから、帰ったらまた会おうって、そんなふうに言ってました」

ならば、真実が消えてしまう本当に直前だ。恵が視線を上げ、架の顔を見る。

「西澤さんのことも、よく、聞いてました。結婚するって、とても、嬉しそうだったのに。――一体、どういうことなんですか。お姉さんから少し話は聞きましたけど、信じられない」

「彼女、ストーカーに遭っていたんです」

架が言うと、恵の表情が硬くなった。「聞きました」と強張った顔のまま言う。架が続けた。

「そのストーカーと、僕は会ったことがありません。だから、どこの誰だかもわからない。彼女が群馬にいた頃の知り合いだと言っていました。真実さんは今、その相手と一緒にいる可能性が高い」

「無事なんですか」

恵の声が凍ったようになる。「わかりません」と架は答えた。そう答えるしかないことが、自分自身の胸を締め付ける。

「警察からは、相手が誰かもわからない以上、動けないと言われてしまいました」

恵を見つめる。

「――ストーカーは、彼女がこちらで働いていた頃に知り合った相手なんじゃないかと思うんです。真実さんは、仕事を急に辞めて、東京で一人暮らしを始めていますよね？それは、ひょっとしたら、その男から逃げるためだったんじゃないか、働いている間に何かがあったんじゃないかと、僕は思っています」

「真実ちゃんが急に仕事を辞めたのは、私も驚きました。そのうえ、ただの一人暮らしならともかく、東京に行ったのも」

「その理由を、彼女はなんて?」

「特に何かがあったとか、そういう感じじゃなかったですよ。——どちらかと言うと、前向きな理由だったと思います。そろそろ私もしっかりしないと、とか、三十にして立つ、ですよ、とか」

「三十?」

「三十歳を過ぎて、自然とそんな気持ちになったってことなのかと。実際は三十一か二のタイミングだったと思うけど、少し前から考えてたのかもしれないなって。東京に何か仕事のあてがあって、どこかの正社員になるつもりなのかな?くらいに思っていました」

——三十にして立つ、ですよ。

控えめな口調ではにかむように真実がそう言うところが容易に想像できた。「根本的な質問なんですが」と架が尋ねる。

「県庁の臨時職員、というのは、長期間で働くことができるものなんですか? そんなに何年も」

「あ、臨時、という言い方だと確かにそう聞こえますよね。ただ、まあ、長く働く人も多いです。契約は一年更新ですが、職場でそれなりに信頼関係もできるし、その更新を繰り返して。真実ちゃんもそうだったし、私も」

希実から聞いていた。真実の中学時代の同級生で、県庁でも一緒だった子がいるから、その子なら紹介できる、と。立場は、真実と同じ臨時職員。

「私は出産で一度、ここを辞めてるんですけど、今はだいぶ落ち着いてきたから、また臨時で戻ってきました」

「そういうこともできるものなんですね」

「これまで働いていたから、と経験をかってもらえたのかもしれないです。ありがたいですけど」

「真実さんとは中学が一緒だったんですよね？」

「ええ。でも、卒業以来まったく連絡を取っていなかったから、ここでまた顔を合わせた時には驚きました。世の中って狭いなって」

恵が続ける。

「採用になった部署は違ったんですけど、ある時、たまたま顔を合わせて。真実ちゃんがここにいた頃は、一緒にお昼を食べたり、夜に飲みにいったりちょくちょく会っていました」

恵が小さく息を吸い込む。

「真実ちゃん、男性に対してはたぶん、そんなに積極的な方ではなかったですよ。むしろ、のんびりしてるっていうか」

「――だと、思います」

自分の印象で架がつい言ってしまうと、初めて恵が少し微笑んだ。

「むしろ、合コンとか、そういうのは苦手そうでした。県は大きい組織だし、私も頼まれて、たまに幹事をやらされたりしたけど、当然来てくれるって思ってた真実ちゃんが『私はそういうの、いいや』って断ってきて、あてが外れたようなこともよくありました。特に彼氏がいるわけでもないのにどうして？って思ったし、こういうのはつきあいみたいなものだからって誘っても、『私はこういうの、向いてないし、私みたいのじゃ、来た男性たちもみんな、がっかりするかもしれないから』って」

「そんなふうに言っていたんですか」

それはちょっと自分を卑下しすぎなのではないか、と思っていると、恵が苦笑した。

「最初の頃は特にそんな感じでしたね。真面目だったんだと思います。働き始めてだんだん、そういうところも柔軟になっていきましたけど、学生時代も、あまりそういうことには積極的じゃなかったのかもしれない」

「異性の話はあまり出ませんでしたか？」

「出ましたよ。――お見合いしていたでしょう？　真実ちゃん」

架が知っているのかどうかを慎重に探るように、あえて他愛ない言い方で聞かれたように思った。架は頷く。

「彼女のご両親から聞きました」

「お見合いの相手のこと、相談されたりしました。こういう人なんだけどどう思う？とか」

「具体的にはどんなふうに言っていました？」

「あまり、よくは言っていませんでした。やってきた相手が、お見合いで初対面なんだけど、子どもみたいなキャップかぶってて、お財布もジーンズのポケットからチェーンが出てるような感じのやつでなんかちょっと、って」

金居のことだろう。それが架が彼に会った時にかぶっていたのと同じものかどうかわからないけれど、キャップをかぶってやってきた彼の様子が思い浮かぶ。

「信じられないくらいダサいし、着てきたトレーナーにも変な絵が描いてあって、あれが無地だったらどれだけ救われるか、みたいな話をしてました。単純にユニクロ着ててくれればそれでいいのに、なんか変なこだわりがありそうなとこがまたって。エンジニアって話だったけど、全然そんな感じじゃなくて、自分とは合わなそうだと話してました」

女性同士の会話が、いない人間を肴《さかな》にどれだけ辛辣になるかくらい、架も知っている。真実もまた、例外ではなかったということだ。

饒舌に話していた恵が、少しばかりバツが悪そうな顔になる。言い過ぎたと思ったのかもしれない。

「あとは——写真を見て、いいと思ったけど、話とかできないタイプの人だったって残念そうにしていたり」

「それは、二人目にお見合いをした男性のことですか？」

「たぶん。真実ちゃん、どれくらいお見合いしてたんでしたっけ？」

「僕が知っているのだと、二人です」

「じゃあ、たぶんそうです」

「話ができないタイプの人、というのは？」

「会話にならなかったんだそうです。人見知りっていうか、真実ちゃんが何を話しかけても、それに一言二言答えたら、会話が終わっちゃう。自分の方からは何も聞いてこないし、話しかけてもこないのに、それでもお見合いを続けたいって言われて呆れちゃったって」

「そうですか……」

それを聞いて、心のどこかでほっとするのを自覚してしまう。相手に対し、あんまりな言い様だとは思うものの、真実が、見た目が好みだと言って自分で選んだ二人目のお見合い相手を、架はずっと意識してきた。今、真実が彼とともにいるのだとしても、それは少なくとも彼女の意思によるものではない――そう思いたい自分がいる。

「二人目の人は、確か、高崎の人だったんですけど」

恵が続ける。

「確か、最初はそこがよくて選んだって言ってました。生まれてからずっと前橋から出たことないから、高崎の人もいいかもって」

「そんなに違うものですか？」

正直、架には違いがはっきりわからない。前橋も高崎も、ともに同じ群馬県内だ。

すると、恵が笑った。

「まあ、そうですね。どっちかっていうと、前橋の方が県庁とか国立大学があって真面目で堅い雰囲気。高崎の方が新幹線もとまるし、商業的なイメージがあって、それぞれの地元でもライバル意識はあります。県内の書店に行ってみると、『前橋対高崎』みたいなタイトルの本が出てるくらい」

真実の心が変化を求めていたとしても、同じ県内で結婚を考えていたことが彼女らしく思えた。架の知っている真実、というより、彼女の両親や、姉から語られる真実にはしっくりくる。変化がほしい、親の干渉からも自由になりたいけれど、あまり遠くでは怖い。あくまで県内で結婚を、と考えたのだろう。

だからこそ、改めて思う。その真実が一人暮らしをしたい、東京に出たいと思ったのは、彼女にとっては本当に大決心だったのではないか。

恵が話題を戻した。

「お見合い、うまくいってなかったと思います。相手は真実ちゃんを気に入ってたみたいだけど、全然、文字通りお話にならない人たちだったたって言い方だったたから」

「そうですか」

恵が照れくさそうに微笑する。

「さっきお話しした、県の他部署との飲み会で知り合った人と、二十五で結婚したので、まあそれなりに。式には真実ちゃんにも来てもらいました。あそこで披露宴、したんです」

立ち上がり、窓の方を指さす。架も立ち上がり、彼女が示す方向を見るとホテルらしき建物が見えた。近くに天井が丸い、教会のような建物も見える。この辺りの老舗《しにせ》なのかもしれない。

ふいに、真実の女子大から推薦枠で就職した社員が職場のお嫁さん候補になっていく、という話を思い出した。県庁の正職員が臨時職員の若い女性と結婚していくのは、きっとよくあることなのかもしれない。恵が出産して職場に戻れたのだって、夫が同じ職場の正職員だからということがひょっとしたら関係しているのかもしれない。

希実の言葉も、思い出した。

──結婚できない原因は、じゃあ、真実が単にモテなかったせいだってことになるじゃない。同じ境遇の他の子がみんな結婚してるなら、真実自身に魅力がないせいだってことになる。

恵と夫の出会い方は、年相応の自然な流れだ。合コンに苦手意識を持ち、「私なんか」と傷つく前に傷ついてもいいようにと心の準備をして自分を卑下した真実は、そこでも出遅れ、恵のようには出会えなかった。

「結婚して自由がなくなっちゃったって言ってる子たちだって、本当は結婚して幸せだし、ほっとしてるのかもよって、励ましたりしました。そういえば、それ、この展望ホールでのことだった」

「え？」

「私はあまり来なかったけど、真実ちゃん、たまにここで考え事してましたよ。ちょっとした休憩に来たりしてたみたいで、ある時、偶然会って、その時も相談されたから言ったんです」

恵の目が遠くの、山の方を見る。さっき彼女が口にした三つの山のどれかなのか、架にはわからなかった。

「既婚の友達が、結婚なんて楽しくないとか、自由がなくなるとか、独身の友達相手に言うのって、気を遣って言ってるのかもしれないし、あてにならないとこもあるよって、言っちゃったことあるんです。私自身が、結構、そうだったから」

恵が唐突に言った。目がまだ、窓の外を見ている。

「結婚して自由がなくなったり、育児しながら仕事も大変だけど、その分、安定してるとこもあるし、何より、結婚して自由がなくなって、それで楽になったとこだってあります。友達との飲み会とか趣味とかだって、年を取ってからそんなに長く続けられるものじゃないし。――夫も育児や家事に協力的なんです。だけど、それを人に面と向かって言うのも照れくさいし、嫌味に思われると嫌だから、あえて、悪く言ったりすることもあります」

正直な人なのだろう。口調から、真実とは違う種類の真面目さを感じる。

展望ホールは静かだった。さっきまであれだけたくさんいた観光客の姿が、いつの間にか消えている。

「普段は言わないんですけど、そんなこと。だけど、真実ちゃんは、そういうことも全部、本気にしちゃいそうだったから。――結婚って大変なんだ、だったらしなくてもいいのかなって、素直に鵜呑みにしちゃいそうに思えて、だから、なんか、言っちゃいました」

その素直さは、架にもよくわかった。素直ないい子だから、誰かに道を示されてしまうと、そういうものかと身を委ねてしまう。自分がない。決められない。

「お見合いでうまくいかなくて、『私、人を好きになる感情みたいなものが欠けてるのかな』って言うから、そんなことないでしょうって、言いました。イケメンが来たら、あっさり好きになるくせにって言ったら、『そうかも』って笑ってた」

恵が架を意識するようにわずかにこちらを見る。架はどう反応していいかわからず、ただ「そうですか」とだけ答えた。

「強いて言うなら、うまくいかないのは、真実ちゃんの婚活が在庫処分のセールワゴンの中だからじゃない？って言ったんです。掘り出し物が出てくることもあるかもしれないけど、そんなとこじゃなくて、新しい、ちゃんとした値段で買えるものの棚に行けば欲しいものはきっとたくさんあるんだし、そっちに行きなよって」

何気ない口調で言われた恵の言葉に息が詰まった。黙ったまま彼女を見ると、恵が平然と続ける。

「いきなりお見合いとか、二人だけで会うようなそういうとこに行くから、いい人がいないんじゃないかと思ったんです。真実ちゃんが敬遠してた合コンとか、そういうところで複数の相手とコミュニケーション取りながらの方が、相手の、他の人との接し方もわかるし、いいんじゃない？って」

「真実さん、どう答えてました？」

「じゃあそういうところからも探してみようかなって、言ってましたけど」

自分の言葉の残酷さに、恵はまったく無自覚のようだった。——実を言えば、当時の真実のことを思いやるより先に、今のは架がまず傷ついた。

在庫処分のセールワゴン。

新刊や新譜の売り場と、そこは違う。

学生時代に恋愛経験がおそらくあり、その先に自然な出会いを経て結婚した恵には、きっと、悪気はないのだろう。けれど、彼女にはわからないのだ。昔から恋愛経験に乏しく、動けなかった真実もまた、在庫処分のワゴンの中にいるのだ、ということが。真実の立場は、ひやかしでワゴンを覗き込む客ではなく、並べられたワゴンの中の商品だ。架もまた、そうだった。合コンなどでのコミュニケーションを通じ、それなりにモテてきたし、人とつきあってきたと思っていたものが、いつの間にかそうではなくなっていた。

自分の友達はそうではない、と恵は言うだろう。在庫処分されているのは、真実が出会った「お話にならない男たち」の方だけだと。しかし、傍目《はため》から見れば、真実だってそうだったのだ。親に動いてもらわなければ、前に進めなかった。

結婚相談所は最後の手段ではない、そう小野里夫人に言われたことも思い出した。けれど、恵の中では、おそらくそこは在庫処分のセールにかけられるようなものだと思われている。世の中の多くの人の中にその認識があると思えばこそ、小野里夫人は憤っている。

恵が顔を上げ、架を見た。

「だから、西澤さんと結婚するって聞いた時は、私も嬉しかったんです。真実ちゃん、すごく幸せそうだったし、東京に行ったこと、きっとよかったんだろうなって」

架はまだ黙っていた。複雑な気持ちだった。

人がまばらになった展望ホールの窓の前に、いつかの真実と恵が佇《たたず》む姿が想像できた。今より若く、そして未熟で、幼い真実が恋愛相談をして俯く姿だ。

「あの子が東京に行く時に、中学の同級生たちとみんなで最後に会ったんですけど、その時も、特に何かがあったからここを出ていくとか、そういう雰囲気はなかったですよ。友達の一人が『置いてかないでよー』ってふざけ調子に言って、真実ちゃんも『ごめん―』って笑って」

「その『置いてかないで』と言った友達は、彼女と特に仲がよかった友達なんですか？」

「う―ん。そんなに頻繁に会ってたわけじゃないと思うけど、そうですね。高校が真実ちゃんと一緒だったから、なんていうか、団結力があって」

恵が微かに苦笑を浮かべる。

「知ってます？　すごく連帯感が強いんですよ。真実ちゃんの高校」

「香和女子、でしたっけ」

「大学からの推薦就職枠で、同じ会社にそのまま就職する子たちも多いので、中学や高校からの親友が社会人になってからもずっと同僚で親友、みたいなケースも多くて。真実ちゃんは違ったけど、みんなで集まると、やっぱりそこは露骨に仲がいいですね」

置いてかないで、というその言葉は、どういう場面で、どういう気持ちから発されたものだったのだろう。

「その友達は未婚ですか」

架がつい尋ねてしまうと、恵の顔が一瞬、失言をしてしまった後のように固まった。ややあって、彼女が「ええ」と頷く。躊躇うように、「真実ちゃんが」と続けた。

「真実ちゃんが、その友達と別れた後で私に言ったんです。あんなに露骨に本音言っちゃっていいのかなって。あの子、冗談めかしてたけど、あれ、本気だったよねって――。嫌な言い方じゃなかったけど、すごく、嬉しそうに」

小さな世界の優越感に、真実は浸ったのかもしれない。少なくとも、傍で見ていた恵がそれを感じ取ったのだろうことが架にもわかった。「だから」と恵が言った。

「真実ちゃんが東京に行ったのは、純粋に、楽しみとか変化を求めてっていうことだったんだと思います。ストーカーとか、嫌なことから逃げるっていう感じじゃなかった」

「ちょっとお聞きしたいんですけど」

架が言うと、恵が顔を上げた。この間聞いたばかりの話を、今になって思い出した。

「真実さんが一人目のお見合い相手と、こすぎモールに映画に行った時、友達と会ったらしいんです。その時おそらく、その友達は妊娠中で、旦那さんと一緒で。今から五、六年前のことだと思うんですけど、共通の友達で、誰か、思い当たる人はいますか？」

深い意味はないのかもしれない。けれど、この場所で真実にあったことのヒントがあまりにも少なく、念のため聞いておこうという気持ちで架は続けた。

「『彼氏？』って聞かれて、『ううん、ちょっと』みたいな会話をしていたって」

「誰だろう。五、六年前だと——。その頃に赤ちゃんが生まれた友達、誰かいたかな」

「真実さんは、その友達のことを『あまり好きではない』と言っていたらしいんです。ほとんど初対面のお見合い相手にまでそう言ってしまったというのが、なんだか真実さんらしくない気がして」

架がそう言った瞬間だった。恵が「あ」と小さな声を上げ、「かわいい子でした？」と尋ねた。

「ちょっと華やかな感じで、目の大きい──」

「僕が会ったわけではないので、そこまでは」

相手の特徴を挙げようとする恵を制すると、彼女がややあってから「泉《いずみ》ちゃんかもしれない」と言った。

「その頃、確か、一人目の子の里帰り出産で、こっちに帰ってきていたし」

「その泉さんという方も、真実さんと同じ香和女子高だったんですか」

「いえ。泉ちゃんは違います。中学は一緒ですけど、高校は真実ちゃんのお姉ちゃんと同じところで、大学は東京に」

告げられた大学名を聞いて、微かに驚いた。架と同じ大学だ。

「今は結婚して、東京にいます。商社で働いてたらしいんですけど、旦那さんと結婚してからは仕事を辞めてて。それで出産も帰ってきたんじゃないのかな」

「その友達のことを、真実さんは苦手だったんですか？」

「苦手というか……。ちょっと、似たようなことがあったの、思い出して」

「似たようなこと？」

尋ねると、恵が微かに困ったような表情になる。どう言っていいのか、思案するような軽い沈黙の後で、彼女は口を開いた。

「──仕事で、県内の短大で会場を借りて、会議をしたことがあったんです。他部署の会議だったんですけど、私と真実ちゃんが一緒に手伝いました。その時に、近くのコンビニで泉ちゃんに会って、泉ちゃんはたまたま東京から帰ってきてる時だったみたいなんですけど」

ひさしぶり、えー、恵と真実ちゃん、どうして一緒にいるの？　仲良かったっけ？　そう尋ねる彼女に、「仕事だ」と二人は答えたそうだ。今、県庁で働いている、と。その時に、泉が言った。真実を見て、「あ、真実ちゃんって、そっか、ここの学校だったっけ」と。

「泉ちゃんは、私たちの話を、たぶん、真剣に聞いてなかったんだと思います。何の脈絡もなくそう言って、私たちも、最初はそう深く気にとめなくて、真実ちゃんも『うん？』って生返事をしたくらいのことで。そのまま、会議の手伝いに二人して戻ったんですけど、受付の仕事が落ち着いてしばらくした頃、真実ちゃんが、急に思い出したように言ったんです」

――さっきの泉ちゃんの言い方って、よく考えたら、私をこの短大出身だって、誤解したんじゃないかな。

落ち込んだような、怒った様子の声だったそうだ。

――なんか悔しい。

「それまで一緒に働いてて、真実ちゃんがそんなにはっきり、『悔しい』とか、怒るようなところを見たことがなかったので、驚いちゃって。泉ちゃんは、なんていうか、本当に屈託がなくて、悪気なんかなかったと思うんですよ。そんなの、真実ちゃんが思いつめるようなことじゃないよって慰めたんですけど、しばらく収まらない感じで――私も、どうして真実ちゃんがそんなに怒ってるのかよくわからなかったんですけど、しばらく経って気づいたんです。真実ちゃん、自分が香和女子を出てることに、思ってた以上にプライド持ってたのかなって」

「それは――ひょっとしたら、そうかもしれないですね」

狭い世界のそのプライドは、彼女を育てた陽子の価値観によるものだ。その時の真実の反応は、はっきり言葉にはしないが、「バカにされた」という感情に近いものだという気がした。

私は、ちゃんと名門の女子大を卒業しているのに、と。

すると、恵がため息を吐いた。「でも」と続ける。

「でも、それだって、泉ちゃんにしてみたら、どうだっていいことだろうし、なんか、その時は私も、いつまでもそのことを気にしてる真実ちゃんにちょっとイライラしちゃって、だから言ったんです」

――泉ちゃんからしたら、地元の女子大だろうが、短大だろうが、どっちだって一緒だよ。

恵は真実にそう言ったそうだ。

「泉ちゃん、昔から、本当に頭がよかったんですよ。かわいいし、勉強もできて、だから、高校だって東大とか狙えるようなところに行ったし、勉強だって相当したと思う。

そういう子にとってみたら、私たちがどこの大学に行ってようが、自分より低いって時点で全部一緒なんじゃないかなって」

平然と続けられる恵の話は、平然としているからこそ、架の胸を抉るように響いた。何よりそれは——つい最近まで架自身が持っていた考え方だからだ。陽子が地元の名門女子大だと自慢するのを聞きながら、そんな価値観はここでしか通用しないのにな、と滑稽に思っていた。

「そう言う私も、地元の短大出身なんですけど」

恵が苦笑する。嫌な笑い方ではなかった。ある種の割り切りを感じさせるような微笑みの後で、彼女が続ける。

「だから言っちゃいました。きっと、泉ちゃんからしたら、私たちのことはみんな一緒に見えるし、興味もないんだから、そんなに気にするのやめなよって」

背筋が微かに冷たくなった。架は恵が続けるのを黙って聞く。彼女が薄く息を吐きだす。

「うちの夫は群馬大で、だから、夫の方の家族とかと話してると、そういうふうに感じることがあるんですよね。夫の実家は、息子には何を勉強させるために大学に行かせた、とかそういう話をすることあるんですけど、うちなんかは、親でさえ、私がどの学校に行ったかは覚えてても、きっと何学部だったかとか忘れてる。行かせたってことがそもそも大事で、そこで何を勉強するとか、あまり関係なかったんだろうなって、今になると思います」

聞きながら、架はその当時の真実の気持ちになっていた。

――一緒ではない、と。

私たちのことはみんな一緒に見えるだろうと、そう恵は言ったが、真実にとって、それはおそらく、そうではない。違う、と、もどかしかったはずだ。

「みんな一緒」と諦念にも似た穏やかな気持ちで恵がそれを言えるのは、おそらく彼女が結婚し、家庭があったからだ。自分とは違う境遇で生まれ育った、自分にない価値観を持った地元の国立大学を出た夫がいなければ、彼女だって、今のような達観に至れたかどうかはわからない。

想像してみる。

確かに似たような話だ。こすぎモールで金居と一緒だった真実が、泉のような友達に「彼氏？」と尋ねられる。「信じられないくらいダサい」と評価を下した男とお茶しているところでそう尋ねられ、「ううん、ちょっと」と真実が答える。

その時、真実は何を思ったのだろう。恥ずかしい。彼氏じゃないのに。違うのに。

こうも思わなかっただろうか。――私の値段はもっと高いのに、と。

けれど、金居の人の良さ、人としての真っ当さ、妻と子と一緒に去る背中を思い出すと、架はそれでも思ってしまう。

その友達から見れば、一緒なのだ、と。

それは、かっこいい・悪い、ダサい・ダサくない、という次元の問題ではない。自分も夫を連れ、大きなおなかをした彼女はそんなことにはじめから興味がない。そんな値踏みするような目で、人は他人のことを見ない。家族になった状態を、恋人同士でいる状態を、ただそういうものかと見るだけだ。なのに、只中《ただなか》で苦しいうちは、自意識過剰にそんなものに拘泥してしまう。

だから、婚活で結婚できなかったのだ。

真実も、架も。

そしてそれは、自分が実際に手に入れ、余裕ができなければ至れない、見えない境地なのだという気がした。

架は、婚活していて、「ピンとくるものがない」と、既婚の友人たちに何度も相談した。そのたび、彼らから「ピンとなんてくるわけないだろ」と言われた。その感覚とよく似ている。

結婚しているからこそ、彼らはたやすくそう言うのだろう。自分だって相手にピンとなんてこなかった、と架に言う。では、あなたはどうして今の相手と結婚したのか、と問いただしたところで、彼らはおそらくその問いには答えられない。ただ、わかるから、としか言いようがない。本当は〝ピンときた〟くせに、と、架は彼らが羨ましかったし、疎ましかった。時を経て〝自然な形で〟出会えず、出遅れたという思いで、婚活する我が身が苦しかった。

「泉ちゃんみたいな子からしたら、本当に私たちのことはみんな一緒に見えたはずなんですよ」

恵が、もう一度繰り返した。肩を竦めるようにして苦笑する。

「――それから何年かして、私も偶然、泉ちゃんにこすぎモールのキッズスペースで会ったことがあって。その時に、言われたんです。恵、今、市役所にいるんだよねって。違うよ、県庁だよって言ったら、えー、そうだっけ？　公務員してるって思った記憶しかないって。――私が臨時だってこともわかってなさそうで、旦那が県庁だって話したら、夫婦で安定してていいなーって。本当は違うのに」

恵が窓の外を眺める。視線の先に、小さな遊園地のような場所が見えた。平日の昼間でも客がいるらしく、まばらに子どもや親子連れを乗せた電車の遊具が回る様子がここからでも確認できる。

「そう言いながら、全然、羨ましそうじゃないの。――泉ちゃんの旦那さんが何をしてる人なのかは聞かなかったけど、公務員なんて安定してるだけのつまらない仕事だって思われてそうな感じが、ちょっとしました」

そう言いつつも、恵の口調は少しも重くなかった。

架はひそかに驚いていた。

臨時職員ではなくて、正職員だと誤解されたようだったこと。そこに、恵がその時、嬉しさを感じたのかもしれないことが、言葉の端から感じられたからだ。今の口調ははっきりそう聞こえた。

泉ちゃんから見れば、みんな一緒。

県庁だろうと、市役所だろうと、臨時職員だろうと、正職員だろうと、短大卒だろうと、地元の名門女子大卒だろうと——。

そこまでわかっていながら、些細な誤解を、見栄をはるように喜んでしまうのはなぜなのか。恵もまた、真実と同じで狭い世界の優越感を誇り、この世界を漂っている人なのだ。

真実も自分も一緒だ、と言いながら、では、恵にとって、真実や自分と一線を画す「泉とは一緒でない」基準は何なのか。

考えて、はっと思い当たる。気づいた瞬間に、なぜかぞっとした。

その基準は、この街を出ているかどうか——、なのかもしれない。

見える範囲の世界に留まり、生まれ育った街を出ることなく、そこで進路を決めた恵や真実とは違う、自分で何をしたいのかを考えてここを出て行った、泉はおそらく「そういう子」なのだ。だからこそ、憧れているような、褒めているような言い方をしながらも恵は彼女を突き放している。「私たちとは違う子」だ、と。

置いてかないで、という真実の友達の言葉を思い出す。

こすぎモールの中で、学生時代を経たら、もうあとは家族に——夫婦か親になっていなければ許されないような雰囲気を感じたことを思い出す。

この土地でそうしなかった真実や、「置いてかないで」と言った子の感じていた肩身の狭さが架にはわかる。泉のような子を「自分とは違う」と恵が諦め、突き放すことができるのは、この土地に家族と立場があればこそだ。それを持たなかった真実の苦しさが、彼女には理解できない。

直接的な原因が何かあったのかどうか、それはわからない。

けれど、ストーカーに追われたわけでなくとも、真実がここから出ようと思った気持ちの一端が見えたように思った。休日に出かけるモールでさえ、知り合いの誰かに会ってしまう近さ。恵もまた、帰郷した県外在住の友達に再会したのは、モールのキッズスペースなのだ。

結婚しなければ家を出ることも自立も認められず、この場所に溶け込めないならば、真実はいっそ、外に出て行った、自分たちとは「違う子」になってしまいたかったのではないか。

その気持ちが、今はもう架にもわかる。

「真実ちゃんが消えた理由に、本当に心当たりはないんですか」

別れ際、思わぬタイミングで、恵に尋ねられた。

展望ホールのエレベーターの前で、もう職場に戻る、という恵とともにエレベーターを待っているところだった。彼女を見送った後、架はまだしばらく、一人で展望ホールに残るつもりだった。

架が彼女を見つめ返すと、恵が「ごめんなさい」と謝った。

「失礼なことを言ってしまっていたらごめんなさい。でも、ひょっとして、ストーカーのこと以外で、真実ちゃん自身の気持ちが揺れたりしていたのかもしれないって思って」

「――マリッジブルー、みたいなことですか」

架が尋ねると、恵が黙り込んだ。ややあって、躊躇いがちに彼女が「はい」と頷いた。

「真実ちゃん、傷つきやすい子だったから。西澤さんとの間に、何かがあった、ということはないんですか」

「彼女が消えてしまう前日まで、僕たちは、本当に普通だったんです。ケンカだってしていない」

冷静に話したいのに、口調が苛立ちを浮かべるのを止められなかった。一息に言う。

「原因がもし僕との結婚にあるのなら、こんなところまで、あなたにわざわざ話を聞きになんてきませんよ」

「だけど、真実ちゃんって、おとなしいように見えて、気が強いところがあるから」

「気が強いって……」

怒りの感情が湧くと同時に、鼻先から、相手を小ばかにするようなふっという小さな息が洩れた。言ってしまう。

「それにしたって、彼女が消えてもう二ヵ月以上になってるんですよ。その間、一体、どこで何をしてるっていうんです？　両親にも、友達にも何も言わず、心配をかけることがわかっているのに、一体、どんなマリッジブルーなら、そこまでやれるっていうんですか」

「そんなつもりで言ったんじゃないんです。気に障ったならごめんなさい」

真実のことが心配で、つい聞いてしまったのかもしれない。恵が頭を下げる。

「結婚について、真実ちゃんがすごく喜んでた分、実はちょっと心配だったんです。真実ちゃん、恋愛には、経験がない分、ちょっと夢見がちっていうか、理想が高いところがあったから。現実で、何かちょっと躓《つまず》きがあった時にその反動が強そうだなって思ったことがあって」

「躓き？」

自分との結婚で、それがあるのだと思われているなら心外だ。つい声が険を含んだように なった架に、恵が苦笑する。

「結婚が決まって、真実ちゃん、すごく幸せそうだったから。だから、ちょっと心配になりました。生意気な、失礼なこと言っちゃってごめんなさい」

「いえ、僕の方こそ。――心配していただいたのに」

「真実ちゃんが無事に戻ってくること、私も祈ってます。本当に、無事に戻ってきてほしい」

恵が言い、そのタイミングでちょうどエレベーターがやってきた。軽い会釈を残して、彼女が中に乗りこんでいく。彼女一人だけを乗せて、エレベーターの扉が閉じた。

残された架は、一人、展望ホールのベンチに戻った。手持ち無沙汰にスマホを取り出すと、仕事関係のメールに混ざって、一通、見慣れないアドレスから送信されたメールがあることに気がついた。

件名は、「真実さんのこと」。

開くと、架への宛名の下に、「メールでは初めまして」という文章がまず目に飛び込んでくる。どうやら、真実が東京で働いていた英会話教室の同僚からのようだった。真実が消えてすぐの頃から連絡を取り合い、あの後も何度か電話をもらっていた女性だ。連絡先を交換していたので、メールをくれたらしい。

真実が登録していた派遣元の会社は相変わらず親身になってくれず、真実が実際に働いていた英会話教室に架が直接連絡をしたことにすら難色を示すような有様だったが、そこの同僚たちは真実を心底心配し、今も架のことを気遣ってくれている。

何度か連絡をくれているこの女性は、英語と中国語、日本語が堪能な台湾人の女性のようで、真実と年も近かったようだ。中国語名は知らないが、英語名はジャネット。差出人のところにも同じ名前がある。真実が働いていた頃、架も何度か聞いた名だ。

『メールでは初めまして。

その後、真実さんに繋がる手がかりは見つかりましたか。

私たちも心配していて、少しでも彼女に繋がるものはないかと皆で今も話しています。その時に思い出したのですが、架さんは真実さんのインスタグラムは見たことがありますか。彼女がたくさん写真をあげています。私たちではわからないことが、架さんにならわかるということが、その中にはあるかもしれない。

今は更新されていないようですが、よければ、見てみるといいと思います。』

多少の不自然さはあるものの、上手な日本語だった。

メールを見て、とても驚いた。真実がＳＮＳの類をやっているとは思わなかったし、これまで話題になったこともない。そんな大きな手掛かりが——という思いでそれまで調べてもみなかったことを情けなく思った。

スマホを操作する手ももどかしく、メールに添えられたＵＲＬを指でクリックする。

開いた画面で、まず、目を引かれたのは、彼女のアカウント名だ。

Mami

daily

love

life

１１２５

並んだ単語の最後に、１１２５の数字がある。真実の誕生日は九月七日だ。

十一月二十五日は、架の誕生日だった。

マミ、デイリーラブライフ、1125。

それが彼女のアカウントだった。

目の前では、さっきの遊園地でまた遊具が回っていた。背後を山に包まれ、すぐ近くに川が流れ、そして桜に彩られた街は、のどかで美しかった。

架は息を呑む。インスタグラムを始めたのは、架とつきあい始めた後なのだろう。

真実の写真がそこに溢れていた。

最後の更新は一月二十一日。彼女が仕事を辞める前だ。

架と二人で行った、軽井沢の写真。都内のレストラン。——下見に行った式場の写真も上がっている。短い言葉が、それぞれの写真の下についている。

いろんな写真の、記録された出来事やイベントの合間を縫うようにして、ビールの瓶やラベルを撮った写真が上がっているのを見た瞬間、胸の深い場所が痛みを孕《はら》んで強く押された。架の会社が扱っている商品のラベルだ。

『もう全種類、網羅したと思ったのに、まだこんなおいしいの発見。ビールの世界は奥深いです。今まだ、勉強中。』

一緒に食事に行っても、真実は食事中に料理を撮影したりする方ではなかった。一体、このラベルはいつ撮影されたものなのだろう。架が席を外した時、一人席に残った彼女がスマホを取り出してシャッターを切るところが思い浮かんだ。思うと、たまらなくなった。

──架くんのことを、自分の手柄みたいには言えないよー。もちろん嬉しかったし、話したくなったけど我慢した。

いつかのたわいないやり取りを思い出す。

真実自身が写った写真も多く上がっていた。フィルターを使っているのか、少しセピアがかったり、靄《もや》がかかったりしたおしゃれな雰囲気のものが多い。ストローをくわえ、顔をアップにした写真は普段の真実とはだいぶ印象が違って、加工したわけではないのだろうが、ファッション誌から切り抜いたような滑らかな肌と輝くような大きな瞳をしていた。自分好みの角度で撮影した自撮りの写真は、まるで、真実が真実ではないようにおしゃれで、架の知らない彼女の顔をしている。

けれど、真実だ。

架が撮った写真も、いくつか上がっていた。けれど、選んで載せられたそのどれもが、やはり架が知っている真実とは少し印象が違う。雑誌の読者モデルか何かのようだ。

自分の外見を光などでよりよく写した写真を選んでアップするのは、婚活でも散々あることだったからいまさら驚きはしない。けれど、思った。こんなことをする必要はないのにな、と。

真実がいなくなってから今日までで、初めて、顔が自然と微笑みを浮かべた。無理しなくていいのに、と写真の真実を眺めて思う。こんなふうに気張って撮った写真でなくても、もともとの彼女のままで、架にとっては魅力的だったし、かわいかった。世間的なおしゃれな美人でなくても、かわいい、と思っていた。

ストーカーの影を匂わせるようなものは、写真も、文章も、すぐには見当たらなかった。ひとつくらいはそういう書き込みや意味ありげな記述があるのではないかと思っていたが、随分遡っても何も出てこない。知り合いも見るかもしれないから、不穏な言葉を書き込んでいたずらに心配させたくなかったのかもしれない。真実の友達らしい相手から、コメントが毎回いくつかついている。『いいなぁ、彼氏さんのビール、今度飲んでみたい』『姉さん、お酒強すぎ』……。だいぶ砕けた口調で、中には、ジャネットや、英会話教室の同僚たちからつけられたものもありそうだった。架も知らなかったこのインスタの存在を、外国人である彼女たちには明かしていたことも、なんだか真実らしいような気がした。写真と記述に見る真実は、架が知っている真実以上に明るく、開放的に思えた。同僚たちから影響を受けて、それでインスタを始めたのかもしれない。

彼女にもそういう友達がいたのだな、と不思議な気持ちになる。架は案外、真実のことを知らなかったのかもしれない。

あとでまた、家に戻ってパソコンからしっかり見よう。

そう思い、手を止める直前に、ひとつの写真が目に飛び込んできた。

見覚えのある、ティファニーの箱と指輪。

架がこれを渡してプロポーズをした、翌日の投稿だった。

『今日はみんなにご報告したいことがあります。

このたび、おつきあいしていた人と結婚することになりました。まだ信じられなくて、何度も「本当に私でいいんですか？」と聞いてしまいました。私はずっと、自分はひとりきりで生まれ、ひとりきりのまま人生を歩くのだろうと思っていました。孤独な恋が似合うんだと思っていました。昔から競争や、誰かと張り合うことや群れることが苦手で、何かがちょっと控えめだった私。

人を押しのけてまで目立とうという気持ちが薄かったし、私は私、というスタンスを崩さないまま生きてきてしまったせいか、誰かと適当に話を合わせるようなこともずっと苦手で、気づけば、ひとりで過ごすことが多くなっていました。女友達と海外旅行に行ったり、夢中になれる人のコンサートに行ったりすることもない私は、自分がちょっとおかしいのかな、と思うこともありました。だけど、こんな私でもいいと言ってくれる人が現れたんです。自分の人生を一緒に歩くのに、私がいいと選んでくれた。本当に本当に、感謝の言葉しかありません。大好きです。ありがとう。』

画面から顔を上げると、山の上の空がさっと一筋、まるで雨上がりのような光で輝いた。それにより、さっきまで少し曇っていたのだと実感する。

スマホが小さく震えたのは、その時だった。

まるで、真実が、架がここに辿り着くのを待っていたようなタイミングだった。あわてて、電話の表示を見る。真実の姉の、希実の名前がそこに表示されていた。

「もしもし」

『もしもし。架くん？　希実です。今、大丈夫？』

相変わらず、心臓に悪いほど、妹と声が似ている。その声音に打ちひしがれたような思いを味わいながら、「はい」と返事をする。

彼女が言った。

『真実の、二人目のお見合い相手が誰かわかったよ。高崎市で歯科助手をしてる』

いきなり言われて面食らう。「えっ」と短い声を上げると、希実が続けた。

『母が、お見合いの時に、相手の名前で高崎の歯医者さんをネットで検索してたのを思い出して。その時に言ってたんだ。「花垣《はながき》歯科医院」っていう地元じゃ結構評判のいいところみたいなんだけどねって』

真実の選んだ二人目の見合い相手に関して、陽子は必ずしも乗り気ではなかったはずだ。

けれど、そうであってもつい調べてしまう。調べて、よさそうな家らしいということであれば、うまくいくかどうかわからなくても、人につい話してしまう。娘の見合い相手の身上書を、友達に「つい」見せてしまう心理とそれは似ている。

つい、そうしてしまうのだ。陽子は、きっと。

『検索したら出てきたの。今は「花垣歯科医院」から名前が変わってて、高崎の、フラワー・デンタル・クリニック。院長の名前は、花垣勉《つとむ》さん。たぶん、お見合い相手のお父さん』

勝手に動いてごめんなさい、希実が謝る。

『もし違って、架くんに手間を取らせることになると申し訳ないから、私から、もう電話しちゃった。――真実とお見合いしたっていう歯科助手の息子さん、電話に出てくれたよ』

唇を引き結び、息を詰める。小野里のところで紹介された、真実が選んだという二人目の見合い相手は、架が今のところ一番ストーカーではないかとの疑いを持っている人物だ。

「話せたんですか」

『うん。小野里さんが真実の件について様子を聞いてくれたって話だったけど、真実のこと、詳しくは知らなかったみたい。事情を話したら、すごく驚いてた』

その驚きの様子が本心からのものなのかどうかはまだわからない。

真実好みの容姿をした、彼女が選んだ見合い相手。

けれど、会ってみたら、「話とかできないタイプの人だった」と残念そうにしていたという。文字通り、お話にならないタイプの人だった、と。

金居の時もそうだったが、相手は、はしごを外されたような思いがしたのではないか。真実が気に入っているという話だったのに、いざ会ってみて、断られる。

真実の母も言っていた。

――真実は高校から香和女子だし、相手の親も真実の身上書を見てただろうから、きっとそういうところも家族で気に入ったんでしょうね。小野里さんに聞いたら、お断りしてからも相手の親から、続けたいんだけど、どうしても無理でしょうかって、連絡があったって。

まくしたてるように言われた、娘の価値を誇る自慢めいた声をまだ覚えている。

それと同時に思った。今見たばかりの真実のインスタグラムの文章が目の前をちらつく。

――私はずっと、自分はひとりきりで生まれ、ひとりきりのまま人生を歩くのだろうと思っていました。

――孤独な恋が似合うんだと思っていました。

――だけど、こんな私でもいいと言ってくれる人が現れたんです。

架以外にも、そういう人はいたのだ。真実を「いいと言ってくれる人」が。

いたのに、ただ、真実が嫌がった。金居や、その歯科助手の花垣氏では、彼女が納得しなかった。彼らは選ばれなかったのに、架は選ばれた。そのことを無邪気に喜べる気持ちはなくなっていた。相手の気持ちを蔑ろにし、自分が納得した相手でなければ自分の人生の物語に存在しないものとして目に映さない。――実際に金居に会って、彼にできた家族を見てしまったからこそ、思う。

真実の、二人に対する態度は傲慢だったと。

架の中で、真実に選ばれた優越感はもちろん拭い去りがたくある。プロポーズをしたその日に、彼女がどんな気持ちで架と歩むこれからの道を思ったか、それはもちろん嬉しい。だけど、やるせなかった。真実にだって、「彼女がいい」と申し出る人はいたのに、真実はそれを拒んだ。拒んで、なかったことにしていた。言い得て妙だと思う。相手のことを見ずに、あくまで自分の意に沿うものしか見えない恋は確かに「孤独」だ。

『会ってくれるって』

希実の声に、ベンチに座ったまま、目だけ見開いた。「本当ですか?」と尋ねる架に希実が続ける。

『うん。だから、私も一緒に行く。一緒に話を聞きに行こうよ』

スマホを手に、考える。一呼吸おいて、架が尋ねた。

「お義姉さん、急で申し訳ないんですけど、相手の男性と今日、今から会うことはできませんか」

『えっ?』

「僕、今、群馬県庁にいるんです。この間、お義姉さんが繋いでくれた真実さんの元同僚の有阪さんとさっきまで会っていました。この後、高崎に行きます」

電話の向こうで、希実が息を呑む気配があった。架が言う。

「もし相手が本当に真実さんとのことに何か心当たりがあるのなら、時間をあまり空けたくないんです。もし――本当に――もしですけど、相手が真実さんと今も一緒にいる可能性があるなら、お義姉さんから連絡があったことで、彼女とさらにどこかに行ってしまうかもしれない」

もし、という仮定の言葉を重ねつつも、半ば本心で架は言っていた。彼が真実を諦められなかったのかもしれない、という思いはやはり強い。

『――わかった』

ややあって、希実が言った。

『確認してみる。すぐに連絡するから待ってて』

「――お義姉さん」

その時に、なぜ、そう聞いてしまったのかわからない。気づくと、電話の最後に尋ねていた。

「お義姉さんは、真実さんが、大学、何学部だったか知っていますか」

『へ……?』

それまでの切迫した話の内容からの飛躍を感じたのかもしれない。希実の声が一瞬気が抜けたようになる。

親に反抗し、自分の意思で進学と就職を決めた希実のような人は、おそらく、恵から「私たちとは違う」と言われるような女性だ。

希実は大学時代、経済学部だった。前にそう聞いて、架自身も専門が近かったから覚えている。けれど、架は真実が何学部だったのか知らない。大学で何を勉強したか、そんな話をしたこともなかった。

希実の口調が、少したじろぐ。

『ええっと、確か、香和女子大で……。ちょっとごめん。調べたらすぐにわかると思うんだけど、急ぎ？』

その声を聞いて、ああ――という思いで薄く目を閉じる。

覚えていないのだ。今、心から妹の身を案じている様子のこの姉でさえ、妹が大学で何を学んだのか覚えていない。そんなことに意味がないと思っている。

『確か、あそこは、法学部と文学部しかなかったと思うから、そのどっちかだと思うんだけど』

――昔から競争や、誰かと張り合うことや群れることが苦手で、何かがちょっと控えめだった私。

――人を押しのけてまで目立とうという気持ちが薄かったし、私は私、というスタンスを崩さないまま生きてきてしまった……

真実のインスタグラムの文章が瞼《まぶた》の裏をちらつく。

皆が行くから大学に行き、親が決めたから就職し、そういうものだからと婚活する。そこに自分の意思や希望はないのに、好みやプライドと――小さな世界の自己愛があるから、自由になれない。いつまでも苦しい。

しかし、この世の中に、「自分の意思」がある人間が果たしてどれだけいるだろう。真実を責めることができる人間が、一体どれほどいるというのだろうか。

架は目を開ける。

「いえ、大丈夫です。すみませんでした」

希実に謝り、電話を切る。

立ち上がり、広い窓に沿って続く手すりにもたれかかりながら、彼女から再び着信があるのを待つ。

真実の二人目の見合い相手、花垣学《まなぶ》が架に会うことを承諾した、という連絡は、それからすぐ、あった。

# 第六章

目の前に座る男性を前に、架はどうしていいかわからずにいた。
戸惑う――もっと言うなら、拍子抜けしていた。

花垣学と会う場所として指定されたのは、高崎市内にあるバイパス沿いのチェーンのファミレスだった。真実の一人目の見合い相手である金居の時と違って、いきなりこちらから頼み込んだのだから、場所がそうなるのも当然だった。

十五時過ぎのファミレスは遅い昼食を取るつなぎ姿の作業員ふうの男性客や、小さな子どもをつれた母親たちがお茶をする騒がしい一団などでそれなりに賑わっていた。

昼下がりの傾き始めた太陽の光が、店内に射し込んでいた。

その中で、一人の男性が架の方に向けて腰を浮かし、何か言いたげにこちらを見つめていた。その目が自信なげに、架と目が合ってすぐ、ぱちぱちと二回、瞬きをした。

金居の時と違って、一目でわかった。彼が、花垣だ。

「花垣さんですか？」

席に行って尋ねると、彼が「はい」と頷いた。小さな声だった。

「お待たせしてすみませんでした。西澤と言います。今日はいきなりの無理なお願いを聞いていただいてありがとうございます」

挨拶に、相手が、はあ、というやはり小さな声を洩らす。テーブルには彼が飲んでいたらしいメロンソーダと水が置かれていた。

整った、きれいな顔立ちをしていた。それに、痩せている。色の白い小さな顔の中で、くっきりとした二重の大きな目と、やや鷲鼻《わしばな》気味の高い鼻にまず目がいく。真実が見合い写真で彼を選んだ、というのも合点がいく。ただし、髪が長いせいか、纏《まと》う雰囲気にどこか危ういものを感じた。社会人っぽくない――というか。学生時代のまま大人になってしまったような、そんな雰囲気がある。

年は、真実と同じくらいだろうか。三十代半ばと思われる彼がそう見えるのは、服装のせいもあるのかもしれない。着ているポロシャツが、物自体はよさそうなのに、ひどくくたびれている。

ウエイトレスが注文を取りにきて、コーヒーは単品では頼めず、ドリンクバーで、ということだったので、架も自分の分のドリンクバーを注文する。ウエイトレスが行ってしまってから、架が聞いた。

「お仕事は大丈夫でしたか？」

希実の話では、彼は職場の歯科医院で電話に出たはずだ。仕事中に無理を言って抜けてきたのだろう。架が尋ねると、花垣が「はい」と、ようやく満足に聞き取れるボリュームの声を出した。

「大丈夫です」

「急なことで失礼しました。今日、たまたまこちらに来ていたものですから、お会いできるものならすぐにお会いしたいと、無理を申し上げてしまって」

花垣がまた、はあ、と頷く。姿勢を正して、架が言う。

「電話で、すでに希実さん——坂庭真実さんのお姉さんからお話があったかと思うのですが、真実さんが今、行方不明になっているんです」

花垣が、じっと架を見ていた。神経質そうで、瞬きの回数が多い。意を決して口にする時、架の方が微かに緊張した。

「行方不明になる直前まで、彼女はストーカーに遭っていたんです」

表向き、花垣に大きな反応はなかった。ただ、無言でこちらを見返すだけ。瞬きの回数が多いのは癖なのかもしれない。彼が緊張しているのかどうかさえ、架にはわからなかった。

「相手は、彼女が群馬にいた時に知り合った相手だそうなんですが、僕にわかるのはそこまでで、心当たりがないんです。だから、その頃の彼女のことを知っている人たちに話を聞いています。今日はお時間を取っていただいて、本当にすみません」

「いえ」

花垣が言った。ただ、短いその言葉を発した後はまた黙り込んでしまう。彼が何か言うのではないかと架はしばらく待ったが、花垣は黙ったままだ。

不思議な沈黙だった。

後ろめたいことがあるから黙ったり、ごまかそうとしている――というのではない気がする。とはいえ、興味がないわけでもなく、彼の目はまだ架をちゃんと見つめている。

金居の時とは、明確に、何もかもが違った。

架に何か話すことも、質問しようとする気配もない。

「真実さんとお会いになっていたのは、もう何年も前だとは思いますが、その頃のことで、何か、心当たりはありませんか？」

「心当たり」

痺《しび》れを切らして、架の方で尋ねると、花垣が今度は何かを思案するように、やっと架から視線を外し、宙を見た。もう一度「心当たり……」とひとり言のように呟く。その沈黙の長さに、つい何かがあるのではないかと期待してしまうが、しばらくして、小さな声が答えた。

「別に、特には……」

「そうですか」

ここまでの短いやり取りで、架はわかり始めていた。

真実が恵に語った通りなのだ、と。

――話とかできないタイプの人。

――人見知りっていうか、真実ちゃんが何を話しかけても、それに一言二言答えたら、会話が終わっちゃう。自分の方からは何も聞いてこないし、話しかけてもこないのに、それでもお見合いを続けたいって言われて呆れちゃったって。

聞かれたことには答えるけれど、それ以上は自分から聞いたり、話しかけたりする必要をどうやら彼が感じていないらしいことが、実際に会ってみてよくわかった。口下手で社交性がない男性たちが他の条件がよくても婚活の現場で多く苦労している、と話には聞いてきた。けれど、それがどういうことなのか、わかった気がする。

それでも、彼がストーカーである可能性が消えたわけではない。今のこの沈黙だって、自分に都合の悪いことを隠そうと、意図的に装っているのかもしれない。

真剣に見極めるべきだ。

「花垣さんは、高崎で歯科助手をされているんですね」

「はい」

「真実さんとお見合いをされていた頃から？」

実際は知っていることだったが、話題を探して架が尋ねると、今度も花垣の返答は、はあ、と短かった。この、小さな「はあ」は本人としては「はい」と明確に答えているつもりのようだ。

「お父さんが院長さんなんですか」

「はい。……あ、違います。真実さんと会っていた頃はそうだったけど、今は弟が」

彼の口から初めて長い言葉が出た。真実の名前も出たが、それよりも、架はまずいことを聞いてしまったのではないか、と焦った。サイトで見た院長の「花垣勉」とは、彼の父親ではなく、弟なのだ。希実の話だと、歯科医院の名前が変わったようだと言っていた。そのタイミングで、父から弟に院長が代わったのかもしれない。

父の代からの歯科医院を兄ではなく弟が継ぎ、そこで兄が助手として働く——そこに、何某《なにがし》かの事情があるのは間違いなかった。反応に困って、架が「そうなんですね」と相槌を打つと、花垣もまた、「はい」と言った。

それきりまた、会話が途切れた。

花垣からは、架の仕事のことも、真実のことも、相変わらず何も聞かれない。意固地になってそうしているというわけですらなさそうだ。興味がないわけではないだろう。だったらきっとこんなところまで会いに来るはずがない。それでも何も言われないし、聞かれない。自分から話さない。

ややあって、小さな呟きが聞こえた。

「え？」

「ドリンクバー」

聞き取れず、顔を上げた架を花垣が見ていた。

「ドリンクバー、取りに行った方が」

「あ……」

忘れていた。花垣が飲み物が置かれた一角を指さす。

「じゃあ、失礼して行ってきます」

架が言うと、花垣が無言で頷いた。

ドリンクバーでコーヒーメーカーのスイッチを押し、カップに注がれるのを待つ間、疲労感に襲われていることに気づいた。話題を探し、適当なものが思いつかずに困って、結局黙ってしまう。相手から反応が引き出せないことに微かな苛立ちを感じて、なんで来てしまったのだろうと後悔するような――。

そこまで考えて、自嘲気味に笑う。

これではまるで、合わない相手と婚活で会っている時のデートのようだ。

少しでも相手と会話が続くように、場を和まそうと考えているのに、唐突にドリンクバーのことを指摘される――。相手には悪意すらなく、むしろ真面目な親切心からそうされる。そういうズレが、花垣にはある。彼と真実のデートがどんなものだったのか、想像できる気がした。

ママ友たちの一団から、子どもたちが数人、連なってドリンクバーにやってくる。どれにするー、わたしメロンソーダ。わたし、コーラ、だけどお母さんにコーラはダメって言われるかも。彼らがくる前に、架はその場を離れた。

コーヒーを手に席に戻ると、花垣がスマホで何かしていた。どこかに連絡しているのか――あるいは真実に、と、咄嗟に目が画面を見てしまう。しかし、その画面は、メールやＬＩＮＥではなく――ネットゲームの戦闘画面だった。架が席を外した短い間にやっていたようだ。それを見て、肩から一気に力が抜けた。

「……どうして会ってくださったんですか」

気づくと、深い考えなしに尋ねてしまっていた。花垣がスマホを置き、え、と小さく呟く。架が続けた。

「どうして、今日、僕と会ってくださったんですか。真実さんのことは、数年前にお見合いで数回会っただけなんですよね？　それなのに、仕事中に抜けてまで、どうして会いに来てくださったんですか」

花垣は黙っている。不快に思ってのことではなさそうで、その目には純粋に当惑の色が見えた。

「単刀直入に言います」

声がぶれた。

「実は、僕は、あなたが真実のストーカーなのではないか、と疑いを持って、それで今日会いに来ました」

花垣の目が大きく見開かれた。

尋ねる時、無意識に「真実」と呼び捨てにしていた。これでは駆け引きも何もあったものではないな、と自分で自分に呆れるような思いで、架は続けた。

「僕がそう思ってきたこと、気づいていらっしゃいましたよね？」

「いえ……」

花垣の目には、驚いたことにまだ当惑の光が浮かび続けていた。言葉少なだからこそ、それが演技に見えない。花垣が首を振る。

「まったく、そんなこと、思っていませんでした」

社交性がなく、頼りなげな花垣は、確かに女性に人気があるタイプではないのかもしれない。けれど、彼のこういう弱さを見せられたことで真実がほだされ、情が移ったということはないだろうか。一見行動力のなさそうな彼が、真実を強引に攫い、ずっと好きだったと打ち明けたなら――。

架の中にできあがったストーリーが、一度考えると加速していく。ありそうなことに思えてくる。

真実との見合いが終わった後、彼がどんな生活をしてきたのかを架は知らない。けれど、金居が家庭を持って落ち着いたような、そんな変化が彼にあったようには思えなかった。金居とその妻が順当に道を進み、今はもう「家族」になっているのと違って、花垣からは、自分や真実と同じ匂いがする。進んでいない、匂いがする。

「では、どうして、今日、僕と会ってくださったんですか?」

同じ質問を繰り返す。

後ろめたいことがあるからなのではないか、今も真実といるからこそ架のことが気になったのではないか――。

「会いたいって、言われたからです」

花垣が言った。目は、伏せられることなくまだ架を見続けていた。

「それだけですか？」

今度は長く、沈黙があった。何かおかしなことでもあったのか、ファミレス内の、さっきドリンクバーで見た子どもたちが弾けるように笑いだし、その声が架と花垣の間をすり抜けていった。

やがて、また、声がした。今度も聞き取れず、架は聞き返す。

「なんですか？」

「……心配です。普通に」

絞り出すような、それは声だった。口にした花垣の耳が、顔が、一瞬前とは違って真っ赤になっていた。

「心配だったんです」

今度はいくらか声が大きくなった。

その声を聞いて、今度は架が黙り込んだ。嘘を言っているように聞こえなかったからだ。

理屈ではなく、わかってしまった。

彼ではない、と。

もし彼がもう少し打算的に——真実を攫うような行動力があり、なおかつそれを隠したいと思うなら、もっとましな表情をするはずだと思えた。ようやく言葉を口にした花垣は、怒っているようにも、泣きだしそうにも見えた。感情を表すことが普段あまりないのだろう。不恰好な表情だった。

何年も前に会っただけの、もう関わりがない相手のことであっても、心配だった。その言葉に、本当に嘘がないのだ。

彼女が消えて、周りの人間が困っているようだから、ただ来た。

何のために呼ばれたのか、疑われているのかもしれないなどとは夢にも思わず、彼が言った通り、打算のない、考えなしな、愚鈍にすら映る素直さで、「会いたいと言われたから来た」のだ。

世の中には、そういう人がいる。架はそうではないけれど、そういう素直さを持つ人がいることはわかる。花垣もまた真面目で、一点の曇りもなく善良な人なのだ。

目の前に座る男性を前に、架はどうしていいかわからずにいた。

戸惑う――もっと言うなら、拍子抜けしていた。そして、猛烈に反省する。彼ではない。

花垣が、そのタイミングで、おもむろに自分の前にあったメロンソーダを口に含んだ。ストローで吸い上げ、途中で微かにむせる。

その仕草を見て、架は、真剣に、率直に、彼に謝る気持ちになった。

「すみませんでした」

花垣が、まだむせた姿勢のまま背中を微かに曲げて、こちらを向いた。

「心配していただいたのに、疑ったりして」

「いえ」

声がまた小さなものに戻っていた。そのまま何か、ぼそぼそとした声が続く。申し訳ないがまた聞き取れず、架が「はい?」と尋ねると、花垣が顔を上げた。

「……もしまだ何か疑われてるみたいなら、うちの両親に聞いてもらっても大丈夫です。職場も家も、一緒ですから」

同居している、ということか。「わかりました」と架は答えた。親と同居しているなら、確かに真実が今も彼といる可能性はぐっと低くなる。

「それから」と花垣が言った。ぼそぼそと頼りない、小さな声だが、言葉ははっきりしていた。

「何か役に立てそうなことがあったら、連絡してください。何もないかもしれないですけど」

自分が彼を、最初の会話だけで無意識に見くびっていたことを思い知る。

架は申し訳なさをまだ引きずったまま、「ありがとうございます」と言った。礼を受ける花垣は、そうされることに慣れないのか、気まずそうに軽く頷いただけだった。

花垣が、またメロンソーダを飲んだ。手を使わずに顔と体をテーブルの方に倒して飲む、子どものような飲み方だった。

会計を終え、ファミレスの駐車場に出ると、店内で別れたはずの花垣がまだ外にいた。自分のものらしい軽自動車の前で、架を見つけて軽く頭を下げる。唇の動きで「ごちそうさまでした」と、彼が言ったのがわかった。相変わらずくぐもったような不明瞭な声だったが、彼がそれでも声を張り上げたのであろうことが伝わる。

紺色の軽自動車。彼女の車は、金居の妻が乗っていたようなパステルカラーのものと違って、ずいぶん古そうだった。彼女の車につけられていたようなナンバープレートのフレームもなければ、バックミラーにネックレスのようにかけられた芳香剤の飾りもない。

地方に暮らす男性は車に凝るようになる、と聞いたことがある。都会と違って、地方で車はなくてはならない生活必需品だ。そこに金をかけるようになるのはよくわかる。けれど、花垣は自分の車にもこだわりがないようだった。

欲が薄い人なのだろう、と思う。

自分のような、〝善良でない〟人間からしてみると驚くほどに我欲が薄い。真実を捜す過程で、架はそうした人たちの存在を再認識する思いだった。多くを望まないで生きてきて、そうであるがゆえに〝自分がない〟と言われてしまう人たち。

自分のBMWの鍵を、無意識に手のひらで隠すように持ち直していた。彼に対して嫌味に思われることを危惧したというより、架自身が本心から気まずく、恥ずかしくなった。花垣は、架のそんな思いなど知ったところで何も感じないだろう。そのことまで含めて、無性に恥ずかしかった。

彼を嫌いなわけではない。けれど、見ていると自分自身がいたたまれなくなるから、早く行ってしまってほしい。そう思うのに、花垣は、察しが悪い子どものように駐車場でいつまでも突っ立ったまま、こちらを見ていた。

その姿を見ながら、思う。自分のことを棚に上げて、なんだ、と我ながら思うが、それでも彼のような人が幸せになれないことのやるせなさを感じる。何かが少し違っていたら――それが何かはわからないけれど、彼だって、こすぎモールに溶け込む没個性的な家族連れの一人になっていたのではないか。

なぜそれが叶わないのだろう。

「ありがとうございました。もう、行ってください」

架の方で言うと、花垣がこちらをおどおどした目で見つめ返した。少しして、微かに頷いて、自分の車に乗り込む。

彼の小さな車がバイパスに吸い込まれるように消えていくまで、架はそこに立ち尽くしていた。

花垣があういう人物だったことに、救われた思いと、途方に暮れた思いが、同時にしていた。これから先、真実を捜せる大きなヒントが失われたのだ。もう行ける場所がこの土地では他にない。どこに行っても、核心に迫れるような話は何も出てこない。群馬にいた頃の真実には、劇的なトピックやエピソードが決定的に欠けている。

何もなかった、という話しか、出てこない。

思いもよらないところで事態が動いたのは、その翌週のことだった。

その夜、架は飲み会に誘われていた。

相手は学生時代からの親友たちだ。正直、気乗りしなかったが、真実のことを大原が心配してくれているのはわかっていたし、仕事もそこまで忙しいわけではなかった。

「架、ひさしぶり」

案内された席に、大原の姿がなかった。いるのは、誘いのメールを送ってきた美奈子と、その親友の梓の二人だけだ。十九時から、と言われていたが、仕事で遅くなった架が到着したのはもう二十時過ぎだった。

「あれ、他の奴らは？」

女二人の座る席の向かいに腰を下ろしながら、ようやくおかしいと気づいた。四人掛けのテーブル席は、いつもの集まりとは様子が違う。大原どころか、普段はつきあいのいい男性陣も誰一人来ていない。

「今日は、私たちだけなんだ。ちょっと架に聞きたいことというか――話があって」

「話？」

「ごめん。みんなもいる飲み会だと思ってた？」

梓が気遣わしげに言って、架に飲み物のメニューを渡す。ベルギー産のよく知る銘柄のビールがあったのでそれを頼むと、テーブルの上にすでにあったサラダやパスタが架の皿にも手際よく取り分けられた。

どうやら、女性二人に呼び出されたらしい。

「一体何なんだよ、ちょっと怖いんだけど」

スタイルがよく、派手な顔立ちのこの二人は、二十代の頃よりだいぶ落ち着いたとはいえ、相変わらずメイクにもファッションにも隙がなく、男一人で対峙《たいじ》するのには迫力がある。

学生時代に仲間内で色恋沙汰があると、その相談に呼び出されたり、架自身の恋愛のことで「あの子をフるなんてひどい」と女友達のグループからつるし上げを食らったことをまず思い出した。当時のたわいないやりとりは、多くがそうする若さがあったからこそだ。思い出すと懐かしいが、互いに仕事や家庭ができて、今はもうさすがにあんなふうに友人関係や他人の恋愛に必死になることはない。呼び出された理由に心当たりはなかった。

「怖いってことはないでしょ」

美奈子が微かに苦笑する。しかし、普段であれば毒舌で、その後にも二言、三言続けそうな彼女がそれきり口を噤んだ。

架の飲み物がくると、梓が「お疲れ」と小声で言って、軽く自分のグラスを合わせて乾杯する。どこか緊張した面持ちの梓が、「ねえ」と架に尋ねた。

「真実ちゃん、いなくなっちゃったって本当？」

サラダを食べようとした手を止めた。

架が見つめ返すと、今度は美奈子が言った。

「架、ずっと捜してるって本当なの？」

「真実のこと、聞いたのか？」

「少し前に、大原くんから。私たち、それまで何も知らなかったから、すごく驚いて」

美奈子が頷いた。梓の方をちらりと見る。

「架がすごく心配してるし、女同士で何か聞いてないかって聞かれたけど、アユちゃんの時と違って、私たち、真実ちゃんとはそんなに仲良くなったわけじゃないから……」

「ああ……」

どう答えたらいいかわからず、架が適当に頷くと、美奈子が尋ねた。

「架が真実ちゃんの実家の方にも何度も行ってるって聞いた。群馬まで毎週」

「毎週は大袈裟だけど」

話が大きくなっていると感じるが、気持ちの上では架もそれぐらいずっと彼女を捜し続けている思いだった。見つからないことの疲れも含めて、そう感じる。

「もうどれくらい経つの？」

「そろそろ三ヵ月」

自分で言ってしまってから、改めて、もうそんなに、という思いがこみ上げる。

花垣と会った後の架は、完全な手詰まりの状態だった。来週あたり、陽子や正治に会うために彼女の実家にまた出向こうと考えていたが、そこで何か進展があるとも思えない。群馬だけに絞って真実のストーカーを捜していたが、東京で真実が働いていた職場の同僚たちにも話を聞きに行った方がいいだろうか。先週メールをくれたジャネットに連絡をしようか、と考えているところだった。

「いなくなったの、二月なんだっけ」

「ああ」

「架、瘦せたよね」

梓が言う。自分ではわからなかったが、確かにそうかもしれない。架は答えず、無言でビールを飲んだ。

どうやら自分が心配されていて、それで呼び出されたのだろうと思っていると、ふいに美奈子が言った。

「あのさ」

「ん？」

「私たち、会ったんだよね」

真実ちゃんに、と続けられた言葉に、飲んでいたビールを危うく噴き出しそうになった。大袈裟でなくそうなった。

「どこで？　真実ちゃんは今——」

勢い込んで尋ねる架に、美奈子が慌てて「違うの」と首を振る。少しこぼれた架のビールを、梓が横からナプキンで拭く。

「いなくなってからじゃなくて……。たぶん、いなくなる前。一月三十一日って、まだ真実ちゃん、いなくなる前だよね？」

「ああ」

いなくなる前どころか彼女が消える直前——、前日だ。

彼女の職場の送別会があり、珍しく、真実の方が架より帰りが遅かった。

「真実ちゃんから何も聞いてない？」

美奈子の声が、なぜか戸惑っているように聞こえた。正確な日付を彼女が告げたのは、梓とともに確認し合って、それで架と会うことにしたからなのだろう。

「聞いてない。あの日、オレの方が先に寝てたから。次の日も、彼女が寝てるうちにオレの方が先に家を出て、ちゃんと話せてないんだ」

思わず二人の方に身を乗り出す。

「その日のいつ、真実ちゃんに会った？　いなくなったの、翌日からなんだ」

「知ってる。大原くんに聞いた」

美奈子が真剣な眼差しで頷いた。その目が、なぜか泣きだしそうになる。梓が説明する。

「私たちが真実ちゃんを見たのは夜だよ。偶然、その日に女子会してたら同じお店に真実ちゃんたちがいて」

「私たち、サークルの頃の子たちと一緒だったんだよ。渚《なぎさ》ちゃんとか、多佳子《たかこ》とかみんなで飲んでたんだけど……」

「真実ちゃんはなんか大きな花束持ってて、送別会だったみたい。他の人たちと会計して、もう帰るところだったっぽいんだけど」

初耳だった。それが本当なら、もっと早く知りたかった。言葉が出ない架の前で、美奈子が「でね」と続ける。

「最初に渚が気づいて。ねえ、あれ、架の婚約者の子じゃない？って。私たちが見て、あ、ほんとだ、真実ちゃんだって言ってる間に、渚が『おーい、真実ちゃーん』って、声かけたんだよね。『よかったら、一緒に飲まない？』って。ほら、渚ってそういうふうに、思いついたらぱっと行動しちゃうところがあるから」

「婚約祝いしようって、声かけたの」

この場にいない女友達を庇うようにも、責任を押しつけるようにも聞こえる口調がまどろっこしかった。微かな苛立ちとともに架が先を促す。

「それで、真実ちゃんはどうした？」

「真実ちゃんはもう送別会が終わって帰るところだったみたいで、上司っぽい人たちが
『友達なんだったら残ったら』って。それで、私たちの席に寄ってくれたんだけど」

「みんな酔ってて。――その時にさ、言っちゃったんだよね」

「何を」

美奈子が梓と顔を見合わせる。一瞬の間の後で、彼女が言った。

「真実ちゃん、うまくやったよねって」

「うまくやった？」

「うん。なかなか結婚に踏み切れなかった架のこと、ちゃんと捕まえて結婚させるなんて、本当にうまくやったねって。――もう婚約したわけだし、いいかなって思って」

「うん。婚活で架みたいなタイプがたまたま残ってて、それ捕まえることができたなんてスーパーラッキーだったと思ったもん」

息が詰まった。咄嗟に言葉が出ない架の態度をどう取ったものか、美奈子が矢継ぎ早に続ける。

「だってさ、架くらい条件がよくて、恋愛だって普通にできたようなタイプがこの年まででバツもなく残ってたなんて奇跡だよ。真実ちゃん、相当ラッキーだったと思う。自分でもそう思わない？」

架は答えなかった。胸に息苦しいほどの――お前は何様なんだ、という怒りがこみ上げる。

思い出すのは、真実のかつての同僚だった有阪恵の「在庫処分のセールワゴン」という言葉だ。美奈子たちもまた、自分の男友達が、その中に残った掘り出し物だと言いたいのだ。

婚活のあの苦しさは、そんなふうに一言ではとても言い表せるものではないのに。

恋愛ができるタイプだったのに、自分は何かの間違いで今になってこんなふうに婚活をしている——。その思いに心当たりがまるでないといえば嘘になる。覚えがあるからこそ、無責任に他人からそう言われるのが我慢ならない。傷つくし、腹が立つ。

「だから、私たちはもともと、あの子すごくラッキーだったなって思ってたの。ラッキーっていうか、ずるいっていうか」

「なんだよ、それ」

「だって、あんなわかりやすい芝居まで打って、健気にやった甲斐《かい》があったよねってみんなで話してたから」

「え？」

「だって、嘘でしょ。あの子のストーカーの話」

平然と美奈子が言って、その瞬間に耳から音が消えた。

心臓がどくん、と大きく打ったきり、時まで止まったようだった。

黙ったまま、顔の筋肉が硬直したのを自覚しながら、目だけ動かして美奈子たちを見る。すると、思いがけず、架のその顔を見た彼女たちの方が困惑の表情を浮かべていた。

二人が、え？ え？ と顔を見合わせながら、架を見る。

「だって。あんなの、嘘に決まってるじゃない。架、ひょっとして今まで信じてたの？」

「っていうか……」

心臓が凍ったようだった。一息話すごとに、胸から出す息と言葉が冷気を孕んで白く凍えているように感じた。

怒りなのか何なのか、わからない。あまりの衝撃に感情を言葉にすることができない。二人を見つめ返す。

「お前たちの、その悪意ある見方はどこからくるわけ？　そんなふうに人を疑って恥ずかしくないのか？」

「あのさー。男子って、そういうところが本当におめでたいよね」

美奈子が大袈裟にため息を吐く。架の受けた衝撃などまるで想像もしないような、軽い声だった。その軽さがたまらなかった。

「だって、架、あの子と婚活で知り合ってるのに二年も結婚に踏み切らなかったんだよ？彼女にしたら焦るに決まってるじゃない。かといって、架に結婚を面と向かって迫る勇気もない」

「だからって、嘘をつくとか、考えが飛びすぎだろ」

「えー。でも実際、架、それがなきゃ結婚しなかったじゃない」

美奈子の言葉に口を噤んだ。彼女が続ける。

「あの話、芝居がかってるし、調子よすぎるってみんなで話してたんだよ。飲み会の最中に助けてって電話かけて逃げてきて、その日から架の家に転がり込んで一緒に住んで……。これがうまくやったってことじゃなきゃなんなわけ？」

「彼女はそういうタイプじゃない」

きっぱりと架は言った。真実のことを好きだからとか、信じているとか、そういう自分の気持ちを抜きにしても、そこは譲れなかった。

真実は、そういう器用で打算的なことが徹底的にできないタイプだ。もどかしい、愚鈍なほどの善良さで、美奈子や梓たちが人に揉まれてやってきたそういうことを誰にも教えてもらわなかった子だ。そうできたらいっそ楽だったのに、できなかったからこそ、生まれ育った場所で苦しんだ。その様子を、架は群馬で見てきた。

「庇うとかそういうことじゃなくて、そういう器用なことを思いつくような子じゃないんだよ」

「じゃあ、今回だけはものすごく頑張ってそういう打算的なことをしてみたんじゃない？」

今度も美奈子があっさりと否定する。

「だって、そのストーカー、架は話だけで会ったことも見たこともないんでしょ？　警察行こうって言わなかったの？」

「言ったけど……」

「彼女が確か、行かなくていいって言ったんだったよね」

梓にも言われ、また黙ってしまう。

それは結果的にそうなっただけだと説明したかったのに、悪意ある見方に染まった彼女たちにうまく伝えられる自信がなかった。

「ありえないでしょ!」と梓が言う。

「だって、ストーカーに何されたって言ってたんだっけ? つきまとわれたり盗撮されたり、あとは郵便物を勝手に開封されたりとか?」

「ああ」

——架くん、ちょっと考えすぎかもしれないんだけど、私、誰かに見られている気がする。

真実らしく控えめな言い方で、そう言っていた。

「郵便物については開封されたんじゃなくて、届くはずのものが届いていない気がするとか、そんな感じだった」

「普通さ、その時点で気持ち悪いし、引っ越しだって考えたりしない? どうしてそうしなかったの?」

「だって、最初は具体的な被害の確証が持てなかったし、彼女も違和感がある程度のことだったんだ。それぐらいなら、お前らだって自分がそんな状況でも引っ越しなんかしないだろ? 金も手間もかかるのに」

「そうかもしれないけど、でも、その後で、ストーカーが家に来たって言ったんだよね? 仕事から帰ったら家の中にいて鉢合わせしたって」

たんだ」

「鉢合わせはしてないよ。家に明かりがついてるのが窓越しに見えて、それで逃げてき

美奈子の言葉についむきになって言い返す。

相手が電気をつけていて本当によかった、と思ったことを覚えている。もし暗い部屋の中で待ち伏せでもされていたら大変なことになっていたかもしれない、と。

しかし、女二人がまたもの言いたげに顔を見合わせる。梓が言う。

「ねえ。その男もさ、どうしてそんな相手が帰ってくるのがわかってる時間に家に来てたわけ？　ご丁寧に明かりまでつけて」

「そうそう。ストーカー行為するなら、彼女の仕事中とかバレない時間にしない？」

「そんなこと、オレに言われても知るかよ」

本心からそう言うが、確かに言われてみればそうかもしれない、と初めて思い至る。これまで、そんなことを疑問に思うことすらなかった。呆れたような目つきで、梓が肩を竦めてみせる。

「それに、そんなことあったら、普通、即警察でしょ。だって自分の家だよ？」

「真実ちゃんが嫌がったんだよ。ストーカーが、自分が群馬にいた頃にフッた男で知らない相手じゃないから、おおごとにはしたくないって」

「でもなんか盗まれたとかって言ってなかった？　アクセサリーとか」

「……ああ」

これもまた、認めれば彼女たちにみすみす攻撃の材料を与えるようなものなのだろうと思いつつ頷くと、案の定、梓の「ありえない！」という悲鳴のような声が耳をつんざいた。

「物まで盗まれてるのに、どうして警察行かないの？　私だったら絶対行く。気持ち悪いし、許せないもん」

「真実ちゃんはお前たちみたいに強くないんだよ。おおごとにしたくなかったっていうのだって、別に嘘じゃないと思う」

「強い強くないの問題じゃないって」

梓はそう言うが、真実とつきあってきたから架にはその感覚が少しはわかる。目立つことを好まず、日常にイベントごともさほど望まず「普通に」生きていくことだけを望む——そういう子も世の中にはいるのだ。そして真実は間違いなくそういうタイプだった。

「ねえ。疑問なんだけど、そもそも部屋の鍵はどうしたの？　なんで部屋に入れるわけ？」

「そんなの、相手が合鍵を作ったか何かしたんだろ。鍵穴に粘土か何か入れて型取りしたとか」

刑事ドラマなどでよく見る場面だ。それに、自宅にいつの間にか不法侵入されていたというのは、ストーカー被害としてはよく聞くことだ。そんなこともわからないのか、とじれったい気持ちで梓を見ると、思いがけず、そこでまた彼女の白けたような視線にぶつかった。

「そんなことって簡単にできるものなの？」

「え？」

彼女たちが黙ってこちらを見る、その目にたじろぎ、「じゃあ」とつい口にする。

「その日はたまたま鍵をかけるのを忘れたとか……」

「はあ〜⁉」

美奈子の大袈裟なため息が上がった。

「なんで忘れるの？」

「なんでって……」

「普通忘れないでしょ。女の一人暮らしなんだから。まして、その時期にストーカーに遭ってたっていうならなおさらだよ」

鍵をかけ忘れることくらい、誰にでもあることだ。しかし、それを頭ごなしに「ない」と決めつける彼女たちの口調の強さに抗《あらが》えない。美奈子か梓か、どちらか一人とだけであればちゃんと話せるかもしれないことが、二人揃うとどうしようもなくなる。女性たちの辛辣な物言いは、こうなるともう止まらない。

口を噤んだ架を前に、梓が言った。

「合鍵はさ、鍵の現物がなきゃ、作るのはまず無理なんじゃないかな。私たち、そこからもう、なんか怪しいって思ってたんだよね。だったら、相手が昔の男か何かで、彼女の鍵から無断でいつの間にか合鍵作ってたって方がまだある話なのに、詰めが甘いっていうか、下手だなぁって話してた」

「下手って……」

全身に寒気が走る。なぜそうなったのか理解するより先にそうなって、心の中が派手にかき乱される。恋人を侮辱された怒りでそうなっている――そう思いたいのに、心がそれ以上に、何か別の衝撃で波立つのを自覚する。

ストーカーの男性とはつきあっていない。そう、真実は言っていた。告白されたのを断っただけだと。

だけど、そうじゃないのか。

真実が自分に嘘をついていたというのか。

思い出すのは、相手を語る時の真実の言葉だ。言葉と、そして表情だ。

――私だけ幸せになるのに、相手のことを警察に突き出して、人生まで狂わせるのは嫌なの。

きっぱりとした口調で、真実がそう言った。

――相手の気持ちも、なんとなく、わかるところもあるから。

――三十過ぎてからの失恋が、つらい気持ちとか、なんていうのかな、不安な気持ち。結婚とか、そういう未来が、私に断られたことで、急に閉ざされたように思ったのかも。

あの庇うような言い方は、真実と相手が、想像以上に親密な関係だったからなのか。

「ストーカーと真実はつきあってたってことなのか？　それか、実はストーカーじゃなくてオレと並行してあの時も関係してた男だったとか」

「違うよ。もう、架、しっかりしてよ。いい加減、現実見て」

梓が言い、意味がわからず戸惑う架に、美奈子が痛々しいものを見るような目を向ける。昔から自分と一番親しかった女友達。普段は仲間内の誰より毒舌な彼女が、梓より、今日は妙におとなしい。架を気遣うように、控えめに言った。

「私たちさ、あの子って、ひょっとしたら架が思ってるような〝いい子〟なだけの子じゃないんじゃないかって、実はたまに話してたんだよね」

「どういう意味だよ」

「最初からストーカーなんかいなかったんじゃないかって言ってるの」

美奈子が言った。

また──心臓が大きく、跳ねた。

架は無言で美奈子を見た。

「ストーカーなんかいなくて。あれは、架を心配させるための嘘だったんじゃない？　結婚するための」

「──いやいやいやいや、それこそありえない」

反射的に言う。あの日、真実は心底怯えていた。「怖い」と電話口で訴えるあの声が演技だったようには思えない。タクシーで架の家に駆けつけた時、彼女の肩は震えていた。――ちゃんと震えていたのだ。

「彼女は本当に怖がってたし、第一、泣いてたんだぞ」

「そりゃ、そんな嘘をつこうっていうくらいなんだから涙くらい流すでしょ。もう、男ってそういうところ、本当に甘すぎ」

梓が言って、美奈子がそれに遠慮がちに、けれどはっきり同調して頷く。

「何度も聞いて悪いけど、だって架、そのストーカーを実際には見たことないんだよね？」

「ああ」

だからこそ今になって捜している。ちゃんと真実の話を聞いて、相手の名前も身元も押さえておくべきだったと後悔している。――ああ、どうして自分は真実にそれを聞かなかったのか。真実が、気のせいかもしれない、と最初は言っていて、だから、架も深刻に考えていなかった。何かあったら言ってよ、と声をかけた程度のことで真剣に心配していなかった。

そこまで考えて、ふいに、ぞっとした。

そうだ。最初、自分は真剣に心配していなかった。ただ、ふうん、と流すように話を聞いていた。

真実の会話に、ストーカーの気配がだんだん増えてきても。あの夜に真実が逃げてくるまで、架はその話をずっと軽んじていた。本格的に心配するようになったのは、あの夜からだ。

「架も、うすうす気づいてるんだと思ってた」

美奈子が言う。途方に暮れたような声だった。

「あの子の嘘に気づいてて、だけど、もう結婚することにしたし、それが嘘でも本当でもいいっていうくらいの気持ちなんだと思ってた。本当に全部信じてたの？　今日まで？」

「信じてた」

架がきっぱりと言い切ると、それまでやかましかった女性二人が黙った。信じていた。今も信じている――そう思いたいのに、動揺している。

――お願い。早く来て！

あんなふうに真実が自分に向けて要求を口にするのは初めてだった。

――助けて。助けて、架くん。

あの声は切実だった。それなのに、どうして美奈子たちのこんな臆測に心が揺れてしまうのか。

「じゃあ、どうして、彼女は消えたんだよ。ストーカーがいないなら」

架が言うと、女二人がまた黙ったまま、意味ありげに――気まずそうな目配せをした。

その様子を見たら、嫌な予感がした。

「お前たち、まさか……」

冷たい汗が背筋を滑り落ちる。

「本人に言ったのか？　ストーカーの話が嘘なんじゃないかってところまで」

「……言ったよ」

梓が認めて、架は――天を仰いだ。比喩でなく、本当にそうなった。言い訳するように、美奈子が説明する。

「最初は渚が言ったの。真実ちゃん、うまくやったよねって。あの子、最初は意味がよくわかってなさそうで――はい、架さんが私を結婚相手に選んでくれるなんて感謝してますとか、そういう感じだったから、その時に私たち、申し訳ないけど、ちょっと笑っちゃって」

遠慮がちだった美奈子の口調が、だんだんいつもの調子を取り戻していく。

「笑う？」

「そうじゃなくて、ストーカーの話の方だよって言ったの。嘘までついて架にプロポーズさせたの、本当にうまくやったよねって……。これも、渚が」

絶句する。

二の句が継げない架の前で、しかし、彼女たちがそれ以上に信じがたいことを続ける。

「でもさ、あの子、否定しなかったよ」

「え？」

「否定しないっていうか……。あれは、認めたようなものだよね？」

美奈子が言って、梓もそれに「うん」と頷く。架は呆気に取られる思いで「どういうことだ？」と尋ね返した。

「……黙っちゃったの。驚いた様子で、顔が真っ青になって。もっと、笑ってごまかしたり、むきになって反論したり、そういう反応になるかと思ってたのに、急に静かになって、それから、私たちに聞いたの」


――架さんも、そう思ってるんですか。


「声が掠れてて。だから、私たちもちゃんと言ったんだよ。架は何にも言ってないし、二人がもうそれで結婚することにしたんだったら、私たちだって別にこれ以上はとやかく言うつもりはないって。だけど、反応見て、ああ、これは本当に嘘だったんだなって思った。しかも、嘘つくのに慣れてない子なんだなって。その意味では、確かに架の言う通りの〝いい子〟なんだと思う」

「うん。もっと堂々と開き直ったりすればいいのにって思ったくらい」

心臓がすり減るような痛みを覚えた。

真実のストーカー話が嘘かどうか――それはまだわからない。できることなら、真実を信じたい。けれど、美奈子たちの話す状況が、まざまざと想像できる。できてしまう。

その反応は、いかにも真実らしいのだ。真実がそう言って青ざめる様子が思い浮かぶ。そのリアルさにぞっとする。それこそ、架ですら、頼むからもっと堂々としていてほしい、と思ってしまうほどに。

美奈子たちを責める気さえ起きない。

「それで」と先を促す声がみっともなく掠れた。

「真実はそれからどうした？」

「黙り込んじゃった。でも、その様子見て、みんな、これは図星だったんだなって思って。そう思ったら、架の親友として、つい、言っちゃったことがあって」

美奈子がこれまでで一番気まずそうな表情を浮かべる。これ以上、何を聞いてもこれほどまでには心を乱されないだろう――そう思っていた架に、美奈子が言った。

「真実ちゃん、架のことを運命の相手だと思って、百パーセントの気持ちで好きなんだろうけど、架には、前に百パーセントの相手がいて、真実ちゃんは七十点の相手なんだからねって、つい、言っちゃった」

息を。

息を呑み込み、いつまでも深く、呑み込む。そのまま、その息が体のどこかに吸い込まれて消えてしまったように、次に口を開けても、吐き出すものが何もなかった。

酔ってたんだよね、と美奈子が言い訳をする。その声が聞こえる。

自分がどんな表情を浮かべているのかわからなかった。顔の筋肉が硬直していることだけは確かで、怒りたいのに、むしろ、口元が笑顔に近い引き攣り方に歪んでいく。

酔ってたの、私たち、酔ってたの。ズケズケとした物言いをしていた声が、さすがに気まずそうに何度も繰り返す。

「……酔ってた、じゃすまないだろ。それ」

ようやく、絞り出すように言った声は、精一杯の怒りを込めて言ったつもりだったのに、衝撃にねじれたように情けなく霞んでいた。美奈子たちに対する怒りはもちろんあるのに、それ以上の、虚脱感に近い——説明のつかない感情に胸を鷲摑《わしづか》みにされる。

自分が招いたことだ、とまず思った。

確かに言った。

真実と結婚したい気持ちは七十パーセント。それは、相手に七十点をつけたのと同じ。結婚に踏み切らなかった、それが理由だ。

否定できない。

架は確かにそう思っていた。真実にプロポーズした後ですら、それは同じだった。彼女が消えてしまうまで。本当にこの子でいいのか、と迷う気持ちは確かにあった。過去の自分を心底呪いたかった。

「ごめん」と美奈子が謝る。謝るけれど、その息でさらに続ける。

「だって架、あの子のインスタ見たことある?」

「見た。っていうか、つい最近、やってたことを知ってまとめて……」

そんなものまで、架より先に美奈子たちは見ていたというのか。目の奥がきつく痛んだ。

「お前たち、趣味が悪すぎないか？　人の婚約者のインスタを勝手に」

「たまたま見つけたんだよ。だって、仕方ないでしょ？　全世界に向けて公開されちゃってるんだから」

美奈子が首を振り、意味ありげな上目遣いで架の顔を覗き込む。

「架、あれ見て何も思わないの？」

「え？」

「架がいい子だいい子だって言うから、私たちこれまでとやかく言うのよくないと思って黙ってたけど、あの子のインスタ、なんていうか……」

美奈子が言葉を慎重に探すように、間をおいて、それから言った。

「歪んでない？」

「歪んでる？」

聞き返す時、口の端がまた微かに痙攣《けいれん》する。笑いたいのか、怒りたいのか、わからなかった。

自分の女友達が――この二人以外にも、皆が、どうやら架の婚約者を肴に散々盛り上がってきたらしいことが伝わる。どうしてなのか――と絶望するような思いがする一方で、おめでたいと彼女たちから言われる自分にもわかることがある。

それは、真実が、彼女たちの仲間でないからなのだ。

これまでの架の恋人たちと違って、彼女たちと真実が違うタイプだから。なぜか、実際には会ったこともない真実のかつての同級生――「あまり好きではない」と真実が金居に伝えた子のことを思い出した。見たこともないその子の顔が、目の前の美奈子や梓に重なる。

ああ、と腑に落ちる思いがして、そして、申し訳ないと思った。

真実はきっと、架の、この女友達のことも決して好きではなかっただろう。会わせたのは数回だけど、きっと苦痛に思ったはずだ。

「自分のこと控えめなタイプって言いながら、あの子のインスタ、自撮りが結構多いんだよね。それもよく撮れたっぽいのだけ上げてる感じ。――本当は自分のことすごく好きだし、自信があるんだなぁって思った。セルフイメージが相当いいんだろうなって」

「アカウントの数字が架の誕生日だったのも、ちょっと引いちゃった」

「そうなの！」

架の知らないところでも、これまで散々その話をしてきたのだろう。二人が頷き合い、そして、梓が続ける。

「あの子、控えめだし、目立つのが嫌いみたいなことも書いてたけど、それもなんていうか、目立ってる子たちへのひがみそのものって感じじゃない。そういう子たちのことをバカにして、ありのままの自分だけで受け入れてほしいって、何の努力もしないのに図々しいっていうか」

図々しい、というむき出しの言葉が、そのまま胸の奥を抉るように響いた。

努力、という言葉にしてもそうだ。ありのままの自分を受け入れてほしい——婚活で苦しんだ人間なら、誰でも一度は覚えがあるであろう感情の生々しさが蘇る。

「そうそう。こんな自分のことを選んでくれたって書いてる様子が、私たち、本当はちょっとなんか傲慢っていうか、身の程知らずみたいに思えて許せなかったんだよね。この子にとって架は運命の相手かもしれないけど、架にとってはそうじゃない。妥協のプロポーズだったのに、何、浮かれてるんだろうって」

どの日の記述かわかる。架からのプロポーズの報告を上げていた日の記述だ。SNSの恐ろしさを思い知った気がした。あんなプライベートな喜びの記述さえ、他人が読めてしまう。本人のまるで意図しない読み方をされる。

「怒らないでよ」

まだ何も言っていないのに、美奈子が言った。

「だって、あんなストーカーの嘘までつかないと選ばれなかったくせに、そんなことまるでないように、自分の世界に浸ってて。だからやっぱり許せなかった。嘘ついたことも、ちょっと他人に責められたらまるで自分の方が被害者みたいに黙りこくっちゃうし」

あなたは百点じゃない。

相手にとっての七十点——妥協された結婚相手なのだと、だから伝えた。

その言葉がどれだけ残酷か。真実の世界のすべてを崩壊させることができる魔の宣告だったのかを、彼女たちは知らないのだ。婚活をして、互いの中に自分の値段を見合う、あの過程を知らないから。

そして、その過程を知らないからこそ、部外者は余計な忠告だってできる。次に何を言われるのかが、架にはわかっていた。

「余計なお世話かもしれないけど」

案の定、美奈子が言った。気遣うように、眉間に皺を寄せ、架の顔を覗き込む。

「あの子のことは、やめといた方がいいと思う」

「……どうして今まで何も言わなかった?」

自分の言葉から、感情が消えていた。意図してそうしたわけではなく、勝手にそうなった。美奈子の瞳の中が、その時初めて、怯えたように微かに揺れた。

「その後、真実ちゃんがいなくなっちゃったなんて、知らなかったから」

「うん。架からも何も言ってこないから、きっと、その後に真実ちゃんと本人同士で何か話して、それで結局うまくいったのかなってくらいに思ってたの。それに、ストーカー云々《うんぬん》の嘘については、私たちから架には何も言わないって約束したし」

「彼女が自殺でもしてたらどうするつもりだ」

架の声に冷たい凄みが出た。自分で言ってから初めてその可能性に思い当たり、胸に圧迫感がある。息苦しくなった。

しかし、架のその言葉に、女たちがまた顔を見合わせる。例の白けた目つきになって、架にはわからない目配せをし合う。

「……大丈夫でしょ」

架に負けず劣らず、冷たい声だった。

「あの子は自殺なんかしないよ。自分のこと、大好きだもん。控えめ、目立つのが苦手
――あとはなんだっけ？　孤独な恋が似合う、とか書いてたよね。孤独な恋ってなんだって話だけど。マイナスのことを書く時でさえ、自分のことを『似合う』って言葉で肯定するような、そういう子だよ。自己評価は低いくせに、自己愛が半端ない。諦めてるから何も言わないでって、ずっといろんなことから逃げてきたんだと思う」

この期に及んでも、美奈子の声に容赦はなかった。

真実がこれまで歩んできた道とは、おそらくまったく違う道を、打算や女同士群れること込みで歩いてきたのであろうこの女友達を、架は、今初めて見る他人のように、見た。

「架、やさしすぎ」と美奈子が言った。

「どっちだと思う？　真実ちゃんが消えた理由。自分の嘘にいたたまれなくなったか、それとも、架に怒ってるか」

「え？」

美奈子たちに怒っているはずだったのに、そう聞かれたら、たじろぐような微かな呟

きが洩れた。一度にいろんなことを明かされたことで気持ちの整理が追いつかない。

架が答えるより早く、美奈子が言った。口元に微かな笑みが浮かんでいた。

「謙虚な気持ちからじゃないことだけは、確かだと思う。あと、普通、いくらなんでも消えないよね。もう一度言うけど、あの子、やめといたほうがいいよ。架は本当にあんな子でいいの？」


朝になるのをもどかしく待ち、真実のアパートのある町まで、車を走らせた。

部屋を開けてほしいと以前頼んだ不動産屋の担当者は、その後も何度か連絡を取っていたせいか、架のことをよく覚えていた。事情を知っているからだろう。また部屋を見せてほしいのだという自分の申し出に、今回は親や保証人である姉の立ち会いなしに、すぐに応じてくれた。

「外で待ってますから、終わったら声をかけてください」

架一人を部屋に残し、そう言って、去っていく。

三ヵ月ぶりに訪れた真実の部屋は、相変わらず誰かが帰ってきた形跡がまるでなかった。失踪直後に入った時と、特に変わった様子は見られない。

前には見なかった場所を、今回は探す。

押し入れを開け、彼女の衣類が入ったタンスの中やクローゼットまで、全部、確認する。

探していたものは、彼女の、下着が詰め込まれた引き出しの奥に、ひっそりと、まるで隠すようにして、しまいこまれていた。

――端正な彫刻が施されたカメオのブローチと、架が去年プレゼントしたネックレス。ストーカーが侵入した後で、盗まれたのではないかと、真実が話していたものだ。母親がイタリア旅行で買ってきてくれた大事なブローチは、架の贈ったネックレス同様、普段から真実がよくつけていたから、だからストーカーに持っていかれたのではないかと話していた。盗まれたかもしれないと警察に伝えた際に、陽子が「あれ、なくなっちゃったの⁉」と大声を上げていた、高価なブローチ。

ネックレスの華奢《きゃしゃ》な銀のチェーンが、長い間放置されたせいで、色が少しくすんだような気がした。あの夜まで、毎日のように真実が身につけていたもの。――それなのに、ストーカーが来たその日に限って、どうして彼女は家に置いていたのだろう。そんなことも、今になって初めて思い当たる。

二つのアクセサリーを手に、開けた引き出しの前から、架は動けなかった。部屋のドレッサーには、架がプロポーズで贈ったティファニーのエメラルドブルーの箱が置かれたままだ。真実は、この指輪を持っていくことすら、しなかったのか。

人の気配のない、少し埃っぽい、冷え切った部屋の中で架は深く、息を吸い込む。そして、認める。

ストーカーはいない。

# 第二部

夜の中を、私は、走った。

街灯に乏しい深夜の住宅街の闇の中を、せめて明るい場所に出るまでは、と休まずに全力で。止まってしまったら、もう二度と走り出せないから。

身体が震えていた。

自分が今からやろうとしていることが、恐ろしくて。やってしまったら後戻りができない。それがわかるから。

苦しくて、そして、悲しかった。私にこんなことをさせる、架《かける》くんが。

目の奥がぎゅっと痛んで、涙が出てきそうになる。

駅前の商店街の開けた道に出て、いくらか人通りが見られるようになったところで初めて足を止めた。そうすると、改めて自分の震えと息の荒さを実感する。空気が薄い。

周囲の人たちに助けを求めるかどうか一瞬迷った。そこまでして、〝証人〟を作るべきだろうか。他人を巻き込んで、これを〝事実〟にするために。自分を逃げ場のないところまで、追い込みたかった。

今日やると決めて、家から、走り出してきたのだ。

一度に全部、やってしまわなければならない。ここで気持ちが挫《くじ》けたら、私はおそらくもうできない。

一瞬の迷いの間に、脇の道から眩《まばゆ》い車のヘッドライトが差しこんできた。その車が黄色い車体のタクシーであること、赤い表記で「空車」とあるのを見た途端、走り出していた。

「待って、止まって。お願いします」

周囲も顧みず手を挙げて、車の前に滑り込むように駆けると、幸い、運転手が気づいてドアを開けてくれた。

「豊洲《とよす》方面まで。お願いします」

転がり込むように後部座席に座り、ドアが閉じると、脇の下から思い出したように汗が噴き出た。ポケットからスマホを取り出す。指先がかじかんで、画面のボタンがうまく反応しない。

早く早く早く。

早く出て。早く。

この勢いを失ったら、気持ちが挫けてしまうから。

やるって、決めたんだから。

通話履歴から西澤《にしざわ》架の名前を探す。あれだけ頻繁に会っているのに――つきあっているはずなのに、履歴を遡らないと名前を見つけられないのがもどかしかった。コール音が聞こえ始める。

『――もしもし』

電話の向こうから声が聞こえた瞬間、吸い込んだ息が風船から空気が抜ける時のように高く、悲鳴のように掠《かす》れた。彼がもし出なければ、何もやらないまま終わるはずだった。それならそれで仕方ないかもしれないと、今さっきまで、心のどこかで望んでいた気がする。

だけど、出た。

用意していた声を精一杯、切羽詰まった様子で出そうとする。架くん、架くん、架くん、助けて。

「あいつが」

『え?』

電話を取った架くんの背後で、飲み会の気配がした。ああ、またあの人たちと飲んでるんだ。どうしてだろう。架くんは、つきあってる私より、昔からの友達との方が距離が近いように思える時がある。私を丁寧に扱うのとは違って、あの女友達を「お前」とか、呼び捨てにするの、本当はずっとずっと嫌だった。

視界の端に涙がせりあがってくる。

ハンドルを握る運転手がバックミラー越しにちらりとこちらを気にしたのがわかった。

ああ、電話してもいいですか、と断るのを忘れた。こんな時なのに、そんなことが気になる。タクシーではいつも、私はそうしてきたのに。車内で急に電話をかけるなんて失礼だろうからと、いつも――そうしてきたのに。

これまでの何かを自分が今捨てようとしてるんだ、と自覚する。

胸に手を当てると、涙が出てきた。頬を伝わる。

「あいつが家にいるみたい。どうしよう。帰れない」

『あいつって……』

架くんの背後で微かに声がする。ちょっとー、そういうこと言われるとさー、でもきっとアイツもさ――。彼の友人らしき数人の声。男の声も、女性らしき声も。私が「くん」づけの架くんを、呼び捨てにする、あの人たちの。

電話の向こうで空気が変わる。架くんの声が真剣になる。

『真実《まみ》ちゃん、今どこにいるの？』

「駅の近く。今、タクシーに乗った。ごめん、今から架くんの家に行っていい？」

『いいよ、もちろん、それはいいけど。だけどあいつが家にいるっていうのは……』

どこか静かな場所に移動しているのか、電話の向こうの喧噪《けんそう》が薄れていく。

「仕事が終わって、家に帰ったら、窓に明かりがついてて、中にあいつが。私、入らないで、逃げてきた」

『オレも、今から帰るよ。ごめん、今ちょっと外で』

架くんが言う後ろで、また声がした。

――ちょっとかけるー、電話ー？　彼女ー？

架くんがそれに「うっせーな！」と苛立《いらだ》った声で返すのが聞こえる。

『もし先に真実ちゃんが着いちゃったら、家の前でタクシー停めたままにして乗ってて。一人にならないほうが――』

「わかった。だけど、だけど、お願い。早く来て！」

口から悲鳴が迸《ほとばし》る。

いい加減にして！と思っていた。

私は今、大変なのに。

危ない目に遭って逃げている。架くんはもっと必死になったっていい。いいのに――

私のことが、心配じゃないの？

情けなくて、また涙が滲む。

お願いだから。お願いだから、私を、必死になって、守れ。

私に他の男が執着してるって思ったら、普通はもっと怒ったり、むきになるべきなのに。

私がどれだけ心配だって話しても、相手の影をちらつかせても、この人は必死にならなかった。

私にそんな人が、いないとでも思っているんだろうか。

架くんに対して、こんなふうに強く自分の要求を口にするのは初めてだ。言ってしまってから、嫌われたらどうしよう、と不安になる。ずっとずっと、嫌われたくないから、露骨なことは何も言わないできたのに。はっとして、「ごめん――」と口を押さえる。手が強張っていた。

「ごめん、こんなこと言って。だけど、助けて。助けて、架くん――」

『ああ、もう！』

もどかしそうに架くんが言う。

『オレこそ飲んでて――、一人にしてごめん』

電話は通話状態のまま、彼が店を出る気配が伝わる。ああ、やっとだ。やっと、声が本気になった。

私は泣いていた。

情けなかった。こんなことまでしないと、必死にならない彼のことが。必死になってもらえない、自分のことが。

ねえ――。

お願い。私に、こんなことをさせないで。

大事にして。好きだって言って。

タクシーの運転手は、もうはっきり後部座席に座る私の方を気にしている。通話が途切れてすぐ、「大丈夫ですか？」と聞かれた。

「お客さん、大丈夫ですか」

「……大丈夫です」

答えながら、思っていた。大丈夫じゃない。私はちっとも、大丈夫じゃない。またこみ上げてきた涙を強引に拭う。


早く早く早く。

架くんは急いでくれている。ありがたいし、感謝するけど、それでも怖い。いつになったら「大丈夫」になれるのかわからなくて、怖くて、恐ろしくて、涙が出る。

祈る。

お願い。怖い。架くん、お願い。


助けて。


私を助けて。

一人で生きられるほど、強くないの。

いつ結婚するんだって、親にせかされるのは、もう嫌なの。結婚してる子たちから、何か思われるのも、もう嫌なの。結婚してないだけで、「結婚できない」って思われるのも、もう嫌なの。

どうして、と思っていた。

つきあって、私は、あなたがいいと思った。

これまでずっと「いい人がいない」と言い続けてきて、あなたと出会って、「この人ならいい」と思った。つきあうことになって、これで二度と惨めな思いをしないで済むと思ったのに。もう大丈夫だと思ったのに。

せかしたくなかった。

多くの子たちが自然とされる結婚の申し込みを、ただ、待っていたかったのに。

助けて。

私にもう、こんなことをさせないで。

苦しいよ。

架くん。

私と、結婚してよ。

# 第一章

思い出すのは、就職の、面接の時のことだった。

「あなたは、弊社が第一志望なんですか?」

お父さんが知り合いの議員さんから紹介してもらえると言っていた、県庁の仕事があったから、その会社は、第一志望じゃなかった。大学の推薦就職枠で卒業生も多く入社してるところだったけれど、だからこそ、私はちょっとなぁと抵抗があった。みんなと一緒でもいいけど、できたら、違うところの方が特別感があるかも、と思ったから。

だから答えた。

「いえ。他にもお仕事を紹介してもらえることになっていて、そちらが第一志望です」

面接官の男性がちょっと驚いたように見えたけど、深く気に留めなかった。

「第一志望はどちらですか?」

「県庁です」

「それは――正職員ですか? そうではありませんよね?」

「おそらくそうだと思います」

答えてしまってから、これじゃどちらにもとれるような曖昧な言い方だと思ったけど、実は、自分でもよくわかっていなかった。両親からはただ「県庁の仕事」としか聞いていなかったから、それが正職員かどうかとか、知らされていなかった。

面接官はなんだか不思議そうな表情をしながら、それ以上はもう何も聞かなかった。

後に、私が県庁に行くことになった時に、姉の希実《のぞみ》が「たとえ民間の小さなところだったとしても、真実は正社員にした方がよかったのに！」と母と話しているのを見て、この時のこの会社の面接は正社員のものだったんだ、と思った。

この日に行け、と言われたから行った面接だったし、どうせ落ちたのだから、その頃にはもうそんなことはどうでもよくなっていた。

一緒に受けた大学の友達は、みんな内定が出たのに、内定が出なかった私にお母さんが「どうしてだろう？」って聞いてきて、だから、面接の時のやり取りを話した。第一志望かどうかを問われたことを話すと、両親は呆れた顔をした。

「そういう時は、適当に、『はい、採用になったらこちらに来ます。第一志望です』って答えておくものなのよ。もう、真実は本当に真面目なんだから」

「でも、それ、嘘じゃない」

「嘘も方便。もう、真実ちゃんったら」

帰省した姉と母が、このことを話していた。私は二階からリビングに降りて行こうとしていた時で、二人は、私が聞いているとは思っていないようだった。

「はあ～？　真実、バカなんじゃないの」という姉の言葉には、純粋に傷ついた。「バカ」

は、ひどい。母が反論する声が聞こえた。

「仕方ないじゃない。真実は真面目なんだから」

「真面目真面目って、それで損してたらどうしようもないじゃない」

「いい子なのよ」

母が姉を窘《たしな》める。

学生時代、嘘をついて男の子たちもいるスキー旅行に行こうとして、結局、嘘はよくないと思って、お母さんたちに「男の子もいる」と言ってしまった時と、お姉ちゃんの声はまったく同じ調子だった。あの時も言われた。

「バカじゃないの？」って。

なぜ突然、そんなことを思い出したかわからない。だけど、唐突に、その時と、何かが似ている、と思ったのだ。

そんな私が、いい子を捨てて。

ただ一度、これまで守ってきた、善良さを捨てて——捨てさせられて、ついた嘘。一世一代の、全力の嘘。

大袈裟《おおげさ》でなくそう思っていたのに、それが——こんなふうに、すぐに、この人たちに見透かされるなんて。

「真実ちゃん、うまくやったよね」

声をかけられた時から、嫌な予感がしていた。

架くんの友達は、みんな、私がこれまで仲良くしてこなかったタイプの人たちで、架くんのことは好きだけど、友達のいるところに呼ばれるのは、いつも嫌な感じがしていた。

だけどもう、彼と私は結婚する。だから彼女たちが酔っぱらった様子で、「婚約のお祝い、してあげる」と言った、その声を真に受けてしまった。

あとほんの少しタイミングがずれていたら、この人たちに見つかる間もなく、帰れたかもしれないのに。

「大丈夫?」と、先に帰るジャネットが心配そうに私を見ていた。今考えると、何か、嫌な気配を感じていたのかもしれない。東京に出てきて、私に初めてできた友達。今の職場で働くようになって、彼女のような人と知り合えたことが、私は実を言うととても嬉しかった。語学が堪能で、自分で奨学金を取って日本に留学し、その後、それを仕事につなげているジャネットは、これまで私が接してきた日本の友達の誰よりサバサバとした性格で、頭がよくて――架の女友達のような人たちと話す時も、私はジャネットのことを考えて、耐えることが、よくあった。

私は、あんな魅力的な子と友達なんだから、こんな人たちに何を言われても、揺らがなくていいんだって。

ジャネットに以前、「あなたの行動力と語学力が羨ましい」と直接言ったことがあるけれど、その時、ジャネットが「真実は、自分の言葉で外国人とちゃんと話したいと思う？　どこか違う国で暮らしたいと思うの？」と聞いてきた。

「あなたがそうしたい、と強く思わないのだったら、人生はあなたの好きなことだけでいいの。興味が持てないことは恥ではないから」

その言葉に、どれだけ救われたか。何かに興味が持てないことを、ずっと、いろんな人たちからバカにされてきたように思ったけど、それは、バカにするその人たちの方に問題があるのだ、と思えた。

そんな、大好きな元同僚。彼女が心配してくれたのに、私は「大丈夫」と言って、彼女たちを帰してしまった。

油断、していたから。

「真実ちゃんって、なんか外資とかで働いてたんだっけ？」

「ええっ、違うよね。確か、学校の事務とかだよね？」

さっきまで一緒にいた同僚たちにアメリカ人やイギリス人の講師の姿もあったからかもしれない。そんなふうに彼女たちに聞かれた。その聞き方からすでに――なんだか嫌な感じだった。

私が働いていた英会話教室は、通ってくる子は真面目な子が多かった。学生のうちから、真剣に技能や資格を身につけようと考えている子たちも多くて、何より、講師の人たちも真面目に日本語を勉強しようとしている人たちが多くて、それは私や――浮わついたこの人たちとはまったく違う、しっかりした立派な人たちだと思っていたから、私は、私のこともだけど、元同僚たちのことまで軽んじられたような気がして、すごく嫌だった。何か言わなきゃ、と思っていたけれど、その後で、「渚《なぎさ》は英語めちゃめちゃ話せるけど、教室とか通ってたんだっけ？」と彼女たちが話し始めて、私は言葉を失った。

「ううん。留学はしたけど、日本では別に」

「あ、そっか。帰国子女かと思ってた」

「五歳まで確かにカナダにいたけど、でもさすがにその時の記憶はないなー」

「梓《あずさ》も結構話せるよね」

「ま、外国人のボスがつくこともあるから仕方なく、揉まれて身についた感じ？」

──話せるんだ、と思った。

言葉にならないくらいの、それは衝撃だった。こんな外見の、派手で、浮わついて見えるこの人たちが、頭がいいのか。私の真面目な同僚たちのように？

「でも英語ができるくらいじゃ、今は転職だってままならないし」

と一人が言って、私はどう返せばいいのか、ますますわからなくなる。

集まっていた彼女たちの中には、架くんの話によれば、結婚して子どもがいる人もいるはずで、子どもを誰かに預けてその日も飲みに来ているみたいだった。けれど、私はそういうのもちょっと呆れてしまう。家庭に入ったんだったら、家にちゃんといればいいのに、どうしてこんなふうに独身みたいにするのか、と理解ができない。

「真実ちゃん、うまくやったよね」というその声に、かちんときたし、腹が立ったけれど、毅然としていれば、大丈夫だと思っていた。だから答えた。

「はい。私を結婚相手に選んでくれるなんて感謝してます」

この人たちが平然と親しげな口調で話してきても、私はなかなか敬語を外せない。答えると、彼女たちが顔を見合わせて——嫌な目配せをした。「そうじゃなくてさ」と、一人が言った。

「ストーカーの嘘のことだよ。あんな芝居まで打って、頭が下がるなぁって、私たちみんなで話してたの」

この人たちは、これまで、どれだけ嘘をついてきたのだろう。

女は怖い、と世の中で言われるような種類の計算や嘘を重ねて、それで、今、こんなにきれいに、社交的に笑っているのかと思ったら、全身が凍えるような思いがした。大袈裟でなく、身体の内側が冷え切って、唇の間から冷たい息が洩れ出るようだった。

たった一度の、私の、人生をかけたあの夜の疾走をこんなふうに見透かして、嘲笑《あざわら》ってしまうくらいの、どんな嘘の世界に染まって、ここにいるんだろう。

太刀打ちできない。

どこまでが方便で、どこまでが許されるのか、わからない。私は嘘の素人だったんだと思い知る。彼女たちは、そうやって私を笑っても、当の架くんには、告げ口していないようだった。恐ろしいことだけど、彼女たちは、こんなに私を嫌っている様子なのに、私の嘘を許してさえいた。「うまくやったよね」と。「頭が下がる」とまで。「真実ちゃんさ、架に今、百パーセントの気持ちで選ばれたって思ってるんだろうけど、違うからね」

架くんと一番仲のいい、美奈子《みなこ》さんが、私に言った。

「え、美奈子、それ言っちゃう?」「言っちゃうかー、アユちゃんのこと」周りで他の声がざわめいて、だけど、真剣に止める気配がある人はいなくて、そして、美奈子さんが私に言った。

「架、あなたのこと、七十点だって言ってたよ。百点だったら結婚も即断できるけど、今までつきあってきた百点の彼女たちと比べてるんじゃないかなぁ。申し訳ないけど、架、無理してると思う。今までの彼女と、あなた、全然違うもん。架もなんかいまだに遠慮してる感じだし、全然、しっくりいってない」

架くんと一番仲のいい美奈子さんは——私がこの場で一番、嫌いな人でもあった。苦手っていう言葉で自分を必死にごまかしてきたけど、嫌いだったんだ、と、この時、初めて気づいた。認めていいんだと思った。

結婚してるくせに。

架くんの人生の、なんでもないくせに。あなたが架くんと結婚するわけじゃないくせに、この人は架くんが好きなのだ。自分の好きな架くんが、自分の好きじゃない女と結婚するのが許せないのだ。

私の嘘は嘲笑うほどに許せても、架くんと結婚することの方は、許せないのだ。

七十点、という響きと——。

結婚も即断、という言葉と——。そうされなかった自分と——。

今までつきあってきた百点の彼女たち——という言葉。

「婚活で架みたいないい物件が落ちてるなんてラッキーだったと思うけど、あれ、ようするにアユちゃんを引きずって婚期逃してただけだから」

「架もバカだよねえ。普通に恋愛してた誰かとあの時期に結婚しとくべきだったのに」

誰に何を言われたかもわからないくらい、全員から責められているように、感じた。

普通に恋愛、という言葉が、後から思い出して、すごく、苦しかった。この人たちにとって、架くんが「結婚するために出会った」私は、「普通に恋愛」じゃないのだ。自分がとんでもなく軽んじられて、人扱いされていないように思った。

だけど、それでも——。

知らないで、これまで見えなかった事実は、実は、見えないように自分で目をそらしてきた部分なのかもしれない、とも、思ってしまった。

女友達に乱暴な口をきいて、軽口のケンカをする架くんが、いつも楽しそうなことが嫌だった。私にそういうことをしないで、丁寧に接するのが、大事にされているようで、その実、ちょっと突き放されている感じがしていた。

でも、そういうものかと思っていたのに。

むしろ、他の人も知らない、そういう紳士的な架くんを知ってるのが、私だけなのかと思っていたのに。

「架が窮屈そう」

「つまんなそう」

これは、美奈子さんが言った。誰かが同調して笑った。

「いいんだよ、別に結婚しても。私たちも、架に、真実ちゃんのストーカー云々《うんぬん》の嘘のこととか、別に何も言うつもりないし」

無責任に、彼女たちが言った。

「むしろ、架のためにそこまでして健気《けなげ》だし。ただ、架の親友としては、割り切れない気持ちにもなるってだけで。だけど、二人が幸せなら別にいいんじゃない？」

ちっともいいと思っていなそうな声を聞きながら、私は、その時初めて、あっと気づいた。

嘘じゃない、と怒ってもいい場面だったのに、怒るのを忘れて、ただ、茫然としてしまったこと。

しらばっくれるという選択肢が自分にはあったのに、それをろくにしなかったことを。

帰りたくて、「ごめんなさい、帰ります」と席を立った私を、周りでみんなが「ほらー、美奈子がいじめるから」とおかしそうに笑っていた。

「ねえ」

美奈子さんが、私を呼び止める。

「結婚式には呼んでね」

美奈子さんは微笑《ほほえ》んでいた。

「架には、本当に何も言わないから、安心して」

自分がそれに答えたのか、答えなかったのか、わからない。覚えてない。

「真実ちゃーん、バイバーイ」「気にしないでねー、また遊んでねー」

正気を疑うような声は、私より何枚も上手《うわて》だった。彼女たちは嘘のプロだ。嘘はいけない、という私が信じてきた常識を取り払った世界で、こんなにも上手に生きている。

店の外に出て、真冬の冷たい夜の空気に頬を撫でられて、ようやく、その日初めての涙が出てきた。

恥ずかしくて、一刻も早くその店から遠ざかりたくて、足が小走りになった。いつかの夜の全力疾走よりも切実な、叫び声のような泣き声が口を衝《つ》いて出た。

余裕のない、獣の咆哮《ほうこう》のような泣き声に、すれ違う人が驚いたようにこっちを見るけど、止まらなかった。幸せな気持ちで送り出してもらえた、ジャネットたちとの送別会が、もう遥か遠い、別の世界のことのようだった。

善良に生きてきた、と思っていた。

あんな、嘘の世界に生きてる人たちと、自分は違うと。

だけど、違ったのだろうか。

ストーカーの嘘をついて、打算で——架に結婚を迫った時から、私はもう、善良ではなかったのだろうか。彼女たちを軽蔑できる資格がないのだろうか。

泣きながら、近くの駅に辿《たど》りついてから、送別会でもらった花束を、壁に叩きつけて、そのまま捨てた。とても、とても悲しかった。こんなことをさせられるのが、とても。

帰宅すると、架くんは、すでに寝室にいた。

心に、炎が燃えている。

本当は顔も見たくない。彼に怒っている、と思うのに、怒っているからこそ、架くんと話したかった。

話せば、今日のことが全部、何かの誤解だったんだとわかるかもしれないから。

昨日までの、何も知らなかったことの方が、真実《しんじつ》に戻る気がしたから。

「架くん……？」

寝室を覗《のぞ》き、小さく声をかける。寝言のような声が「おー、おかえりー」と軽く、返事をした。けれど、その後ですぐに彼が寝返りを打ってしまう。

今日はいつもより帰りが早かったけど、それでも飲んではいるようで、架くんの呂律《ろれつ》が怪しい。

殺してやりたい。

七十点を、この人が私につけたという。

即座にそんなことない、と否定したかったのに、できなかった。だってこの人は私との結婚を即断しなかった。私に嘘をつかせた。つきあっているのに。今、私とつきあっているのに。

この人しかいない、と思って、だから、結婚するんだと思ったのに、その相手が、私を七十点だと人に話していた。それが、八十点でもない、という事実が私をまだ凍らせている。決して低いわけではないけれど、高いわけでもない。だから、落第するような赤点でもない。いいのか悪いのかわからない、ギリギリの数字。

人を点数化すること自体、ひどい。

私はこの人を点数化なんかしなかった。もししろと言われたら――言われたら、悔しいけれど、昨日までは百点に近いと思っていた。

あなたは、そうじゃないの？

百点の相手とするのが、結婚なんじゃないの？　この人しかいないって。そう、選んでくれたんじゃないの？

思考がぐるぐる、回る。

泣いていることに、この人が気づけばいい。気づいて焦って、私に責められて、取り乱して、そして、謝って、言い訳して――。

頭の中で、ずっと考える。想像する。

けれど、架くんは、起きなかった。

ベッドの、すぐわきで、私が泣いているのに。

一晩中、私は横で泣いていた。架くんを責める準備をしながら、ほとんど眠れずに。寝ている彼の首に、手をかけられたらいいのに、と思った。キッチンから、刃物も持ってこようとした。

死ねばいい、と思ったんじゃなくて、ただ気づいてほしくて。

だけど、架くんは気づかなかった。

叩き起こして、そして、責めてもよかったのかもしれない。けれど、そうする前に、私は彼に気づいてほしかった。どうして私から動かないと、この人は、いつも何も気づかないのだろう。

朝になり、架くんが、起きる気配がして――。

涙を流したまま、眠る私の頭を撫でることすらなく、彼が立ち上がって、洗面台の方へ行く。呼びかけることすら、せず。

気づいて、気づいて、気づいて。

じっと体を硬くして待つのに、架くんが出ていく。

ドラマや映画で見る恋人同士が、片方が眠るうちに出て行く時は、愛《いと》おしげに髪を撫でたり、名前をそっと呼びかけたりする。あいうことが一切ない。これまで気にもしなかったことが、私の胸を千々に切り裂く。気づいてしまう。

私は大事にされてない。

七十点だから。

七十点分しか、彼は私を好きじゃないから。

架くんが洗面台を使う気配、髭剃りの音。身支度を終えて、彼が出て行く。寝ている私に、「いってきます」を言うこともなく。

彼のいなくなった部屋の中で、私は、泣きながら起き上がる。もうだいぶ泣いたと思うのに、目の端に新しく、熱い涙がいつまでも滲む。

送別会でもらった花束。

あんなに大きな花束をもらったことなんてなかったのに、捨ててしまった。

送別会だと言ったのに、彼は部屋に花束がないことさえ気づかなかったのか。私に、何があったのか、気づかなかったのか。

昨日は、私の最後の出勤だったのに、それを労《ねぎら》ったり、気遣ったり、優しい言葉をかけようとは、思わなかったのか。

枕を殴って、子どもが駄々をこねるように、ベッドの上で暴れた。暴れているその時も、彼が戻ってくるのを、心のどこかで待っていた。待っていた――。

どうしていいかわからなくて。

気持ちの整理がつかなくて、ひとまず、しばらく戻っていなかった自分のアパートに戻った。

戻ったら、ドレッサーの上に、婚約指輪のティファニーの箱を、自分が飾るように置いていたのが見えて、また、心が荒れた。

嬉しかったのだ。本当に、本当に。

うー、と声が出て、箱を壁に投げつけたい衝動にかられたけど、ぐっとこらえて、箱の中に、指輪を戻した。もったいないから身につけない。だけど、大事に自分で持っていた指輪を手放すと、心の一部が失われたような気がした。

そのまましばらく、部屋で泣いていた。

昨日の、あの人たちの話や声が、首を絞められなかった架くんのことが、繰り返し繰り返し頭の中で何度もやり直しのように再現されていて、自分はどうするべきだったのだろう、とそのたびに思う。これからどうしたらいいのか。私にどうしろっていうの、と、昨夜出会ったすべての人に対して思う。

架くんから、電話がかかってきたのはその時だった。

スマホの画面に表示された「西澤架」の名前を見て、全身が強張る。

思ったのは、気づいてくれたのかもしれない、ということだった。

あの美奈子さんが、架くんに言ったのかもしれない。ごめん、酔っぱらってて、真実ちゃんにひどいことをしたって。架くんは、それで焦って、ようやく私に謝ることにしてくれたのかもしれない——。

胸の高鳴りを感じながら、電話を取る。

何かの間違いがすべて正されて、心に平穏が戻ることを、期待して。

「――はい」

しかし、電話の向こうから聞こえる架くんの声は、あっさりしていた。

『あ、もしもし？　今、式場からちょっと予約の確認の件で連絡が来たんだけど、話して大丈夫？』

この人のもとには、どうやら何も起こっていないのだと思ったら、昨日から何度目になるかわからない絶望に、心を黒々と塗りつぶされる思いがした。

美奈子さんは――この人に話さない。

私の嘘を、本当に、この人に言わない。

あの人たちは、嘘の世界に慣れた住人だから。こんな大きなことが起こったのに、これが、普通なのだ。

架くんは、だからずっと気づかない。私に謝らない。

七十点を、撤回することもない。

そう思った時、ああ、私はやっぱりそれが一番嫌なんだ、と気づいた。

いろんなことに傷ついたけど、架くんの中で、私がその点数なのが一番嫌。お願いだから、なかったことにしてほしい。百点だったことにしてほしいのに、それは叶わないのか。

私は、私に百点をつけない人と結婚して、これから先、一緒に暮らし、ずっと生きていくのか。

「あ、ごめん。今ちょっと……。また後でこっちからかけていい？」

『いいよ。オレも今から一件、仕事で外回りがあるから、また夜にでも』

電話が、向こうから切られる。

あっさりと終わった通話の後で、むなしさが広がっていく。

心が傷ついていた。

気づくと、前橋の実家を目指していた。

このまま何もなかったかのように、架くんと今夜も顔を合わせることなんて到底できない。さりとて、昨夜の出来事を彼に自分から伝える勇気もなかった。

どう伝えたらいいのだろう。ストーカーのことを話から省いて、ただ、彼女たちに言われたひどいことだけを上手に伝えられないものだろうかと、昨夜から何度も何度も考えていたけれど、架くんが彼女たちを責めたら、途端に話はそこまで及んでしまうだろう。その時に何が起こるのか、考えるだけで怖かった。

怖かったけど、それと同じくらい、架くんを許せない気持ちも強かった。

誰かに話を聞いてほしかった。慰めてほしかった。架くんとその女友達をひどいと言って、一緒に怒ってほしかった。おかしいのは嘘の世界に慣れ切った彼女たちの方で、私のこの気持ちの方が人として本当は正しいんだ、と、これまで信じてきた価値観の世界に帰りたかった。

実家に戻れば、私が暮らしていた時の服や身の回りのものは一通りそろっている。私の部屋だってまだある。だから、手荷物は必要最低限にしか持たないまま、電車に乗った。

これまで何回となく来た前橋の駅に、降り立つ。

平日の昼間の駅は静かで、駅前のタクシー乗り場付近の広場にはベビーカーを押す赤ちゃん連れの母親や、お年寄りくらいしか人がいなかった。昨日の夜、私が世界が一変するほどの心の嵐に襲われたのとは対照的に、乾いた冬の陽射しが辺りの人々には明るく降り注いでいた。

お母さんに電話をしよう。迎えに来てもらおう。

きっと驚くだろうけど、事情を話そう。お母さんの声を聞いた途端に私は泣き出してしまうかもしれない。泣いていることに気づいたお母さんは私をきっと心配して、それから――そう思っていたまさにその時、まるで運命の悪戯《いたずら》のように、携帯電話が震えた。

架くんの名前をまたも無意識に期待する。

お母さんに泣いて事情を話すのは、なしになるかもしれない。架くんだったら、今度こそ話をして――と、はやる気持ちでスマホを取り出すと、表示されていたのは、架くんの名前ではなく、今まさに電話をしようとしていたお母さんだった。

「――はい」

反射的に出てしまう。

思ったのは、私が帰ってきたことをどこかから知ったのだろうか、ということだった。お母さん、気づいてくれたの？という気持ちで電話に出た私に、お母さんが早口に言った。

『ああ、真実ちゃん。お母さんだけど電話、平気？　あのね、結婚式のことなんだけど、あなた、この間、呼ぶのはおじさんおばさんたちまでで、いとこはいいよね？って言ってたよね？　だけど、ミサキちゃんだけは今東京に住んでるじゃない？　東京でやる式なんだったら、あの子だけは呼んでおいた方がいいと思うの。おじさんたちに結婚式のことを話したら、ミサキちゃん夫婦の家に泊まるみたいなことを言っていたから、それなのに、当のミサキちゃんが呼ばれないのも失礼な話じゃない？　お父さんとそう話したの』

一息で説明するお母さんに圧倒されながら、戸惑う。

どうやら自分が前橋に戻ってきたことはまだ気づかれていないのだと理解できたのは、お母さんがすべてを話し終えた後になってようやくだった。

「ああ、うん」

と私は緩慢に返事をする。それからゆるゆると、呆れるような気持ちが込み上げてきた。

「結婚式、まだ先なのに、そんな、急いで電話してこなくても……」

『そうだけど、この間真実ちゃんといとこをどうするかって話をしたばっかりだったから気になったのよ』

昔から、気になることがあるとすぐに動かずにいられない人だった。特に、子どものことに対してはそう。お姉ちゃんが、そのせいでよくお母さんと衝突していた。

あのね、お母さん――。私、架くんに――。

出鼻をくじかれたその後で改めて出そうとした声を、その時、止めた。

よく晴れた、まだ寒い二月の空の下、駅前のベンチに一組の親子が座っていた。そこに、彼女たちを迎えにきたと思《おぼ》しきファミリータイプのワゴンが横づけする。彼女たちが立ち上がる。車を停めた男性が、妻と子を乗せるために降りてくる。

彼の姿を見た途端、ズクン、と心臓の痛みを覚えた。

子どもが被るような安物のキャップを被った、少しずんぐりとした体形の男性は、昔、自分が見合いをした男性と似ているように見えた。もう名前も覚えていない、エンジニアをしていた男性。全然恋愛対象に思えなかった、あの人。

お父さん、と子どもが、彼の方に走り寄っていく。ほら、転ぶよー、という母親の声。おかえり、どうだった?と、その男性が自分の妻に何かを優しげに尋ねている。

少し離れた場所から、私は、もっと近づいて彼らの顔を確認したい衝動に駆られていた。お見合いしたあの人と似てるように思えるけど、帽子とか服装の感じと背恰好《せかっこう》がたまたま似ているだけかもしれない。声を聞いても、あの人だという確証は取れない。

視界から男性の姿が消え、奥さんの方だけがまだ見える。すらりとして、髪をキレイにまとめた普通の人だった。私の同級生にもいそうな、ごく普通のお母さん。

彼らの姿を見たら、声が出なくなった。

『真実ちゃん、最近どう? 仕事は確か、昨日までだって言ってたよね?』

耳元で、ふいに、母の声が聞いた。その途端、ダメだ、と気づいた。

今、母に慰めてもらうことはできない。

「うん。昨日送別会やってもらった」

『ああ、そうなの。架くんのところの会社には今月からもう行くの?』

「その予定」

『気をつけなさいよ。結婚前に会社の方でうまくやれなくて、結婚がなくなるなんてことにならないように』

母が無責任に笑って軽い声を投げかける。私はそれに上の空で「ああ、うん」と返した。

『じゃあ、また連絡するね』

かけてきた時と同じ、一方的な調子で、電話は母の方から切られた。

駅前の親子連れは、もう車に乗り込んで、いなくなってしまった後だった。その車が遠ざかっていくのを眺めながら、私は、あれが本当に自分がかつてお見合いをした人だったのかどうかを、まだ考えていた。信じられないくらいダサいと思った、あの金居《かない》さんだったのか、と。名前をようやく、その時に思い出した。

お見合いをしたのは――もう、六年くらい前だ。

だとしたら、相手が結婚していてもおかしくない。子どもがいても、何もおかしいことじゃない。

キャップを被って、わざとではなさそうな使用感が出たジーンズをはいた金居さんは、高学歴のエンジニアだと聞いていた分、「この人が?」と初対面でがっかりした。ちっともかっこよくなかったし、東京にずっといたくせに時折、群馬弁まじりで話すのもあまり好きになれなかった。頭がいい人なんだろうと思っていたのに、想像していたような繊細な秀才タイプとはむしろ真逆な印象だった。

これまで自分が学生時代に恋心を抱いてきたような男子たちとはまったく違う。婚活って、こういう理想とかけ離れた相手を紹介されることなの?と、なんだか惨めな気持ちになった。

だけどその時、こうも思ったのだ。

どこかの誰かと、とっくに結婚しててもおかしくなさそうなタイプの人だ、と。

私はそうじゃないけど、こういう人を選んで結婚する人もいるんだろうな、と。もし、自分が婚活で会ったんじゃなくて、同級生の夫として紹介されたら、私だって、へえ、よさそうな人じゃないか、とひょっとしたら思っていたかもしれない。

さっき、車で妻と子を迎えにきた男性は、そういう、私が思うようなどこにでもいる「いいお父さん」に見えた。

金居さんとの見合いを断る時、お母さんが「あんなよさそうな人を」と言った。私も「ごめんなさい、断ってもいいかな」と、お母さんに言う時に涙が出た。彼のことを気に入っていたお母さんから「あんないい人、断ったらすぐに別の誰かと結婚しちゃうかもよ」と言われた。言われたら、少し、羨ましかった。

だけどそれは、金居さんと結婚できて羨ましい、ということではない。

それは、私はダメで、結婚相手に見られなかった彼を、結婚相手に見られていいなあ、という羨みだった。

彼がダサいことが気にならない。がさつな喋《しゃべ》り方も気にならない。――この人をいい、と思えるとしたら、羨ましい。仕事も学歴も条件がいい、と母が気に入るこの人を、私だっていいと思えたらどれだけいいだろうと、彼と会うたびずっと考えた。好きになりたいと思ったけど、なれなくて、すごくすごく苦しかった。

だから、金居さんでいいと思える、彼の妻になれる人のことが本当に羨ましかった。

今、ワゴンの中に乗り込んで消えていった、彼の妻かもしれない人は、私がダメだったあの人を、ちゃんと結婚相手として見ることができたんだ。そう思ったら、今もまだ少し羨ましく、そして自分が惨めに思えた。あの人と結婚したかったわけじゃない。断ったことを後悔したわけじゃない。けれど、彼らに比べて、自分がとんでもなく未熟だったような気がしてくる。

自分が唯一無二で見つけたと思った架くんと今、こんなことになっているせいもあるかもしれない。だけど、心の底から、ごく普通の家族連れに見える彼らのことが羨ましかった。自分と架くんがあんなふうになれる気がまるでしない。

子どもと私が待っているところに、あんなふうに彼が車で優しく迎えにきてくれる像が、まるで結べない。

それでも――。

東京の架くんのマンションで、自分のアパートの部屋で、ずっと泣いていたせいで、今は新しい涙がもう湧いてこない。泣き疲れて乾ききった頰の上を冷たい空気が容赦なく過ぎる。

それでも私は、架くんと結婚するしか、ないんだ。

今、お母さんに昨夜のことを言えなかったのは――言ってしまったら終わりなのだと気づいたからだ。

私が彼から「七十点」をつけられたこと。それを彼が自分の女友達に話して、彼女たちが笑っていたことを話せば、母はきっと怒り狂う。怒って、おそらく、架くんを嫌いになる。今はあんなふうに「結婚前に会社でうまくやれないなんてことにならないように」って心配したり気遣う架くんを、一気に嫌いになって、そうなったらきっと結婚なんて許してもらえない。結婚しても、後々まで、架くんを何かにつけて悪く言うだろう。

そんなふうにはなってほしくなかった。

咄嗟《とっさ》にそこまで思ってしまってから、気づいたのだ。

私は、今、架くんに会いたくない。彼をひどいと思っているし、裏切られたと思っている。彼のマンションにも戻りたくないと思っているけど——それでも、彼と結婚したくない、とはまるで思っていないことを。

誰かに慰めてほしい。悪くないって言ってほしい。けれど、架くんと別れるのは考えられなかった。

だけど、お母さんに話したら、おそらく架くんとはもうここまでだ。もし今後、私と彼が話して、すべてが解決したと思っても、お母さんは架くんのことをたぶん許さなくなる。

だから、言えない。


自分が何のために家を出たのかを、思い出していた。

どうして一人暮らしがしたかったのか、を思い出していた。

まだ県庁に勤めていた時のことだ。

お母さんに紹介してもらった小野里《おのざと》さんのところのお見合いがうまくいかなくて——そんなことを話していたら、職場の人に合コンにつれていかれた。最初の頃は断っていた県庁の他の部署の男の人たちとの飲み会は、それなりに楽しかったけど、中には既婚なのに来ている男性がいることがわかったりもして、そんなに真剣な出会いの場って感じじゃなかった。

金居さんみたいながさつな雰囲気の人もいたし――私の二人目のお見合い相手だった花垣《はながき》さんみたいな、言われたことに頷《うなず》くだけのような人もいて、そういう人のことを既婚の明るい雰囲気の人たちがしきりと「こいつ、本当に真面目でいい奴なんだよ」とまるで私に勧めるように必死になって盛り上げようとしていた。そういう姿を見ると、ああ、確かにいい人なんだろうなぁと思うけれど、それと同時に、ああ、こうやって自分でアピールできないし、盛り上げてくれる同僚への感謝も薄そうなところが、この人が結婚できない理由かもしれないと思ったりもした。

真面目でいい人。

その時も、見えない相手を羨むような思いが掠めた。

県庁職員で、真面目で、いい人。この人を恋愛対象に思えたら、どんなにいいだろう。だけど、私にはそう見えない。紹介された時点から、どうしても相手を対象外に見てしまって、そこから先に進めない。この人をいいと思える人がいるとしたら、嫌味ではなく、本当に羨ましく思う。だけど、思えない。婚活や出会いの場は、いつも、そう思うことの繰り返しだった。

だけど、そうやって、話が合わない、結婚相手の候補にも思えない人であっても、当然、向こうから私を願い下げな場合だってある。頭がいい人は、プライドだって高い。

当時、議会事務局で働いていたけど、正直、働く前、私は街で選挙のポスターを見ても、どの人が県会議員でどの人が国会議員なのかとか、よくわかってなかった。今はもうわかるけど、最初はみんなそんなもんですよね、と話したら、事務局の人たちに呆れられた。そんな話を、受け狙いのようにその日の飲み会で何となく話した。すると、それまでほとんど話していなかった、真面目そうな男の一人から、「それはヤバいでしょ」と言われた。

目にはっきり、バカにするような光が浮かんでいた。

「この職場に就職するのにそれはまずいでしょ。そういうことを、こういう場所で言えてしまうこともちょっと君、まずいと思うよ」

こんな、モテなそうな人にもプライドがあって、その何かを満たすために今、自分が使われたのかもしれないと思うと、愛想笑いが引き攣《つ》った。彼もまた口元に微かに引き攣った笑みを浮かべて、「どういう育ち方してきたの、君」と私に言う。

こういう時に、たまに金居さんのことを思い出すことがあった。こんな嫌味っぽいことを言ってくるこの人よりも高学歴だったはずの金居さんには嫌味がまったくなくて、私にも優しかった。あの人にお見合いを続けたいと言われたことだってあったんだからと、泣きそうな気持ちで、その事実に縋《すが》りたくなることが――あの頃はよくあった。惜しいことをしたとは思わないし、都合がいいと自分でも思うけど、そう思いたくなる気持ちが止められなかった。

「でも真実ちゃんは真面目で向上心があって、語学とか、手話の勉強とかにも熱心なんですよ」

フォローするように、私をその場に誘った、女性の正職員の人が言った。県がやっている無料の講座に、誘われて、確かに私はその時期、彼女と一緒に通っていた。英語や中国語が話せるようになると真剣には思っていなかったけど、手話とか、できたらなんとなくかっこいいかな、と思って。

しかし、その話を聞いて、相手の男はさらに鼻白んだようになった。私をちらりと見て、「それ、何の役に立つの」と聞いた。

「何か仕事で必要だからやってるってわけでもないんでしょ？ それとも、そういう方面に転職したいの？ そうじゃないなら、何のためにやってるの」

いいと思える人がいたわけではなかったし、楽しかったわけでもなかったけれど、流されるようにそのまま二次会のカラオケまでついていって、気づくと、夜の十二時を回っていた。あわててスマホを見ると、母から着信が何件か入っていた。

ため息を吐いて、かけ直すことも考えたけど、もう社会人だし、これまでも遅くなることはあったから、別にいいや、とそのまま帰ることにした。もう母も寝ているかもしれないし、と。

しかし、帰宅した一時頃、母はまだ起きていた。起きて、私に向けて「何時だと思ってるの」と冷たい声で言った。

「お父さんも、さっきまで起きてて、ずっと不機嫌だったのよ。一体どうしてこんなに遅くなったの」

「ちょっと、職場の若い人たちと飲み会で」

「女の子たちもいたの？　こんなに遅くなって、その子たちの家は何を考えてるの」

私は口を噤《つぐ》んだ。私はその時――三十一歳だった。私は今日、たまたま十二時を回ったけれど、同僚たちの中では飲み会にもほとんど参加しない方だった。そんな、高校生を叱るような口調で諭されることに対して、猛烈に違和感があった。

父が不機嫌になった、ということだってそうだ。結婚しないと困る、という雰囲気をあれだけ出しているのに、帰りが遅くなったくらいで、なんで不機嫌になるのか。彼氏ができたら、外泊だって、きっと普通にすることになるはずなのに。

「真実。決めた。家の鍵を返しなさい。これからはお母さんたち、真実が帰ってくるまでずっと起きて待ってるから」

母が言って――私は、え？と思う。

冗談かと思ったのに、母の顔は大真面目だった。

「お母さんが起きていられるのは、十一時くらいまでが限度。自分が帰ってくるまで、みんな眠れないんだって思って、それを意識して生活しなさい。あと、九時を過ぎる時には必ず連絡を入れること。いい？」

平然と口にする母に、迷いはなさそうだった。父の不機嫌同様、深く考えての言葉ではないのだ。そうして当然だと思っている。

自分が帰ってくるまで、母たちがいつまでも起きて待っている——。その様子を想像したら、腕にぞっと鳥肌が立った。

「あと、飲み会に行ったりするくらいなら、もっと家のこともやってほしいの。台所や洗面所のタオル、いつも誰が替えてると思ってるの？　玄関やお風呂だって、きれいで当たり前だと思ってるでしょう。お手伝いしてよ。ルールを決めよう」

お手伝いしてよ、という、幼い子どもに言うような言葉に打ちのめされる思いがした。

——この家に、このままだと組み込まれてしまうのだ、と思った。

外に出なければ、ここでずっと母のルールに呑み込まれたまま、「自分の家」が作れない。さっさとここからいなくなった姉の希実のことを思い出した。結婚して夫がいる姉には「向こうの家」があるから遠慮されることが、私には、このままじゃ、ないと思われている。

そして、ふいにかわいそうになった。——母のことが。

お母さん、ごめん。

私がずっと、お母さんの言う通りにしてきてしまったせいで、今、こんなことになっているのかもしれない。お母さんがこれでいいと思ってしまったのかもしれない。

進学も就職も、本当は、自立したところを、見せなきゃいけなかったのかもしれないのに。

——どういう育ち方してきたの、君。

その日言われたばかりの言葉が、改めて、胸に込み上げてきた。そんなふうに言われてしまった。お母さんとお父さんに申し訳なかった。

お手伝い、ルール、家の鍵を返しなさい——。小さい子を縛るような言葉を、目を三角にして話す母の頭に、染め残しの白髪が見える。皺《しわ》だって、私が学生だった頃よりずっと増えた。それを見ると、痛々しい気持ちになった。

お母さん、ごめん。

こんなこと、言わせてごめん。

自立したところを見せよう、と、心の底から思えたのはその時が初めてだった。

両親に頼った就職先と結婚相談所からは、もう離れよう。

自分の力で一人暮らしして、自分でちゃんと婚活したい。私が見える場所にいると、きっと、お母さんはいつまでも私を構ってしまう。この子はできない、と思い続けてしまう。

安心させてあげたい、と思った。

自分で結婚相手を見つけて、お母さんたちに紹介したい。そう思った。

茫然と、薄い陽射しに照らされた駅前で並木に見入る。昔からずっと見て来たけやき並木が今日はどこまでもどこまでも、果てしなく続いているように思えている。その中に、自分がこのまま吸い込まれてしまいそうに思えてくる。

自分でも、自分の気持ちが整理できない。

架くんは、私が見つけた結婚相手だ。

ひどいことを言われたという自覚はあるし、こんなにも許せないと思っているのに、架くんと結婚しないという選択肢を、私は持てない。

いい人だ、と思っても、結婚相手としては見られないという人ばかりと数多く出会い、ようやく、架くんと出会った。ルックスがいいからかもしれない、と自分でも現金に思ったけど、だけど、恋愛対象として見られる相手と出会えるのは、それくらい、得難くて貴重なことだった。ようやくそう思えた気持ちを大事にしようと思った。架くんと結婚したいと思った。

多趣味で、友達が多くて、私よりずっと広い世界を知っていそうな彼に追いつくのは大変そうだったけど、がんばりたいと思ったし、そんな彼が私と、どうやら真剣につきあっているつもりらしいと思えた時には、もうこれで大丈夫だと思った。

わからなかった。

昨日まで、自分が百点をつけていた架くんが、今、自分の中で何点なのか。減点した、と確かに思うのに、だからといって、彼と結婚できなくなるのは嫌だった。

そう思ったら、今度は全然別の焦りが込み上げてきて、顔がかっと熱くなる。昨日の美奈子さんたちが、架くんにストーカーのことを話すのではないか、という恐怖だ。さっきまで、告げ口すらされないことに絶望していたのに、彼女たちに嘘の事実を知られているということが今度はすごく怖くなる。架くんと結婚したとしても、私はこれから、彼女たちにいつその嘘をばらされるのかと、怯《おび》えて生活しなければならないのか。

スマホを胸に押し当てる。もう、母に泣き声で電話する気力はなくなっていた。

衝動的に帰ってきてしまったけど、お母さんに架くんのことで泣きつくのは、自分でできなかったことを認めるのと同じだ。やっぱり、一人では何もできないんだと思われる。家の鍵を返せ、帰ってくるまで起きて待っているから——そう言われた時と同じことが、いくつになっても、私をまだ追いかけてくる。

実家に帰れなければ、私にはもう行く場所などない。

気づいて、途方に暮れる。お姉ちゃん——と一瞬、姉を頼ることを考えてから、結局、それも同じことかもしれない、と思い直した。母より言葉が通じる分、架くんに対しては柔軟な考え方をしてくれるかもしれない。けれど、姉は、母よりも厳しい時も多々ある。バカじゃないの、とこれまで何度も言われた。

——お姉ちゃんみたいに、全部が順調だった人にはきっとわからない。

友達も、こんな話をできるような心当たりの子は誰もいなかった。みんな、そこまで深いつきあいじゃない。元同僚のジャネットのことだって、大好きだし、素敵な子だけど、これまで恋愛の話なんてお互いにそんなにしてこなかった。あの、行動力のある頭のいい子に、こんな話を聞かせて呆れられるのも怖かった。——友達だと思っていたけど、実は、そんなに仲がいいわけではなかったのかもしれないと、我ながら、啞然《あぜん》とする。頼っては、いけない気がする。

唇を嚙《か》み、けやき並木を見つめる。

私の姿を、いつ、どこで、誰が見ているかわからない。駅前にいたことが、母の耳に入ってもおかしくない。婚活していても、感じたことだった。この街のことは好きだけど、だけど、狭いのだ。ここで婚活していて、もし、中学時代の自分のことを知っている人に会ってしまったら？と想像したら、すごく嫌だった。私は、香和女子に高校から入って、自分から望んでそうしたことになっているけど、本当は中学時代は姉と同じ公立の進学校を希望していた。婚活で会った相手の知り合いに、もし私の中学の同級生がいたとしたら、そのことを知られてしまう――。金居さんと会っている時も、話していて、共通の知り合いに辿りついてしまいそうな気配があって、話題を曖昧に濁したことがあった。

姉にそんなようなことを話した時に、「そんなに気になる？」と言われたことがあった。バカじゃないの、という時と同じ、少し呆れた声だった。

「相手だってもう大人なんだし、そんな中学時代の頃のことなんてどうでもいいよ」と。

――お姉ちゃんには、きっとわからない。

知り合いの視線に巡り合わないうちに、と周囲を窺う。

自分でも自分の気持ちがわからないまま、スマホをバッグにしまって、駅に引き返した。

——東京の会社をやめた直後は、オレ、被災地に行ってたんスよ。

キャップ姿の金居さんに、かつて、言われたことを思い出していた。ボランティアに行くために会社をやめた、という話は、金居さんにとっては自分をアピールするための話だったのかもしれないけれど、それを聞いた時点で、私にはハードルがむしろ高く思えた。

そういうことができる人なんだ、と思うと、そんな行動力も思いつきもなかった私には、彼がますます遠い、自分とは違う人種に思えて、むしろ、引いてしまった。

「その時の会社が合わなかったせいもあるんだけどさ。無心になって働くと、オレがどんな気持ちでここに来たかなんて関係なく片付く作業もあって、誰かの役には立つわけで、行ってよかったとは思ってるんだ。ボランティアを泊めてくれる施設みたいなものもあって、そこで仲間もできて、その出会いってオレにとっては一生の財産になったし」

曇りなくそういう言葉を言えてしまうところに、気持ちはますます引いた。それが自慢話のように聞こえたせいもある。「そうなんですか、すごいですね」と言いながら、何と返せばいいのかわからなかった。

ずっと忘れていたのに、無心、という言葉の響きだけが記憶の底から上がってくる。

無心になって働く。

私には、遠くて、遠すぎて眩しくて、彼は異世界の人なんだと、それだけで恋愛できる気も起きなかったし、会ってすぐから合わないと思った。結婚相手としてなんて見られなかった。

キスしたいとも、抱かれたいとも思えない。想像すると、むしろ嫌悪感の方が先に立った。

彼に、違和感なく抱かれることができる人のことが羨ましかった。それさえできれば、私だって、誰かの奥さんと呼ばれる人に、すぐになれたかもしれないのに。

結婚と恋愛は違う。

婚活していて、散々、いろんな人から聞いたアドバイス。

でも。

一緒に暮らせても、キスもセックスもしたくなかったら、それで、夫婦になれるのだろうか。

あんないい人をどうして、と母から言われるたびに、だって、一緒にいても楽しくない、と答えた。そんなことくらいで、と母には言われた。小野里さんにも——呆れられている気配を、ちょっと感じたことがある。同じ職場だったメグちゃんからは、「理想が高い」と言われたけれど、そうだろうか。望むのは、いつだって少しだけのことだったと思うのに。

相手とキスをしたいと思えない、という理由だけで断ってはいけないのか。

夫婦って何なのか。

結婚するって何なのか。わからなくて苦しんだ。

歯科助手だった花垣さんはきれいな顔をしていて、キスしてもいいと思ったけれど、話せなかった。自分から一切話ができないタイプの人で、どうして？と、とてもとても――がっかりした。

シンプルな気持ちで選んではいけないのだろうか。

恋愛と結婚が違うなんて、私にはわからない。

架くんにキスがしたいと思った、その気持ちに突き動かされるようにして動いてきた今までの日々は、間違っていたのだろうか。

乗り込んだ電車の中で、窓の外を流れる景色を見ながら、私にはわからなかった。

難しすぎてわからない。

ただ、無心になりたかった。


たったひとつ、わかることは――。

私がそんなふうに、見下すように「相手として見られない」と思ったその誰もが、私なんかと結婚しなくて、おそらく正解だったということだ。

彼らにちゃんと向き合えた人と結婚できて、きっと幸せだろうということだ。

そして、思う。

私は、架くんにちゃんと向き合っていただろうか。
架くんは——私とちゃんと、向き合ってくれていたのだろうか。

# 第二章

「――あなたがお電話をくれた西澤さん？」

仙台駅の前で待っていると、女性が近づいてきて、真実に尋ねた。真実は、小さく息を吸いこんで、彼女を見つめる。

返事をするのが、一拍遅れた。それは、自分が彼女にかけた電話で咄嗟に使ってしまった偽名を後悔したからだ。本当は口を衝いて出てしまった瞬間から、後悔していた。けれど今それを訂正すれば、きっと怪しまれる。

「――はい」

真実は頷いた。もうこの名前でいくしかないのだ、と心を決める。

「西澤です。西澤――真実」

実家にも、自分のアパートにも、架の家にも戻れない――と感じた時に、なぜかふっと思い出したのは、もう何年も思い出すことのなかった金居の言葉だった。

東日本大震災の直後、しばらく東北にボランティアに行っていた。無心に働くと、自分がどんな気持ちでここに来たかなんて関係なく、片付く仕事はあって、誰かの役には立つ——。その期間、ボランティアを住まわせてくれる場所もあった、と彼が言っていた。

自分には到底そんな行動力はない——そう思って、彼を自分とは違う世界の住人のように感じていた。震災の後、闇雲に被災地に行ってもボランティアは現地であぶれてしまい、時には足手まといになることさえあるというニュースを何度かワイドショーで見て、そのたびに、「だから自分のような人間は行かない方がいいんだ」と思ってきた。心のどこかで、それを行動しない理由にしてほっとしていたような気がする。

「そういうボランティアって、どうやって行くんですか?」

そう金居に聞いたのは、深い理由があってのことではなく、純粋に疑問に思ったからだ。もし自分だったら、どうやって被災地入りしたらいいのかさえ、きっとわからない。交通手段を探す時点で躓《つまず》いてしまうだろう。

「いろんな方法があるけど、一番大事なのは、現地がどういう状況で、どんな問題があって、どこに人が足りないか、情報を把握してる団体に問い合わせたり、ボランティアを集めてるNPOとか会社に自分を登録すること。オレの場合は、———って会社に連絡したよ」

会社名を聞いたはずなのに、もうだいぶ前のことだし、忘れてしまった。ただ、それが自治体のような公的機関ではなくて、「会社」だったことが意外だったので、そこだけは覚えていた。

「テレビなんかで紹介されてるの、見たことない？　日本全国、あちこちの自治体を手伝ってる会社でさ。コミュニティデザイナーっていう職業の人が集まってるプロ集団なんだ。行政と住民の間に入って、地域活性化の取り組みを手伝ったり、独居老人の見回りとか、子どもの防犯体制作りとか考えたり。そういうことが職業になるんだってことがまず斬新で驚いたんだけど——。特にオレは、自分が入った最初の会社が合わなくて、仕事ってこれでいいのかな？って思ってたところだったから、テレビでその会社が紹介されてるの見て、衝撃受けたんだ。実際、やってみると苦労もたくさんあるんだろうけど、人と繋がれる魅力的な仕事だなって」

真実が興味を示したことで、金居が饒舌《じょうぜつ》になり、笑顔で教えてくれた。

「その会社が、東北の自治体の手伝いをしてるところを、たまたま震災前にテレビで見てたんだ。この人たちなら、きっとオレがどこに行けばいいのか教えてくれるって、そう思って、オレの場合は、——に連絡したよ」

会社名は思い出せなかったけれど、初めて聞いた職業の名前だけ、うっすら覚えていた。

コミュニティデザイナー。

スマホから、検索する。すると、出てきた。

〝プロセスネット〟

サイトを見ると、金居の言葉通り、あちこちの自治体を手伝っている。寂れた街の商業施設の再生事業や、民泊システムを利用しての地域の活性化。——中でも、瀬戸内海の冴島《さえじま》というところで、島の主婦やシングルマザーを集めて海産物の加工会社を手伝った実績が、島の人たちの笑顔の写真とともに紹介されているのが印象的だった。女性だけのそういう取り組みに、何か、今の自分の弱っている気持ちが共鳴したように思った。被災地での活動についても、たくさん紹介されている。日本だけではなくて、台湾やインドネシアなど、海外の被災地でも活動しているようだった。

どうして連絡してみようと思ったのか——理由がはっきり、言葉にならない。

だけど、帰りたくないいし、会いたくない。

しばらく、時間がほしかった。

架に心配させてやりたい、という気持ちももちろんあったが、最初は強かったその気持ちが少ししぼんで、今は、むしろむなしさの方が強かった。

心配した彼がどうするのか。

想像もできない。けれど、今会ってはダメだ、と思う。

真実にストーカーがいなかったことを、架は知るかもしれない。そうなれば、自分たちは別れることになるのかもしれない。そんなことを、他人事《ひとごと》のように思う。距離を置いて考えなければ、到底、持ちこたえられなかった。

途方にくれながら乗り込んだ高崎への電車の中で、ふっと思い当たったのだ。

自分がもう仕事に行くこともなく、今日からは——すべてから自由なのだ、ということに。

行かなければいけない場所など、どこにもない。学校も、職場もない。こんなことは生まれて初めての状態だった。だったら、知らない土地に行ってもいいのではないか。架と距離を置いても、いいのではないか。

サイトにメールを送り、できれば、宿泊つきでボランティアがまだできる活動はないか、と文面に書いた。仕事を辞め、時間ができて、まだ今後のことがわからずにいる。こんな私でも誰かの役に立つのなら、いまさらだけど、何かがしたい——と。

　スマホのメールアドレスを残しておくと、返信はすぐに来た。

　短いやり取りをいくつか経て——携帯電話の番号が伝えられた。連絡先になっているスタッフの名前が女性で、なんだかほっとする。

つながった電話に向けて、咄嗟に、名乗っていた。

「——西澤、真実といいます」

しばらく誰とも会わずに離れたいなら、偽名を使うべきなのだ、と電話がつながってみて初めて思い至った。熟慮する暇もなく、唇の間を滑り落ちるように、そんな中途半端な偽名になった。

今、坂庭《さかにわ》の次に身近な苗字。架の苗字。

もっとマシな名前にすればよかった、と後悔したけれど、もう口にしてしまった。

すると、電話の相手も名乗った。

『電話をくれてありがとうございます。私はプロセスネットのスタッフの、谷川《たにかわ》ヨシノといいます』

明瞭な話し方をする、まだ若い——自分とそんなに年が変わらない人のように思えた。

『西澤さん、仙台まで来られます?』

金居が南相馬市に行った、と聞いていたから、自分もてっきり福島のどこかに行くような気がしていた。しかし、問われた言葉に、反射的に「行きます」と答えていた。それが自分の声ではないような、はっきりとした声に聞こえて、答えた後から戸惑った。

待ち合わせの時間と場所を決め、電話を切る。切ったその後で——思い切って、スマホの電源を落とした。

しばらくの間。

架と会う覚悟が自分の中でちゃんとできるまでは、電源を復活させる気はなかった。自分にこんなことができるとは思わなかった。


ものすごい寒さを覚悟して——覚悟しすぎて来たせいで、仙台駅のホームに降り立ってすぐは、寒さをさほど感じなかった。

東北は、仙台を含め、これまで一度も足を踏み入れたことがない場所だった。テレビや天気予報図でその位置を見たことはあっても、真実にとっては未知の土地だ。

本格的な寒さを実感したのは、改札を抜けて駅前に出てからだった。待ち合わせ場所に指定されたエスカレーターの前に立つと、雲で覆われた沈んだ色の空を背景に、微かに雪が舞っていた。

東京でも群馬でも、雪が舞うとなったら一大事なのに、ここでは、これが当たり前の景色なのだろうと、辺りを行きかう人たちの様子を見て思う。誰も足を止めず、日常的にこの天気と寒さを受け入れている。

遠くに来てしまった、と改めて思った。群馬から東京に来た時も、全然違う場所に来たと思ったけれど、それは田舎から都会に来た、という感覚で、自分の知っている地方都市とは違う地方に来た感覚は、それとはもっと別の強い違和感があった。本当だったら縁もゆかりもなかったこの場所にどうして来てしまったのか――と、不思議な気持ちに陥る。

「あなたがお電話をくれた西澤さん？」

近づいてきた女性に尋ねられ、小さく息を吸いこんで、彼女を見つめた。

「はい。西澤です。西澤――真実」

「よかった。ちゃんと会えて。私が谷川です。車を停めてあるところまで、少し歩くんですけど、いいですか？」

「はい」

谷川ヨシノは、声の印象の通り、自分ともそう年が違わなそうな女性だった。明るい表情の美人で、すらりと背が高い。化粧をしている様子がないのに、肌がきれいで、すっぴんな分、より元の顔立ちがはっきり際立って感じられた。

光沢のある紫色のダウンジャケットにショートブーツ。ダウンジャケットが、架が冬に着ているのと同じ有名なブランドのものだった。真実も憧れたことがあるけれど、スポーティな印象のダウンは自分には似合わないかもしれないし、第一、今の収入では手が届かない、とあきらめたものだ。――だけど、架は何色か持っていた。架の女友達たちにも、着ている人がいた。

思い出すと、嫌な思いがまたこみ上げてきそうになって、一瞬身構える。

しかし、ヨシノと架たちが決定的に違うのは、彼女のダウンがかなり着古されたもののように見えたことだ。ボロボロとか、くたびれているというわけではないけれど、長くこの一着を愛用してきたような、そんな感じがする。架とその女友達のダウンが新品同様におしゃれに見えたのとはだいぶ違うけれど、実用的な着方をされてきたその感じは彼女によく似合って、架たちよりも、むしろ断然おしゃれに見えた。先の部分が少しこすれてしまっている彼女のショートブーツにも好感を持つ。

そう思ってから、自分のいかにも東京の寒さにしか耐えられないようなベージュのウールコートと、群馬にいた頃から履いているヒールのロングブーツが、なんだか急に恥ずかしくなった。人の役に立ちたい、と連絡したのに、この恰好じゃあまりにも場違いだ。

「じゃあ、行きましょうか」

真実の内心の動揺をよそに、ヨシノが歩きだす。後ろについて歩きだそうとしたその時、ふいに彼女がこちらを振り返った。

「荷物、それだけ？」

「え……」

すぐに反応できなかった。ヨシノの目が自分の鞄を見ている。――群馬の実家に戻る準備しかしていなかったボストンバッグは、厚みがほとんどない。自分でも、こんな荷物でいつまで過ごせるだろうと心配なくらいだ。

下着とか、洗面用品とか、身の回りのものを揃えてからくればよかった。顔がかっと熱くなる。真実が言い訳になるような何か言葉を探している間に、ヨシノが言った。

「もし何か必要なものがあったら言ってね。ユニクロ寄りたいとか、ドラッグストア行きたいとか」

拍子抜けするくらい、軽い声だった。一瞬ぽかんとしてから――、さっきから、コートを着ていても、衣服と肌の間に空気が入り込むようで、この寒さが東京とはまるで違うことを実感する。普段の自分だったら遠慮したかもしれない。だけど――。

おかしいと思われるのを覚悟で、言った。

「あの」

「うん？」

「――ダウンジャケットを、どこかで買ってもいいですか。あと、ヒールのないブーツも」

「いいよ」

ヨシノが言った。真実の目を見つめ、そして頷く。

「もちろんいいよ。買いに行こう」


ダウンジャケットとブーツを買い、会計を済ませたその場で値札を切ってもらった。これまで着ていたコートとブーツの方をたたんで袋に入れてもらい、紫色のダウンを羽織り、ベージュのボアブーツを履く。ついでに毛糸の帽子を買って、それもかぶる。

これまでしたことのなかった恰好だった。

ふんわりとした白やピンク、あるいは無難に着こなせる黒か茶色。そういう色しか、これまでは身につけてこなかった気がする。

駅前のショッピングビルを出る時、入り口に雑貨屋があった。キャスターがついた手頃なサイズのトランクが売られていて、それも買った。持っていたボストンバッグとコート類を中に入れてしまうと、一気に身軽になった。

雑貨屋のレジ横にある等身大の大きな鏡に映る自分を見て、我ながらびっくりした。スポーティなダウンとショートブーツ姿でトランクを引く自分は、まるで、自分ではない、誰か別の人のようだった。

活動的な――見知らぬ誰かのように見えた。

「じゃあ行こうか」

ヨシノに促され、駐車場まで一緒に歩く。さっきまで服の中に滑り込むようだった冷気が、新しいダウンジャケットのおかげで段違いに和らいでいた。

ヨシノに案内された国産の小型車は、乗り込むと中に物がほとんどなく、彼女の私物というより、何の表示もないけれど会社の社用車か何かのような雰囲気だった。

「遠いんですか」

これから自分がどこに行こうとしているのかもわからずに尋ねると、ヨシノが「うーん」と少し考えこむ仕草になった。

「一時間はかかんないと思う。一応、仙台市内だから」

「仙台、都会ですね」

いろんな店舗が入っている商業ビルやデパートがいくつも見える。街並みもきれいだ。震災直後がどうだったのかわからないが、震災の影響を感じる部分は今のところ見られない。真実が言うと、ヨシノが「そうだね」と頷いた。

「あと、信号が」

「え？」

「縦じゃないんだなって」

「ああ」

車が走り出してすぐ、雪の舞うフロントガラスの向こうの景色を見ながら気づいたことだった。雪が深い土地では、信号が雪の重みでつぶれてしまわないように、横ではなく縦に長い。昔、小学校の社会科の授業で習った時に、そんな土地があるのか、雪ってそんなに重いのか、と驚いたから覚えていた。

ハンドルを握りながら、ヨシノが教えてくれる。

「仙台市内は雪がそんなに降らないからね」

「そうなんですね。東北って、どこもみんな雪が多いものなのかと思ってました」

「大雪に慣れてない分、いざ除雪が必要になると大変だって、こっちの人から聞いたことあるよ。普段から降る土地だと除雪の態勢がしっかりしてるけど、不意打ちでこられると困るんだって」

窓の向こうを、景色が流れていく。

三十分も走ると、辺りから商業区域の雰囲気が消えて、前橋でもよく見るような畑と住居が混在する、住宅地の一角に車が入っていった。

「――着いた。ここだよ」

ヨシノに言われ、車から降りる頃には、少し薄暗くなり始めていた。けれど、その建物の外観は、傾いた陽を受けてもはっきりわかって絵になっていた。ぼんやりとあたたかな光が中に灯っている。市街で舞っていた雪はいつの間にか、やんでいた。

おしゃれな建物だ――というのが第一印象だった。

ここまでの道すがらで見た日本家屋の家々とは明らかに違う、「デザイン」が感じられる家だった。コンクリート打ちっぱなしの壁の中央付近に大きな窓があり、そこから洩れる柔らかな光の中で、空調の大きなプロペラとモダンな照明が天井にかかっているのが見える。

デザイン事務所とか、そんな雰囲気だ。意表を突かれた思いで視線を下に向けると、門の近くの郵便ポストの上に小さな看板が出ていることに気づいた。

『樫崎《かしざき》写真館』とある。

「写真館、ですか」

「うん。西澤さんには、しばらくここで、写真の洗浄と整理を手伝ってもらおうと思って」

「写真の洗浄？」

「そう。震災の後、見つかったけど泥をかぶったりして汚れたままになってる写真がまだたくさんあって。ここでは、そういう写真の洗浄と修復をしてるんだ」

意外だった。真実は、自分もまた、金居が話していたような肉体労働をするものとばかり思ってきた。泊まるところだって、金居の話では、雑魚寝《ざこね》の合宿所のような雰囲気に思えていた。

しかし——、そう考えてから、ああ、そうか、と思い至る。

時間が経っているのだ、と。

金居から聞いていた被災直後の状況から、もう何年も経過している。ボランティアにできることも関わり方も、その頃とはかなり違うのだろう。まして、真実は女性で体力仕事には向かないし、特別な資格も経験も何もない。

急に、気まずい、肩身の狭い思いに襲われる。思いつきで、「役に立ちたい」、「無心になりたい」なんて、傲慢な考えだったのではないか。そのことを、この人に見透かされているのではないか――と。

「私――」

来てしまったのは間違いだった。ここまで来たのに、急に帰りたい気持ちになって――けれど、何をどう伝えたらよいかもわからないまま口を開きかけたその時、写真館の隣の日本家屋の方から人が出てきた。

「ヨシノさん」

出てきたのは、まだ小学生くらいの男の子だった。

「ああ、力《ちから》」とヨシノが言う。

「お母さんが、今日から人がくるなら、自分たちの荷物はどかした方がいいかって聞いてるけど」

力と呼ばれたその子が、ヨシノと話しながらも、なんとなく自分のことを意識しているのが伝わる。ひょろっとした、冬でも少し日焼けした、健康そうな男の子だ。

スポーツ刈りの男子なんて、ひさしぶりに身近に見る。かわいいな、と思った。

「大丈夫。別の部屋を貸してもらえるように、樫崎のおじいちゃんには頼んであるから。力とお母さんはそのままでいて」

「わかった」

男の子が真実の方を見ないまま頷いて、戻ってしまおうとする。自分が来たことで何か面倒をかけてしまったのかと、真実の方でも視線があげられずにいると、ふいに、声がした。

「こんにちは」

自分に向けられた声なのだと咄嗟に気づけずに、一拍遅れて顔を上げると、力の丸い目がこっちを正面から見ていた。その目の曇りのなさに戸惑うような思いで、真実はようやく「こんにちは」と声を返す。

男の子はそう言ったきり、ぺこりと頭を下げて写真館の横の家に戻っていった。

「あの子は力。少し前から、お母さんとここにいるの」

「この写真館の子ですか」

「ううん。そうじゃないけど」

自分のようなボランティア活動のためにきて、泊まっているのだろうか。しかし、今は二月で、長期休みの時期ではないはずだ。学校はどうしたのだろう。

思っていると、そこにまた、別の声がした。

「逃げできて、写真館の仕事ば手伝ってもらってんだよな。ヨシノさんがつれてきて」

写真館のドアがいつの間にか開いて、そこから白髪の老人がやってくる。老人だけど——細身のニットを着こなし、帽子をかぶる姿が芸術家然としていて若々しい。少し背が丸くなっているが、足取りもしっかりしていた。

反射的に真実が頭を下げると、おじいさんが軽く顎をしゃくるようにして頷いた。表情があまり変わらず、怒っているのだろうか、と一瞬身構える。しかし、その横のヨシノの口調はあくまで軽やかだ。

「あ、この人が、樫崎写真館の館長の正太郎《しょうたろう》さん。ここは樫崎のおじいちゃんと、孫の耕太郎《こうたろう》くんが二人でやってるんだけど、今は、さっきの力くんたち親子にも手伝ってもらってる。西澤さんにも、あの子たちが泊まってるのと同じ、あっちの母屋にしばらく泊まってもらおうと思ってるからよろしくね」

「あ、はい」

緊張しながら、紹介されたおじいさんの方に、改めて頭を下げる。

「西澤、真実です。よろしくお願いします」

おじいさんが軽く頷く。

「仕事は、耕太郎さ聞いで」

東北弁でそれだけ言って、そのまま行ってしまう。今日から自分の家に泊めるというのに、構えた感じがまるでなくて、真実は、呆気にとられた気持ちでその背中を眺める。

「あの……」

「うん？」

「ここは今何人くらいいらっしゃるんですか？　その、私、合宿所みたいなところに泊まるとばかり思っていて、普通のおうちに泊まらせてもらうとは思っていなかったので」

それに、今のおじいさんと孫の二人でやっている写真館だと言っても、家の方には、彼らの家族だっているかもしれない。その人たちに迷惑をかけてしまうのではないかということも気になる。

しかし、ヨシノがあっさりと答える。

「ここは、もともとさっきの正太郎おじいさんが一人でやってた写真館なの。耕太郎くんは東京で写真の勉強をしてたんだけど、震災をきっかけにこっちに来て、学校を卒業してからはこの家で二人暮らし」

そう言ってから、ヨシノが微かに笑って、付け加える。

「最近は、耕太郎くんの彼女がちょくちょく来てるから、そのうち三人とかになるかもだけど」

「あ、そうなんですね」

「うん。耕太郎くんはもともと東京生まれの東京育ちなんだけど、震災でおじいちゃんの写真館を一緒にやりたいって気持ちが強くなったんだって。今はもうだいぶ落ち着いたけど、震災の直後には今よりもっと耕太郎くんの学生時代の友達や知り合いがボランティアでこっちにたくさん来て、この家にも寝泊まりしてたから、おじいちゃんも人がくるのに慣れてるんだよ」

「あの、さっき、おじいちゃんが力くんたち親子のことを『逃げてきて』って言ってましたけど」

咄嗟に思い浮かんだのは、海沿いの街の津波や、福島の原発事故のことだった。住んでいた場所を追われ、別の土地に移り住まざるをえなくなった人たちがいるということを、メディアの報道で漠然とだけど知っている。——自分から知ろうとしてこなかったことを、申し訳なく、もどかしく思った。

「ああ」

ヨシノが軽く頷く。それから薄く、微笑んだ。

「みんなそれぞれ、いろいろあってね」

そう言われると、聞いてしまったことを少し後悔した。真実だって、どうしてここに来たのか説明しろと言われてもちゃんとできない。「いろいろある」のは自分もそうだ。想像だけど、力たち親子の事情は、おそらく今の自分よりもずっと重くて深刻なものだという気がして、そのことにもまた申し訳ない気持ちになる。

「今いるのは、樫崎のおじいちゃんと耕太郎くんと、さっきの力くん親子だけだよ。お母さんの名前は早苗《さなえ》さん。あとで紹介するね。私は、この家にはいたりいなかったりだけど、しばらくはいるから」

いたりいなかったり。

簡単にその言葉を使うヨシノは、おそらく本当に活動的でフットワークが軽い人なのだろう。活動拠点がここだけじゃないのだ。スマホで見たプロセスネットの記事は、日本全国に活動実績が散らばっていた。その行動力に気後れする思いだけど、多忙であろう彼女がわざわざ真実を迎えにきて、この場所につれてきてくれたことに、改めて感謝を覚える。

年は、自分とそう変わらないように見えるのにすごい――、と思ってから、図々しいか、と思い直す。

年が変わらないどころか、真実より年下でも、行動的で、活動的な人たちはたくさんいる。昔は、何かすごい人を見ると年についても考えたけれど、今はもう、それだけがすべてじゃないことがよくわかる。重要なのは、年じゃない。これから四十代や五十代になったところで、自分にそんな行動力が備わる気がまったくしなかった。

母屋に案内され、泊まる部屋に一人になってから、電源を落としたスマホを静かに見つめた。架のことを考えて、それから深呼吸した。

架のことであれだけ頭がいっぱいだったのに、仙台について、ヨシノに会ってから、彼のことを今の今まで、考えなかった。考えずにいられた。

――はじめてなの。

架が最初に家に泊まった日、言わなくて済むなら最後まで言わないでいようと思っていたけれど、こらえきれなくて、言ってしまった。

重いことは言いたくなかったし――第一、きっと引かれる。そう思っていたのに、いざ、互いに服を脱ぎ、彼の手が自分の肌を直《じか》に触り、首すじにキスを受けたら、途端に怖くなった。

これまで、架がつきあってきた子たちは、友達まで含めても、きっと二十代までのうちに経験している当たり前のことを、自分はしてこなかった。これまではどうにか見ないようにしてきた部分を、急に突き付けられたように思った。

私だけじゃない、と思っていたし、これまでそういう機会がたまたまなかっただけで、少し何かが違えば私だって——と思ってきた。けれど、自分がずっと、本当は気にしていたことを、どうしようもなく、自覚してしまう。

大学に入った時も、県庁に入った時も、東京で働き始めた時も。新しい環境で友達ができたりすると、その中に、自分と同じような人がいないかどうかをつい探してしまう。誰ともつきあったことがない人を見ると落ち着いたし、経験豊富そうな人を見るとたじろいだ。そうでない自分のことを責められているように感じたし、一緒にいると息苦しかった。

その気持ちの名前を必死に見ないようにしてきたけど、これは多分——劣等感だったんだ。

少し何かが違えば私だって——。

そう思った「何か」が起きて、今、架が自分を抱こうとしている。けれど、いざその時が来たら、わからなくなった。セックスをしたことがない。見聞きはしてきたけど、ちゃんと知らない。今から自分が何か普通でないことをしてしまったらどうしよう。こういう時にどうしたらいいのかなんて、誰も教えてくれない。したことがないなんて、誰にも言えなかった。

裸の架の胸が自分の胸にあたって、心臓が、胸を通り越して喉から飛び出しそうになる。架の体温が直に伝わってきて、彼のことを愛しく思う。触られるのを嬉しく思う。

──だけど、身体に入った嫌な力が抜けない。この力の抜き方がわからない。

口に出して架に伝えてしまったら、恥ずかしくて、腕で顔を覆った。耳が熱い。

「真実ちゃん」

架の声がした。真実の体に埋めていた顔を上げて、彼が自分の顔を覗き込んでいる気配を感じる。

「真実ちゃん、こっち向いて」

そう言われても、伝えてしまったから、もう、引かれたのだろうと思って、怖くて顔が見せられない。怖くて、身体が動かない。

架の顔が近づいて、真実の頰にゆっくりとキスした。優しく髪を撫でてくれる。

「真実ちゃん」

何度も私を呼んでくれる。

怒っているわけではなさそうで、とりあえずほっとした。だけど真実は考えていた。覆った腕の下で、熱い涙が滲んでくる。

「ごめんなさい」

ようやく口にした言葉が、呼吸が浅くなって、うまく言えない。

「何が」

「重いこと言って、ごめんなさい。私——」

「いいよ」

架が真実の口を、自分の口でふさぐ。

ああ——と。

その瞬間、不思議な気持ちが——圧倒的な幸福が、一瞬で、真実の心と体を、攫《さら》う。思考が、押し流される。

許されていく気持ちになった。

これまでのデートでは一度もされたことがない、舌を入れた荒々しいキスが真実からそれ以上の言葉を奪う。体中に入った、嫌な力がやっと抜けていく。

身体が解《ほど》けていく。

私でいいの、と思っていた。

この年まで処女で、誰ともつきあったことがない。架くんの女友達みたいにおしゃれもお化粧もうまくない。話もうまくない。人に誇れるような趣味も特技もない。小さな世界の中で生きてきた。

中学の頃、女子の輪から外されて、いじめみたいな目にあったことだってある。その時は、彼女たちと仲のいい男子から「あいつとつきあうくらいなら、地球の人類、最後あいつ一人になっても俺、一人でいるなー」と言われた。そのことがずっと気になっていた。私はそんなふうに言われたことだってあるのに、その私と、して、いいの。

その男子の誰より、中学生の架は、おそらく、女の子たちにも人気があったはずなのに。そんな架が、私を選ぶ。抱こうとしている。大人になって、そんな人と出会えたことの、圧倒的な誇らしさが、真実を包む。

もし、同じ年で、同じ中学にいたら、私のことなんて眼中にもなかったかもしれない架が、時を経て、今、身体を重ねてこんなに近くにいることが、信じられなくなる。

――どういう育ち方してきたの、君。

そんなふうに、あんなモテなそうな男から上から目線で言われたこともあるのに、その私に、架が触れる。キスをして、私のことが少しも嫌じゃなさそうで。

私をバカにしてきた、その誰よりもかっこよくて優しくて、頭だってよさそうな架が、そんな私の過去なんか何も知らないで、私にキスをしてくれる。抱こうとしてくれているることが申し訳なくて、私は本当はこんな目にあったこともあるんだ――と、そういうことの全部を架に聞いてほしくなる。

「あっ――」

気持ちがよくて、声が出た。架のキスが乳房に触れて、舌の感触に乳首が震える。一瞬だけ胸に鳥肌が立って、それから、燃えるような熱が、身体の内側で震えた。自分の中にそんな激しさや熱があったなんて知らなかった。口から、これまで自分でも聞いたことがないような、高い喘《あえ》ぎ声が出た。こんな、わざと出しているような声が自分の内側に眠っていたなんて知らなかった。

さっきまでとは違う、全然別の恥ずかしさが、やってくる。

「架くん、私――」

自分の全部を。

私がいかにいろいろ気にして、傷ついて生きてきたのかを、全部話さないと、聞いてもらわないと、と思う。そうじゃないと、フェアじゃない気がする。架に、全部聞いてもらって、それでも私でいい、と言ってほしい。

架が言った。

「好きだよ。だからもう、泣かないで」

その瞬間。

自分の全部が肯定されたような気がして、真実は泣きだした。

この人でよかった、と思った。

この人に抱かれるために、自分はこれまでずっと一人でいたのだ。こうなることが運命だったのだと。この人が初めてでよかった。誰とも、つきあわなくてよかった。

「痛い？」

痛みに貫かれながらも、真実は懸命に、だから首を振った。

「架くん、好き。──やめないで」

お願いだから。最後までして。

オレンジがかった豆電球ひとつが照らすだけの部屋の中で、大げさでなく、世界が違って見えていく。ああ、こんなことだったんだ、と思う。

こんなことひとつに囚われて、自分はこれまで怯えていたのか、と滑稽に思う。甘やかな喜びが胸に満ちていた。

私は、これでもう、一生、孤独じゃない。

あの日、確かにそう思ったのだ。


「大丈夫なの？」

架を紹介した、その後で──母に言われた。

真実は、自分で選んだ人を紹介できることが、とても誇らしかった。

それも、相手は架だ。これまで地元の婚活で知り合った誰よりもかっこよくて社交的で、仕事だって、自営業。自分で会社をやっている、社長だ。

実を言えば、架を紹介することは、両親への復讐《ふくしゅう》のような気持ちがしていた。

一人じゃ何もできない、決めてやらないと──両親からは、そんなふうに思われている気配を感じていたし、実際、そう言われたこともあった。けれど、架やその家族は真実の目に、とても華やかで都会的な人たちに見えていたし、これまで自分の周りにはいなかったタイプだ。架の父はすでに他界しているけれど、夫婦そろって多趣味で、「いい家」だったのであろうことは、架の母を見ていてもよくわかった。

そんな人たちは、両親の交友関係にだってこれまでいなかったかもしれない。そう思ったら、その鼻を明かしてやれたような気持ちになれた。

しかし、母が、前橋まで婚約の挨拶に来た架を帰した後で、「本当に大丈夫なの？」と聞いてきた。

「どういうこと？」

「架さん、ちょっと派手な感じがしない？　あの人、ギャンブルなんかはしないのよね？」

「え？」

架とギャンブル、という言葉が飛躍して聞こえた。その日、スーツで挨拶に来た架のファッションが取り立てて派手だったとも思わなかった。靴だけが、真実も見たことがない新品の革靴で、今日、挨拶に行くからと気を遣ってくれたのだと嬉しく思ったが、その程度だ。

「しないよ」

怒らないようにしようと思ったら、声が半笑いのように掠れた。

「二年つきあってるけど、ギャンブルしてるところなんて見たことない」

「本当？　ギャンブルってね、パチンコもギャンブルに入るのよ。知ってる？」

「パチンコもしないよ」

声がとうとう少し、大きくなった。しかし、母は怯《ひる》まない。

「そう？　ならいいけど、おうちだって自営業なんでしょう？　大丈夫なの？」

「架くんの会社がつぶれるかもしれないって言いたいの？」

背筋を冷たいものがすっと撫でた。「そうじゃないけど」と母が言う。

「ただ、ビールの会社なんて、よくわからないから」

「よくわからないって――」

「だってお母さんは、お父さんの職場がちゃんと年金と退職金のことがしっかりしてたからお父さんが定年になった今も大丈夫だけど、自営じゃあ――。真実ちゃん、不安じゃないの？」

身体の温度が、下がる。

「何その言い方。失礼だよ。架くん、お父さんから急に会社を継いで、大変だったみたいだけど、お仕事先にもすごく細やかに気を遣って、本当に頑張ってるんだよ」

つきあっていて、いろんな場面で感じたことだった。架の会社と提携している店に案内され、そこで食事をすると、相手が真実にもすごく感じよく応対してくれる。それは、架が普段から彼らに信頼され、いい関係を築いているからこそなのだと思えて、そこに自分が婚約者としてつれていってもらえることもとても嬉しかった。

その気持ちにケチをつけられたように思って母を睨むと、彼女が「心配なの」と言った。

「お母さんはただ心配なだけ。自営業のおうちは苦労が多いから、真実ちゃんにできるのかなって。ねえ、お父さん」

座って新聞を開いていた父に、母が言う。すると、父が顔を上げ、「ああ」と言った。母と真実の間に巻き込まれたことを少し煙たがるようにしながらも、のんびりした言い方で、「自営の家は確かに大変だからなぁ」と言う。

「――できるよ」

意地になって、真実は言った。

自分がこの両親の前ではどこまでも子どもで、信じられていないのだ、ということを痛感する。信じられていないから、選んだ相手のことも、ギャンブルはするのか、とか見当違いな心配でケチをつける。

こっちで婚活して、いい相手に巡り合えなくて、あれだけ苦労していたのに、架のような人でもまだ不満なのか、と腹立たしかった。

「架くんのお母さんだって、私には優しくしてくれる。いずれ、子どもができたら、一緒の家にいつでも来てくれていいって言ってるし、だから仕事も――」

「ええっ⁉ それ本当なの？」

母が素っ頓狂な声を上げた。呆れたような、微かに笑うような表情になる。

「そう言われて、真実、どう答えたの？ 一緒に住むって、もう決めさせられちゃったの？」

反応の大きさに、今度は真実がたじろいだ。

正直、深く考えていなかった。架の母はいい人だし、真実のことも歓迎してくれている。家に来ていい、というのも、ありがたい心遣いだと思っていた。「決めさせられちゃった」なんて、言われるような性質のことだと思っていなかった。

「まだ、そこまで具体的な話をしてるわけじゃないけど……。向こうのお母さんも親切で言ってくれてるんだと思うし」

「いやだ。もう、しっかりしてよ。ああ、お母さん、真実をいい子に育てすぎちゃったかもしれない」

母が言って、真実は息を呑んだ。咄嗟に言い返せないでいると、母が続けた。

「ねえ、じゃあ、もうずっとこの家には帰ってこないつもりなの？　お母さん、真実は県内の人と結婚するんだと思ってたから、育児も手伝ってあげるつもりでいたけど」

「――まあ、母さん。一生のことなんだから」

父が言って、取りなしてくれる。

「仕事や何かにこだわるより、真実が選んだいい相手と一緒にこれから暮らすことが一番だよ」

「私だってそう思ってますよ。でもね――」

父に言い返す母を見ながら、真実は、違う、と思っていた。

そう思ってなんか、ない。

母が、この家で、真実とともに子どもの面倒を見たがっていることを、知っていた。

と、だからこそ、妹が東京で出産し、今も向こうで育児をしていることが寂しそうで――だからこそ、妹の自分に望みをかけているようだったことも。

可能なら、県内の相手と結婚して、この家で暮らしてほしいとすら思っていたのであろうことも、知っている。

でも――今は単純に、どうして？と思う。

結婚してほしいとあんなに思われていたはずだし、婚活の間だって、私が結婚できなかったのはたまたまだと、そう母は思ってる様子で、私にも何度も言っていた。

全部たまたま。

私に女として魅力がないわけじゃない。たまたまそういうことに興味がなかったからだよね、と、姉や父から何か言われるたびに、母が真剣に怒ってくれている気配を感じた。だから私も、そのことを証明したかった。架を紹介できたのはその証明だと思っていたのに、なぜ、悪く言ったりするのか。私がそれで、結婚しない、と言いだしたら、どうするつもりなのか。

「真実ちゃんは世間知らずだから」

母が言った。

「向こうの家にそういうところが付け込まれちゃうんじゃないかってことも、お母さんは心配なの」

「世間知らずって……」

「だって、そうでしょ。これまでは、なんだってお母さんたちに頼ってきて」

自分たちがそうしてほしそうだったことなんて、まるで自覚がなさそうに母が言う。

友達と出かけることも――。

男の子とつきあうことも――。

外泊も――。

遅く帰ることも――。

全部「心配」という言葉で縛り、無言で不機嫌になって、私をこの家からあまり外に出したくなさそうだったのは、あなたたちじゃないのか。私は、お母さんとお父さんを不安にも、不機嫌にもさせたくないから、全部、諦めたのに。

だったらあの〝いい子〟は何のためだったのか。無意味だったのか。

「それと、架さんの身内に離婚してる人はいるの？」

「え？」

「おじさんとか、おばさんとか」

「どうして？」

何を聞かれているのか本当にわからなくて尋ね返すと、母がまた呆れたようにため息を吐いた。

「離婚してる人がいると、その分離婚が身近だから、自分がするのにも躊躇《ためら》いがないかもしれないじゃない。実際、お母さんの周りを見てもそうよ」

その言葉を聞いた途端――、初めて、湧き起こる気持ちがあった。

それは――くだらない、という思いだ。なんてくだらない、差別的なことを言うのだろう。信じられない思いで母を見た。これまで、人を差別してはいけない、人には優しく親切に、と私に教えてきたのと同じ人の発言だと思えなかった。

身内が離婚しているからって、うまくいく夫婦はうまくいくし、うまくいかない夫婦はきっとうまくいかない。すべては母の乏しい経験則と伝聞した内容からの、くだらない思い込みだ。

そこまで思って、理解した。

世間知らずは、母の方なのだ、と。

自分が世間知らずだから、娘の真実もそうだと思ってしまう。世間知らずの狭い範囲の価値観と道徳で育てた娘もまた、母親と同じ世間知らずになるのは至極当然のことだ。

胸を白々とした絶望が衝く。

こんな狭い価値観でしか物を見られない――こんな人に、私の子ども時代は――学生時代は――十代は――二十代は、ずっと支配されてきたのか。

こんな差別的なことを言うような常識しかない、世間知らずなこの人に、「真実のことが心配」と言われ、「家の鍵を返しなさい」と言われてきたのか。東京に行く、と伝えた時、「そんなことに何の意味もない」と反対されたのか。「結婚するまでは責任もってうちでみる」と、言われてきたのか。

「だって、うちは、親戚で離婚してる人なんて誰もいないし、ちゃんとしてる家だと思うよ」

真実が答えないでいると、言い訳するように、母が言った。それに、父がのんびりした声で、「いや、直之《なおゆき》は？」と、去年離婚した、真実のいとこの名前を出す。すると母がバツが悪そうに「ああ……」と頷いた。

「直くんのところは事情があったわけだし、最近のことだし」

言い返す気力も失せて、真実は黙ったままでいた。

――お母さん、事情がない離婚なんて、ないよ。

うちがそうなら、どの家だって平等に事情があって、平等に〝ちゃんとしてる〟んだよ。

私のことを信じていない、とさっき思ったばかりだった。

私のことも、私が選んだ人のことも信じていない一方で、この人は、自分と、自分の家のことだけは、信じすぎる。

自分の娘だというだけで、私のことを、架の家より〝いい〟と信じすぎる。相手の家にケチをつけられるほど、どうして自分の娘の価値を過信できるのだろう。

結婚する、となってみて。

相手が架で、この家で教えられた価値観にない結婚をすることになった今だからこそ、認められるし、わかる。

私も、本当は、できることなら、群馬で結婚したかったのだろう、と。県内で結婚して、お母さんを頼って、自分がしてもらったように、お母さんに子育てを手伝ってほしい。ずっとそう思ってきた。ずっと小さな頃から、誰に教えられたわけでもなく、そう思っていた。姉の希実がそうしなかったことが不思議だったし、理解できなかった。

それが、私がなりたかった〝いい子〟の姿だったのかもしれない、と、初めて、思った。母のところにいる、というその道を、架が好きだという一点で捨てようとしている自分が――架と東京で暮らそうとしている自分が、後ろめたい。母に、あんなに怒っていた時でさえ、それでも、後ろめたかった。

彼らを裏切って外に行くことの罪悪感が、いつまでも拭えない。

仙台に来た次の日から、写真の洗浄の仕方を、さっそく教えてもらった。

「急ぎの分ってわけじゃないんですけど助かります。よろしくお願いします」

ヨシノが「耕太郎くん」と呼んでいた樫崎耕太郎は、レンズの丸いおしゃれな眼鏡をかけた、知的な雰囲気の青年だった。着ているトレーナーやジーンズが体のラインに沿ったスマートなデザインで、東京で生まれ育ち、そっちの大学に通っていたせいもあるのかもしれないが、あか抜けた印象があった。

樫崎写真館は、都会にあってもおかしくないような洗練された外観だが、中に入ると、新しいカメラにまじって、おじいさんが使っているのか、真実の目から見ても歴史がありそうな古いカメラも多く並んでいた。内装も新しいが、昔からずっと使っていると思しき旧式の書類棚のようなものも残っていて、それが写真館全体をレトロな雰囲気にしていた。椅子がおかれた小さなスタジオもいい感じだ。

「震災で、前の、木造の古い建物が傾いちゃって。全壊まではしなかったんですけど、その時に建て替えたんです。で、それを機に僕もこっちにやってきました」

耕太郎が説明しながら、書類棚の横に積まれたプラスチックのコンテナから封筒を取り出す。作業机の上に新聞紙を広げ、封筒の中味を上に出す。

修復用の写真だと、すぐにわかった。

どれも、表面が茶色く汚れていたり、一部分がこすれたように消えていたり、色が薄れていたりする。泥の塊が右半分にこびりついたものもあった。

知らない家族やカップルや――誰かの生活の写真など、そうそう見る機会があるものではない。知っている顔がない分、それが「誰か」の生活の痕跡なのだというリアリティーが、写真から迫るように感じられた。その写真がこんなふうに泥をかぶり、ひしゃげたり、一部が欠けたりしているのを見ると、東北に来て、初めて震災の影に触れたように思った。誰かの生活が突然断ち切られたのだ。

「元通り、きれいになるんですか」

閃光のような亀裂が入って像が削られた写真は、元の絵がわかるようになると思えないものもたくさんある。けれど、耕太郎が「洗うと見違えますよ」と微笑んだ。

「塩水に浸かってるので、変色が始まってるものもありますけど、注意深くぬるま湯で洗えば、だいぶ違います」

「震災直後からされてるんですか」

「なりゆきで、そういうことになりました」

耕太郎が一枚一枚、写真を取り出しながら言う。

「震災の時は、僕は東京にある写真の学校に通ってたんですけど、学校の仲間たちと海沿いの町の片付けに行ったんです。そしたら、津波で運ばれた瓦礫《がれき》の中に、誰のものかもわからないアルバムとか写真がいっぱいあって。ほとんどが泥まみれで、破れたり、張り付いたりしてたんですけど、オレたち、写真が好きだから、それ見たら、なんかたまらない気持ちになっちゃって。それで少しずつ始めました。洗った写真を近くの避難所に持っていったら、持ち主が見つかることも多かったし、それに写真って、誰か写ってるから、持ち主がわかるヒントにもなるし」

耕太郎の目が、いとおしむように写真を見る。

「以来、洗浄が必要な写真があれば、ボランティアで洗浄するから持ち込んでもらえるようにって、呼びかけて、今も、細々と続けてます。写真の洗浄は遠隔地でもできるボランティアなので、東北以外でも請け負ってる人たちは結構全国にいますよ。僕も、学生時代の同期に頼んだりしてるし」

「そうだったんですか……」

遠距離でもそうやってかかわれるボランティアの形があるなんて、まったく知らなかった。写真を一枚手に取ると、時間が経った海水と泥の匂いが微かにするようだった。

「じゃあ、この写真もそうやって持ち込まれたものなんですか？　帰ってくるのを待ってる人たちがいるんですね」

「あ、これらはそうじゃなくて」

耕太郎の顔がなぜか、少しやるせなさそうになる。

「ここ数年は、持ち主から直接依頼されることは減っていて、これらは全部、瓦礫の撤去作業から出て来た持ち主のわからないアルバムとか写真です。ちゃんと持ち主のところに戻ればいいんですけど、引き取り手がわからないままのもの。持ち主が亡くなっている場合も多いと思います」

はっきりとした言葉で聞くと、言葉が出なくなった。

視線を落とすと、誰かの——結婚式のもののような、写真が見えた。白無垢を着た花嫁は、随分昔の写真だという気がした。どこかの神社で挙げた式なのか、背後の垂れ幕に特徴的な、波を象《かたど》ったような紋が入っている。

「だから、急ぎじゃないんです。依頼があったわけではないけれど、ひとまず保管しておくための洗浄で、自治体とかボランティア団体の中には、こういう写真洗浄の作業を打ち切ってしまったところもあります。写真の保管場所がなくて、処分せざるを得ない事情もあるし」

「もったいない。これなんて、誰かの結婚式みたいなのに」

誰かの思い出かもしれないものが泥をかぶったまま捨てられてしまうことを思うと、胸が痛んだ。持ち主だって、まさか保管されているとは思わず、諦めているだけかもしれないのに。

写真を見つめて言うと、耕太郎が微かに笑顔になった。

「そう思う人たちが僕ら以外にもたくさんいて、その相談をプロセスネットのヨシノさんが受けたんです。で、捨てる予定だった写真が今、ここにある。とはいえ、僕たちの方でも保管場所にはやっぱり困るので、洗って、データ化するのが今の活動です。データとして残せば、そこから復元することはこれからも可能になるので」

手伝ってくれますか、と耕太郎が言う。

「やらせてください」と真実は答えた。

洗面器に張ったぬるま湯に、ガーゼを沈めて、写真の泥にそっとあてる。

泥は、お湯を吸うと、海と埃《ほこり》の匂いを取り戻すようで、作業を始めてから、室内に泥の匂いが一気に広がり、充満する。

「マスク、使ってください」

力の母親、早苗がやってきて、真実に使い捨てのマスクをくれた。

「私も一緒にやっていいですか」と言って、真実の横に座り、二人で作業する。

早苗は、力に目元がよく似た、線の細いきれいな人だった。年は真実より上だろうけど、そう言われなければ、とても力のような大きな子がいるようには見えない。

そのうち力もそこにやってきた。はじめは、「これ、御神輿《おみこし》？」とか、「誰も写ってないけど、これ、何を撮ったんだろう？」とか、写真について耕太郎に聞いたりしていたが、やがて、「オレもやっていい？」と洗浄作業に加わる。

力が話しかけるのは、もっぱら、母親の早苗ではなく、耕太郎だった。このくらいの年の子にとって、年上のお兄さんは気安い存在なのかもしれないし、母親に対しては人前で話すのに照れがあったりするのかもしれない。

昨日会ったばかりの真実にも、手元を覗き込んで、話しかけてくれた。「きれいにするのうまいね」と。

「そんなことないよ」と否定すると、耕太郎が「いや、丁寧にやってもらって助かります」と言ってくれる。早苗も「ええ、西澤さん、もうコツがわかってる感じ」と褒めてくれた。

普段、褒められることがあまりない分、照れくさかったが、素直に嬉しかった。自分の性格が社交的な方でないことはよくわかっているが、その分、こういう黙々と取り組める作業は、確かに昔から得意だった。

「ちょっと休みましょう。お茶のしたくをしてきます」

耕太郎が席を立つと、「オレも」と言って、力も彼にくっついていった。その姿を見ながら、早苗が苦笑する。

「作業してるんだか邪魔してるんだか、わからなくてすいません」

「いえ……。素直ないい子ですよね。力くん」

「そうですか?」

微笑む早苗が少し、嬉しそうだった。

「お二人は、どこから来たんですか」

一緒に作業したことで、気持ちがふっと緩んだ。軽い気持ちで尋ねると、その途端、早苗の顔から表情が消えた。

あ、と気づく。

樫崎のおじいさんから、この親子が「逃げてきた」と聞いたことを思い出した。まずいことを聞いてしまったろうか、と焦るが、真実が何か言う前に、早苗の方で緊張をとく気配があった。彼女の表情が柔らかくなる。

「東京です」と教えてくれる。

「西澤さんは?」

「私も東京です」

こういう時、今の住所はもう東京なのに、それでも群馬だと答えそうになる。もう三年以上になるのに、東京に住んでいる、という感覚に、まだ全然なれない。

「あら、そうなの。同じだね」

早苗が穏やかな口調で微笑んで言うが、それきり、東京のどこなのか、というところまではお互いに聞かない。聞けない雰囲気がある。

では、彼女たち親子は被災してここにきた、というわけではないのだ。本当は自分たちについてはあまり聞かれたくなかったのではないか――と思ったら、自分の事情を、彼女にちゃんと明かさなければいけないような気持ちになった。自分だけ聞いたのでは、フェアじゃないような気がしたのだ。

「実は、結婚がダメになっちゃって」

本当は、まだダメになったかどうかわからないけれど、あえてそう言うと、自分の言葉に、自分で少し、傷ついた。

告げた言葉に、早苗が「まあ」と小さく息を吞んだ。

「だから、東京に、あまりいたくなかったんです」

「そうだったの。西澤さん、今、いくつ？」

「三十五です」

「まだ若いじゃない。大丈夫よ――って言いたいけど、そんなふうに言われるのも、今はきっと嫌よね」

早苗の顔を見つめると、彼女が「私も、嫌だったから」と肩を竦《すく》める。

「何かがあった時に、まだ若いんだからって、自分より年上の人たちから言われるの、私も嫌だった。そんなこと言う人にだけはならないようにしようって思ってたのに言っちゃった。ごめんね」

「早苗さんはおいくつなんですか？」

「三十八」

早苗が微笑む。

「力は十一歳」

なら、やっぱり小学生だ。ここにきて、力が学校に行っている様子がないことが気になっていたが、そこには触れてはいけない気がした。早苗も何も言わない。

早苗が力を出産したのは、二十七歳の時ということになる。——真実が群馬で婚活を意識した年齢の、そのさらに前。自分の人生とのあまりの違いに、また、劣等感が頭をもたげてきそうになる。

真実がそう思ったことに気づいたのかどうかはわからない。けれど、早苗がまた微笑んだ。きれいにして乾かすために並べられた写真の列を眺めながら、静かに言う。

「結婚してからも、夫婦はいろいろあるからね」

「え？」

「その、ダメになってしまった人とも、今後出会う人とも、これから何があるとしても、その都度ちゃんと話したりしながら、前に進めるといいね」

微笑みが、少し寂しそうに感じた。言葉の後半は、真実にというより、自分自身に言い聞かせているようにも聞こえた。

力たち親子には、父親の姿がない。それがどうしてなのか、深く気に留めなかったけれど、彼女たちが「逃げてきた」のは、ひょっとすると、父親からなのではないか。DVや借金や、何か、事情があるのかもしれない。

前に進む、という、早苗の言葉が胸に沁みた。

「――そんな日が、くるのかな」

「え？」

「前に進めるような、そんな日が、私にもちゃんとくるのかな」

気持ちがすごく弱くなって、ふいに、鼻の奥がつんとなる。涙が出そうになって、目を伏せた。

架とまだ出会う前。婚活で人に出会うたび、相手を結婚相手として見られるかどうか、疲れながら会っていた頃に、何度も感じていた気持ちだった。もう二度と経験しなくてよくなると思っていた、あの頃の不安とせつなさに、また巡り合うとは思っていなかった。

そんな自分が、前に進める日なんてくるのか。

もう一生、自分は孤独じゃないと思っていたのに。

「わっ！　泣かないで」

早苗の細くて白い手が真実の肩に触れた。「大丈夫だよ」と言ってくれる。

「大丈夫。きっと、大丈夫だから」

「――ありがとうございます」

根拠なんて何もない、会ったばかりの人からの言葉がこんなふうに響くなんて不思議だ。でも――知らないからこそかけられる言葉はきっとあるし、受け取れる気持ちもあるのかもしれない。

優しく肩をそっと抱かれながら、早苗のあたたかい手に、真実は感謝する。


「西澤さん、写真の洗浄作業もだけど、今度はちょっと別の仕事、してみない？」

樫崎写真館にいたりいなかったりのヨシノがふらりと戻ってきて真実に言ったのは、写真館に来て二週間が経過した頃のことだった。

「別の仕事？」

「うん。――地図を作る仕事、手伝ってみない？」

ヨシノがそう言った。

# 第三章

大地が平らだ——、と思う。

小高い丘の上から見える光景に、うっすら白い息を吐きながら見入る。

高い建物がない。個人の住宅と思しき一戸建ても、多くが平屋か二階建て。その家々も、密集することはなく、間に土地を挟んで大きく離れている。

自分も群馬出身で、祖父母の家は山に近かったし、田舎の景色には慣れ親しんできた。地方のどこか、それがたとえ、生まれ育った山ではなく、海沿いの景色だったとしても、田舎の光景は、見れば懐かしいような気持ちになる。この景色を知っている、という気持ちになるものだとそう思ってきた。

しかし、目の前の光景を、真実は、生まれて初めて見る光景だと思った。

自分の田舎でも、このくらいに家々がまばらにしかない場所はあるはずなのにどうしてだろう——と考えて、気づいた。家と家の間に何もないところが多いからだ。普通の田舎なら、そこは田畑が埋めていて、農作物を植えるための畑の畝やビニールハウスの姿がある。

たとえ収穫の時期でなかったとしても、畑にはその痕跡があるし、水田だって水を張らない時期でも、そこが確かに水田だとわかるものだ。しかし、目の前に広がる家々の間を埋めるのはそうした畑ではなく、ただの空き地だ。

説明されなくてもわかった。

ここは、津波にのみ込まれ、一度すべてを流されてしまった土地なのだ。

「これでも、建物がだいぶ戻ってきたんですよ。震災の年から考えると、段違いに人や家が戻ってきた状態です」

真実に仕事を教えてくれる、板宮《いたみや》が言った。まるで心を読まれたように思ったけれど、きっと、これまで何人も、この景色を初めて見る人が、真実のように言葉を失うところを見てきたのだろう。

「一時はもう何もなくなって、これから先がどうなるのか、まったく予想もつきませんでしたから」

板宮が言う。

その声を聞いて、実際にそうだったのだろう——と真実も思う。簡単な相槌ひとつ、頷きひとつすら、震災後の様子を見てきた板宮の前では軽くなってしまうように思えて、何も返せず、ただ、目の前の光景を見つめ続ける。

今自分が見ている多くの空き地は、寒々しい印象に思えるけれど、それだって、以前にはきっと津波に流された瓦礫で覆われたり、きっとこんなふうに「何もない」なんて言える状況ですらなかったのだろう。震災当時、テレビのニュースでたくさん見たはずの場所のどこかが今のここなのだ。

「しばらくは一緒に、この辺りを歩きましょう。僕も膝の具合をみながらだから、ゆっくりになると思いますけど、慣れてきたら、一人で歩いてみてもらいます」

「はい」

「変更があったら、この地図に書き込んでいくんだよね」

真実が頷く横で、ついてきてくれたヨシノが板宮の持っている大きな地図を覗き込む。この辺りの情報が書き込まれた住宅地図は、板宮がこの数年、毎年新たな情報を記載して更新を重ねてきたものだという。

建物の形や、住んでいる人の苗字が詳細に記載された住宅地図は、県庁に勤めている時、真実も目にしたことがあった。議会事務局の戸棚の一角に、県内の地域別にA3サイズの住宅地図の冊子が数冊並び、職員が時折開いたり、必要に応じてコピーを取ったりしていた。

今はインターネットでも検索すれば地図は出てくるし、スマホのアプリにも便利な道案内の機能があるけれど、県庁のような仕事では、そのアナログな地図がとても役に立っていた。建物の形や住人の苗字まで入った地域の詳細な地図は、ネットやアプリの地図より年配の人たちには身近に感じられるようだったし、何より、イメージがしやすい。一度、深い意味なく自分の家の辺りのページを開いて、そこに「坂庭」という自分の家の苗字と、小さい頃から育ってきた自分の家の形がそのまま四角く書き込まれていることに不思議な感動を覚えた。向かいの公園や、隣の家の苗字などを見て、自分たちの生活が世界の一部として記載され、印刷されて地図の本に収録されていることがなんだか嬉しかった。

この地図を編む会社があるということは、だから漠然と知っていたし、来年度の分の地図を買いませんか、と県庁を訪ねてきたその会社の営業マンにお茶を出したこともある。けれど、真実の勤めていた議会事務局では、毎年地図を買うことはなかった。これまでのもので十分に役に立ったし、多少の変更があってもそこまで困るということもなさそうだった。だから、事務局で使っていたその会社の地図は、随分古い年度のものだったはずだ。

しかし、ここ、石巻では、そうではない。

ヨシノの覗き込んだ地図を、板宮がめくる。

「この辺りの地図は、この数年は毎年必ず大きな変化があります。震災の翌年の仕事が、やっぱり今思い出しても一番つらかった。地図に、一体いくつバツ印を書いたか」

地図に書く赤い「×」印は、地図からその建物が消えた印だと教えてもらった。津波や地震で倒壊した建物、建物があったはずなのに更地になった場所には、すべて「×」印を書き入れる。

「バツ印を書くと、その次の年からは、地図からその家が消えてしまう。まるで自分が誰かの生活や家を消す仕事をしているように思えて、何度も胸が苦しくなりました」

震災直後に更新されて、できあがった地図は、白紙同然だったという。

「だけど、そこに家や生活が戻ってきた時に、それを書き入れるのも板宮さんの仕事になったんだよね」

ヨシノが言う。すると板宮が笑顔になった。

「ええ。だから、そっちの仕事の方はすごくやりがいがあるし、歩いていて、新しい家を見つけると、前の様子を知ってる分、涙が出るほど嬉しいです」

板宮が真実を見た。

「震災からのこの数年の地図は、そのまま、町の歴史の記憶です。できることなら、これからも毎年自分の足で見て回りたいんですが……」

住宅地図は、一年ごとに最新の状況を調査員が自分の足で歩き、書き込んだ情報をもとに更新される。真実の元職場では毎年買い直すことはなかったけれど、郵便や消防のような仕事では、最新の情報が必要になる。震災後の安否確認などの際にも住宅地図は随分役立ったそうだ。

眼下の住宅を見つめる板宮の目がふいに、細くなった。

「ああ――。あそこの土地、まだ更地だな。去年、あそこで会ったおばあさんが、来年の今頃は、ここに家が建ってる頃だって言ってたのに」

その時のことを思い出したのか、板宮の表情が微かに翳《かげ》る。ぽつりと言った。

「元気でいるといいけど」

何もなくなった土地を歩いて、家のひとつひとつを確認していると、全壊したり、流されて基礎の枠組みだけになったりした家の住人が戻ってきていて、なくなった家の前で顔を合わせることも多かったという。来年の地図から、この家を消してしまう——そんな後ろめたい思いを抱えて、つい、手元の地図を隠しそうになる板宮に、多くの住民が「見せて」と言ってきたそうだ。「ああ、地図の中にはまだうちの家が残ってるんだ」と微笑み、涙を浮かべる人も多かったという。

「いつか、この地図の中に帰ってくるから」と、声をかけられたりもした。板宮が思い出しているのは、そうした住民の一人なのだろう。そう思うと、真実までやりきれなくなって、板宮が見つめる方向にそっと目をやる。けれど、視線の先の空き地の、どこが家が建つ予定の場所だったのか、たくさんの更地の中で見つけられないことがもどかしかった。

真実に仕事を教えてくれる板宮は、地図製作会社で長く働くベテランの地図調査員で、震災が起きた当時から石巻の毎年の地図の更新を担当してきたそうだ。真実は知らなかったが、地図の調査員は正社員、バイトを含め、日本全国でかなりの数が毎年仕事をしている。今回、石巻周辺の地図作りの人手が足りないのだ、とヨシノに声をかけられた。

「板宮さんとは、震災の後、仕事の関係で知り合ったんだ。被災地を地図作りで回るのって、つまりはその土地に住むみんなの所在や生活の確認でもあるんだよね。地区を歩くことでいろんな人と顔見知りになってるから、私たちも仕事で板宮さんにはだいぶお世話になって」

数年前からのつきあいだったそうなのだが、その板宮が、今年、膝を痛めた。長時間土地を回って歩く作業がきつくなり、一人でやるのには限界があると会社に掛け合って、ひとまず今年だけでもバイトを雇って対応しようということになった。その話を聞きつけたヨシノが、真実を推薦してくれたのだという。

「写真洗浄のボランティアと違って、バイトだからお金が出るよ。どう？ やってみたら」

どうやら真実のことを心配して持ってきてくれた仕事のようだった。


「――本当はなんて名前なの？」

石巻まで向かう途中、電車の中で、ふいにヨシノに聞かれた。

完全に虚を衝《つ》かれ、顔に驚きが浮かんでしまったのが自分でもはっきりわかった。まずい、と思いながら、ぎこちなく視線を動かしてヨシノを見つめ返すと、彼女のまっすぐな目が真実を見ていた。

仙台駅まで車で迎えに来てくれた時と違って、今度の移動は電車だった。乗客の姿のほとんどない車内で、ヨシノと真実が見つめ合う。時が止まったようだった。

仙石《せんせき》線の鈍行の旅は、車窓の景色に海と、高い防潮堤が交互に現れる。ちょうど陸前《りくぜん》大塚《おおつか》駅に着いたところだった。それまで海が見えていたけれど、その駅は本当に海に近いのに、窓からの視界は目いっぱい防潮堤が占めている。その高い壁が、震災後に新しく作られたものであることは明白だった。

壁を隔てて、すぐ向こうに海の気配がする。海のこんなすぐそばを電車が通っているなんて、海のない群馬で育った真実にはない、新鮮な感覚だ。そんなことを思いながら窓の外を見ていたところにされた突然の質問に、すぐには答えられなかった。

発車のベルが鳴って、ぷしゅーっという空気の圧縮音とともにドアが閉じる。ホームで車掌が吹く、ぴゅうっという軽いホイッスルの音がした。

「……坂庭真実」

つい答えてしまったのは、ヨシノの顔が怒っていなかったからだ。問いつめるような口調ではなく、ごく軽い世間話をするような調子だったので、それが逆に、もう隠す意味がなくなったように感じられた。ヨシノが「そっか」と小さく頷いた。今度も、咎《とが》めるような様子は一切なかった。

「真実ちゃんっていう名前の方は本当なんだ」

「どうして、気づいたんですか」

小さな声で尋ねると、ヨシノの顔に微笑みが浮かんだ。本当に怒っていない。

「最初から何か事情があるんだろうなって思ってた。ただ、偽名かどうかまではわからなかったから、今のは、かまをかけただけ」

ヨシノが悪戯っ子のような瞳で真実の顔を覗き込む。

「だって、急にうちのサイトに連絡してきて、泊まり込みでできるようなボランティアがすぐにもしたい、いつからでも、できるだけ長い期間やりたいって、まるでSOSみたいだったよ。とにかく身を寄せられる場所を必死になって探してるような感じがした」

「──事情があるかもって思ったのに、迎えにきてくれたんですか？」

「ほっとけないよ。女の子一人みたいだったし」

ヨシノが躊躇いなく言った。そう言われると、本当にそうだったのだろうと思う。事情があるかもしれない人であっても、怪しむより先にまずは手を差し伸べる人もいる。

──ヨシノは、そういう人なのだ。

「今、本名を聞いたのも、別にそのことを責めたかったわけじゃなくて、これから紹介する地図作りの仕事で登録する時には、さすがに本名じゃないと迷惑をかける人が出ちゃうから。向こうでは、私に気兼ねせず本名書いてねっていうそれだけの理由」

「樫崎のおじいちゃんたちも、私のこと、偽名だって思ってるんですか」

「ううん」

ヨシノが首を振る。それから笑った。

「だけど、そんなことにそもそも興味がないかもね。真実ちゃんが食事当番の時は浅漬けがおいしいって褒めてたし、耕太郎くんも写真のこと、助かってるみたいだし。前も話したけど、あの写真館は震災以降、結構いろんな人が出入りしてるから」

自分のことを話した方がいいのだろうか、と一瞬思う。話すのだとしたらこのタイミングかもしれない。けれど、躊躇う。話したくない、という気持ちとは少し違う。聞いてもらえるなら、自分に何があったのか——架のことだって、本当はヨシノに聞いてもらいたい。けれど、真実が抱える事情なんて、ヨシノからしてみれば、「たいした事情」ではないと、思われてしまうのではないか。

架に裏切られたように思って、東京を飛び出し、群馬にも戻れず、衝動的にここにきた。けれど、日本のあちこちで活動し、いろんな人を見ているヨシノからしてみれば、真実の事情なんて事情のうちにも入らないのではないか。結婚していたわけですらない、恋愛のいざこざ。本人にとっては大問題でも、他人から見れば取るに足らないことに思われてしまって当然だという気もする。

樫崎写真館で、力をつれて逃げてきたという早苗が、真実に事情を明かさず、凛《りん》として自分の横でただ写真を洗っていたような——あんな強さの前で、自分はなんて小さい人間なんだろう、とも思った。

それでも話した方がいいのではないか。怪しい者ではないことをわかってもらう意味でも——と真実が口を開きかけた、その時だった。

「まあ、みんないろいろあるよね」

真実をやんわりと遮るように、ヨシノが言った。真実が見つめると、ヨシノが微かに首を振り、車窓に目をやる。

「私も、自分の子ども、お母さんのところに残してきてて、しばらく、会えてないし」

「えっ！」

思わず声が出ると、ヨシノが微かに笑った。

「……とかね。まあ、みんないろいろあるよ」

そう言われてしまうと、二の句が継げなかった。ヨシノの微笑みには翳がなく、彼女が複雑な事情を抱えているようにはやはり見えない。彼女に子どもがいるなんてことも――結婚しているのかどうかすら、考えたことがなかった。こういう活動をしているのだから、動きやすい独身なのだろうと漠然と考えていた。

「そうですか」

ぎくしゃくと頷いて、真実はそう言うのが精いっぱいだった。

黙ったまま、鈍行列車が石巻に到着するのを待つ。仙台の樫崎写真館から地図作りに毎日通うのは大変だから、バイトの間は、地図会社が用意してくれた社員寮に泊まることになっている。一人で知らない場所に泊まり込むのは勇気がいるけれど、もともと、そういう生活を覚悟して東北に来たのだ、と思い直す。

電車の中で、黙ったままヨシノと並んで座る。沈黙が苦痛でなくて、むしろ心地よかった。昔から、女友達との会話や、合コンや、飲み会や、そういう時には、沈黙が怖くて、気まずくて、嫌でたまらなかったのに。

話さなくていいことまで話さなきゃ話さなきゃと、いつも、不安だったのに。

ヨシノが自分の子どものことを明かしたのは、真実をほっとさせるためだったのかもしれない、と沈黙の中でだんだんと気づいた。気づいたら、彼女にますます、感謝した。

——小野里さんのところで紹介された二人目のお見合い相手、花垣学《まなぶ》とのデートは、とにかく毎回、疲れた。

好みのタイプだと思った。

写真を見て、こんなきれいな顔立ちをしたかっこいい人がどうして誰ともまだ結婚していないのだろうと不思議に思った。小野里さん経由で相手に「会いたい」と伝えてもらって、向こうからも「会う」と返事をもらった時は、ああ、自分はきっとこの人と結婚するんだ、とはっきり感じた。相手に気に入ってもらえたらいいな、と期待していた。

最初に期待が大きすぎたからだろうか。花垣と会うたびに、毎回、何かを残念に思った。少しずつ、少しずつ、だけど確実に、がっかりすることが積み上げられていく。

スーツ姿で、きりっとした表情で前を向いた写真の、そのままの人がくると思ってしまっていたからか、待ち合わせで最初に顔を合わせた時、花垣のことを、写真ほど整った顔はしていないな、と思ってしまった。服装もスーツではなく、学生が着ているみたいなネルシャツにチノパンだった。金居さんみたいに変な個性があるわけではないし、ダサいわけではないけど、お見合い写真で見たスーツ姿ほどにはかっこよくなかった。

おとなしくて、無口で、社交性はあまりなさそうだった。話すのはもっぱら真実で、質問するのも真実。その質問にも、彼は一言二言答えるだけで、会話が弾まない。

人見知りでも、何回か話すうちにきっと打ち解けてくれるはずだ——これも彼の個性なのだと思おうとしたけれど、沈黙はやはりつらかった。

——あれ、外車じゃなくて、国産車ですよ。


ある時のデートで、ふいに、珍しく彼の方から話しかけられて、へ？と思って顔を上げた。何の話をされているのかわからずにいると、彼がレストランの窓の外を指さした。

「あの車。——坂庭さんが乗りたいって言ってた」

聞いて——、その瞬間、肩にかっと熱を感じた。

この店に入ってすぐ、窓の外にその車を見かけた。前からたまに街で見かけていた車で、デザインが素敵だと思っていたものだ。セダンほど大きくなく、かといって、小さすぎず、女性が運転するのにも向いていそうだと思っていた。

真実の最初の車は、母のおさがりの軽自動車で、今も、それから数年して親が買ってくれた国産の軽に乗っている。群馬の生活はどこに行くのにも車は必需品で、一家に一台では足りず、一人に一台が当たり前だ。「最初の車はきっとぶつけたりするんだろうし、練習用と思って」と、就職して中古車を母から譲り受け、その後、母たちが新たに「この車なら買ってあげる」と言った別の軽に乗り換えた。だけど、友達の中には親に最初から新車を買ってもらった子もいるし、学生時代からのバイト代でデザインのかわいい外車のミニに乗る子もいる。

自分たちが「この車なら」と言って真実に買い与えたくせに、後に、母から「感謝しなさいよ」と言われた。「もういい大人なんだから、普通は自分で車を買うのが当たり前なのに、真実ちゃんはこっちから言い出さないと車だって決められないのよね」

そう言われるとむっとしたけど、本当は真実だって、次は自分で選んだものに買い替えられたらいいな、と思っていた。具体的に貯金しているわけではなかったし、その車も街で見かけて漠然と憧れていたに過ぎない。ただ、ミニほど見かける台数が多くなくて、デザインがレトロかわいくて、買い替えるならあれがいいな、と思っていた。

花垣と入ったレストランで、話題が尽きて、沈黙がつらかった時に――この人の方から、何か話しかけてくれたらいいのに、と思っていた時に、ふいに窓から見える駐車場にその車が停まっているのを見かけて、何の気なしに、言ったのだ。

「あの車、私の憧れの車なんです」と。

群馬にいると、何の車に乗っているかがそのまま個性や、時にはステータスになる。学生時代まで、真実はあまり興味がなかったけれど、働き始めてから、管理職の人たちの車が見るからに高価そうだったりすると、いい車はやはり違うんだなぁと思ったし、飲み会で会う男性たちが露骨に愛車の自慢話をしている姿にもよく出くわした。彼氏の車が何々だ、と嬉しそうに話す女友達もいた。みんな、車はよく買い替えた。お金をかける場所といったら、だからまず車だったのだ。

花垣が顔を上げ、窓の外のその車を見た。真実が微かに苦笑する。

「でも、外車だし、実際に乗るって言ったら、両親には反対されちゃうと思うんですけど。うちの両親、そういうところ、すごく保守的だから、絶対国産車の方がいいって言うに決まってる」

「……はい」

相変わらず、花垣の返事は短くて、そう言ったきり、また興味なげに黙り込んでしまう。ちょうど料理が運ばれてきて、真実と彼は、二人でそれを黙々と食べた。

だから、その話題はそれきりだったはずなのに、花垣が、だいぶ時間が経ってから、ふいに言ったのだ。

「あれ、外車じゃなくて、国産車ですよ」と。

指さした先では、まさにその車が駐車場を出るところだった。食事を終えたらしい車の持ち主が乗り込んで、ライトがつき、動き出した車の後ろでブレーキランプが点滅する。

「あの車。——坂庭さんが乗りたいって言ってた」

肩に、かっと熱を感じた。

——憧れの車なのに、それがどこの国製かも知らないのか、と、知ったかぶりを指摘されたように思った。恥ずかしさと——それ以上の苛立ちが、胃の底から全身をかっと包む。

言葉が出ず、黙って花垣を見つめ返す。しかし、察しの悪そうな花垣は、窓の外をまだ眺めている。

「車が出る時、後ろにマークがあったの、今、見えました」

普通の国産車と違って、前にマークがない車だった。それに、デザインはだいぶ外国っぽくて、まるで日本車っぽくない。だからわからなかったし、憧れ、と言いつつ、ちゃんと調べなかったから、真実も知らなかった。――そうだ。本当は、だから、ちゃんと「憧れ」なんかじゃなかったのに、真実はあえて話題にしただけなのだ。

あなたとの会話がつまらないから。

話題を何も、あなたの方から出してくれないから。だから、本当は興味がない、どうでもいいことまで私は頑張って話した。それなのに、どうして、そんなつまらない、どっちだっていい間違いの指摘だけはしてくるのか。

花垣の車は、軽自動車だ。真実の周りで、社会人の男性で軽自動車に乗っている人はまずいない。みんな車にお金をかけがちで、車はここではある種の個性で、ステータスだから。

女の子が乗るような、あんな軽自動車に乗ってるのなんてかっこ悪いのに、どうして乗り換えないのだろう、と本当はずっと思っていた。我慢しようと思ったけど、やっぱり、そこも気になっていた。

そんな花垣が、真実を辱《はずかし》めたくて、今、間違いを指摘したわけではないことは、嫌というほどわかっている。そんなことを思いつくくらいなら、もっとこれまでだって話せただろう。おそらく彼は、ただ、善良なのだ。善良で、真面目であるがゆえに、相手がそれをどう思うのかがわからない。朴念仁《ぼくねんじん》、という言葉が思い浮かぶ。真実は辟易《へきえき》してしまう。知ったかぶりを許さない、彼のこの、空気の読めない善良さに。

そのくせ、その話題を広げようともしない。会話はまた途切れた。

花垣が、真実の思いになど気づかず――今自分が話したことなどもう忘れてしまったように、自分のメロンソーダを手に取る。ストローで飲む。

最初に会った喫茶店で、ここはひとまずコーヒーじゃない？と思うところでも、彼は、確か、オレンジジュースを頼んでいた。ファミレスに入っても、いつも、メロンソーダとか、ファンタをストローで飲む。お酒が苦手だと、今みたいな食事でも炭酸のソフトドリンクを頼む。

そんなことくらい、なんだ、と小野里さんや、お母さんたちには言われるかもしれない。だけど、真実は気になっていた。きっとこの人は、もっと真剣な結納とか両親への挨拶とか、そういう時も、みんながコーヒーを頼んでも、空気を読んで「僕も同じもので」とは言わないのだろう。そういう時も、一人だけメロンソーダを飲むんだろう、と。

真実が「ここに行こう」と誘わなければ、食事だって、今みたいにずっとファミレスしか、行かないつもりなんだろう。

そんなことくらい、なんだ。

そんなことが気になるなんて心が狭い。

理想が高い。

みんな、そう言うんだろう。

真面目で、悪い人じゃないんだから、と、彼の善良さを褒めるだろう。

断る真実の方が悪いと、そう思うんだろう。相手を理解しないのに、理解されたいと思う気持ちは、傍《はた》から見ればきっと傲慢に見えるのかもしれない。

だけど――。

ごめんなさい。

私は、無理だった。

理解しようとした。理解しようとしたよ。出会う人たちと、ちゃんと向き合おうとした。――だけど、理解できるほどのものを、みんな、見せてくれなかった気がする。理解の仕方が、私にはわからなかった。

花垣さんにも、どうかいい人が見つかりますように。

嫌いじゃない。嫌いじゃないけど、私以外の、誰かいい人と、どうか幸せになってくれていたら、と今も思う。

架にストーカーの話をする時、無意識に、少し、花垣のことが頭に浮かんだ。

失礼かもしれないと思いつつ、そこしか、イメージのよすがにするものがなかった。

——庇《かば》っているとか、そういうことじゃなくて……。ただ、相手の気持ちも、なんとなく、わかるところもあるから。三十過ぎてからの失恋が、つらい気持ちとか、なんていうのかな、不安な気持ち。結婚とか、そういう未来が、私に断られたことで、急に閉ざされたように思ったのかも。

それが、私自身の気持ちでもあったから。

婚活で誰かに出会い、今度こそはと期待を込めて、——だけど、違ったと思う時、いつも、急に、目の前で扉が閉ざされたように思った。期待していた分だけ、失望は、いつも大きかった。

あんなに話が弾まないのに、私のことをどう思っているのかも見せないのに、小野里さん経由で真実が断ると、花垣からは「まだ続けたかった」と連絡がきて——、じゃあ、私のどこを好きになったの、気に入ったの、と聞きたかった。

架が、東京みたいな公共の交通機関が便利な場所で、車がそこまで必要ない環境であっても、新車で買った外車に乗っていること。

みんなに合わせて、コーヒーが頼めること。

ビールの会社を経営し、アルコールとのつきあい方が上手で、私を、おしゃれなお酒のお店につれていってくれること。

そういうことの全部が、あそこにいたら、絶対に出会えないと思うくらい魅力的で、

魅力的で、魅力的で、頭が、くらくらしそうなほど、かっこよく見えた。
だけど私もまた、うわべでしか、相手を見ていなかったのだろうか。
架を選んだ私は、きっと、都会に目がくらんだ、浅はかな、これが物語なら、ラストで罰を受ける、性悪女なんだろうか。

地図作りの基本は、一度歩いた道を二度は歩かないように、経路を考えて歩くこと。板宮から聞いたことを頭の中で反芻《はんすう》しながら、町を歩いていく。最初の一週間、板宮と二人で地図を片手に歩いてみて、何年もこの地区を担当してきた彼の仕事ぶりに感嘆した。

町の地図が完全に頭の中に入っている。担当する範囲は決して狭くないのに、確認していく経路に無駄がない。

「すごい」

思わず真実が声をかけると、板宮が「はっはっ」と笑った。

「新人さんと一緒だから、これでもだいぶ手加減して歩いてますよ」

快活な言葉の裏に自信が感じられた。

「最初はたぶん、ここまで順調にはやれないと思うから、無駄が多くても一軒一軒、丁寧に歩くことを心掛けてください。時間はかかっても正確なのが一番だから」

「はい」

「坂庭さんは若い女の子だから、きっと、住民の皆さんも話しかけてきやすいと思うんです。ひょっとすると、お年寄りなんかに声をかけられるかもしれないですけど、そうなったら話を聞いてあげてくださいね」

「話？」

「みんな、若い人と話したいんですよ。僕ももう五十代だけど、この地域の中じゃ若手だから、よく構ってもらいます。ヨシノさんとも、そうやって僕が地域の人らと仲良くなったところを買われて、一緒に仕事をするようになったんですけど」

「ああ……」

それは、短い期間、板宮と町を歩いていても感じられたことだった。板宮と一緒に地図を広げていると、通りかかった人たちによく声をかけられる。「ああ、板宮さん」と名前を呼ぶ人もいれば、「ええっと、なんだったっけ。あんた……」と名前はうろ覚えで、だけど、手元の地図を見て「ああ、地図のあんたか」と話しかけてくる人もいた。その地域の確認を終えて、だいぶ遠ざかった家の方から、「おおい、持ってけ！」とミカンの入ったポリ袋片手に追いかけてきてくれたおじいさんもいた。

ヨシノは、初日についてきただけで、今はもういない。

真実が石巻に用意してもらった地図会社の寮は、おととしまで震災後の仮設住宅として使われていたという小さなアパートで、住んでいた被災者たちは、今は別の場所にできた市営住宅に移っているということだった。

地図作りのアルバイトは、真実の他にもう一人いた。ベテランの板宮の穴を埋めるのは、やはり一人では足りないのだろう。社員寮で真実の隣に住むその男性は、真実がくるよりも二ヵ月近く前から働いているという地図作りの先輩だ。彼もまたヨシノがつれてきた人だそうで、名前は高橋《たかはし》。どんな縁があってここに来たのか知らないが、静岡から来たという。年は、真実の五つ下の三十歳だ。

「よろしくお願いしまッス」

軽い口調で、最初の日に挨拶された。スポーツでもやっていたのか、背が高くて肩幅ががっしりしている。金髪に近い派手な色の茶髪で、根本だけが黒い。片方の耳にピアスをしていて、ヨシノの紹介だと聞かなければ、真実は自分からは到底近づいていけないタイプの人だと感じた。

「あんな外見だけど、悪い子じゃないんだよ」

「そうそう。気のいい子だから、同僚同士、よろしくね」

ヨシノも、板宮も、笑いながらそう言っていた。

地図の調査員は、基本的には一人での仕事になるから、彼と一緒に町を歩くことはないが、真実としても、仲間がいるのは心強かった。それでも、外見に怯んで、自分からはなかなか話しかけることがなかったのだが、ある時、アパートの廊下で、出かけようとしている彼と偶然会った。すると、高橋が「あ」と小さく声を上げた。

「ちょっと待てます？　三分」

いきなり言われて面食らっていると、高橋が一度は閉めた自分の部屋の鍵を再び開けて、中に入っていく。すぐに出てくると、手に、ピンク色のボアブーツを持っていた。

「23・5」

「え?」

「女子のサイズって、だいたいそれくらいってオレの昔の彼女さんに聞いたんスけど、合ってます?」

「……私は、それくらいだけど」

「じゃ、これ、よかったら」

ブーツをいきなり渡される。その思い切りの良さに圧倒され、真実も受け取ってしまう。少し使用感のあるブーツだが、まだ靴底もすり減っていなくてきれいだ。

場違いにも、自分の元カノを「彼女さん」と呼ぶ彼の柔らかい物言いを、意外に思いつつ、なんだか、いいな、と思った。

「昨日歩いてた地区の公園で、平日の昼間だってのに、無謀にも近所の幼稚園と老人ホームがフリマやってて。そんなんじゃ誰も買わねえだろって思ってたらそれ、あったから。なんと百円。すごくないっスか? って、まあ、オレが値切ったんスけど」

「もらっていいの? でもじゃあ、お金を」

「ああー、いらないいらない。言ったっしょ? 百円だから」

高橋が、自分のスニーカーを見下ろす。いつから履いているものなのか、だいぶくたびれている。

「この仕事って、歩くから、結構靴、ダメになりそうだし。まだ寒い日も多いから、よかったら使ってください」

「助かるけど、でも……」

「じゃ、そういうことで」

一方的にそう言って、真実とブーツを残し、さっさと行ってしまう。彼が行ってしまうと、まるで嵐が過ぎ去ったようだった。

深い意味なく、安かったから買った、ということなのだろう。ぽかんとしたまま、真実はピンク色のブーツを見つめる。二十代の女の子が履いていそうな若いデザインで、決して真実の好みではない。――好みではないが、ありがたかった。真実には今、靴は、仙台で買ったショートブーツと、東京から履いてきたヒールのロングブーツの、二足しかない。

この仕事をして、もう、二週間、経っていた。

地図とにらめっこして歩くうち、道行く人に何かを尋ねたり、話しかけることがだんだんと苦でなくなってきた。それに比例するように、自分が何を着て、どんな恰好をしているかなんていうことを、人はそんなに気にしないものなのだろうと、思うようになっていた。――東京にいる時には、あんなにも気になっていたのに。特に、架の女友達や、仕事相手のいるお店に行く前には、家の姿見の前から、クローゼットを開けたまま動けなくなって、何時間も経ってしまうことがよくあったのに。

高橋のように、会話のテンポが速い人は、ずっと苦手だった。向こうも自分の話なんかつまらないだろうと、あまりうまく、これまでは話せなかった。今だってうまく返せなかったし、一方的に押し切られてしまった感じだったけれど、気分は——悪くなかった。

平日の昼間の公園で、外部のお客さんがあまりこないフリーマーケットをしている幼稚園のママたちや、老人ホームのお年寄りの間に入って、商品を眺める高橋の姿が目に浮かんで、微かに笑みがこぼれる。一度は出てきた部屋に戻って、ブーツを履き替える。

真実がその神社を見つけたのは——、地図作りがスタートして、二ヵ月近く経過した頃だった。

四月の終わり。

海沿いからスタートした地図作りは、歩くルートが海から遠ざかるにつれて、津波の影響が減っていく。流されずに土地に残った桜が、東京にだいぶ遅れてようやく花開き、春がはっきり感じられるようになってきた。霜が降りた硬い地面の顔つきまでもあちこちで和らいで感じられる。

その場所に神社があることは、渡された去年までのデータですでに知っていた。

行ってみると、そこは古い——木造の神社だった。屋根が少し傾《かし》いでいるように見えるのは、震災の影響なのだろうか。その傾いだ屋根の下には、しめ縄と鈴。その奥にある神社の紋に、目が釘付けになる。

円の中に、三本の波を象ったようなデザイン。

そのマークを知っている、と真実は思った。どこかで見たことがある――と気づいて、「あっ」と声が出た。

樫崎写真館で見た。耕太郎に頼まれて洗浄した写真の中の一枚――結婚式の写真に、確かにこのマークがあった。澄ました様子の白無垢の花嫁。親族の集合写真の後ろに、確かにこの波線が入っていた。

「あれ、お客さんが？」

背後から間延びした声が聞こえて、はっと振り返る。この土地の訛りや言葉遣いに、最初の頃は戸惑ったけれど、今は慣れてきた。

少し毛玉のついたカーディガンを羽織り、花のコサージュがついたニット帽をかぶったおしゃれなおばあさんが、神社の奥にある社務所らしき建物の方から出てくる。そちらの建物は、神社の社殿と違って新しい。建て直したのかもしれない。思わず地図に目をやると、そちらの方には「石母田」と書かれている。読みは、「いしもだ」さんで合っているだろうか――。考えるより早く、

「石母田《いしもだ》さんですか」

と聞いてしまう。すると、すぐに、「ああ、んだんだ。この神社のな」という答えが返っ

てくる。どうやらこの神社を管理している家の人のようだ。

「私、住宅地図作りでこの辺りを歩いているのですが」と名乗ると、すぐに「ああ」と頷いて、皺の深い顔の目を細める。そうすると、目の辺りが一本の深い皺のようになる。

「その地図が。はいはい。前にも誰か来た来た」

「こちらの神社は随分、歴史が古そうですね」

「んだねぇ、もうずっとあっからなぁ」

おばあさんの優しく間延びした話し方に勇気をもらうようにして、思い切って尋ねた。

「こちらの神社では、結婚式をされたりもしているんですか?」

「えっ?」

真実の問いかけにちょっと驚いたように、おばあさんが首を傾げる。おかしなことを聞いてしまったろうか、と思いつつ、人と話すことが前より苦ではなくなっていたからか、真実は続けて尋ねることができた。

「あの、実は、私、この神社で結婚式を挙げた人の写真を見たことがあって。ひょっとしたら、間違いかもしれないんですけど」

尋ねる時に、胸がドキドキしていた。緊張ではなく、純粋に、興奮で。持ち主がわからなかったあの写真の、持ち主に繋がるヒントがここにあるのかもしれない。

おばあさんが二回、パシパシと大きく瞬きをする。そして頷いた。

「んだんだ。確かに昔、結婚式もやったったなぁ。昔も昔、わたしのわげぇ時の大昔だげっと、懐かしいなや」

樫崎写真館に連絡すると、わざわざ耕太郎本人が写真を届けに石巻までやってきてくれた。その耕太郎から連絡を受けたヨシノも一緒にやってきて、板宮や高橋も誘って、近くの店に飲みに行く。写真は翌日、石母田さんのいる神社まで皆で持って行って見てもらうことになっていた。

「真実ちゃん、すごいね。探偵みたい」

「そんな……。たまたまですから」

ビールの杯を傾けたヨシノに言われ、真実が恐縮して首を振ると、耕太郎が「いやいや」と身を乗り出す。

「たとえ偶然だとしても、その偶然を引き寄せて気づいたのがすごいですよ。僕なんて、神社のマークなんて、洗っててもまったく気づかなかった」

「耕太郎くん、わざわざ来てもらっちゃってごめんね。おじいちゃんの写真館を抜けてきてもらっちゃって……」

「いいんですよ！　それより僕、嬉しくて。あの写真たちは、本来は持ち主が見つかるの、諦めてたものばっかりですから。じいちゃんも、行ってこいって送り出してくれました」

その日やってきた石巻の居酒屋は、震災後、主にボランティアの人たちが通う店として新しくできたものだそうで、店内には、今日も若者が多かった。店主も震災後に仙台からボランティアにやってきた人だという。日中、地図の仕事で歩いている時には気づかないけれど、この土地にはまだまだボランティアで来ている人や、復興のために働いている人たちが多くいるということなのだろう。店内にいる人たちは、生粋の地元民、というよりは、皆、どこか真実たちと似た雰囲気がある。

「早苗さんや力くんは元気ですか」

短い期間だったけど一緒に過ごした彼らのことがふいに懐かしくなって尋ねると、耕太郎が「ああ」と何かに気づいた顔つきになる。

「あの二人は、もう、いないんですよ。次の場所に行きました」

「えっ、そうなの」

「はい。真実さんにも、会ったらよろしく伝えてくれるようにって言ってました」

「――そうなんだ」

早苗の凛とした佇《たたず》まいや、まだあどけない力の顔を思い出すと、その瞬間、胸がきゅっと押された。彼らがどんな事情を抱え、――何から逃げて、そしてどこに行ったのかということはわからないし、耕太郎も明かさない以上、聞くつもりもない。けれど、彼が使った「次の場所」という言葉の響きには、明るさが感じられた。

早苗たちは、前に進んだのかもしれない。

「私も行けるかな、次の場所」

思わず、小さな呟《つぶや》きが洩れた。

彼女たちに向けて、どうか元気で、と願う。写真を洗いながら、ふいに感情が高ぶって泣き出してしまった自分の涙を見て、早苗が優しく肩を抱いてくれたことを思い出す。

耕太郎が軽く頷いた。

「早苗さんと力、結構長く写真館手伝ってくれてたから、いなくなるとやっぱり寂しいですよ」

「耕太郎くんは、今、つきあってる彼女がいるんだよね？　かわりにその子が来たりしないの？」

「えぇーっ。どうですかね。つきあってはいますけど、まだそんなことまでは全然。――彼女の方がオレより年上なんで、たまにそういう気配、感じないわけでもないですけど」

無邪気に首を振る耕太郎のその顔を見つめながら、真実は微笑む。知的で、誠実そうな彼女のような人であっても、男の人たちに漂う特有の余裕のようなものに覚えがある。自分のような人間に、言えることなど何もない。けれど、思わずにいられなかった。その余裕を、いつか、後悔しないようにしてほしい。その余裕が、若さの特権なのだとしても。

「……っていうか、彼女の話、誰に聞いたんですか？」

耕太郎が言うと、ヨシノがふふふ、と微笑みながら「ごめんごめん」と顔の前で手を合わせる仕草をする。耕太郎がふざけ調子に顔をしかめ、「またー。勘弁してくださいよぉ」と軽く言いながら、自分の鞄を手元に引き寄せた。

持ってきた、例の結婚式の写真を耕太郎がそっと封筒から取り出す。おしぼりでテーブルを拭き、ハンカチを広げて、恭しくその上に載せる。

真実が洗い、泥を拭った写真は、確かにだいぶ古そうだった。

「いい写真スね」

高橋が言った。親族写真は、表情がわかる人もいれば、わからない人もいる。真実が「ん？」と高橋を見ると、彼が大きく頷いた。

「みんな緊張して、前向いてるだけの写真だけど、昔ってきっと今みたいに気軽に写真撮らないから、それだけ、写真撮るのって特別なことだったんじゃないかなって思ったんスよ。だったら、やっぱ大事なもんだったんじゃないかな」

「巡り合わせかもしれないですね」

高橋の横から板宮が言って、真実が顔を上げる。すると、板宮が真実の目を見て言った。

「あなたがこの土地に来たのは、何かの巡り合わせだったのかもしれない」

「そんなたいしたものじゃ……」

大げさに感じて首を振ろうとして——けれど、息が詰まった。思いがけず、体の内側から温かい感情が込み上げてくる。

――嬉しかった。自分がここに来たこと、自分がいることに何か意味があるなんて、これまで、誰からも言ってもらったことがなかった。板宮は、今、軽い気持ちで言っただけで、そこに深い意味なんてないだろうことはわかっている。わかっているけれど……、こんなことは初めてだった。初めて言われた。

「ちょっと、お手洗いに」

席を外し、トイレに行くと、ひさしぶりにビールを飲んだせいもあって目の下が少し、赤かった。自分が泣きそうになっているのだと、鏡を見て、改めて気がついた。嬉しいはずなのに、その嬉しさにせつなさが織り交ざる。

鏡の前で瞬きをして、深呼吸をして、それから外に出ると、トイレの前に、高橋が待っていた。

「あ、ごめん」

トイレの順番待ちで、待たせてしまったのかと謝ってから、この店はトイレが男女それぞれ別にあることを思い出した。おや――と思って顔を上げると、そこで、思いのほか真剣な高橋の眼差しにぶつかった。

「次の場所ってどっか行くんスか」

「え？」

「さっき、話してたから」

「あ……」

耕太郎と話していた早苗と力のことを言っているのだろう。彼女らは前に進んだようだけど、自分はまるでそんなふうにできる気がしない。その呟きの内容を聞いて何か誤解されたらしい。真実は苦笑して首を振る。

「違うよ。さっきのは、耕太郎くんの写真館で一緒にいた人の話。私の話じゃないし、第一、地図の調査もまだまだ範囲が残ってるじゃない」

「なら、いいんスけど」

高橋の声が露骨に安堵した。

その表情を見て——、気づいた。恋愛経験が少なく、鈍感な真実にだって、それがどういうことなのか、わかってしまう。トイレの前で、今、彼が待っていたのも偶然じゃない。

「あの」

根本だけ黒い、派手な髪の色。軽そうな話し方。ダボダボのジャージみたいな上下を好むファッションも、自分とは違う世界の人だという気がしていて、この仕事をしなければ、彼のようなタイプと話をしたりすることは一生なかっただろう。

その彼の表情が、微かに強張る。声が上ずる。

「もしよければなんスけど、仕事の休みの日とか、今度、どっか行ったりしませんか。その、ドライブとか」

声と顔に、緊張が浮かんでいた。
その声を聞いたら――ときめきより先に、胸が、鋭く痛んだ。

唐突に、思い出すことがあった。

県庁で、働いていた時のことだ。

職場によく来ていた配達員の一人が、メグちゃんに、手紙を渡してきた。

いつも荷物の受け渡しで会うたびに、あなたのことを素敵だと思っていた。自分は、あなたのことが好きだと思う。――だから、今度二人で一緒に、どこかに出かけませんか、という内容だった。

メグちゃんが「こんなのもらっちゃった。ヤバいよね」と、見せてくれた。

私も、他の課の子たちも、みんな、手紙を順番に読ませてもらって、「ええー！　ヤバい！」と笑った。ただ、荷物を受け取ったりするだけの間柄なのに、メグちゃんをそれだけで好きになるなんてヤバい。ろくに話したこともないくせに「好き」とか笑える。こんな手紙渡してくるなんてどうかしてる。ヤバいよ、ストーカーになったらどうする？

メグちゃんがすでに結婚している、ということもあって、相手のことを、真実たちはみんなで散々、笑って、叩いた。

身の程知らずだ、と。

何が好きだ、と。

怖い、ヤバい。

そう言った。

今にして思えば、実際にストーカーになったりするようなことはなさそうだから、とみんなで高を括っていたからこそ、笑っていられたのだとも思う。

その後、彼が配達にくる時間帯を聞いて、メグちゃんのいる課まで、他の臨時職員の女の子たちと、相手の顔を見に行った。おとなしそうな、頭髪の薄い、ちょっと老けた感じの人で、あんなおじさんがメグちゃんを好きなんて図々しいよねって、みんなで話した。

相手がどんな気持ちだったのかなんて、その時は、考えなかった。

ヤバいとか、そういう言葉で蓋をしてきたけれど。

そういう相手は「ありえない」からと、問答無用で理解するのをやめたけれど。

相手だって、本当は、不安だったとしたら。

長い長い、人生で。出会いなんてなくて。この先、自分が一生一人かもしれないと不安に思って。周りから、結婚していないことで何か思われていそうだと思って、どうにか、一人じゃなくなりたいと、結婚したい、人とつきあいたい、恋人がほしいと思っていたんだとしたら。

私のように。

ありえない、と蓋をする前に、ほんの少し、考えてみても、よかったんじゃないのか。

相手だって勇気を出して、本当は、私と同じようなものと闘っていたのかもしれない。

告白されたのはメグちゃんだったけど、急に思い出す。

あの配達員の彼に、金居さんや――花垣さんが――重なる。

ありえない、と蓋をしていたのは、私も一緒。

高橋くんの、せいいっぱい、軽さを装いながらも緊張した声が、胸を打つ。

架の顔を――思い出す。


「ドライブって、高橋くん、車持ってないじゃない」

真実が言う。ありったけの軽い調子を込めて、からかうような口調で返したその声に、高橋の顔がほっと――また露骨に、緊張を解いた。

「車、借りますよ」と彼が言った。

「オレがどんだけ図々しい性格か知らないんスか。板宮さんの車ぶんどってドライブ、行きましょうよ」

「考えとくね」

真実が言う。

「考えとく。――ありがとう」

婚活以外で、人とつきあったことがない。

本当は、それがコンプレックスだったのかもしれない、と初めて思った。みんなができている恋愛の入り口がずっとわからなくて、みんなができているのに、と、ずっと気になっていた。だけど、壁を作っていたのは自分の方だったのかもしれない。

もう一度、真実は言う。なるべく深刻に聞こえないように。なぜかまた、涙が出てきそうになる。

「ありがとうね。高橋くん」

「なんスか、それ。丁寧すぎ」

高橋が笑う。

彼をトイレに残して席に戻ると、隣に座っていたヨシノがふいに話しかけてきた。

「真実ちゃん」

「はい？」

「高橋、いい奴だよ」

言われたら、また少し、息が詰まった。

何かを察しているらしいヨシノに向けて、真実は小さく息を吸ってから、「うん」と頷いた。

「知ってる」と、それだけ答える。ヨシノもそれきり、何も言わなかった。

三波《みつなみ》神社、というのが、その神社の名前だった。

三本線の波の紋の形が、それだけでもうこの場所を表していたのだと思うと同時に、名前に入っている「波」に、胸を突かれる思いがした。この場所は、昔からずっと海や波と一緒にあった。海の恩恵とともに生活があったからこそ、そこに感謝が生まれ、神社の名になったのだろう。あるいは、それは畏怖の対象でもあったのかもしれない。恩恵を授けてくれるはずの海が震災で姿を変えたことについても、どうしても思いを馳せざるをえなくなる。

ヨシノと耕太郎をつれ、三波神社を訪れて石母田に写真を見てもらう。

通されたのは、木造の神殿の中だった。古い建物のように思ったけれど、よく修繕されているのか、隙間風のようなものは感じない。真っ赤に燃える石油ストーブの上で、しゅんしゅんとやかんが湯気を立てている。正座する足が少し冷たいが、それも妙に心地よく緊張感があった。厳かな拝殿の奥にあるしめ縄だけが真っ白く新しい様子で、あそこに神様がいる、と確かに感じられるような、そんな静謐《せいひつ》な空気が流れていた。ストーブの上のやかんの湯気と、拝殿の奥の厳かな空気。人と神様が無理なく同居している場所なのだと、そんなふうに思えた。

老眼鏡をかけた目をしょぼしょぼさせながら写真に見入る石母田の横に、彼女の娘だという女性もやってきて、母親の背に手を添える。

「懐かしいなや」と、石母田が言った。写真から顔を上げ、真実を見る。

「たまげた。こいづ、幸子《さちこ》ちゃんの結婚式だや。あんだ、覚えてっか？　あの貸衣装屋さんの」

「わがるわがる。健太《けんた》のお母さんでしょ？」

「んだんだ。そうが、あそこの健太くんとあんだ、同級だったが」

石母田母娘《おやこ》が話して頷き合う。どうやら知っている家の写真のようだ。「不思議ねえ」と石母田の娘が写真を母親の手からもらって、しみじみと眺める。

「健太の両親の結婚式ってことは、この写真の時、健太、存在もしてねんだもんね。今、もうあんないいおじさんなのに」

そういう石母田の娘も、世代としては真実の母親の少し下くらいだ。この神社で今は権禰宜《ごんねぎ》という役職についている、と最初に教えてくれた。宮司は彼女の夫だという。

「そのご家族は今もこちらにいらっしゃるんですか？　できたら、この写真をお届けにあがりたいんですが」

耕太郎が言うと、石母田母娘が顔を見合わせた。母の方が言う。

「長いごど、着物屋だった家でな。婚礼の貸衣装もやってだがら、神社でも結婚式をしてだ頃は、だいぶ世話になったんだ。この写真の、このめんこい花嫁は――」

石母田が言って、含み笑いをする。

「わたしよりも年上で、それはもうめんこいおばあちゃんになって、だいぶ前に亡くなったげっと、息子夫婦が家業ば継いでねぁ。津波で店は被害に遭ったげっと、今も石巻さいっから、写真届けてやっこどはできるよ。預がろうか？」

「それはぜひ」

耕太郎が安堵した様子で、深く頷く。真実もまったく同感だった。嬉しかった。石母田が「喜ぶべなぁ、きっと」と顔をくしゃくしゃにして微笑む。

「わたし、お茶いれでくるね。本当によぐ来てくださいましたこと」

石母田の娘が言って、席を立つ。写真の持ち主の身元がわかったことで、全員が明るさと温かさに包まれたようだった。見知らぬ人のものだったはずの写真一枚に繋がれて、みんながこんなにも打ち解けた気持ちになっていくのが、とても幸せなことに感じられた。

「写真館の仕事は、おじいさんどしてるのが?」

石母田が耕太郎に尋ねると、耕太郎が「はい」と頷いた。

「うちの父はまったく関係ない仕事について、東京にいるんですけど、僕は小さい頃からじいちゃんの写真館が好きで、写真に興味があって。結局、じいちゃんのとこに来ました。とはいえ、じいちゃんが写真始めた頃とは違って、今はみんなデジカメやスマホで簡単にいい画質の写真が撮れるから、仕事自体はやっぱり減ってますけどね」

「あらー、んだが?」

「でも、やっぱり、こんな形で役に立てることがあると嬉しいです」

耕太郎が微笑む。

「地元の学校の行事で撮影に入らせてもらえたりすると、誰かの人生の節目に立ち会ってるんだなって思うし、修学旅行の同行なんかも、じいちゃん一人の時は無理だったけど、僕が来てからは頼んでもらえるようになりました」

「えぇー。耕太郎くん、修学旅行に一緒に行ったりしてるの？」

ヨシノが驚きの声を上げ、耕太郎がそのヨシノをふざけ調子に睨んだ。

「悪いですか？」

「いやいや。確かに、私も昔、修学旅行の時って、撮影の人が誰かついてきてくれたなぁって思い出して。そっかぁ、それを今、耕太郎くんがやってるんだ。すごい、すっかり大人だね」

「ヨシノさん、僕のこと、いつまでも学生のままだと思ってるでしょ？」

彼らが出会ったのがその頃なのかもしれない。話す二人の様子が微笑ましく、真実もつい「モテるでしょ」と耕太郎に言ってしまう。

「中学生や小学生からしたら、耕太郎くんは大人だもん。きっと、モテるよね」

「旅行の最終日には、メモ帳の切れ端みたいのに書いた手紙をもらったりしますよ。たった三日くらいの短い旅行なんですけどね」

耕太郎がにこりと笑う。

「さすがにそれ以上になることはないですけど、子どもたちって、本当に濃い時間を生きてるんだなぁってそのたびに思います」

真実にも覚えがある。

学校の先生や修学旅行の添乗員さん、カメラマンさん、習い事や塾の先生。身近な大人に淡い恋心に近い感情を抱くこと。具体的に手紙を渡したりするのは、積極的な一部の女の子で、自分はそんなふうには間違っても動けない子だったけれど、そんなこともあったと懐かしく思い出す。

「でもまあ、写真館の仕事は減ってても、みんな、写真自体への興味は今はむしろ高まってると思うんですよね」

「ああ、確かに孫だぢもよぐ携帯電話で何か撮ったり、送ってきてけだりするなぁ。なんだが、パソコンからも見られるって」

「インスタグラムもありますしね。この辺りの海岸なんて、めちゃめちゃ、それこそインスタ映えしそう」

石母田の言葉に耕太郎が頷く。真実も同感だった。仙台から石巻にくる途中の鉄道から見える景色を、今、スマホが使えたら撮ったろうに、と何度も思った。地図の作業で街を歩いていても、ふと見える空の美しさや、小さな民家の横に咲いたつつじの美しさに感動するたび、写真を撮りたかった、と思ってしまう。

電源を切ったままのスマホは、寮の部屋に置きっぱなしだ。スイッチを切ったまま東北に来て、落ち着いたら電源を入れようと思いながら、一日、一日、とそれが延びていった。東京を出て、だいぶ経ってしまった。このままではいけないと思いながらも、今、電源を入れることはやっぱり怖かった。

つながった瞬間に、誰から、何がきているか。

着信、メール、LINE。入っているであろう連絡を見るのが怖い。自分が置き去りにしてきたものの責任をとれと迫られるようで、今のこの、静かな時間が終わるようで、とても怖いのだ。

「そういえば、ヨシノさんやってますよね？　インスタ」

「やってるけど、リアルタイムで上げることほとんどないよ。今どこにいるかわかったら、こんなに近くに来てるのにうちに来ないのかって怒りそうな人もたくさんいるし」

耕太郎に問われ、ヨシノが答える。活動拠点がたくさんある、いかにもヨシノらしい考え方だ。するとふいに「真実さんは？」と耕太郎に聞かれた。

「え？」

「インスタ、やってます？」

深い意味などなさそうに、ごく平然と聞かれたことが心地よかった。真実に事情があってここに来たことはなんとなくわかっているだろうに、変に気遣われることなく、話題を振ってくれたことが嬉しかった。

だから、真実も深く考えず、「前は」と答えてしまう。

「前は、結構頻繁に。でもこっちに来てからは全然やってない」

「えー！　どんな写真上げてました？　見ていいですか」

「いいよ」

架との旅行の写真や、彼の会社のビールの写真が上がっているくらいのことだ。もう特段、隠すほどのことでもないと思う。

「このページですか?」

耕太郎が検索し、インスタグラムのページを見せてくれる。懐かしい写真が――、ずいぶん前の、まるで自分のものではないかのような写真が、そこに並んでいた。

最後に上げた写真は一月。

まだ、東京での仕事をやめる前。

「――ちょっと、見せてもらってもいい? 私もだいぶ、見てないから」

自分がまだ何も知らないままでいられた時の写真が並んでいる。

架と婚約し、彼のことを百点の恋人だと思って、結婚に向けて幸せな予感に胸をときめかせていられた時の、ある意味おめでたかった私の、これは記録だ。

しばらく見ていなかったせいか、その自分を滑稽だと思うより先に、その無邪気さがいとおしくさえ感じられるのが、我ながら不思議だった。もう戻れない、かつての自分。彼女に変わらないままでいてほしいとさえ、なぜか願ってしまう。

最後に上げた写真を開く。なんてことはない、会社帰りの散歩道で通りすがりに見た猫を撮影した写真。素人撮影だから、耕太郎に見せるのが恥ずかしいな――と思った次の瞬間、視界の端に、何かが見えた。それを意識した途端、胸を――ずくんと、鋭い衝撃が打ち抜いた。

写真に、コメントがついている。

本当は、いませんね？

どうか、ぼくともう一度話してください。

それだけだった。

名前は書かれていない。けれどそれが誰からのコメントであるか、真実は即座にわかった。コメントの意味も。

本当は、いませんね？

は、
本当は、「ストーカーは」いませんね？だ。

架だ。

心臓が、一瞬前と打って変わった速さと強さで胸を内側から叩く。目に見えないその鼓動の強さに息が詰まって、耕太郎のスマホを持った手の感覚が凍りついたように消えていく。

唇を噛み締める。ほかの写真を開く。コメント欄を見る。それを繰り返す。だけど、新たについたコメントはそれだけだった。どれだけ探しても、最後の日についたそれだけ。

――架に、とうとうバレた。

胸を押さえる。自分でもはっきりわかるくらい、呼吸が浅く、乱れていく。顔から表情がなくなる。

「――真実ちゃん、どうした？」

動揺が胸の中で抑えきれず、外に出てしまう。ヨシノに顔を覗き込まれる。

「どうかした？　顔が真っ青だよ」

「ヨシノさん――」

人間は、こんな一瞬だけのことで他人から見てもわかるほどに顔色が変わってしまうのか。動揺しながら、息を吸い込む。耕太郎も石母田も、心配そうに真実を見ていた。

しゅんしゅん、とやかんが蒸気を発する音がしていた。古い土と木のにおいがする神社内の空気を吸い込むと、気持ちが少しだけ、落ち着いた。どうしよう、どうしようと思いながら、彼らが今ここにいてくれることが心強かった。ありがたかった。

「ヨシノさん、私、捜されてるみたい」

「え？」

婚約者に、という息が、また切れた。だけど言う。

「婚約者が、私のこと、捜してるみたい」

わかっていたはずのことだった。あんなふうに突然自分がいなくなれば、架はきっと、真実を捜す。捜して、自分の女友達にだって、真実のことを――真実の嘘を聞くかもしれない。

そう、思っていた。思っていたけど、それでもいいと、自分で、彼らとの時間を放置した。あの時間が続いているなんて、これまでは考えないようにしていた。

だけど、架は違った。

あの時間の中に、架はまだ、ひとりでいる。

勢いにまかせて一気に、という感じではなく、ぽつりぽつりと、真実は話した。

ヨシノに、耕太郎に、石母田に。

途中、石母田の娘がお茶とお煎餅を持ってきてくれたが、真実たちが話している様子を見ると、お茶を出してすぐ、何かを気遣うようにそっとその場を去っていった。

真実は話した。

自分のこと。

架のこと。

ストーカーの、嘘のこと。

本当だったら話しにくいそんなことまで、不思議と話していた。ヨシノや耕太郎ならまだしも、会ったばかりの石母田にまで、彼女のような高齢の女性にはきっとこんな恋愛の話は呆れられてしまうのではないかと思いながら——それでも、今日話さなければ、もうどこにも行けない気がして、話した。

初対面に近い間柄だからこそ話せた部分も、きっとあった。

「そういう――どうでもいい、話なんですけど」

話し終えて、真実は言った。言いながら、目の端が痛んで、涙が出そうになる気配を感じたが、実際には涙はもうこぼれ落ちてこなかった。あまり自虐的に聞こえないように、と思うけれど、予防線を張るように、言ってしまう。

「ただ、婚活に失敗して、結婚がダメになったっていう、――私も嘘ついてて、ダメになったのも自業自得な話なんですけど、インスタにコメントがついてて、彼がまだ捜してるんだって思ったら、急になんか……。こんな話、聞かせてごめんなさい」

「いいえぇ」

真実に最初に声をかけたのは、ヨシノでも耕太郎でもなく――この中で、一番真実とは関係が遠いはずの、石母田だった。皺だらけのその顔を見て、真実は驚く。

石母田の顔に浮かんでいたのは、びっくりするほど晴れやかな微笑みだった。いたわりでも、同情でもなく。

皺だらけの小さな手が、真実の右手を摑む。摑んで、しっかり、両手で包む。

「あんだら、大恋愛なんだな」

えっ、という驚きが、あまりに驚きすぎて、口の中で止まった。目を見開き、何も言えずに石母田を見つめ返す。彼女が続けた。

「渦中さいる本人だぢは大変なんだろうげっと、わたしがら見っと素晴らしいとしか思わね。大恋愛な」

「そんな。私たち、知り合ったのは婚活だし、これは大恋愛なんかじゃ……」

「あら？　やだ。今の若い人だぢって、自分が恋愛してっかどうかも人に言われなぎゃわがんねぇの？」

その声は心底不思議そうな響きに満ちていた。その声を聞いてはっとなる。言葉の響きが、胸の奥底に沈み込んでいく。あたたかい痛みを、伴いながら。

大恋愛、という響きに、心臓を鷲摑《わしづか》みにされたようになる。

「そうだったのかも、しれません」

「うん」

石母田が真実の手を撫でる。そして、聞いた。

「会ってきたら？」

声が、相変わらず優しかった。

「相手が、明日も待ってでけると思うのは、図々しいっちゃ。急にそれができなぐなった人だぢ、わたしもうんと、見できたがら」

石母田に言われると、胸につかえていたものがほぐれ、消えていくようだった。唇を嚙み締める。

はい、と小さな声で、頷いた。

会います。

ただし、時間をください。

ずっと放置していたスマホの電源を、勇気を出して、その夜、入れた。その途端、電気と一緒に時間が流れ込むように、小さなスマホの中に光と音が溢れた。たくさんの、メール、着信、ＬＩＮＥ。

まだ、全部を正面から一度に受け止められる気がせず、架にだけ、メッセージを送った。

架からすぐに電話がかかってきたらどうしよう。このスマホの位置情報をもし辿られたら、ここまで強引に追ってこられて、連れ戻されるかもしれない。

すぐには、会えない。無理だ。それに、始めた地図の仕事を、任された分だけは、自分の足でちゃんと歩きたかった。

いろんな心配と不安があったけれど、架からは、短く返信があった。

わかりました。

また、連絡をください。

文面からは、怒っているのかどうかすらわからなかった。すぐに話すとなったら無理だと思ったのは自分だったのに、短い文章に気持ちが騒ぐ。ストーカーの嘘を知って、やはり怒っているのではないか。真実に呆れ、突き放す気持ちでいるのではないか——。思っていたその時、もう一度だけ、スマホが光った。架からのメッセージが届く。

無事で、安心しました。

一行だけ、そうあった。

◇

地図の作業が落ち着くまで——。

再び架に連絡が取れたのは、夏になってからだった。

七月。

その間、架の方からは、本当に連絡がなかった。怒っていて、もう真実を突き放しているせいかもしれないとまた不安に駆られたが、なるべく気にしないようにした。目の前にやらなくてはならない仕事があることに救われる思いもしたし、そうやって日々を過ごすうちに気持ちが落ち着いていった。架は待ってくれているのだ、と自然と思えるようになった。

架に会おう——、と気持ちが決まった七月。

板宮と高橋、真実の三人でいつもの居酒屋に行った帰り道、高橋と二人で社員寮に戻る途中、高橋に、「一緒に出かけられない」と話した。

考えておく、と話したドライブには、一緒に行けない。

そう告げると、高橋はびっくりしたような顔をした。真実に言う。

「えっ——ていうか、いつの話してんスか、それ」

「四月くらいだったかな。高橋くん、誘ってくれたでしょ?」

「わかってますよ。つか、それから何も言われないんだから、脈ないんだろうなって、オレだってそれくらい雰囲気で察してたっつーか」

高橋が顔をしかめ、夜空に向かって道の小石を蹴り上げる。

「わかってたのに、なんでわざわざ断ってくるんスか。これじゃ、オレがフラれたみたいになるじゃないスか。ひどいな」

「ごめんごめん」

拗《す》ねた口調で言う高橋が、どこまで本気でそう言っているのか——軽口でごまかそうとしているのか、わからなくて続ける。「嬉しかったの」と。

「あんなふうに誘ってもらって、嬉しかったから、ちゃんと返事しようと思ったの。余計なことだったなら謝るよ。ごめん」

「あー、もう、真実ちゃんって律儀すぎ。その律儀さが人を傷つけることもあるんスよ。覚えといてください」

「うん」

真実は頷いた。高橋に感謝しながら、心から言う。

「──覚えとく。ありがとう」

「行くんスか」

「え？」

「次の場所」

いつか、高橋と話したことを覚えているのかもしれない。真実は答えた。

「まだわからない」

そう答えながらも、前に進もう、とその時、はっきり思えた。

架に会おう。前に進めなくて、これで終わりになっても。終わらなければ、真実はたぶん、その次のことさえ、見えてこない。

終わってもいい、と初めて思えた。


待ち合わせに指定した無人駅に、架は文句ひとつ言わずに来てくれた。

いつか、仙台からヨシノと来た時に通った、海の近い陸前大塚駅。驚くほど海が近いこの場所を電車が通っていることに、初めてきた時、驚いた。それは、東京育ちの架にとってもそうだろう。高い防潮堤に視界を遮られていても、その向こうには、今も海の気配がある。潮の匂いがする。この場所を味方につけてなら、架とちゃんと対峙《たいじ》できる気がした。

先に来てホームで待っていると、仙台方面から電車がやってくる。夏の無人駅に、帰省なのか旅行なのか、麦わら帽子をかぶった家族連れが降りる。彼らに遅れて、ホームの端のドアから降りたのが架だった。

姿を見た瞬間、胸がうずいた。

ときめきなのか、痛みなのかわからなかった。

ただ、懐かしかった。

降り立った架は、夏なのに、襟付きのジャケットを着ていた。畏《かしこ》まったスーツ姿は、つきあっていた時に、真実が一番好きな姿だった。

架が顔を上げる。真実を見つけた。

勇気を出して。意を決して、真実も彼のところまで歩いていく。

「ひさしぶり」と小さな声で言った。

架の目は、笑っていなかった。怖いくらいの、何を考えているのかわからない真剣さで、彼が真実を見つめる。彼が息を吸い込み、何か言った。聞き取れなくて、真実は無言で彼を見つめる。架がもう一度言った。

「随分、遠くまで」

吐き出す息は、呆れたようでもあったけれど——安堵が感じられた。「うん」と真実は頷く。

「来てくれて、ありがとう」

お礼を言った。

待合室に移動して、二人で、間に一人分の距離を空けて、ベンチに座る。どこか、入ってお茶ができる店を探したりした方がよいのかとも思ったが、この辺りに適当な店があるのかどうかもわからない。架も「東京に比べたら、涼しいよ」と、このままでいいと言った。

「なんか、たくましくなったね」

架に言われ、真実は「そう？」と呟く。実際、自分ではよくわからなかった。

再会したら、開口一番、怒鳴られることも覚悟していた。つきあっている間、架はただただ優しくて、真実に声を荒らげたことは一度もなかったけれど、今回ばかりはそうなってもおかしくないと思っていた。

けれど、口調が落ち着いている。ひさしぶりの再会は、拍子抜けするほど穏やかだった。

架の方は、最後に会ったときよりも大人びたように感じた。四十になる相手におかしな言い方かもしれないが、彼もまた、何かを経たのかもしれない。それは、疲れがにじんでそうなったようにも感じられた。だとしたら、それは自分のせいだろうか。

「――それ、何」

真実の目が、架が持っていたデパートの紙袋に引き寄せられる。包装紙に包まれたお菓子か何か、贈り物の箱のようなものが入っている。架のジャケット姿には似合うものの、場違いに感じる。

架が「え？」と呟く。それから「ああ……」と紙袋を見下ろした。

「──誰か、真実ちゃんがお世話になってる人がいるんだったら、渡そうと思って途中で買ってきた。たいしたもんじゃないけど、箱菓子」

「何それ」

思ってもみない答えに、思わず声が出た。すると、架がため息を吐いた。

「……確かに。こんなの持ってくる前に、他に何か持ってくるものがあった気もする」

架が真実の顔を覗き込む。そして尋ねた。

「いないの？　お世話になってる人」

「いるけど……。まさか架くんが気にして、手土産持ってくるなんて思わなかった。わざわざ、用意してまで」

彼もまた、平然と落ち着いているように見えていたけれど、内心では、真実に会うのに動揺も緊張もあるのかもしれない。そう思ったら、本題を面と向かって話せる気になった。意を決して、告げる。

「──ストーカーはいません」

蟬の声がしていた。

無人の駅の向こうに、長く、駅舎の影が伸びていた。乾いた白い地面に、その濃い色が映えている。

唐突に告げた真実の声に、架は、しばらく黙っていた。やがて、「うん」と小さな声が言う。真実が尋ねる。

「美奈子さんたちに聞いた？」

「──聞いた」

ためらいがちに架が頷く。自分から話しだしてしまうと、胸が一気に軽くなった。ずっと、自分は何が怖かったのだろうと思う。だけど、怖かったのだ。架のことが、彼に嫌われるのが、彼の周囲のものすべてが。

「私、あの人たちのことが、大嫌い」

続けて言った。

「本当にずっと、嫌いだった」

「──うん」

架が頷いた。その声が、なぜか申し訳なさそうですらあった。

「知ってる」

「ストーカーのことは、嘘をついて、本当にごめんなさい」

素直に謝る。これは、本当に私が悪い。けれど、それ以外では、もう、自分は彼に謝らなければならないことなんて、何ひとつないと思っていた。

「うん」とまた、架が頷いた。

怒っているのかどうか——相変わらず、わからなかった。ややあって、架が顔を上げる。真実を見た。

「真実ちゃんも、聞いたよね」

「何を」

「——俺が、前の彼女のことを、引きずってたってこと」

「あなたが私を七十点の妥協の結婚相手だって言ってたことなら、聞いたよ」

架が息を吞んだ。

彼の目が時を止めたように見開かれて、真実を見ていた。

架にこんなふうに意地の悪い物言いをするのは、初めてだった。初めてだったけれど、声は自然と出た。底意地の悪い言い方なのかもしれないと思ったが、真実の気持ちは怒りにも悲しみにも、もう揺るがなかった。

本当に、私はこの人の何があんなにも怖かったのだろう。

「すごく、傷ついた」

そう言って責める時にも、気持ちは穏やかで、顔には笑みさえ浮かんだ。無理したわけではなくて、本当にそうなった。架は長く、俯《うつむ》いていた。そのままの姿勢で、顔を上げずに言う。

「そんなふうには言ってない。妥協だなんて、そんなふうには」

「七十点って言ったことは、否定しない？」

真実が尋ねると、架はまた黙った。唇を噛み締めた表情で、顔を上げる。覚悟を決めたように頷いた。

「うん」

静かだった気持ちが、彼が認めた瞬間に、また少しだけ騒いだ。だけど、それもさざ波のようなものだ。真実は黙っていた。

「正確には、七十パーセントだけど。君に七十点をつけたわけじゃなくて、自分自身がこれでいいのかって、結婚に迷う気持ちがあって、当時、結婚したい気持ちがそれぐらいだった」

そう言ってから、ふいに、架が持っていた、紙袋ではない方の鞄を引き寄せる。中から――見覚えのあるエメラルドブルーの箱が出てくる。

架にもらった、婚約指輪だ。

「結婚してください」

思いがけず、架がそう言った。

今度は真実が――時を止めたようになる。目を見開く。

いまさらそんなことを言われるなんて、まったく考えていなかった。自分たちはちゃんと別れるのだとばかり、そう思って、今日は覚悟をしてきたのに。

架の目が真剣だった。ティファニーの箱を開ける。一粒ダイヤの美しい指輪が、そこに入っている。

「もう一度、受け取ってほしい。僕は、君が好きです」

「――本気？」

僕は君が好きです。

子どものような告白の言葉は、真実が人生で初めて聞く言葉だった。学生時代にはそういうことがまったくなかったし、大人になってからは、いつも雰囲気で察するだけだった。架と知り合ってからだって、なんとなくつきあい始めて、なんとなく、互いの家を行き来するようになって――、一度だって、こんなふうに、告白されたことはなかった。

架が微かに、苦笑いにも似た、疲れた笑みを浮かべる。彼もまた、自分の言葉が受け入れられるとは思っていないのだと、それでわかった。声が緊張して、目の奥が怯えている。――架もまた、怖いのだ。

私のことが、怖いのだ。これまで私が架に対して、そうだったように。

「本気」

掠れた声で、彼が答えた。

「いまさら、こんなことを言っても信じてもらえないかもしれないけど。僕は、君と、結婚したい。真実が好きなんだ」

「私、逃げちゃったんだよ。架くんにも、架くんのお母さんにも、何にも言わずに。自分の家族にも、何にも言わずに。みんなに心配かけて、嘘だってついて――。それが全部、何もなかったように修復できると思う？」

言いながら、情けなくて、口調が緩み、目に涙が浮かぶ。鼻の奥が痛む。全部、自分が招いたことだ。

真実、と呼び捨てにされたのは初めてだ。

架と別れれば、周囲への言い訳も修復も、あきらめることができる。そうなることを期待して、今日、終わらせるために、真実は来たのだ。

目の表面から涙を落とさないように、精一杯、瞬きをこらえた。こらえたのに、重さに耐えかねた涙の膜がこぼれ落ちてしまう。

「あれだけ大騒ぎして、そのあとで、戻るなんて、そんなことできると本気で思う？」

「思う」

架の口調に迷いがなかった。その声の強さに、真実ははっとする。架がしっかりと頷いた。

「真実の両親にも、うちの親にも、何も言わせない。それに、友達も家族も関係ない。これは、僕と君の問題だよ」

架が指輪の箱を、真実の方に向けて置く。その顔を見ながら、気づいた。

この人に、私はかつて百点をつけていた。

物慣れて、今日だって見も知らぬ誰か他人相手に手土産が持参できるくらいに気を遣えて、見た目もスマートで。そんなところが、私は気に入っていたのだと思っていた。

婚活で女性に気を遣える男性なんてそう残っていませんよ——とアドバイスされて、こんな条件のいい人ならば、と頑張った。架の女友達の言う通りだ。こんな条件のいい人が、残っていると思わなかった。

けれど、違う。

もっと、素直に認めてよかった。

この人は——とても鈍感なのだ。

私の嘘を許してしまえるくらいに。

私が身勝手に逃げた後の修復が簡単にできると思うくらいに、この人も、とても世間知らずで、おめでたい。

他の多くの男性たちと同じ。鈍感で、だからこそ、とても優しい。

私はその、あなたの優しいところが、好きだった。架のことが、ちゃんと好きだった。

——あんだら、大恋愛なんだな。

石母田の声が耳に蘇《よみがえ》る。

そう言われた時に、本当は思った。架にそれを聞かせてあげたいと。私たちはどうやら大恋愛らしい。人に言われるまでわからなかったけど、そういうことでもいいんじゃないか。

仙台から石巻に来る途中の鉄道から見える景色を、今、スマホが使えたら撮ったろうに、と何度も思った。地図の作業で街を歩いていても、ふと見える空の美しさや、小さな民家の横に咲いたつつじの美しさに感動するたび、写真を撮りたかった。今、インスタをしていたら――と想像してしまうことがよくあった。

だけど、もっとずっとシンプルに、本当は毎回、思うことはひとつだった。

架に、この景色を見せたい。

この景色を見た気持ちを、一緒に分け合いたい。

だから今日だって、この駅に来てもらった。たとえ高い防潮堤に阻まれて見えなくとも、一緒に海が感じられるこの場所に。

「……ミランジェハウス」

本当だったら、自分たちが再来月に式を挙げる予定だった会場の名前。もう、キャンセル料が必要になっている、あの式場。

真実がその名を口にすると、架が音もなく瞬きをした。続ける。

「もう、予約、キャンセルした？」

「……してない」

架が答えた。答えてから、ふっと翳のある暗い微笑みが口元に浮かぶ。

「未練がましいと思われるかもしれないけど、キャンセル、してないよ」

「キャンセルして」

真実が言った。

波音が聞こえる。蟬の声も。太陽を受けた駅前の広場が、真実たちの背後の海にきらめく陽光を反射しているように、真っ白く、真っ白く、輝いている。

真実が言う。

「キャンセル、してほしいの」

不意打ちを食らったように、架の顔から表情が消えた。何かを言いたげに、その唇が、一度、二度、開きかける。空気を求める魚のように、ぱくぱくと、何かを求め、間抜けにすら見える表情で。目を細め、泣きそうな顔で、真実を見た。

しかし、それも一瞬のことだった。

「わかった」

唇を引き結び、架がそう、はっきりと答えた。

# エピローグ

——あれから、何度か、考えることがある。

何が正しかったのか。間違っていたのか。

何がよくて、悪かったのか。

結婚しなさい、と母が言う。

娘が結婚していないことが恥ずかしいのかな、と真実は思っていた。だとしたら、「私のため」なんて言わないで、はっきり「自分のため」って、言ってくれたらよかったのに、と一時期は、考えた。

私とお母さんは違う人間だということを、どうしてわかってくれないの、と。そう、考えた。

でも——。

自分が結婚した人生しか、知らないから。子どもがいる人生しか、知らないから。

そうではない私は、ひとりで寂しい、というふうにしか、イメージできなかったんだろう。私が陽当たりの悪い部屋で一生、ひとりでいるところを想像したら、切なかったんだろうという気持ちも、少し、わかる。

母にとっては、私は一生自分の一部のようなもので、他人になることがないのだと思ったけれど、もっと絶望するのは、自分にだった。

自分の甘さにだった。

思えば東京に出る決意ができたのも、ダメだったら、親元に戻ればいいと思っていたからこそ。帰れる場所が、頼れる場所があったからこそだったんだと、今なら、認められる。

そんな私の「自立」なんて、彼らからしてみたら、子どもの遊びみたいにしか見えなかったのだろう。


架と出会って、これで一生ひとりじゃない、と束の間、思えた時も――。

今考えたら、親に代わる依存先を私は探していたのかもしれない。

ひとりじゃ生きられないと思っていたのは、親もだけど、私もだったから。

架と出会って、ようやく自分が依存してきた親が、大きかった母たちが、意外に小さかったことを知ったのに、それでも私は、架のところを飛び出して、最初に親のところに戻ろうとした。

そこしか、行けるところがなかったから。

深く考えるより先に、まず、心と体が頼ってしまう、その罪深さ。業の深さ。

今も、何が正しいのかなんてわからない。

自分が間違っていると言われたら、そうなのかもしれない。

けれど、今は、こうも思う。

親に頼ってきた娘の自立が、次の依存先を探すことなんだとしても。

親が、子の結婚を焦るのは、自分の代わりの次の依存先を見つけてやろうとしている行為なんだとしても。

それの何がいけないのか、と開き直れるくらいには、気持ちが強くなった。

間違っていると言われてもいい。

構わない。

◇

「何、考えてるの？」

「え？」

式の前、架に、問いかけられた。

ぼうっとしていたが顔を上げると、今日のために散髪したばかりの彼が苦笑する。

「真実がまた、何か考えてそうだったから」

「たいしたことじゃないよ。あとで話す」

真実もまた、苦笑する。

顔を上げると、三波神社の、古いけれど荘厳な佇まいを、今日はより身近に感じる。

「さあ、お時間ですよ」

正装した、この神社の権禰宜である石母田の娘に言われて、架と真実はそろって「はい」と顔を上げた。

綿帽子の婚礼衣装を貸してくれたのは、真実が届けたあの結婚式の写真の持ち主――貸衣装屋の息子夫婦だ。架の羽織袴の衣装も、そこで見立ててもらった。

夏の拝殿は、外の暑さとは別世界の静謐な空気が満ちていた。

――実に、五十年ぶりという、三波神社での結婚式だ。

「行こうか」

架が真実に、手を差し出す。その手に、自分の手を重ねる。

「架くん」

「ん？」

「わがまま、聞いてくれてありがとう」

言うと、架が微笑んだ。

「別にいいよ」と。

石巻で縁ができた神社で、二人だけで結婚式を挙げたい。

それが真実の希望だった。

友人や親族、家族を呼ぶ大々的な式や披露宴じゃなくていい。――架の言う通り、彼らは関係ない。結婚は、真実と架の問題だ。

結婚は家同士のものだと言われるし、これまで友人たちを祝福してきたように自分もまた友人に祝福されたい――、架を、みんなに見せたい、紹介したい、――自慢したい。これまでずっとそう思ってきたのに、自分でもこんな気持ちになったことに驚いている。

海外で、二人だけで挙式をする人たちの話を、自分とは別世界の人たちのように感じていたけれど――、今は、彼らの気持ちがなんとなくわかる。カップルによって事情は違うのだろうけど、少なくとも真実の場合は、今、本当に向き合いたい相手は一人だけだ。

結婚式は、架とだけでいい。

希望を伝えると、架は驚いた様子だったが、受け入れてくれた。

「海外でなくていいの？　ハワイとか」

宗教にかかわらず外国の教会で二人きりで式を挙げる人もいるなら、東北の神社で二人だけで結婚を誓ってもいいのではないか。

三波神社がいい、と真実が話した。

津波を耐え抜いた、とても美しく、強い佇まいの神社なのだと真実が話すと、架が「見てみたい」と言ってくれた。

そのあとで、頽《くずお》れるように体を折り、架が「よかった」と呟いた。

「え？」

「――結婚、してくれるんだ」

泣きそうな声だった。架の顔が歪む。離れていたこの半年ほどの間で、一気に何歳も老け込んでしまったように見える。だけど、幻滅はしない。その顔が好きだと思う。かっこいいだけではない架の姿を、これから何度だって私は見るのだろうと予感する。そうなったらいい、と願う。

「うん」

真実が頷く。

「結婚してください」と、自分からも言った。

真実の両親と、自分の親。

その両方に、真実と連絡が取れてから、架は話をしにいったらしい。

――真実は今、ストーカーの男性とは一緒にいない。自分を見つめ直したくて、しばらく時間が欲しいと言っている、と。

嘘ではないが、真実《しんじつ》だけでもない。

もちろん、両親はそれだけでは納得しなかったようだが、そこも架が半ば突き放すような形で説得していた。

「僕らの問題なんです。申し訳ない」と。

この夏、真実はようやく、実家と架の母親の、両方の家に行って謝った。ただそれは——あくまで、失踪して心配をかけたことに関してだけ。結婚式場をキャンセルして、二人だけで挙式をすることについては、いろいろ言われたが、頑として譲らなかった。

私たち二人だけでスタートを切らせてほしい、という思いは揺らがなかった。

架からは、心配していた姉の希実夫婦だけは呼んだらどうかと提案されたが、それも断った。姉には電話で謝った。

妹に甘い——、東京に出てくる時も黙って家の保証人になってくれた姉は、母同様に、真実が一人では何もできないと思っていたからこそ、甘かったのだろう。

真実の失踪と、急に戻ってきた身勝手に呆れつつ、結婚式については、話すと、笑っていた。

「あんたにそんな頑固さと行動力があるなんて思わなかった」と。

「お幸せに」と、そう言われた。

祝詞《のりと》奏上が始まる。

朗々と響き渡る斎主《さいしゅ》の祈りの言葉が、架と真実に降り注ぐ。架の緊張が、肩越しに、真実にまで伝わってくる。自分の緊張と――喜びも、肩越しに伝わればいい、と強く念じる。

手元に朱塗りの杯を受け、酒が注がれる。ふいに横を見ると、架と、目が合った。彼もまた、同じタイミングでこっちを見ていた。

ただそれだけのことなのに、急に、緊張が肩から抜ける。

厳かな場でそうするのはマナー違反かもしれないと思いつつ、二人で微笑んだ。交互に杯を傾ける。

玉串を掲げ、神前に捧げる。二礼二拍手一礼。

拝殿の奥――しめ縄の向こうをしっかりと見つめながら、自信なんてない、と真実は思う。

これから先、大丈夫かどうかなんて、自信がない。勝手なことをしたツケはきっと、実の両親からも架の母親からも、山積みで回ってくるだろう。何かにつけ、思い出してはねちねち言われる――そんな結婚生活になるかもしれない。

だけど、それでも。

今、この人と二人で祈ることにはきっと意味があるはずだと信じたい。

この結婚に、迷って決めたこの決断に意味があるのだと思いたい。

その祈りが、少なくとも、自分の横にいるこの人に届きますように。

玉串の儀式が終わり、場がふっと、軽くなる。空気が和むのを感じた。
おめでとうございます、という声がする。ほっとした表情の架が「ありがとうございます」と答える。真実の声がそこに重なる。心を込めて、ありがとうございます、と真実も言う。

「何、考えてるの？」

真実のもうひとつのわがままで、耕太郎にだけ、式に来てもらった。もちろん、結婚の記念写真を撮るためだ。二人で並び、三本線の波の象られた紋の下、神社を背景に写真を撮る。その時になって、架にもう一度、聞かれた。

真実は答える。

「何も」

本当は、これでよかったのだろうか、と望みがかなった今も、考えていた。自分が希望したことなのだから、もちろん、そんなことは口が裂けても言えないけれど。
これから先のことが、何も不安でないと言ったら、嘘になる。

「架くんは何考えてるの？」

「――よかったなって」

まるで真実の心を読んだように、そう言った。

「いろいろあったけど、よかったなって、思ってるよ」

「――そう」

この人のこの、気負わない鈍感さに、夫であるけれど違う人間であることに、これから何度救われるのだろう。

「真実さん、架さん、撮りますよ！」

礼服を着てカメラを掲げる耕太郎に言われる。フラッシュの光が、ぱっと弾ける。

顔を上げて、ああ――と思う。

目の前に、海に続く広い空が広がっている。それは、どこまでもどこまでも――。

「真実」

架に呼ばれ、手を引かれる。手をつなぎ、正面を向く。そこにまた、カメラのフラッシュが光る。

架に掴まれたその手を、自分の意思で、真実もまた強く握り返した。

# 解説

朝井リョウ

文庫解説というのは、ヘビーだ。

いま俎上《そじょう》に載せたいのは、ここに今からどんな文章を書くのかという執筆者としてのヘビーさではない。自分がその文庫本の著者であるとき、一体誰に解説を頼むのかという依頼者としてのヘビーさである。

文庫の解説を頼む。それは言い換えれば、この作品に〝相応《ふさわ》しい〟たった一人を吟味する、ということだ。

まず、全く振り向いてもらえないだろう相手には依頼しない。その作品の評価がどれだけ高くても、いくら部数を重ねていても、村上春樹やカズオ・イシグロに文庫解説を依頼する人は滅多にいない。本の内容が彼らの思想にぴったり重なっていたとしても、ほぼ一〇〇パーセントに近い確率で断られるからだ。現実的にもう少し引き受けてくれそうな〝相応しい〟誰かを選ぶほうに意識は向く。

とはいえ、全く無名の書き手を選ぶこともない。いくら引き受けてくれる可能性が高くとも、実績や知名度がゼロに等しい相手には依頼しない。その作品が文学賞を受けたり周年記念作品だったりすれば尚更だ。理由は勿論、〝相応しくない〟からである。文庫の解説を頼む相手を選出する過程で炙《あぶ》り出されるのは、適任者は誰かということ以上に、自分自身がこの作品をどれくらいのものだと見積もっているのか、という側面だ。作品に合う解説者を選ぶというのは、相手を選んでいるようで、自著の価値を客観的に測る作業なのである。だからこそそのへビーさがあるのだ。

――と、何故こんな著者側がめちゃくちゃ読みづらいだろう文章から始まったのかというと（辻村さんごめんなさい）、〈圧倒的な〝恋愛〟小説〉と銘打って単行本化された本作で描かれている主題が、文庫解説を頼む・頼まれるという作家間では割とヘビーだと認識されているトピックに似ている気がしたからだ。そう、この小説はヘビーなのである。それは恋愛や婚活にまつわる紆余曲折が描かれているから――というよりも、何か・誰かを〝選ぶ〟とき、私たちの身に起きていることを極限まで解像度を高めて描写することを主題としているからだ。

本書のあらすじを紹介しつつ、先述した主題がどのように描かれているのか振り返ってみたい（本編の前に解説を読んでいる方で、本編に関する情報を一切知りたくないという方は、本編読了後にこの先をお読みください。ネタバレは避けているつもりですが、人によっては知りたくない部分に言及している恐れがあります)。

前半の主な語り手は、西澤架、三十九歳、男性。東京育ちの架は恋愛経験が豊富で、女友達も多い。状況的にはこれまでいくらでも結婚相手を選べたわけだが、結婚願望は強くなく、出産に関する身体的な制限とも縁遠いため、恋愛はしつつも独身のまま三十代後半を迎えた。つまり男女の恋愛という場において、架には〝選ぶ〟側の傲慢さがあった。とはいえこの数年、周囲の友人や元彼女の結婚、出産を目の当たりにするうち、一生一人で生きていくことに巨大な不安を抱くようになる。そんな中、試しに始めてみた婚活アプリで出会ったのが、一度会わせた同性の友人も「いい子じゃないか」と評するような、いかにも善良な雰囲気を醸し出す女性、坂庭真実だった。

二人は交際を開始するが、婚活アプリで出会ったものの、架は二年以上結婚を先延ばしにしていた。その理由を既婚の女友達から鋭く指摘された矢先、架は真実からストーカーに自室に侵入されたと告げられる。真実曰く、ストーカーの心当たりがあるとすれば地元で働いていたときに告白を断った相手らしい。

幸か不幸か、そのストーカー騒動を引金に架は結婚の意思を固めるのだが、結婚式場の予約まで終えたある日、真実は突然、架の前から姿を消してしまう。架は失踪の理由を探るべく、真実が三十歳を超えるまで暮らしていた地元、群馬県前橋市へ向かう。

ここからは探偵役となった架が真実の関係者に聞き込みをして回るという展開になるのだが、このあたりから、架＝傲慢、真実＝善良というこれまでの図式がじわじわと反転していく。

真実の両親、真実がかつて利用していた結婚相談所の代表、その相談所を通じて会ったものの真実から交際を断った二名の男性（片方はルックスは優れていないが人間力がある雰囲気で現在は既婚、もう片方はルックスは優れているが人間力がない雰囲気で現在は未婚）、元同僚、姉……真実の地元時代の振る舞いを知るうち、ただ善良なだけではない、むしろ善良ゆえに滲む彼女の傲慢な部分に、架と読者は気づいていく。この辺りの白が黒になっていく緊張感は、さながらミステリ小説である。

真実と架は面白いくらいに対照的だ。東京育ちで男性の架には選び放題なゆえ決断を先延ばしにする傲慢さがあったが、地方育ちで女性の真実はこれまで、自分以外の誰かに自分にまつわることの決定権を握られてきた。進学先や就職先に留まらずお世話になる結婚相談所や紹介してもらう相手に至るまで、ほぼ両親が選んでいたのだ。それに従う善良ないい子――で済むのは子どものうちまでで、大人になると、自分で〝選ぶ〟経験を積んでこられなかったことによる弊害が出てくる。

自分の意思がわからないのだ。

とはいえ、周囲や社会が求めるものに応えている期間は、そこに意思はなくとも不正解を叩き出すわけでもないので、間違わない自分への自己愛は募っていく。その結果、いざ結婚相手を〝選ぶ〟となったとき、どんな相手が目の前に現れても、「ピンとこない」という常套句の裏にある「この不正解のない人生に相応しくない」という思いに立ち塞がられてしまう。善良でいい子、言い換えれば自分の意思で何も選んでこなかったこれまでの歴史が、いざ何かを〝選ぶ〟場面となったとき、真実を傲慢にしてしまうのだ。

この側面の炙り出し方が非常に鮮やかで、かつ、深く身に沁みた。謙虚と自己愛の強さは両立するのだという鋭い発見は、現代をうっすらと覆う病理のようなものを見事に言い当てていると感じた。自分の意思によるビジョンを掲げるのではなく、不正解を避け続ける減点法の人生。その人生を送っているうちは、不正解なわけではないので、取り立てて明確な不満も生まれない。だがその状態に慣れると、自分が何を不満に思うのかというアンテナまでも鈍っていく。不正解でもこれがしたい、という推進の意思を失うことは、正解であってもこれをしたくない、という反発の意思を失うことと同義なのだ。そうなると、ポジティブな方向にもネガティブな方向にも自分の意思が働かなくなり、ビジョンのない流れの中をただ揺蕩《たゆた》うことになる。この現象には、私含め、思い当たるフシがある読者が多いのではないだろうか。

そんな展開のなか印象的だったのは、二八三ページにあるこの一文だ。

〈この世の中に、「自分の意思」がある人間が果たしてどれだけいるだろう。真実を責めることができる人間が、一体どれほどいるというのだろうか〉。

最近、よく考える。

どこまでが自分で、どこからが社会なのか。どこまでが理性で、どこからが本能なのか。これまで私たちが選んできた何もかもは、果たして本当に自分の意思で選択したものなのか、名もなき大いなる流れの中で選択させられていたものも多いのではないか。真実と異なる選択をし続けている人を「真実とは違う」と言える理由は、一体どこにあるのか。

たとえば架と別れてすぐに別の男性と結婚した元彼女、三井亜優子。彼女は早めの出産を望んでおり、ビジョンがある人物として描かれているが、彼女の「子どもがほしい」という思いがどこまで亜優子自身の願望なのか、実は誰にもわからないはずだ。大人は子どもを養ってこそ、的な社会の雰囲気が一切無関係だとは言い切れないはずだし、動物としての本能が関わる事案だとしたらその願望は「自分の意思」という言葉では括りきれない。架が抱いた一生一人で生きていくことへの巨大な不安も、同じ社会で暮らす他者との比較があって初めてもたらされた感情である。純粋な「自分の意思」とは一体、どこから現れてくれるものなのだろう。果たしてそんなもの、そもそも存在するのだろうか。

こんな話を聞いたことがある。

それは、数多いる種の中でもヒトだけが、自分のなんとなくの寿命、つまりある程度の未来と必ず訪れる死を把握しながら生きている、というものだ。その真偽はさておき、滅多なことがない限り生後七、八十年ほどで死を迎えることを知ってしまっている私たちヒトは、何かを選ぶとき、どうしたって未来や死から逆算する思考を働かせてしまう。未来や死のことはわからないのに、わからないものを起点に逆算させられているのだ。

そして、未来や死を想像する足がかりとなるのは、社会である。この、何を選んだって社会と結びついてしまう逃れようのなさには強いもどかしさを感じるが、そんな中でもどうにか、まずは捏造でもいいから「自分の意思」の手触りを探り、その割合を拡張させていく方法を、終盤、真実は自ら見出していく。

後半に用意されているのは真実視点のパートである。真実が失踪した本当の理由が明かされ、その後の生活が描かれる。そこで真実は、これまでの人生では縁遠かった様々な経験をする。誰にも選ばせず、自分で決めて、自分でも予想外の行動を沢山する。その日々を通して真実は、自分の輪郭を知っていく。社会や周囲からの圧でできた凹みや盛り上がりでなく、自分で動かすとその心身がどういう形になるのかを理解していくのだ。自分の意思の欠片《かけら》を拾い集めるようなその日々は、真実を少なからず変えていく。

やがて再会した二人が一体どんな未来を〝選ぶ〟のか――それは是非、本編でご確認いただきたい。

ジャンル分けするならば本作は、やはり〝婚活〟小説、〝恋愛〟小説となるのだろうが、私たち読者はいつしか、二人の婚活や恋愛の行く末と同等に、いやそれ以上に、自己の内面を見つめさせられる。自分の中にある無自覚の傲慢さを探らされる。真実の失踪の理由を探るというエンターテインメント的な輪郭の内側で、実はとても思索的な内容が繰り広げられているという構造が非常に巧みだ。著者の作品の魅力のひとつは間違いなくそのエンターテインメント性だろうが、作中で繰り広げられているのは人間心理のうちへうちへと進む思索なのである。

それを成立させているのはやはり、冒頭でも書いた〈私たちの身に起きていることを極限まで解像度を高めて描写〉する力ではないだろうか。本作で著者は、登場人物があるひとつの言動に至るまでの心理をひたすら細かく分解する。普遍性が宿るまで、人間心理の分解を止めないのである。そうすると、その言動自体は突飛なものであったとしても、どこかで読者に重なる要素というものが出てくる。そこを結び目として、いつしか物語と読者の内面を強く接着させてしまう——これが、辻村深月という作家が持つ魔法なのだと思う。

この、「もう、そんなことまで書いちゃわなくていいから!」と一旦休憩したくなるような解像度の高い描写は、本作以降に上梓された作品でも存分に堪能できる。『琥珀の夏』は、とあるカルト集団内で起きた少女の死亡事件を取り扱った作品だ。カルト集団という言葉が連れてきてくれる様々な先入観を細やかに解剖してくれる。著者が初めてのホラーに挑んだ『闇祓《やみはら》』(の特に第二話)では、「ん……?」という震度一ほどの違和感を積み上げることで読者をとんでもないところまで連れていってしまう技に震撼させられる。

また、本作の次に手に取る辻村作品に悩まれているならば、『島はぼくらと』と『青空と逃げる』も候補に入れていただきたい。前者では、真実視点のパートに登場する地